LIVRO II DA SÉRIE EXECUTORES

TORMENTA DE FOGO

BRANDON SANDERSON

TRADUÇÃO
ISADORA PROSPERO

TORMENTA DE FOGO

TÍTULO ORIGINAL:
Firefight

COPIDESQUE:
Bárbara Prince

REVISÃO:
Ana Luiza Candido
Hebe Ester Lucas
Tássia Carvalho

PROJETO GRÁFICO E DIAGRAMAÇÃO:
Desenho Editorial

CAPA:
Pedro Inoue

ILUSTRAÇÃO:
Barry Blankenship

DADOS INTERNACIONAIS DE CATALOGAÇÃO NA PUBLICAÇÃO (CIP)
VAGNER RODOLFO CRB-8/9410

S216t   Sanderson, Brandon, 1975-
Tormenta de fogo / Brandon Sanderson ; traduzido por Isadora Prospero. - São Paulo : Aleph, 2017.
376 p. : 16cm x 23cm.
Tradução de: Firefight
ISBN: 978-85-7657-379-1
1. Literatura norte-americana. 2. Ficção científica. I. Prospero, Isadora. II. Título.

2017-163
                    CDD 813.0876
                    CDU 821.111(73)-3

ÍNDICES PARA CATÁLOGO SISTEMÁTICO:
1. Literatura : Ficção Norte-Americana 813.0876
2. Literatura norte-americana : Ficção 821.111(73)-3

Copyright © Dragonsteel Entertainment, LLC, 2015
Copyright © Editora Aleph, 2017
(edição em língua portuguesa para o Brasil)

Todos os direitos reservados.
Proibida a reprodução, no todo ou em parte,
através de quaisquer meios.

Rua Bento Freitas, 306 – Conj. 71 – São Paulo/SP
CEP 01220-000 • TEL 11 3743-3202
www.editoraaleph.com.br

@editoraaleph
@editora_aleph

Para Nathan Goodrich,
um amigo querido que teve a
paciência de ler meus livros
quando eles eram ruins.

PRÓLOGO

Eu vi Calamidade ascender.

Eu tinha seis anos, e estava na sacada do nosso apartamento. Ainda consigo me lembrar de como o velho ar-condicionado chacoalhava na janela ao meu lado, encobrindo o choro do meu pai. A máquina desgastada estava pendurada sobre uma queda de muitos andares, gotejando água como suor da testa de um suicida prestes a pular. Ela estava quebrada; expelia ar mas não deixava nada frio. Minha mãe a desligava com frequência.

Depois que ela morreu, meu pai deixava o ar ligado; dizia que se sentia mais refrescado.

Eu abaixei o picolé e estreitei os olhos para aquela luz vermelha estranha, que se ergueu como uma nova estrela acima do horizonte. Nenhuma estrela jamais fora tão brilhante ou tão *vermelha*. Era escarlate. Parecia um ferimento de bala na própria abóboda do paraíso.

Naquela noite, Calamidade cobriu a cidade inteira com um estranho brilho cálido. Eu permaneci de pé – o picolé derretendo, o líquido escorrendo pelos dedos – enquanto assistia à ascensão.

Então começaram os gritos.

PARTE 1

1

– David? – A voz veio do meu fone.

Acordei do meu devaneio. Estivera encarando Calamidade de novo, mas quase treze anos haviam se passado desde a sua ascensão. Eu não era mais uma criança em casa com meu pai; não era nem um órfão trabalhando na fábrica de munição nas sub-ruas.

Eu era um Executor.

– Aqui – respondi, jogando o fuzil no ombro e atravessando o telhado. Era noite, e eu jurava que podia ver um tom vermelho em tudo devido à luz de Calamidade, embora ela nunca tivesse aparecido tão forte quanto naquela primeira noite.

O centro de Nova Chicago se abriu diante de mim, suas superfícies refletindo a luz das estrelas. Tudo aqui era aço. Como um ciborgue do futuro que teve a pele arrancada. Só que, sabe, sem o ar homicida. E, bem, sem a parte de estar *vivo*.

Cara, pensei, *eu realmente sou péssimo com metáforas.*

Coração de Aço estava morto agora, e nós tínhamos reivindicado as ruas superiores de Nova Chicago – incluindo muitas acomodações que a elite costumava reservar para si. Eu podia tomar banho todos os dias no meu próprio banheiro. Quase não sabia o que fazer com tanto luxo. Além de, sabe, não feder.

Nova Chicago, depois de tanto tempo, estava livre.

Era meu trabalho garantir que continuasse assim.

– Não vejo nada – sussurrei, me ajoelhando próximo à beirada do telhado. Eu usava um fone que tinha conexão sem fio com meu celular. Uma pequena câmera no fone permitia que Thia visse o que eu estava vendo, e o fone era sensível o bastante para captar o que eu dizia, mesmo quando falava muito baixo.

– Continue de olho – Thia recomendou na linha. – Cody relata que Prof e o alvo foram na sua direção.

– Está tudo quieto aqui – eu sussurrei. – Tem certeza de que...

O telhado explodiu ao meu lado. Eu soltei um grito, rolando para trás enquanto o prédio inteiro tremia, a explosão lançando pedaços de metal quebrado na minha direção. *Calamidade*! Aqueles disparos eram *fortes*.

– Faíscas! – Cody gritou na linha. – Ela passou por mim, rapaz. Está indo pro seu lado norte...

A voz dele foi abafada quando outro pulso de energia brilhante explodiu do chão. Um pedaço de telhado foi arrancado perto de onde eu me escondia.

– Corra! – Thia gritou.

Como se eu precisasse da ordem. Comecei a me deslocar.

À minha direita, uma figura se materializou da luz. Vestindo macacão e tênis pretos, Campo de Origem usava uma máscara sobre todo o rosto – como um ninja – e uma longa capa preta. Alguns Épicos acreditavam na história dos "poderes desumanos" mais que outros. Sinceramente, ela estava ridícula – mesmo que emanasse uma fraca luz azul e estalasse com a energia que se espalhava pelo seu corpo.

Quando tocava algo, podia se transformar em energia e atravessar o que quer que fosse. Não era teletransporte de verdade, mas quase – e quanto mais condutora a substância, mais longe ela podia viajar, então uma cidade feita de aço era meio que o paraíso para ela. Era surpreendente que ela tivesse demorado tanto para vir para cá.

Como se teletransporte não fosse o bastante, suas habilidades elétricas também a tornavam invulnerável à maioria das armas. Seus shows de luz eram famosos; eu nunca a tinha encontrado pessoalmente, mas sempre quis ver o seu trabalho.

Só não tão de perto.

– Esqueça o plano! – Thia exclamou. – Prof? Jon! Responda! Abraham?

Eu escutava só com um ouvido enquanto um globo de eletricidade estalante disparava por mim. Derrapei até parar e desviei quando um segundo globo passou pelo ponto onde eu estivera um momento antes. O globo atingiu o telhado, causando outra explosão e me fazendo tropeçar. Cacos de metal atingiram minhas costas enquanto eu corria destrambelhado para a lateral do prédio.

Então eu pulei.

Não caí muito antes de atingir a sacada de um apartamento de cobertura. Com o coração martelando, corri para dentro. Um cooler de plástico esperava do outro lado, perto da porta. Abri a tampa e remexi lá dentro, tentando permanecer calmo.

Campo de Origem tinha chegado a Nova Chicago no começo da semana. Ela começara a matar pessoas aleatórias imediatamente e sem nenhum propósito perceptível. Exatamente como Coração de Aço tinha feito no começo. Então passara a convocar os cidadãos para delatar os Executores, para que ela pudesse nos levar à justiça.

Um tipo de justiça Épica distorcida. Eles matavam qualquer um que quisessem, mas revidar era um crime tão grande que mal podiam concebê-lo. Bem, ela veria em breve. Até agora, nosso plano para derrotá-la não estava indo terrivelmente bem, mas nós éramos os Executores. Sempre estávamos preparados para o inesperado.

Eu tirei do cooler uma bexiga com líquido dentro.

É melhor que isso funcione, pensei.

Thia e eu havíamos passado dias discutindo a fraqueza de Campo de Origem. Todo Épico tinha uma, e muitas vezes elas eram aleatórias. Era preciso pesquisar o passado dos Épicos, as coisas que eles evitavam, para tentar descobrir que substância ou situação podia anular seus poderes.

Essa bexiga continha nosso melhor palpite sobre a fraqueza de Campo de Origem. Eu me virei de frente para a porta, segurando a bexiga em uma mão e o fuzil na outra, e esperando que ela viesse atrás de mim.

– David? – Thia perguntou no fone.

– Hã? – sussurrei, ansioso, a bexiga pronta para ser jogada.

– Por que está vigiando a sacada?

Por que eu estava...

Ah, certo. Campo de Origem podia atravessar paredes.

Sentindo-me um idiota, pulei para trás justo quando a Épica caiu pelo teto, eletricidade zunindo ao seu redor. Ela caiu no chão apoiada em um joelho, a mão estendida, uma bola de eletricidade crescendo ali e lançando sombras frenéticas pela sala.

Não sentindo nada além de uma pontada de adrenalina, eu joguei a bexiga. Ela atingiu Campo de Origem diretamente no peito, e seu jato de energia falhou e desapareceu. O líquido vermelho da bexiga borrifou as paredes e o chão ao redor dela. Fino demais para ser sangue, era uma antiga bebida de frutas em pó que se misturava com água e açúcar. Eu me lembrava de ter tomado na infância.

E essa era a fraqueza dela.

Com o coração martelando, tirei o fuzil do ombro. Campo de Origem encarava seu torso molhado como se estivesse em choque, embora a máscara preta que usava não me deixasse ver sua expressão. Linhas de eletricidade ainda percorriam seu corpo como minhoquinhas brilhantes.

Mirei com o fuzil e apertei o gatilho. O *crack* do tiro dentro do apartamento quase me ensurdeceu, mas enviei uma bala diretamente ao rosto de Campo de Origem.

Essa bala explodiu quando passou através do seu campo de energia. Mesmo encharcada de Ki-Suco, as proteções dela funcionavam.

Ela olhou para mim, sua eletricidade estalando de volta à vida – ficando mais violenta, mais perigosa, iluminando a sala como um calzone recheado de dinamite.

Epa...

2

Fugi para o corredor enquanto a porta explodia atrás de mim. O impacto me jogou de cara em uma parede, e eu ouvi um *crunch*.

Por um lado, fiquei aliviado. O som significava que Prof estava vivo – suas habilidades Épicas me forneciam um campo protetor. Por outro lado, uma máquina de matar maléfica e furiosa estava me perseguindo.

Eu me afastei da parede e disparei pelo corredor metálico, iluminado pelo celular que eu usava amarrado no braço. *A tirolesa*, pensei, frenético. *Pra que lado? Direita, acho.*

– Encontrei Prof – a voz de Abraham disse no meu ouvido. – Ele está preso em algum tipo de bolha de energia. Parece frustrado.

– Jogue Ki-Suco nela – eu disse, ofegante, desviando para um corredor lateral quando explosões elétricas destroçaram aquele atrás de mim. *Faíscas*, ela estava furiosa.

– Estou abortando a missão – Thia disse. – Cody, desça e pegue David.

– Entendido – Cody disse. Batidas abafadas vieram do lado dele da linha de comunicação: o som de rotores de helicóptero.

– Thia, não! – exclamei, entrando numa sala. Joguei meu fuzil sobre o ombro e apanhei uma mochila cheia de bexigas.

– O plano está ruindo – Thia disse. – David, Prof deveria ser o batedor, não você. Além disso, você acabou de provar que as bexigas não funcionam.

Eu peguei uma bexiga e me virei, então esperei durante uma batida do coração até que eletricidade se formasse em uma das paredes, anunciando Campo de Origem. Ela apareceu um segundo depois, e atirei minha bexiga nela. A Épica xingou e desviou, e o líquido vermelho espirrou na parede.

Eu me virei e corri, empurrando a porta de um quarto e indo até a sacada.

– Ela tem medo do Ki-Suco, Thia – argumentei. – Minha primeira bexiga anulou a sua explosão de energia. Nós acertamos a fraqueza dela.

– Ela impediu sua bala mesmo assim.

Verdade. Pulei na sacada e ergui os olhos em busca da tirolesa.

Não estava lá.

Thia xingou no meu ouvido.

– Era isso que você estava procurando? A tirolesa está a dois apartamentos daí, seu slontze!

Faíscas. Em minha defesa, todos os corredores e apartamentos são muito parecidos quando tudo é feito de aço.

O helicóptero barulhento estava próximo agora; Cody estava chegando. Cerrando os dentes, pulei sobre o parapeito, então me joguei na direção da sacada vizinha. Agarrei as grades e me puxei para cima, com o fuzil balançando sobre um ombro e a mochila sobre o outro.

– David... – Thia começou.

– A armadilha principal ainda está funcionando? – perguntei, escalando algumas cadeiras de jardim que tinham sido transformadas em aço. Cheguei do outro lado da sacada e subi no parapeito. – Vou considerar seu silêncio como um sim – eu disse, e pulei para o ar.

Atingi a sacada seguinte com impacto, batendo com força nas grades de aço. Agarrei uma das barras e olhei para baixo – eu estava balançando doze andares acima do chão. Reprimi minha ansiedade e, com esforço, me puxei para cima.

Atrás de mim, Campo de Origem espiou a sacada que eu tinha deixado. Ela estava assustada – o que era bom, mas também ruim. Eu precisava que ela fosse imprudente para a próxima parte do nosso plano. Isso significava que eu teria que provocá-la, infelizmente.

Saltei para dentro da sacada, peguei uma bexiga de Ki-Suco e a lancei na direção da Épica. Então, sem checar para ver se tinha acertado, subi no parapeito, agarrei a tirolesa e pulei.

A sacada explodiu.

Felizmente, a tirolesa estava afixada ao telhado, não à sacada em si, e o cabo continuou firme. Pedaços de metal derretido foram lançados no ar escuro ao meu redor enquanto eu descia pela linha, ganhando velocidade. Descobri que essas coisas são bem mais rápidas do que parecem. Arranha-céus passaram ao meu lado em um borrão. Eu sentia que estava *realmente* caindo.

Só consegui dar um grito – meio em pânico, meio em êxtase – antes que tudo girasse ao meu redor e eu despencasse no chão, rolando na rua.

– Uau – murmurei, me erguendo. A cidade girava como um pião torto. Meu ombro doía, e embora eu tivesse ouvido um *crunch* ao cair, não tinha sido alto. O campo protetor que Prof me doara estava se esgotando. Ele só podia aguentar certa quantidade de danos antes que Prof precisasse renová-lo.

– David? – Thia chamou. – Faíscas, Campo de Origem cortou a tirolesa com uma das rajadas dela. É por isso que você caiu no final.

– A bexiga funcionou – uma voz nova disse na linha. Prof. Ele tinha uma voz forte, rouca, mas sólida. – Estou fora. Não consegui responder mais cedo; a bolha de energia interferiu no sinal.

– Jon – Thia disse a ele –, não era pra você lutar com ela.

– Aconteceu – Prof retrucou. – David, está vivo?

– Mais ou menos – respondi, me erguendo cambaleante e apanhando a mochila, que caíra enquanto eu rolava. O líquido vermelho escorria por ela. – Mas não tenho certeza sobre as bexigas. Parece que houve algumas baixas.

Prof resmungou.

– Consegue fazer isso, David?

– Sim – respondi firmemente.

– Então corra para a armadilha principal.

– Jon – Thia interveio –, se você está fora...

– Campo de Origem me ignorou – Prof disse. – É como antes, com Mitose. Eles não querem brigar *comigo*; querem *vocês*. Temos que matá-la antes que ela ataque a equipe. Lembra o caminho, David?

– É claro – eu disse, procurando meu fuzil.

Ele estava ali perto, o apoio frontal quebrado no meio. Faíscas. Parecia que eu tinha arruinado a proteção do gatilho também. Não atiraria com aquilo tão cedo. Cheguei meu coldre na coxa e a pistola que estava nele. Parecia boa. Bem, tão boa quanto uma pistola podia ser. Eu odiava pistolas.

– Há luzes nas janelas daquele complexo de apartamentos, descendo – Cody disse do helicóptero. – Ela está se teletransportando ao longo da parede exterior, indo para o chão. Perseguindo você, David.

– Não gosto disso – Thia disse. – Acho que devemos abortar.

– David acha que consegue – Prof disse. – E eu confio nele.

Apesar do perigo do momento, eu sorri. Eu nunca tinha reparado, até me juntar aos Executores, no quanto minha vida era solitária. Agora, ouvir palavras como essas...

Bem, fazia eu me sentir bem. Muito bem.

– Eu sou a isca – eu disse na linha, me posicionando para esperar Campo de Origem e remexendo na mochila em busca de bexigas não estouradas. Eu ainda tinha duas. – Thia, ponha nossas tropas em posição.

– Entendido – ela respondeu, relutante.

Segui pela rua. Lanternas penduradas em postes antigos e inúteis forneciam luz. Graças a elas, avistei alguns rostos espiando por janelas. As janelas não tinham vidro, só persianas de madeira antiquadas que tínhamos cortado e colocado lá.

Ao assassinar Coração de Aço, os Executores tinham basicamente declarado guerra total contra os Épicos. Algumas pessoas tinham fugido de Nova Chicago, temendo retaliação, mas a maioria tinha ficado, e muitas outras tinham vindo. Durante os meses desde a queda de Coração de Aço, a população da cidade tinha quase dobrado.

Eu acenei com a cabeça para as pessoas que assistiam. Não as mandaria se esconder em um lugar seguro. Nós, os Executores, éramos os campeões delas, mas algum dia essas pessoas teriam que se defender sozinhas contra os Épicos. Eu queria que elas assistissem.

– Cody, está vendo ela? – perguntei no celular.

– Não – Cody respondeu. – Ela deve estar chegando a qualquer momento... – A sombra escura do helicóptero dele me sobrevoou. A Patrulha, a força policial de Coração de Aço, era nossa agora. Eu ainda não sabia como me sentia sobre isso. Em diversas ocasiões, a Patrulha tinha feito o seu melhor para me matar. Não dá pra superar algo assim tão fácil.

Na verdade, eles *tinham* matado Megan. Ela se recuperara – quase completamente. Toquei na arma no meu coldre, que tinha sido dela.

– Estou entrando em posição com as tropas – Abraham disse.

– David? Algum sinal de Campo de Origem? – Thia perguntou.

– Não – respondi, observando a rua deserta. Sem pessoas, iluminada por algumas lanternas solitárias, a cidade quase parecia estar de volta aos dias de Coração de Aço. Desolada e sombria. Onde estava Campo de Origem?

Ela pode se teletransportar através de paredes, eu pensei. *O que eu faria se fosse ela?* Nós tínhamos os tensores, que nos permitiam criar túneis através de basicamente qualquer coisa. O que eu faria agora se estivesse usando eles?

A resposta era óbvia. Eu iria para baixo.

Ela estava sob mim.

3

— Ela foi para as sub-ruas! – gritei, pegando uma das duas bexigas remanescentes. – Ela vai subir aqui perto, tentando me surpreender.

Eu ainda estava falando quando um raio se moveu pela rua e uma figura brilhante se materializou do chão.

Joguei minha bexiga de Ki-Suco e corri.

Eu a ouvi estourar, então escutei Campo de Origem xingar. Por um momento, nenhuma rajada de energia tentou me fritar, então presumi que tinha acertado.

— Eu vou te destruir, homenzinho! – Campo de Origem berrou para mim. – Vou te destroçar como um lenço num furacão!

— Uau! – eu disse, chegando a um cruzamento e me escondendo atrás de uma velha caixa de correio.

— O quê? – Thia perguntou.

— Foi uma metáfora muito boa.

Olhei para Campo de Origem. Ela percorria a rua, brilhando com eletricidade. Linhas de energia voavam do seu corpo para o chão, para postes próximos, e para as paredes dos prédios conforme ela se aproximava. Tanto *poder*. Era assim que seria Edmund – o Épico gentil que fornecia energia a Nova Chicago – se não estivesse constantemente doando suas habilidades?

— Eu *me recuso* a acreditar – Campo de Origem gritou – que você matou Coração de Aço!

Mitose disse a mesma coisa, pensei. Ele fora outro Épico que tinha vindo recentemente a Nova Chicago. Eles não conseguiam aceitar que pessoas comuns tinham assassinado um dos Épicos mais poderosos – um homem que até outros como Campo de Origem haviam temido.

Ela estava magnífica, toda de preto com uma capa esvoaçante, eletricidade saltando do seu corpo em faíscas e lampejos. Infelizmente, eu não precisava que ela estivesse magnífica. Precisava que estivesse *furiosa*. Alguns membros da Patrulha se esgueiraram para fora de um prédio próximo, portando fuzis de assalto nas costas e bexigas de Ki-Suco nas mãos. Eu acenei para que fossem na direção de um beco. Eles concordaram com a cabeça e recuaram para esperar.

Era hora de provocar um Épico.

– Eu não matei só Coração de Aço! – eu gritei para ela. – Matei dezenas de Épicos! E vou matar você também!

Uma rajada de energia acertou a caixa de correio que me escondia. Eu me lancei para trás de um prédio para me proteger, e outro jato atingiu o chão a centímetros de mim. Quando rocei o braço no chão, um choque subiu por ele, me dando um sobressalto. Xingando, me encostei na parede e sacudi a mão. Então espiei pelo lado do prédio. Campo de Origem estava correndo até mim.

Ótimo! E também *aterrorizante*.

Corri em direção a uma porta do outro lado da rua. Campo de Origem virou a esquina correndo assim que entrei no prédio.

Lá dentro, um caminho atravessava o que já fora algum tipo de sala de exposição de carros. Segui por ela e Campo de Origem me seguiu, se teletransportando em alta velocidade pela parede da frente.

Atravessei uma sala depois da outra, seguindo o padrão que tínhamos estabelecido.

Direita, entrar naquela sala.

Esquerda por um corredor.

Direita de novo.

Tínhamos usado outro dos poderes de Prof – o que ele disfarçava com a tecnologia que chamava de tensores – para talhar passagens. Campo de Origem me seguia, atravessando as paredes em lampejos de luz. Eu nunca ficava na sua vista o suficiente para ela lançar uma boa rajada. Estava tudo perfeito. Ela...

... ela parou de correr.

Eu estaquei na porta dos fundos do prédio. Campo de Origem tinha parado de me seguir. Ela estava imóvel no fim de um longo corredor que levava à minha porta, a eletricidade faiscando dela para as paredes de aço.

— Thia, está vendo isso? — sussurrei.

— Sim. Parece que algo a assustou.

Eu respirei fundo. Era bem menos que ideal, mas...

— Abraham — sussurrei —, entre com as tropas. Ataque completo.

— De acordo — Prof disse.

As tropas da Patrulha que estavam esperando invadiram a concessionária. Outras desceram degraus do andar de cima; eu ouvi seus passos pesados. Campo de Origem olhou para trás quando um par de soldados entrou no corredor usando equipamento completo, com capacetes e armadura futurística. O fato de eles jogarem bexigas de água laranja estragou um pouco o efeito.

Campo de Origem encostou uma mão na parede ao seu lado, então se transformou em eletricidade e derreteu para dentro do aço, desaparecendo. As bexigas estouraram inutilmente no chão do corredor.

A Épica emergiu de novo no corredor e liberou jatos de energia. Apertei os olhos com força quando os disparos explodiram dois soldados, mas pude ouvir os seus gritos.

— Isso é o melhor que os tão temidos Executores conseguem fazer? — Campo de Origem gritou enquanto mais soldados entravam, jogando bexigas de água de todas as direções. Eu me obriguei a assistir, e empunhei a pistola quando Campo de Origem sumiu atravessando o chão.

Ela apareceu atrás de um grupo de soldados no meio do corredor. Os homens gritaram quando a eletricidade os acertou. Eu cerrei os dentes. Se eles sobrevivessem, Prof conseguiria curá-los fingindo usar "tecnologia Executora".

— As bexigas não estão funcionando — Thia disse.

— Estão, sim — respondi entre dentes, vendo uma acertar Campo de Origem. Os poderes dela vacilaram. Eu disparei minha pistola, assim como três atiradores da Patrulha que haviam se posicionado do meu outro lado, no extremo oposto do corredor.

Todas as quatro balas acertaram; todas as quatro foram pegas no campo de energia dela e destruídas. As bexigas estavam funcionando, mas não o bastante.

— Todas as unidades no lado sul do corredor — a voz de Abraham ordenou —, recuem! Imediatamente.

Eu atravessei a porta abaixado quando uma barragem repentina de balas fez o prédio estremecer. Abraham, que tinha se posicionado atrás dos atiradores da Patrulha no fim do corredor, estava disparando sua miniarma gravatônica XM380.

Peguei meu celular e acessei a transmissão de vídeo de Abraham. Podia enxergar da perspectiva dele, os clarões da arma no escuro, bala depois de bala ricocheteando pelo corredor de aço, lançando faíscas. Todas as que atingiam Campo de Origem ficavam presas ou eram defletidas pelo seu campo elétrico. Um grupo de homens e mulheres atrás de Abraham lançava bexigas sem parar. Acima da Épica, soldados abriram um alçapão no teto e jogaram um balde de Ki-Suco sobre ela.

Campo de Origem pulou, desviando. Passo a passo, ela recuou daquele líquido derramado. Ela *tinha* medo daquilo, mas não estava funcionando completamente. A fraqueza de um Épico deveria anular seus poderes totalmente, e o Ki-Suco não estava fazendo isso.

Eu tinha bastante certeza do porquê.

Campo de Origem soltou uma série de rajadas de energia na direção de Abraham e dos outros. Abraham xingou e foi atingido, mas seu campo protetor — doado a ele por Prof sob o disfarce de uma jaqueta com um campo de força tecnológico — o protegeu e encobriu as pessoas atrás dele. Ouvi grunhidos através da transmissão, embora não pudesse ver nada, e a desliguei.

— Vocês não são *nada*! — Campo de Origem berrou.

Prendi o celular no braço e recuei para o corredor a tempo de vê-la mandar uma onda de eletricidade através do teto na direção dos soldados ali. Gritos.

Sopesei minha última bexiga, então a joguei. Ela explodiu nas costas da Épica.

Campo de Origem se virou para mim. Faíscas! Uma Alta Épica em toda a sua glória, com energia chamejando... Não era surpreendente que essas coisas tivessem a pretensão de governar.

Eu cuspi aos pés dela, então me virei e saí correndo pela porta dos fundos.

Ela gritou atrás de mim e me seguiu.

– Unidades superiores, rua Haven – Thia comandou no meu ouvido –, se preparem para jogar.

Pessoas apareceram no teto do prédio do qual eu acabara de sair e lançaram bexigas de água para baixo quando Campo de Origem veio atrás de mim. Ela as ignorou, me seguindo. Se as bexigas estavam tendo algum efeito, era o de deixá-la mais furiosa.

Quando elas estouravam perto dela, no entanto, Campo de Origem parava de gritar.

Certo, pensei, suando, e corri para dentro de um prédio do outro lado da rua. Era um pequeno condomínio de apartamentos. Atravessei a entrada correndo e entrei no primeiro apartamento.

Campo de Origem seguiu em uma tempestade de energia e fúria. Ela não parava nas paredes: atravessava-as em lampejos de luz.

Só mais um pouco!, pedi silenciosamente enquanto fechava uma porta. O complexo era habitado, e nós tínhamos substituído muitas das portas de aço congeladas por portas de madeira que funcionavam.

Campo de Origem atravessou a parede quando eu saltei sobre um sofá de aço e entrei na próxima sala – que estava totalmente escura. Bati a porta.

A luz de Campo de Origem entrando me cegou. Sua aura me atingiu, e de repente aquele pequeno choque que eu tomara antes pareceu minúsculo. A eletricidade percorreu o meu corpo, fazendo meus músculos ficarem fracos e terem espasmos. Ergui a mão para apertar o botão grande na parede, mas meus braços não estavam funcionando direito.

Bati a cabeça nele em vez disso.

Desabei, sucumbindo ao choque da energia dela. Acima de nós, o teto da pequena sala escura – que já fora um banheiro – se abriu, despejando várias centenas de galões de Ki-Suco sobre nós. Acima disso, chuveiros se ligaram, borrifando o líquido vermelho.

A energia de Campo de Origem foi reduzida dramaticamente. A eletricidade correu pelos seus braços em pequenas trilhas, mas estava morrendo. Ela foi até a porta, mas eu a trancara ao passar. Xingando, a

Épica ergueu um punho, tentando reunir energia para se teletransportar, mas a chuva constante de líquido havia cortado seus poderes.

Com esforço, fiquei de joelhos.

Ela se virou para mim e rosnou, apertando meus ombros.

Ergui a mão, agarrei a máscara dela e a arranquei como uma máscara de esqui. O objeto tinha um pedaço de plástico na frente que obviamente ficava sobre o nariz e a boca. Um filtro de algum tipo?

Debaixo da máscara ela era uma mulher de meia-idade com cabelo castanho encaracolado. O líquido continuou a chover sobre nós, escorrendo sobre as bochechas e os lábios dela. Entrando na sua boca.

A luz dela se apagou completamente.

Com um grunhido, me ergui enquanto Campo de Origem gritava em pânico, batendo na porta, sacudindo-a, tentando abri-la. Eu bati no celular, iluminando a sala com uma luz branca suave.

— Sinto muito — eu disse, mirando a pistola de Megan na sua cabeça.

Campo de Origem me encarou com olhos arregalados.

Eu apertei o gatilho. Dessa vez, a bala não ricocheteou. Campo de Origem desabou, e um líquido vermelho mais escuro começou a se acumular ao redor dela, misturando-se com aquele que estava chovendo. Abaixei a arma.

Meu nome é David Charleston.

Eu mato pessoas que têm superpoderes.

4

Destranquei a porta e saí do banheiro, pingando suco de fruta artificial. Um grupo de soldados estava em pé na sala empunhando armas. Eles as abaixaram quando me viram. Fiz um gesto sobre o ombro, e Roy, capitão da equipe da Patrulha, mandou dois policiais buscarem o corpo.

Eu estava exausto e trêmulo, e precisei de duas tentativas para devolver a arma de Megan ao coldre. Não disse nada quando vários soldados bateram continência para mim na saída. Eles me viam com uma mistura de admiração e reverência, e um sussurrou "Matador de Aço". Em menos de um ano com os Executores, eu tinha matado pessoalmente quase uma dúzia de Épicos.

O que esses homens diriam se soubessem que eu devia a maior parte da minha reputação aos poderes de outro Épico? O campo de força que me protegia de ferimentos e as habilidades que me curavam quando estava próximo à morte eram ambos partes do portfólio de poderes de Prof, coisas que ele disfarçava como tecnologia. Ele era o que chamávamos de "doador", um Épico que podia emprestar seus talentos extraordinários para outras pessoas. Por algum motivo, isso permitia a ele não ser corrompido – outras pessoas podiam usar seus poderes por ele, mas usá-los pessoalmente poderia destruí-lo.

Só um punhado de pessoas sabia a verdade sobre Prof. E nenhuma delas estava entre os habitantes comuns de Nova Chicago – aquele grande grupo que tinha se reunido fora do prédio. Como os soldados, eles me observavam com reverência e empolgação. Para eles, eu era uma celebridade.

Abaixei a cabeça e abri caminho em meio a eles, desconfortável. Os Executores sempre tinham sido um grupo secreto, e eu não tinha me juntado a eles por notoriedade. Infelizmente, precisávamos ser vistos para que as pessoas da cidade soubessem que alguém estava lutando – e, com sorte, isso as inspiraria a lutar também. Era um equilíbrio difícil de manter; eu com certeza não queria ser idolatrado.

Para além da plateia boquiaberta, avistei uma figura familiar. Com pele escura e musculoso, Abraham usava um uniforme militar preto e cinza – camuflagem para uma cidade feita de aço. As roupas estavam rasgadas e arranhadas; eu sabia o suficiente para perceber que o campo protetor de Prof fora usado até o limite. Abraham me deu um joinha, então se dirigiu para um prédio próximo.

Fui naquela direção enquanto, atrás de mim, Roy e sua equipe carregavam a Épica morta para exibir o seu corpo. Era importante que as pessoas vissem os Épicos como mortais, mas eu não glorificava a morte. Não como teria feito antes.

Ela pareceu tão aterrorizada no final, pensei. *Podia ter sido Megan, ou Prof, ou Edmund... só uma pessoa normal apanhada no meio de tudo isso. Levada a cometer atos terríveis por poderes que não pediu para ter.*

Saber que os poderes *literalmente* corrompiam os Épicos tinha mudado minha perspectiva sobre tudo isso. Muito.

Entrei no prédio e subi uma escada até uma sala no segundo andar iluminada por uma única lâmpada no canto. Como esperava, encontrei Prof lá, olhando pela janela com os braços cruzados. Ele usava um jaleco de laboratório preto que descia até as panturrilhas e tinha um par de óculos de proteção enfiados no bolso. Cody esperava do outro lado da sala escura, uma silhueta magra usando uma camisa de flanela com as mangas cortadas, o fuzil de atirador jogado sobre o ombro.

Prof, também conhecido como Jonathan Phaedrus, era o fundador dos Executores. Nós lutávamos contra os Épicos. Nós os matávamos. E, no entanto, éramos liderados por um. Quando eu descobri, foi difícil reconciliar as duas coisas. Eu crescera praticamente idolatrando os Executores e detestando os Épicos. Descobrir que Prof era ambos... fora como descobrir que o Papai Noel era secretamente um nazista.

Eu tinha superado. Antigamente, achava risível a ideia do meu pai de que bons Épicos surgiriam. Agora, depois de conhecer não um, mas três bons Épicos... bem, o mundo era um lugar diferente. Ou melhor, acho que era o mesmo lugar – eu só o via mais precisamente.

Fui para o lado de Prof, na janela. Ele era alto, tinha cabelo grisalho e feições quadradas. Parecia tão *sólido* ali de pé, com as mãos unidas atrás das costas. Algo estável, imóvel, como os próprios prédios da cidade. Quando me aproximei, ele ergueu a mão, apertou meu ombro e me fez um aceno com a cabeça. Um aceno de respeito e aprovação.

– Bom trabalho – ele disse.

Eu sorri.

– Mas você parece que passou pelo inferno – ele observou.

– Duvido que o inferno tenha tanto Ki-Suco – respondi.

Ele resmungou, virando-se de novo para a janela. Mais pessoas tinham se reunido, algumas gritavam em comemoração à vitória.

– Eu nunca pensei – Prof disse suavemente – que me sentiria tão paternal em relação a essas pessoas. Ficar em um único lugar, proteger a cidade... para mim, tem sido muito bom lembrar por que fazemos isso. Obrigado por nos incentivar. Você fez algo especial aqui.

– Mas...? – perguntei, reconhecendo a insinuação no tom de Prof.

– Mas agora precisamos cumprir as promessas que fizemos a essas pessoas. Segurança. Uma vida boa. – Ele se virou para mim. – Primeiro Mitose, depois Instabam, agora Campo de Origem. Há um padrão no ataque deles, e sinto que alguém está tentando atrair a minha atenção. Alguém que sabe o que eu sou e que está mandando Épicos para atacar minha equipe em vez de mim.

– Quem? – Quem poderia saber o que Prof era? Mesmo os membros dos Executores, em sua maioria, não sabiam a verdade sobre ele. Só a equipe aqui em Nova Chicago estava por dentro do segredo.

– Tenho minhas suspeitas – Prof disse. – Mas agora não é a hora de falar sobre isso.

Assenti, sabendo que pressioná-lo não me levaria muito longe. Em vez disso, olhei para a multidão abaixo de nós e para a Épica morta.

– Campo de Origem te prendeu numa armadilha, Prof. O que aconteceu?

Ele balançou a cabeça.

— Ela me pegou desprevenido com aquela bolha de eletricidade. Você sabia que ela podia fazer esse tipo de coisa?

Eu sacudi a cabeça. Não fazia ideia.

Prof grunhiu.

— Pra me libertar, eu teria sido obrigado a usar meus poderes.

— Ah – eu disse. – Bem... talvez você *devesse* usá-los. Talvez pudéssemos praticar e ver se há um jeito de você ser um Épico sem... sabe. Quer dizer, você pode doá-los sem ser corrompido, então talvez haja algum segredo para usá-los também. Megan...

— Megan não é sua amiga, filho – Prof disse, me interrompendo gentil, mas firmemente. – Ela é um deles. Sempre foi.

— Mas...

— Não. – Prof apertou meu ombro. – Você *tem* que entender isso, David. Quando um Épico deixa seus poderes o corromperem, ele escolhe se tornar o inimigo. É assim que devemos pensar sobre isso. Qualquer outro jeito te deixará louco.

— Mas você usou seus poderes pra me salvar – eu apontei. – Para lutar com Coração de Aço.

— E ambas as vezes isso quase me destruiu. Tenho que ser firme comigo mesmo, ser mais cuidadoso. Não posso deixar as exceções se tornarem a realidade.

Engolindo, eu assenti.

— Sei que pra você isso sempre foi uma vingança – Prof disse. – É uma motivação forte, e estou feliz que você a tenha canalizado, filho. Mas eu não os mato por vingança, não mais. Isso que fazemos... pra mim, é como sacrificar um cachorro raivoso. É uma misericórdia.

O modo como ele falou isso me deixou enjoado. Não porque eu não acreditasse nele ou não gostasse do que ele tinha dito – faíscas, seus motivos eram provavelmente mais altruístas que os meus. Mas eu sabia que ele estava pensando em Megan. Ele se sentia traído por ela, e provavelmente tinha todo direito de se sentir assim.

Mas Megan *não era* uma traidora. Eu não sabia o que ela era, mas pretendia descobrir.

Lá embaixo, um carro abriu caminho em meio à multidão. Prof olhou para ele.

– Vá lidar com eles – disse. – Te encontro no esconderijo.

Eu me virei enquanto a prefeita saía do carro, junto com alguns membros da câmara municipal.

Ótimo, pensei.

Sinceramente, teria preferido enfrentar outro Épico.

5

Quando saí do prédio, os soldados estavam abrindo caminho para a prefeita Briggs. Ela usava um terninho branco e um chapéu fedora da mesma cor, um figurino parecido com o dos outros membros da câmara municipal. Roupas únicas, feitas sob medida – o que contrastava com as pessoas comuns, que usavam... bem, basicamente qualquer coisa.

No início do reinado de Coração de Aço, roupas tinham sido surpreendentemente difíceis de encontrar. Tudo que não estava sendo usado por alguém tinha sido transformado em aço durante a Grande Transfersão. Ao longo dos anos, no entanto, as equipes de saqueamento de Coração de Aço tinham revistado os subúrbios, esvaziando depósitos, antigos shoppings e casas abandonadas. Agora tínhamos o suficiente para usar, mas era uma mistura estranha de diferentes estilos.

A classe alta, no entanto, queria se destacar. Eles evitavam peças práticas como jeans, que duravam um tempo surpreendentemente longo com alguns remendos aqui e ali. Durante o reinado de Coração de Aço, tinham encomendado suas roupas, e escolheram designs arcaicos. Coisas de uma época mais elegante, ou pelo menos era o que diziam. Não era o tipo de peça que você podia encontrar jogada por aí.

Tínhamos decidido que eu seria nossa ligação com Briggs e os outros. Eu era o único nativo de Nova Chicago nos Executores, e queríamos limitar o acesso a Prof. Os Executores não governavam Nova Chicago – nós a protegíamos. Era uma separação que todos achávamos importante.

Atravessei a multidão, ignorando as pessoas que sussurravam meu nome. Sinceramente, a atenção era constrangedora. Todas essas pessoas me idolatravam, mas mal lembravam homens como meu pai, que tinham morrido lutando contra os Épicos.

– Isso tem dedo seu, Charleston – a prefeita Briggs disse, cutucando o cadáver com o pé. – O Matador de Aço coloca outra marca no seu fuzil.

– Meu fuzil está quebrado – retruquei, brusco demais. A prefeita era uma mulher importante, e tinha feito milagres para organizar a cidade. Só que ela era um *deles*, da classe alta de Coração de Aço. Eu tinha esperado que todos eles acabassem na rua, mas de algum modo, por meio de uma série de manobras políticas que eu não conseguira acompanhar, Briggs fora parar no comando da cidade em vez de ser exilada.

– Tenho certeza de que podemos arranjar uma arma nova pra você. – Ela me examinou sem sorrir. Gostava de transmitir uma atitude "sem rodeios". Para mim, parecia mais uma atitude "sem personalidade". – Ande comigo um pouco, David – Briggs ordenou, virando e começando a se afastar. – Não se importa, não é?

Eu me importava, mas imaginei que essa era uma daquelas questões a que não se deve responder. Embora não tivesse *muita* certeza disso. Eu não era um nerd, que fique claro, mas passara boa parte da juventude estudando Épicos, então tinha uma experiência limitada com interação social. Eu me misturava entre pessoas comuns como um balde de tinta se mistura com um saco de esquilos.

– Seu líder – Briggs disse enquanto nos afastávamos um pouco da multidão. – Eu não o vejo há algum tempo.

– Prof está ocupado.

– Imagino que sim. E devo dizer que realmente apreciamos a proteção que você e sua equipe oferecem a esta cidade. – Ela olhou para o cadáver por sobre o ombro, então ergueu uma sobrancelha. – No entanto, não consigo entender qual é o seu plano.

– Como assim, prefeita? – perguntei.

– Seu líder permitiu que as rodas da política me pusessem no comando de Nova Chicago, mas não sei quase nada sobre as metas dos Executores para a cidade; nem, na verdade, para o país. Seria bom saber o que vocês estão planejando.

— Isso é fácil — eu disse. — Matar Épicos.

— E se um grupo de Épicos se unir e vier atacar a cidade de uma vez? Ah. Isso seria um problema.

— Campo de Origem — ela disse — nos aterrorizou por cinco dias enquanto vocês planejavam furiosamente. Cinco dias é um longo tempo para uma cidade ficar sob o comando de outro tirano. Se cinco ou seis Épicos poderosos se unissem e viessem com a intenção de exterminar, eu não vejo como vocês nos protegeriam. Certamente poderiam matá-los um de cada vez, mas Nova Chicago seria arrasada antes que terminassem.

Briggs parou de andar e se virou para mim, agora que os outros não podiam ouvir. Ela me encarou e vi algo na sua expressão. Seria… medo?

— Então eu pergunto — ela continuou suavemente —, qual é o seu plano? Depois de anos escondidos e só atacando Épicos de pouca importância, os Executores se revelaram e derrubaram *Coração de Aço em pessoa*. Isso significa que vocês têm uma meta maior, certo? Começaram uma guerra. Conhecem um segredo para vencê-la, não conhecem?

— Eu… — O que eu podia dizer? Essa mulher, que sobrevivera ao reinado de um dos Épicos mais poderosos do mundo e assumira o controle depois da queda dele, me olhava com um pedido nos lábios e terror nos olhos. — Sim. Temos um plano.

— E…?

— E talvez tenhamos encontrado um jeito de deter todos eles, prefeita. Qualquer Épico.

— Como?

Eu sorri no que esperava ser um jeito confiante.

— Segredo Executor, prefeita. Mas confie em mim. Sabemos o que estamos fazendo. Nunca teríamos começado uma guerra se esperássemos perder.

Ela assentiu, parecendo tranquilizada. Retomou seu jeito prático e, agora que me tinha ali, listou uma dúzia de perguntas que queria que eu fizesse a Prof — a maioria das quais pareciam tentativas de definir um posicionamento político, dele e dos Executores. Sua influência entre a elite de Nova Chicago cresceria muito se ela pudesse apresentar Prof por aí como um amigo. Isso era parte do motivo para mantermos distância.

Eu ouvi, mas estava distraído pelo que dissera a ela. Os Executores tinham um plano? Na verdade, não.

Mas *eu* tinha.

Finalmente retornamos para onde jazia o corpo de Campo de Origem. Mais pessoas tinham se reunido, incluindo alguns membros da imprensa emergente da cidade, que tiravam fotos. Eles tiraram algumas de mim, infelizmente.

Passei pela multidão e me ajoelhei ao lado do cadáver. Ela fora um cão raivoso, como Prof havia dito. Matá-la tinha sido um ato de misericórdia.

Ela veio atrás de nós, eu pensei. *E essa é a terceira que evitou uma briga com Prof.* Mitose viera à cidade enquanto Prof não estava aqui. Instabam tentara despistar Prof na perseguição, indo atrás de Abraham. Agora Campo de Origem tinha capturado Prof, e o deixado para trás para me caçar.

Prof tinha razão. Algo estava acontecendo.

— David? — Roy perguntou. Ele se ajoelhou, usando sua armadura preta e cinza da Patrulha.

— O quê?

Roy me estendeu algo em sua mão enluvada. Pétalas de flores em um arco-íris vibrante de tons — cada pétala mesclando entre três ou quatro cores, como tinta misturada.

— Estavam no bolso dela — Roy disse. — Não encontramos mais nada.

Chamei Abraham e mostrei as pétalas para ele.

— São de Babilar — ele disse. — A cidade que costumava ser conhecida como Nova York.

— Era lá que Mitose estava trabalhando antes de vir pra cá — comentei em voz baixa. — Coincidência?

— Dificilmente — Abraham disse. — Acho que precisamos mostrar isso a Prof.

6

Nós ainda mantínhamos uma base secreta escondida nas entranhas de Nova Chicago. Embora eu visitasse um apartamento nas sobrerruas todo dia para tomar banho, dormia aqui embaixo, assim como os outros. Prof não queria que as pessoas soubessem onde nos encontrar. Considerando que os Épicos que nos visitaram nos últimos tempos tinham todos especificamente tentado nos matar, parecia uma boa decisão.

Abraham e eu atravessamos uma longa passagem oculta escavada diretamente no chão metálico. Os lados do túnel tinham uma aparência suave, característica de ambientes criados pelos tensores. Quando um de nós usava os poderes de desintegração de Prof, podia transformar pedaços de metal, rocha ou madeira sólida em poeira. Isso fazia o túnel parecer esculpido, como se o aço fosse lama que tivéssemos removido com as mãos.

Cody vigiava a entrada para o esconderijo. Sempre colocávamos um guarda depois de uma operação. Prof temia que um dos Épicos aparecesse apenas para nos distrair – alguém para matarmos enquanto um Épico mais poderoso assistia e tentava descobrir como nos seguir.

Era perfeitamente possível.

O que vamos fazer se um grupo de Épicos decidir destruir a cidade?, pensei, estremecendo enquanto Abraham e eu entrávamos no esconderijo.

Iluminado por lâmpadas amarelas rosqueadas diretamente nas paredes, o esconderijo era um complexo de salas de aço de dimensão média. Thia estava sentada a uma mesa no lado oposto; ruiva e de meia-idade, ela usava óculos, uma blusa branca e jeans. Sua mesa era uma peça de madeira suntuosa que ela adquirira algumas semanas antes. Tinha parecido um sinal estranho para mim, um símbolo de permanência.

Abraham foi até ela e jogou as pétalas de flor sobre a mesa. Thia ergueu uma sobrancelha.

– Onde? – ela perguntou.

– No bolso de Campo de Origem – eu disse.

Thia reuniu as pétalas.

– Esse é o terceiro Épico seguido que vem pra cá tentar nos destruir – eu disse. – E cada um tinha uma conexão com Babilônia Restaurada. Thia, o que está acontecendo?

– Não tenho certeza – ela respondeu.

– Prof parece saber – eu disse. – Ele praticamente admitiu mais cedo, mas não me deu uma explicação.

– Então eu deixarei que ele conte quando estiver pronto – ela retorquiu. – Por enquanto, há um arquivo aqui na mesa pra você. Aquilo que você pediu.

Ela estava tentando me distrair. Joguei a mochila no chão – os pedaços do fuzil escapavam para fora – e cruzei os braços, mas me peguei olhando na direção da mesa, onde havia uma pasta com meu nome escrito.

Thia escapou, entrando no quarto de Prof e deixando Abraham e eu sozinhos na sala principal. Ele se sentou na bancada de trabalho, depositando sua arma nela com um baque. Os gravatônicos brilhavam verdes na parte de baixo, mas um deles parecia ter rachado. Abraham tirou algumas ferramentas da parede e começou a desmontar a arma.

– O que eles não estão contando pra gente? – perguntei, pegando a pasta na mesa de Thia.

– Muitas coisas – Abraham disse. Seu leve sotaque francês o fazia soar pensativo. – É o jeito certo. Se um de nós for capturado, não podemos revelar o que sabemos.

Resmunguei, me encostando na parede de aço ao lado dele.

– Babilar... Babilônia Restaurada. Você já esteve lá?

– Não.

– Nem antes? – eu perguntei, virando as páginas que Thia havia deixado para mim. – Quando era chamada de Manhattan?

— Nunca a visitei — Abraham disse. — Sinto muito.

Olhei para a mesa de Thia. Uma pilha de pastas ali parecia familiar. Minhas antigas anotações, que eu fizera para cada Épico que conhecia. Eu me inclinei para a frente e abri uma pasta.

Realeza, dizia o primeiro arquivo. *Antigamente, Abigail Reed.* A Épica que atualmente comandava Babilar. Peguei uma foto de uma mulher afro-americana mais velha, de aparência respeitável. Ela parecia familiar. Não tinha sido juíza, muito tempo atrás? Sim… e depois tinha estrelado o seu próprio *reality show. Juíza Realeza.* Eu virei as páginas, refrescando a memória.

— David… — Abraham avisou quando virei outra página.

— São as *minhas* anotações — eu disse.

— Na mesa de Thia. — Ele continuou a trabalhar na arma, sem olhar para mim.

Suspirando, fechei a pasta. Em vez disso, comecei a ler o arquivo que ela deixara para mim. Havia uma única página nele; fora enviada a Thia por um dos seus contatos, uma tradicionista — o termo Executor para uma pessoa que estudava Épicos.

Frequentemente é difícil desenterrar quem os Épicos eram antes de sua transformação, particularmente os primeiros, o arquivo dizia. *Coração de Aço é um ótimo exemplo disso. Não apenas perdemos muito do que estava registrado na internet, como ele trabalhou ativamente para eliminar qualquer um que o conhecera antes de Calamidade. Agora que sabemos a fraqueza dele — graças ao seu jovem amigo —, podemos presumir que ele queria eliminar quem o conhecia antes e não o temia.*

Mesmo assim, consegui recuperar algumas informações. Chamado Paul Jackson, Coração de Aço foi uma estrela das pistas de corrida na escola. Ele também tinha a reputação de ser um bully de certa envergadura, a ponto de — apesar do seu histórico de vitórias — não lhe oferecerem nenhuma bolsa importante. Houve alguns incidentes. Não consegui descobrir detalhes, mas acho que ele pode ter deixado alguns colegas de time com ossos quebrados.

Depois do ensino médio, conseguiu um emprego trabalhando como vigia noturno em uma fábrica. Passava o tempo postando em fóruns de teorias da conspiração, especulando sobre a queda iminente do país. Não acho que isso foi precognição — ele só era mais um de um grupo de excêntricos que estavam insatisfeitos com o modo como os Estados Unidos eram governados. Frequentemente dizia não acreditar que as pessoas comuns fossem capazes de votar para o seu próprio bem.

E é basicamente isso. Admito, porém, que estou curioso sobre por que você quer saber sobre o passado de um Épico morto. O que está pesquisando, Thia?

Embaixo, rabiscado na letra de Thia, estavam as palavras: Sim, David, também estou curiosa sobre o que você está tentando encontrar. Venha falar comigo.

Eu larguei o papel e fui até o quarto de Prof. Não usávamos portas no esconderijo, só cortinas. Eu podia ouvir vozes lá dentro.

– David... – Abraham começou.

– Nas anotações, ela me disse para ir falar com ela.

– Duvido que quisesse dizer imediatamente.

Hesitei em frente à porta.

– ... essas flores são um sinal óbvio de que Abigail está envolvida – Thia dizia lá dentro, em uma voz baixa. Eu quase não conseguia escutar.

– É provável – Prof respondeu. – Mas as pétalas em si são óbvias demais. Eu fico pensando... Ou um Épico rival está tentando atrair nossa atenção para ela, ou...

– Ou o quê?

– Ou ela mesma está tentando nos provocar para irmos para lá. Não posso evitar ver isso como um desafio, Thia. Abigail quer que eu vá enfrentá-la. Vai continuar mandando pessoas para tentar matar minha equipe até que eu vá. É o único motivo que eu consigo pensar para ela ter recrutado *especificamente* Tormenta de Fogo.

Tormenta de Fogo.

Megan.

Entrei na sala, ignorando o suspiro de resignação de Abraham.

– Megan? – perguntei. – O que tem ela?

Thia e Prof estavam cara a cara, e ambos se viraram para mim como se eu fosse muco no para-brisa depois de um espirro. Empinei o queixo e os encarei de volta. Eu era um membro completo dessa equipe; podia ser parte de...

Faíscas. Aqueles dois realmente sabiam *encarar*. Eu comecei a suar.

– Megan – repeti. – Vocês, hã, a encontraram?

– Ela assassinou um membro de uma equipe Executora em Babilar – Prof respondeu.

As palavras foram como um soco no estômago.

– Não foi ela – eu decidi. – O que quer que pense que aconteceu, você não tem todos os fatos. Megan não faria isso.

– O nome dela é Tormenta de Fogo. A pessoa que você chama de Megan era só uma mentira criada para nos enganar.

– Não – eu retruquei. – Aquela *era* a Megan de verdade. Eu vi isso nela; eu a *conheço*. Prof, ela...

– David – Prof cortou, exasperado –, ela é um *deles*.

– Você também é! – eu gritei. – Acha que podemos simplesmente continuar fazendo o que sempre fizemos? O que vai acontecer quando um Épico como Quebra-costas ou Obliteração vier pra cá? Alguém que pode simplesmente vaporizar a cidade inteira pra nos encontrar?

– É por isso que nunca fomos tão longe! – Prof gritou de volta para mim. – É por isso que mantivemos os Executores em segredo, em silêncio, e nunca atacamos Épicos que eram poderosos demais! Se essa cidade for destruída, vai ser *sua culpa*, David Charleston. Dezenas de milhares de mortes estarão nas *suas* mãos!

Recuei, chocado, subitamente consciente do que estava fazendo. Estava mesmo discutindo com Jon Phaedrus, chefe dos Executores? Alto Épico? O ar parecia *se distorcer* ao redor dele enquanto ele gritava comigo.

– Jon – Thia disse, cruzando os braços –, isso foi injusto. Você concordou em atacar Coração de Aço. Todos temos uma parcela de culpa aqui.

Ele olhou para ela e parte da fúria abandonou seus olhos. Ele resmungou.

– Precisamos de uma saída, Thia. Se vamos lutar essa guerra, vamos precisar de armas contra eles.

– Outros Épicos – eu disse, encontrando minha voz.

Prof me lançou um olhar frio.

– Ele pode ter razão – Thia disse.

Prof virou o olhar para ela.

– O que fizemos – Thia continuou –, fizemos graças aos seus poderes. Sim, David derrubou Coração de Aço, mas sem a sua proteção ele nunca teria sobrevivido para fazer isso. Talvez seja a hora de começarmos a nos fazer novas perguntas.

— Megan passou todos aqueles meses com a gente — eu apontei — e nunca se voltou contra nós. Eu a vi usar seus poderes e, sim, ela ficou meio rabugenta depois, mas ainda era boa, Prof. E durante a luta com Coração de Aço, quando me viu, ela voltou a si.

Prof balançou a cabeça.

— Ela não usou seus poderes contra nós porque era espiã de Coração de Aço e não queria se revelar — ele disse. — Admito que isso pode tê-la deixado mais razoável, mais como si mesma, durante seu tempo conosco. Mas ela não tem mais motivo para evitar usar suas habilidades; os poderes a terão consumido, David.

— Mas...

— David — Prof disse —, ela *matou* um Executor.

— Houve testemunhas?

Prof hesitou.

— Não temos todos os detalhes ainda. Mas sei que há pelo menos uma gravação, feita quando ela estava lutando contra um dos nossos membros. Então ele foi encontrado morto.

— Não foi ela — eu decidi, então tomei uma decisão súbita. — Eu vou para Babilar encontrá-la.

— Não vai coisa nenhuma — Prof disse.

— O que mais podemos fazer? — perguntei, me virando. — É o único plano que temos.

— Isso não é um plano — Prof disse. — São hormônios.

Parei na porta, corando, então olhei sobre o ombro.

Prof apanhou as pétalas que Thia havia jogado na cômoda. Ele olhou para ela, que ainda estava de pé com os braços cruzados. Ela deu de ombros.

— *Eu* vou para Babilônia Restaurada — Prof disse finalmente. — Tenho negócios lá com uma velha amiga. *Você* pode me acompanhar, David. Mas não porque eu quero que recrute Megan.

— Por quê, então? — eu quis saber.

— Porque você é um dos batedores mais competentes que tenho, e vou precisar de você. O melhor que podemos fazer para proteger Nova

Chicago no momento é evitar que os Épicos se estabeleçam nela. Nós destronamos um imperador, e com isso fizemos uma declaração: que o tempo dos Épicos tiranos acabou, e que nenhum Épico, não importa quão poderoso, está a salvo de nós. Precisamos cumprir essa promessa. Precisamos *assustá-los*, David. Em vez de uma única cidade livre, precisamos mostrar a eles um continente inteiro em rebelião.

– Então nós derrubamos os tiranos de outras cidades – concordei, assentindo. – E começamos com essa Realeza.

– Se conseguirmos – Prof disse. – Coração de Aço era provavelmente o Épico vivo mais forte, mas garanto que Realeza é a mais astuta. E isso a torna tão perigosa quanto ele, se não mais.

– Ela está enviando Épicos para cá para tentar matar os Executores – eu lembrei. – Tem medo de você.

– Possivelmente – Prof concordou. – De qualquer modo, ao mandar Mitose e os outros para cá, Realeza declarou guerra. Você e eu vamos matá-la por isso, como fizemos com Coração de Aço. Como você fez com Campo de Origem hoje. E como faremos com qualquer Épico que se coloque contra nós.

Ele me encarou.

– Megan não é como os outros – eu disse. – Você vai ver.

– Talvez – Prof cedeu. – Mas se eu estiver certo, filho, quero que você esteja lá para puxar o gatilho. Porque, se alguém tiver que matá-la, deve ser um amigo.

– Uma misericórdia – eu disse, a boca ficando seca.

Ele assentiu.

– Arrume suas coisas. Partimos esta noite.

7

Deixar. Nova Chicago.

Eu nunca... Quer dizer...

Deixar Nova Chicago.

Eu tinha acabado de dizer que pretendia ir, mas tinha sido no calor do momento. Enquanto Thia e Prof saíam do quarto, fiquei parado na entrada, percebendo o que tinha feito.

Eu nunca tinha saído da cidade. Nunca tinha sequer *pensado* em fazer isso. Dentro dela havia Épicos, mas fora dela havia o caos.

Nova Chicago era tudo que eu conhecia. E agora eu estava indo embora.

Para encontrar Megan, pensei, suprimindo minha ansiedade e seguindo Prof e Thia até a sala principal. *Vai ser só por um tempo.*

Thia foi até sua mesa e começou a reunir suas anotações – aparentemente, se Prof ia para Babilar, ela também ia. Prof começou a dar ordens para Cody e Abraham. Ele queria que eles ficassem em Nova Chicago para vigiar a cidade.

– Certo – eu disse. – Arrumar minhas coisas. Deixar a cidade. É claro. Era exatamente o que eu pretendia fazer. Parece divertido.

Ninguém prestou atenção. Corando, fui apanhar minha mochila. Eu não tinha muito. Meus cadernos, que Thia havia copiado para manter uma reserva. Duas trocas de roupa. Minha jaqueta. Minha arma...

Minha arma. Coloquei a mochila no chão e puxei o fuzil quebrado, então fui até Abraham e lhe entreguei a arma, como uma criança ferida para um cirurgião.

Ele a inspecionou, então ergueu os olhos para mim.

– Vou te dar um dos meus sobressalentes.

– Mas...

Ele pôs uma mão no meu ombro.

– É uma arma velha e te serviu bem. Mas não acha que é hora de uma atualização, David?

Eu olhei para a arma quebrada. O P31 era um fuzil ótimo, baseado no antigo M14, um dos melhores fuzis já criados. Aquelas eram armas sólidas, projetadas antes que as coisas ficassem todas modernas, sofisticadas e estéreis. Tínhamos fabricado P31s na fábrica de munição de Coração de Aço quando eu era criança; eles eram robustos e confiáveis.

Mas Coração de Aço não tinha equipado seus próprios soldados com eles; o P31 era vendido para fora. Ele não quisera dar equipamentos modernos a inimigos em potencial.

– Sim – eu disse. – Tudo bem. – Eu abaixei o fuzil. Quer dizer, não é como se eu fosse *afeiçoado* a ele. Era só uma ferramenta. De verdade.

Abraham apertou meu ombro, compreensivo, então me levou até a sala de equipamentos, onde começou a remexer em caixas.

– Você vai querer algo de alcance médio. Um 5.56 serve?

– Talvez.

– AR-15?

– Ugh. AR-15? Prefiro ter uma arma que não quebre a cada duas semanas. – Além disso, todo pretenso atirador e seu cachorro tinham uma variante de M16 ou M4 ultimamente.

– G7.

– Não é preciso o bastante.

– FAL?

– Uma 7.62? Talvez – eu disse. – Mas odeio os gatilhos.

– Mais exigente que uma mulher com seus sapatos – Abraham resmungou.

– Ei – eu disse –, isso é ofensivo. – Eu conhecia muitas mulheres que eram mais exigentes com suas armas do que com os sapatos.

Abraham remexeu num baú e pegou um fuzil.

– Aqui. Que tal esse?

– Um Gottschalk? – perguntei, cético.

– Sim. É bem moderno.

– É alemão.

– Os alemães produzem boas armas – Abraham disse. – Essa tem tudo de que você vai precisar. Modos automático, de disparo contínuo ou semiautomático, fogo remoto, mira telescópica retrátil de elétrons comprimidos, pentes enormes, a opção de tirar fotos e balas modernas. Muito precisa, boa mira manual, gatilho sólido, não é sensível demais, nem de menos.

Aceitei o fuzil hesitantemente. Era tão... preto.

Eu gostava de armas com um pouco de madeira, armas que pareciam naturais. Como se você pudesse levá-las para caçar em vez de só matar pessoas. Esse fuzil era todo de plástico e metal negro. Era como as armas que a Patrulha carregava.

Abraham me deu um tapa no ombro como se a decisão tivesse sido tomada e foi conversar com Prof. Eu segurei o fuzil pelo cano. Tudo que Abraham dissera sobre ela era verdade. Eu conhecia armas, e o Gottschalk era bom.

– Você – eu disse para ela – está em período de experiência. É melhor me impressionar.

Ótimo. Agora eu estava falando com armas. Suspirando, coloquei-a sobre o ombro e enfiei alguns pentes no bolso.

Saí da sala de equipamentos e examinei minha pequena pilha de pertences. Não tinha demorado nada para juntar toda a minha vida.

– A equipe de Devin já está a caminho de St. Louis – Prof estava dizendo a Abraham e Cody. – Eles ajudarão vocês a manter Nova Chicago. Não deixem ninguém saber que eu parti e não ataquem nenhum Épico até que a equipe nova chegue. Mantenham contato com Thia e relatem a ela *tudo* que acontecer aqui.

Os dois assentiram. Eles estavam acostumados a equipes se dividindo e se movendo. Eu ainda nem sabia quantas pessoas havia nos Executores no total. Os membros às vezes falavam dessa equipe como se fosse a única, mas eu sabia que era um ardil para despistar qualquer um que pudesse estar nos espiando.

Abraham apertou minha mão, então tirou algo do bolso e o segurou. Uma pequena corrente prateada com um pingente na forma de um S estilizado. Era a marca dos Fiéis, a religião de Abraham.

— Abraham... — eu disse.

— Eu sei que você não acredita — ele falou. — Mas está vivendo a profecia agora, David. É como o seu pai disse. Os heróis virão. De certa forma, eles já vieram.

Eu olhei para o lado, onde Prof colocava uma mala no chão para Cody carregar. Fechei o punho ao redor do pingente de Abraham e assenti. Ele e os outros Fiéis acreditavam que os Épicos maus eram um teste de Deus, e que Épicos bons surgiriam se a humanidade resistisse.

Era ingênuo. Sim, eu estava começando a pensar sobre como Épicos bons, como Prof, poderiam nos ajudar, mas não acreditava em toda a baboseira religiosa. Mas Abraham era meu amigo e o presente era de coração.

— Obrigado — eu disse.

— Lute — Abraham disse. — Esse é o verdadeiro teste de um homem. Lutar enquanto os outros ficam complacentes.

Ele apanhou a mochila de Thia. Ela e Prof não tinham demorado muito mais que eu para se arrumar. Como um Executor, aprendíamos a viver com pouco. Já tínhamos trocado de esconderijo quatro vezes desde que eu me juntara a eles.

Antes de partirmos, entrei no quarto de Edmund para dizer tchau. Ele estava sentado lendo um romance sob a luz de uma lâmpada, um antigo livro de ficção científica com páginas amareladas. Ele era o Épico mais estranho que eu podia imaginar. De voz suave, magro, envelhecendo... Tinha um sorriso genuíno nos lábios quando se ergueu.

— Sim? — ele perguntou.

— Vou viajar por um tempo — eu disse.

— Ah! — Ele não estivera ouvindo. Edmund passava a maior parte dos dias no seu quartinho, lendo. Ele parecia aceitar sua posição subserviente como normal, mas também parecia aproveitar a vida como ela era. Ele era um doador, como Prof. Doava seus poderes a homens e mulheres na Patrulha, que os usavam para carregar as células de energia que forneciam eletricidade à cidade.

— Edmund? – perguntei enquanto ele apertava minha mão. – Você sabe qual é a sua fraqueza?

Ele deu de ombros.

— Já disse pra vocês que não pareço ter uma.

E nós suspeitávamos que ele estava mentindo. Prof não tinha insistido; Edmund nos ajudava com tudo o mais que pedíamos.

— Edmund, pode ser importante – eu disse suavemente. – Para derrotar os Épicos. Todos eles. – Havia tão poucos Épicos com quem as pessoas podiam *conversar*, especialmente sobre os seus poderes.

— Sinto muito – ele se desculpou. – Achei que sabia por um tempo, mas estava errado. Agora estou tão confuso quanto qualquer um.

— Bem, o que você *achou* que era?

— Ficar perto de um cachorro – ele falou. – Mas não me afetou como eu pensava que iria.

Franzindo a testa, fiz uma anotação mental para contar a Prof sobre isso. Era mais do que Edmund revelara até então.

— Obrigado mesmo assim – eu disse. – E obrigado pelo que você faz por Nova Chicago.

Edmund voltou para a cadeira e apanhou seu livro.

— Algum outro Épico sempre vai me controlar, seja Coração de Aço ou Holofote. Não importa. Não quero estar no comando, de qualquer modo. – Ele se sentou e continuou lendo.

Suspirei e voltei para a sala principal. Lá, Prof jogava uma mochila sobre o ombro. Eu fui o último a me juntar a ele e sair do esconderijo, seguindo para as catacumbas sob Nova Chicago.

Conversamos pouco durante a caminhada de cerca de meia hora. Seguimos até uma das garagens escondidas perto de uma estrada que subia para as sub-ruas e emergia na cidade. Lá, Abraham e Cody tinham arrumado nossos equipamentos em um jipe. Eu estava torcendo para irmos com um dos helicópteros, mas aparentemente isso era chamativo demais.

— Cuidado com os *púcas* enquanto viaja, rapaz – Cody recomendou, apertando minha mão. – Podem estar imitando qualquer coisa lá fora.

— Pela última vez – Thia disse enquanto tomava o assento à minha frente –, eles são da mitologia *irlandesa*, sua besta.

Cody só piscou pra mim e me jogou seu boné com camuflagem.

– Vocês todos, tomem cuidado. – Ele nos deu um joinha, recuou com Abraham para as sub-ruas.

Foi assim que, pouco tempo depois, eu me encontrei sentado no banco de trás de um jipe, o vento fustigando meu cabelo, segurando uma arma nova e deixando para trás o lugar que fora meu lar durante dezenove anos. O céu noturno era algo que eu raramente vira. Mesmo antes de Calamidade, eu sempre estivera entre os prédios, ou abaixo deles.

Quem era eu quando não estava em Nova Chicago? A sensação era como o vazio que eu sentia no peito algumas noites quando me perguntava o que eu devia fazer com a minha vida agora que *ele* estava morto. Agora que eu vencera e que meu pai estava vingado.

A resposta começava a se assentar sobre mim como um dinossauro em seu ninho. Minha vida não era apenas sobre uma cidade ou um Épico. Era sobre uma guerra. Era sobre encontrar um jeito de derrotar os Épicos.

Permanentemente.

PARTE 2

8

Os papéis se agitavam nas minhas mãos à medida que o jipe acelerava pela estrada. Havíamos chegado a um trecho relativamente intacto de asfalto, embora ainda passássemos por trechos acidentados de vez em quando. Eu não imaginava que uma pista como essa pudesse se deteriorar tão rápido. Menos de treze anos tinham se passado desde Calamidade, mas a estrada já estava cheia de buracos e plantas que espiavam de rachaduras como os dedos de um zumbi saindo da cova.

Muitas cidades pelas quais passamos estavam degradadas, com janelas quebradas e prédios caindo aos pedaços. Vi a distância algumas cidades em melhor estado, iluminadas por fogueiras, mas elas pareciam mais pequenos abrigos, cercadas por muros com plantações do lado de fora – feudos governados por algum Épico.

Viajamos de noite, e achei ter visto uma fogueira ou outra, mas não avistei um único brilho de luz elétrica. Nova Chicago *realmente* era uma anomalia. Não só o aço preservara os arranha-céus e o perfil urbano elegante, mas o reinado de Coração de Aço também tinha conservado serviços básicos.

Prof dirigia com óculos de proteção, os faróis do jipe trocados por holofotes ultravioleta que seriam invisíveis a qualquer um sem o equipamento apropriado. Eu estava sentado no banco de trás do jipe e passava o tempo lendo as anotações e artigos que Thia me dera. Segurava as folhas dentro de uma caixa no colo que tinha uma lanterna dentro, e isso encobria a maior parte da luz.

O carro desacelerou, sacolejando enquanto Prof cuidadosamente percorria um trecho ruim de asfalto entulhado. Carros jaziam como cascas de besouros enormes dos lados da estrada; eles tinham sido primeiro drenados de gasolina, então saqueados por partes. Nosso veículo, felizmente, fora convertido para funcionar com uma das células de energia de Edmund.

Enquanto passávamos lentamente sobre os entulhos, ouvi algo na noite, como um galho quebrando. O banco de trás do jipe não era enorme, mas não tinha teto, então pude facilmente pôr a caixa de lado e manobrar meu novo fuzil. Eu o apoiei no ombro e apertei um botão que desdobrava a mira automática. Funcionava muito bem, fui forçado a admitir: trocou para a visão noturna sozinho e me deixou dar zoom na fonte do barulho.

Através da holomira, avistei alguns catadores de lixo esfarrapados se agachando atrás de um dos carros quebrados na escuridão. Eles pareciam selvagens, com longas barbas e roupas costuradas sem cuidado. Eu os observei sem a trava do gatilho, procurando por armas, até que uma cabeça se ergueu. Uma menininha, com talvez 5 anos. Um dos homens a silenciou, puxando-a para baixo, então continuou assistindo ao nosso jipe até que tivéssemos cruzado o trecho de rua destruído e acelerado, deixando-os para trás.

Eu abaixei a arma.

– As coisas são mesmo ruins aqui fora.

– Sempre que uma cidade começa a se formar – Thia disse do banco do passageiro, à minha frente –, um Épico decide dominar o lugar ou destruí-lo.

– É pior – Prof completou suavemente – quando um dos próprios habitantes adquire poderes.

Épicos novos eram raros, mas apareciam. Em uma cidade como Nova Chicago, surgia um único novo a cada quatro ou cinco anos. Mas eles eram perigosos, pois um Épico que manifestava poderes pela primeira vez sempre ficava meio louco no começo, usando suas habilidades descontroladamente, destruindo tudo ao redor. Coração de Aço tinha rapidamente capturado esses indivíduos e os subjugado. Aqui fora, não haveria ninguém para impedir o surto inicial deles.

Eu me reclinei no assento, perturbado, até finalmente voltar para a leitura. Essa era a nossa terceira noite na estrada. Quando o dia nasceu depois da primeira noite, Prof nos levou até um abrigo escondido. Aparentemente, os Executores tinham muitos deles ao longo das estradas principais. Geralmente eram buracos talhados na rocha com tensores, e protegidos com portas ocultas.

Eu não tinha pressionado Prof para saber sobre os tensores. Mesmo comigo, ele falava deles como se fossem tecnologia – e não só um disfarce para seus poderes. Ele só permitia que os Executores na sua equipe pessoal os usassem, o que fazia sentido. A maioria dos poderes Épicos tinha um alcance específico. Até onde eu conseguira determinar, era preciso estar num raio de 20 quilômetros de Prof para os tensores ou os campos de energia doados funcionarem.

O que tornava tudo mais confuso era que os Executores *tinham* tecnologias que emulavam poderes Épicos, como a arma de gauss que eu usara contra Coração de Aço, e o detector, um dispositivo que eles usavam para testar se alguém era um Épico ou não. Eu tinha desconfiado que essas coisas também funcionavam secretamente com os poderes de Prof, mas ele havia me garantido que não. *Era* possível matar um Épico e fazer engenharia reversa em alguma parte do seu DNA para construir máquinas que reproduziam seus poderes. Era isso que tornava a artimanha de Prof tão crível. Por que imaginar que seu líder é um Épico quando há uma explicação tecnológica perfeitamente razoável para tudo o que a equipe pode fazer?

Virei as páginas de anotações grampeadas que Thia me dera. No verso, encontrei o perfil de Campo de Origem, que tínhamos montado logo que ela chegara a Nova Chicago. *Emiline Bask*, dizia. *Ex-recepcionista de hotel. Fã de cinema pulp asiático. Ganhou poderes dois anos depois de Calamidade.*

Corri os olhos pela história dela. Ela passara algum tempo em Detroit, Madison e Little Blackstone. Tinha se aliado com Estática e seu bando de Épicos por alguns anos, então desaparecera por um tempo antes de surgir em Nova Chicago para nos matar. Era interessante, mas não era o que eu estava procurando. Eu queria saber sobre sua vida pré-Épica, em particular sua personalidade antes de se tornar um deles. Ela tinha sido uma encrenqueira, como Coração de Aço?

Sobre isso, eu só tinha alguns parágrafos. Ela fora criada por uma tia depois que a mãe cometera suicídio, mas as páginas não diziam nada sobre sua personalidade. Havia uma anotação no final: *O trauma da mãe estava relacionado aos avós, obviamente.*

Eu me inclinei para a frente enquanto o jipe acelerava.

– Thia?

– Hmm? – ela perguntou, erguendo os olhos do datapad, que escondia em uma caixa como a minha para encobrir a luz.

– O que isso significa? Aqui diz que o trauma da mãe de Campo de Origem está relacionado de alguma forma com os avós dela.

– Não tenho certeza – ela respondeu. – O que eu te dei era parte de um arquivo maior que Jori tinha compilado; ele nos mandou apenas as informações relevantes.

Meus próprios arquivos não tinham muita informação sobre Campo de Origem. Reli aquele parágrafo, iluminado dentro da minha caixa de sapatos.

– Você poderia pedir o resto das informações para ele?

– O que você vê de tão fascinante em Épicos mortos? – Thia perguntou.

Prof manteve o olhar na estrada, mas pareceu prestar mais atenção.

– Lembra de Mitose? – perguntei. – O Épico que tentou tomar Nova Chicago há alguns meses?

– É claro.

– A fraqueza dele era rock – eu disse. – Especificamente, sua própria música. – Ele fora uma pequena estrela do rock antes de ganhar seus poderes Épicos.

– E daí?

– E daí que... é uma grande coincidência, não é? Que a própria música dele negasse seus poderes? Thia, e se há um padrão para as fraquezas? Um padrão que ainda não descobrimos?

– Alguém teria encontrado – Prof disse.

– Teria? – perguntei. – No começo, ninguém nem *sabia* sobre as fraquezas. Não era como se Épicos oferecessem essa informação às pessoas. Além disso, havia caos generalizado.

– E agora não? – Thia perguntou.

– Agora... há um caos institucionalizado – eu disse. – Olha, há quanto tempo os Executores começaram a trabalhar? Há quanto tempo os tradicionistas começaram a reunir dados sobre as fraquezas dos Épicos? Só alguns anos, certo? E, naquela época, era de conhecimento geral que as fraquezas dos Épicos são bizarras e aleatórias. Mas e se não forem?

Thia bateu um dedo no datapad.

– Suponho que vale a pena investigar. Vou conseguir mais dados sobre o passado de Campo de Origem pra você.

Assenti, olhando entre eles para a estrada ao leste. Não conseguia enxergar muito na escuridão, mas uma névoa no horizonte me pegou de surpresa. Aquilo era luz?

– Já é manhã? – perguntei, checando o celular.

– Não – Prof disse. – É a cidade.

Babilônia Restaurada.

– Já?

– David, estamos viajando há mais de dois dias – Thia disse.

– É, mas Babilar fica no outro lado do país! Eu pensei... não sei, que levaria pelo menos uma semana. Ou duas.

Prof bufou.

– Quando as estradas eram boas, você podia chegar lá de carro em um dia, fácil.

Eu me recostei no assento, me segurando durante os trancos conforme Prof acelerava. Ele obviamente queria chegar à cidade bem antes de o sol nascer. Passamos por um número crescente de subúrbios, mas, mesmo assim, tudo aqui fora era tão... *vazio*. Eu havia imaginado prédios por todos os lados, talvez fazendas espremidas entre eles. A verdade era que a paisagem fora de Nova Chicago parecia ser preenchida por... bem, um monte de nada.

O mundo era um lugar ao mesmo tempo maior e menor do que eu imaginara.

– Prof, como você conhece Realeza? – eu deixei escapar.

Thia olhou para mim. Prof continuou dirigindo.

– O que você lembra sobre Realeza, David? – Thia perguntou, talvez para quebrar o silêncio. – Das suas anotações.

– Eu estava dando uma lida nelas – eu disse, ficando empolgado. – É uma das Épicas mais poderosas que existem, e uma das mais misteriosas. Manipulação de água, projeção remota, indícios de pelo menos um outro poder grande.

Thia bufou.

– Que foi? – perguntei.

– Seu tom – ela disse. – Você parece um fã falando sobre seu filme preferido.

Eu fiquei vermelho.

– Achei que odiasse os Épicos – Thia falou.

– E odeio. – Bem, exceto pela Épica por quem eu meio que me apaixonara. E Prof. E acho que Edmund. – É complicado. Eu odiava Coração de Aço. *Realmente* odiava Coração de Aço. E todos eles por causa dele, eu acho. Mas passei minha vida estudando-os, aprendendo sobre eles...

– Você não pode imergir em algo – Prof disse suavemente – sem passar a respeitá-lo.

– É – concordei.

Quando eu era criança, era fascinado por tubarões. Li todos os livros que consegui encontrar sobre eles, incluindo os relatos mais sangrentos de mortes por tubarões. Eu adorava ler sobre eles precisamente porque eram perigosos, tão mortais, tão estranhos. Épicos eram assim também, só que muito mais. Criaturas como Realeza – misteriosas, dinâmicas, poderosas – eram *fascinantes*.

– Você não respondeu à minha pergunta – eu notei – sobre como conhece Realeza.

– Não – Prof disse. – Não respondi.

Eu sabia que não adiantaria insistir. Logo atingimos as ruínas de uma cidade maior, mas não parecíamos ter chegado a Babilar ainda – pelo menos, não tínhamos chegado à luz difusa. Esse lugar era completamente escuro – sem fogueiras, muito menos eletricidade. O que eu vira antes estava além dele, a alguma distância, e mesmo isso não eram realmente "luzes". Mais um brilho fraco no ar, como o que poderia ser causado por várias áreas iluminadas, embora eu não conseguisse distinguir luzes individuais. Ainda estávamos longe demais, e os prédios bloqueavam minha visão.

Peguei meu fuzil e observei a paisagem através da mira de visão noturna. A maioria das coisas estava enferrujada e desmoronando aqui – embora essa cidade fosse maior do que outras pelas quais passamos no caminho. Ela também me parecia errada por algum motivo. Tão cinza, tão degradada. Tão... falsa?

Porque parece com os filmes, percebi, lembrando daqueles a que costumava assistir com as outras crianças na Fábrica. Todos nós vivíamos em Nova Chicago, uma cidade de puro aço. Placas desbotadas, paredes de tijolo, pilhas de madeira – essas eram coisas de outro mundo. O único lugar em que eu já as vira antes fora nos filmes.

Isso era o que o resto do mundo considerava normal. Que bizarro.

Atravessamos essa cidade morta por um longo tempo, ainda na estrada, mas em baixa velocidade. Imaginei que Prof não quisesse fazer barulho. Finalmente, ele entrou em uma rampa e desceu para a cidade escura em si.

– Essa é Babilar? – perguntei suavemente.

– Não – Prof disse. – É... era... Nova Jersey. Fort Lee, especificamente.

Percebi que estava tenso. Qualquer coisa podia estar nos observando daquelas cascas quebradas de prédios. Esse lugar estava abandonado, como uma sepultura enorme para a época que existira antes de Calamidade.

– Tão vazio – sussurrei enquanto Prof nos levava por uma rua.

– Muitas pessoas morreram lutando contra os Épicos – Thia sussurrou de volta. – E muitas outras quando os Épicos começaram a revidar pra valer. Mas a maioria morreu no caos que se seguiu, quando a civilização só... se rendeu.

– Muitas pessoas evitam as cidades – Prof explicou. – É difícil plantar aqui, e elas atraem os piores tipos de saqueadores. Mas o lugar não é tão vazio quanto você imagina. – Ele virou uma esquina. Não pude deixar de notar que Thia segurava uma pistola no colo, embora eu nunca a tivesse visto atirar antes. – Além disso – Prof acrescentou –, quase todo mundo nessa área já se mudou para a ilha.

– A vida é melhor lá? – perguntei.

– Depende. – Ele parou o jipe no meio de uma rua escura, então se virou para mim. – Quanto você confia nos Épicos?

Parecia uma pergunta carregada, considerando a fonte. Ele saiu do jipe e suas botas rasparam no asfalto. Thia saiu do outro lado e eles começaram a andar em direção a um prédio imponente.

– O que é isso? – perguntei, me erguendo no banco de trás do jipe. – Cadê a estrada para Babilar?

– Não podemos entrar de carro em Babilar – Prof explicou, parando ao lado do prédio.

– Chamativo demais? – perguntei, descendo do jipe e me juntando a eles.

– Bem, tem isso – Prof disse. – Mas o motivo principal é que a cidade não tem ruas. Venha. É hora de conhecer sua nova equipe.

Ele abriu a porta.

9

Segui Prof e Thia para dentro do prédio. Parecia uma velha garagem de mecânico, com grandes portas de galpão na frente. E o cheiro... era limpo demais. Não era mofada, como as câmaras esquecidas das sub-ruas de Nova Chicago. Mas era completamente escura, e um pouco macabra. Eu não conseguia ver nada além de algumas formas volumosas escuras que poderiam ser veículos.

Tirei o fuzil do ombro, sentindo os pelos na nuca se arrepiarem. E se fosse algum tipo de armadilha? Prof estava preparado? Eu...

Luzes se acenderam num clarão repentino. Cego, xinguei e pulei para o lado, batendo as costas em algo grande. Ergui o fuzil.

– Opa! – disse uma voz feminina. – Ai, desculpa, desculpa, desculpa! Forte demais.

Prof grunhiu perto de mim. Com o fuzil apoiado firmemente no ombro, pisquei até distinguir que aquilo era algum tipo de oficina. Estávamos cercados por bancadas cobertas de ferramentas e alguns carros meio desmontados, incluindo um jipe exatamente igual ao nosso.

A porta fechou atrás de mim com um clique, e apontei meu fuzil nessa direção. Uma mulher latina alta com 30 e poucos anos a tinha fechado. Ela tinha feições angulares e cabelo escuro com uma mecha na frente tingida de roxo. Usava uma camisa vermelha e um blazer, acompanhado de uma gravata preta.

– Mizzy – ela rosnou –, o motivo de apagar as luzes até que eles entrassem era *evitar* alertar o bairro inteiro que esse prédio tem energia.

Não funciona se você religar as luzes enquanto a porta está *completamente aberta*.

– Desculpa! – exclamou a voz de antes, o som ecoando na sala ampla.

A mulher latina me olhou.

– Abaixe essa arma antes que machuque alguém, garoto. – Ela passou por mim e bateu uma continência relaxada para Prof.

Ele estendeu a mão.

– Val.

– Jon – ela cumprimentou, tomando a mão dele. – Fiquei surpresa quando recebi sua mensagem. Não o esperava de volta tão cedo.

– Considerando o que aconteceu – Prof disse –, imaginei que você estaria planejando fazer algo impulsivo.

– Está aqui pra me impedir, senhor? – Val perguntou com uma voz fria.

– Faíscas, não – ele respondeu. – Estou aqui para ajudar.

A expressão de Val vacilou e um leve sorriso repuxou seus lábios. Ela inclinou a cabeça para mim.

– Esse é o Matador de Aço?

– Sim – Prof confirmou enquanto eu finalmente saía da minha posição de defesa.

– Reflexos excelentes – Val disse, me examinando da cabeça aos pés. – Péssimo senso de moda. Mizzy, onde diabos você está?

– Desculpa! – a voz de antes disse outra vez, seguida por tinidos altos. – Tô chegando!

Fui até o lado de Thia e avistei uma jovem mulher negra descendo de uma passarela acima de nós, um fuzil de atirador jogado sobre o ombro. Ela chegou ao chão e correu até nós, quicando, animada. Usava jeans e uma jaqueta curta, com uma camisa branca apertada por baixo. Seu cabelo estava trançado no topo, e explodia numa nuvem de frisos atrás da cabeça.

Thia e Prof olharam para Val; Thia ergueu uma sobrancelha.

– Mizzy é bastante competente – Val disse. – Ela só é um pouco…

Enquanto Mizzy corria até nós, tentou se abaixar sob a frente de um jipe meio desmontado que estava apoiado em cavaletes. Mas o fuzil sobre o seu ombro estava alto demais e bateu na frente do jipe, jogando-a para trás. Ela deu um gritinho, agarrando o jipe como que para estabilizá-lo – mesmo que ele não tivesse se movido. Então deu uns tapinhas no veículo como se pedisse desculpas.

Ela devia ter uns 17 anos, e um rosto fofo com feições redondas e pele marrom cremosa. *Ela sorri demais para ser uma refugiada*, pensei enquanto ela corria até nós e batia continência para Prof. *Onde ela mora, que não deu um fim nessa natureza alegre?*, eu me perguntei.

– Onde está Gegê? – Thia perguntou.

– Vigiando o barco – Val disse.

Prof assentiu, então apontou para Val.

– David, esta é Valentine, líder dessa célula dos Executores. Ela e sua equipe têm vivido em Babilônia Restaurada pelos últimos dois anos, investigando Realeza. Você obedece às ordens dela como se elas viessem de mim. Entendido?

– Sim. Val, você é a batedora?

A expressão de Val ficou sombria.

– Operações – ela disse, não dando qualquer indicação de por que minhas palavras a tinham incomodado. – Mas se Thia estiver se juntando à equipe...

– Estou – Thia disse.

– Então – Val continuou –, ela provavelmente vai comandar as operações. Eu prefiro estar no campo, de qualquer maneira. Mas não sou batedora. Lido com os armamentos pesados e veículos de apoio.

Prof assentiu e apontou para Mizzy.

– E essa é Missouri Williams, presumo?

– Empolgada em conhecê-lo, senhor! – Mizzy exclamou. Ela parecia o tipo de pessoa que ficava empolgada com quase qualquer coisa. – Sou a nova atiradora da equipe. Antes, fazia reparos e equipamentos, e tenho experiência com demolições. Estou treinando para ser batedora, senhor!

– Não está coisa nenhuma – Val retrucou. – Ela é boa com um fuzil, Prof. Foi o Sam que tinha meio que a adotado...

Provavelmente a pessoa que eles perderam, pensei, lendo a expressão rígida de Prof e o olhar pesaroso de Thia. Sam. Imaginei que ele fora o batedor deles, o membro que passava pelo maior perigo, interagindo com Épicos e atraindo-os para as armadilhas.

Era o trabalho que eu fazia na nossa equipe. O trabalho que Megan tinha feito antes de ir embora. Eu não conheci Sam, mas era difícil não sentir uma pontada de empatia pelo homem. Ele morrera lutando.

Mas Megan *não fora* responsável pela morte dele, não importava o que Prof dizia.

– É bom tê-la conosco, Mizzy – Prof disse com uma voz neutra. Senti uma dose saudável de ceticismo nesse tom, mas foi só porque o conhecia bem. – Traga nosso jipe para dentro da garagem. David, vá com ela. Vá com a mira aberta, só pra garantir.

Ergui uma sobrancelha para ele. Ele me devolveu um olhar impassível. *Sim*, aquele olhar dizia, *estou me livrando de você por alguns minutos. Lide com isso.*

Suspirei, mas segui Mizzy até a porta lateral, apagando as luzes no caminho. Isso deixou os outros no escuro, para que a abertura e o fechamento das portas ficassem menos visíveis.

Peguei meu novo fuzil, estendendo a mira de visão noturna, e caminhei com Mizzy na direção do jipe. Atrás de nós, uma das portas da garagem se abriu, quase sem fazer barulho. Lá dentro, pela luz fraca das estrelas, vi Prof, Thia e Val tendo uma conversa abafada.

– Faíscas – Mizzy disse baixinho –, ele é *intimidador*.

– Quem? – perguntei. – Prof?

– Ééééé – ela confirmou, aproximou-se do jipe. – Uau. Phaedrus em pessoa. Eu não fui babaca *demais*, fui?

– Hã. Não? – Não mais do que eu tinha sido em diversas ocasiões depois de conhecer Jon. Eu entendia como ele podia ser intimidador.

– Que bom. – Ela encarou Prof na escuridão e franziu a testa. Então se virou para mim e estendeu uma mão. – Eu sou Mizzy.

– Eles *acabaram* de nos apresentar.

– Eu sei – ela disse –, mas *eu* não *me* apresentei. Você é David Charleston, o cara que matou Coração de Aço.

– Sou – confirmei, aceitando a mão dela hesitantemente. Essa garota era meio estranha.

Ela apertou minha mão, então se aproximou de mim.

– Você – ela falou baixinho – é *demais*. Faíscas, dois heróis num só dia. Vou ter que escrever sobre isso no meu diário. – Ela subiu no jipe e o ligou. Fiz uma varredura da área com o fuzil para ver se tínhamos sido notados. Não vi nada, então entrei na garagem de costas, seguindo o jipe que Mizzy dirigia.

Tentei não prestar muita atenção ao fato de que Prof tinha pedido que ela, não eu, trouxesse o jipe para dentro. Eu seria perfeitamente capaz de estacionar um jipe sem bater. Faíscas, eu nem batia mais virando esquinas. A maior parte do tempo.

Mizzy abaixou e trancou a porta da garagem. Prof, Thia e Val terminaram sua conversa clandestina, então Val nos levou pelos fundos da loja até um túnel debaixo das ruas. Eu esperava continuar andando por um tempo, mas não – apenas alguns minutos depois ela nos guiou para cima de novo, através de um alçapão que dava para o lado de fora.

Aqui, a água batia contra uma doca, e um rio largo fluía da cidade para uma baía escura. Luzes coloridas brilhavam a distância do outro lado. Centenas e centenas delas. Eu tinha olhado alguns mapas antes de vir, e podia adivinhar onde estávamos. Esse era o rio Hudson, e aquela ali era a antiga Manhattan – a Babilônia Restaurada. Pelo visto, eles tinham eletricidade, que seria a fonte da névoa distante de iluminação que eu vira mais cedo. Mas por que as luzes eram tão coloridas? E estranhamente baças?

Estreitei os olhos, tentando ver detalhes, mas as luzes eram só aglomerados de manchas. Segui a equipe ao longo das docas, e minha atenção foi rapidamente atraída pela água. Apesar de morar em Nova Chicago, eu nunca estivera perto de um corpo de água grande antes. Coração de Aço tinha transformado em aço uma parte tão grande do Lago Michigan que eu nunca estivera no litoral. Algo sobre aquelas profundezas sombrias me deixou estranhamente desconfortável.

À nossa frente, no extremo da doca, uma lanterna se acendeu, iluminando um barco a motor de tamanho médio com um homem enorme sentado na popa, usando camisa vermelha com flanela suficiente para umas cinco camisas. Ele tinha barba e cabelo encaracolado, e acenou sorrindo para nós.

Faíscas, o homem era grande. Era como se um lenhador tivesse comido outro lenhador, e seus poderes tivessem se combinado para formar um lenhador *realmente* gordo. Ele se ergueu no barco quando Val pulou para dentro. Cumprimentou Prof e Thia, então sorriu para mim.

– Gegê – o homem se apresentou em voz baixa. Ele pausou brevemente entre as sílabas, como se estivesse dizendo "G.G.". Eu me perguntei que posição na equipe ele ocuparia. – Você é o Matador de Aço?

– Sim – eu disse, apertando a mão dele. A escuridão, com sorte, ocultaria meu constrangimento. Primeiro Val, agora esse cara, se referindo a mim desse jeito. – Mas não precisa me chamar assim.

– É uma honra – Gegê disse, dando um passo para trás.

Eles esperavam que eu subisse no barco. Não deveria ser um problema, certo? Percebi que estava suando, mas me forcei a pisar no veículo instável. Ele balançava muito mais do que eu gostaria – e balançou *ainda mais* quando Mizzy embarcou. Íamos realmente atravessar aquele rio enorme em algo tão pequeno? Eu me sentei, desconfortável. Era *muita* água.

– Falta alguém, senhor? – Gegê perguntou, uma vez que estávamos todos dentro.

– Estão todos aqui – Prof respondeu, acomodando-se na proa. – Podemos ir.

Val se sentou na popa, ao lado do pequeno motor que ficava fora do barco. Ele começou a cuspir baixinho ao ser ligado, e nós nos afastamos da doca e adentramos a água escura e agitada.

Segurei a amurada com força, observando a água. Toda aquela escuridão abaixo de nós. Quem saberia o que havia lá embaixo? As ondas não eram enormes, mas nos sacudiam. Novamente, me perguntei se não deveríamos ter um veículo maior. Discretamente, me movi mais para o meio da embarcação.

– Então – Val disse enquanto nos conduzia –, vocês prepararam o cara novo?

– Não – Prof respondeu.

– Agora seria um bom momento, considerando... – Val inclinou a cabeça na direção das luzes distantes.

Prof se virou para mim, sua figura quase completamente oculta em sombras. O vento fazia seu jaleco de laboratório balançar. Eu não tinha superado inteiramente o assombro que sentira ao conhecê-lo. Sim, éramos mais próximos agora, mas ocasionalmente eu ainda me admirava – aquele era *Jonathan Phaedrus*, fundador dos Executores. Um homem que eu praticamente idolatrara pela maior parte da minha vida.

– A Épica que governa esta cidade – ele me disse – é uma hidromante.

Eu assenti, ansioso.

– Rea... – comecei.

– Não diga o nome – Prof interrompeu. – O que você sabe sobre as habilidades dela?

– Bom – comecei –, supostamente ela pode criar uma projeção de si mesma, então, quando você a vir, pode estar vendo só uma duplicata. Ela também tem o portfólio de um Épico de água padrão. Pode erguer e abaixar a água, controlá-la com a mente, esse tipo de coisa.

– Ela também vê através de qualquer superfície aberta de água – Prof disse. – E pode ouvir qualquer conversa perto da água. Você faz ideia das ramificações disso?

Olhei para o rio que nos cercava.

– Certo – murmurei, estremecendo.

– A qualquer momento – Gegê disse, ao meu lado – ela pode estar nos vigiando. Temos que trabalhar sob essa hipótese... e esse medo.

– Como vocês ainda estão vivos? – perguntei. – Se a visão dela é tão ampla...

– Ela não é onisciente – Prof afirmou com firmeza. – Só consegue enxergar um lugar de cada vez, e não é particularmente fácil para ela. Ela olha dentro de um prato de água que está segurando, e pode usá-lo para enxergar através de qualquer superfície de água que toca o ar.

– Como uma bruxa – eu disse. – Dos contos de fada.

– Claro, como uma bruxa – Gegê concordou, rindo. – Mas duvido que tenha um caldeirão.

– De qualquer modo – Prof continuou –, seus poderes são extensos, mas não lhe permitem encontrar nada aleatoriamente. Algo precisa atrair a atenção dela.

– É por isso que evitamos dizer o seu nome – Val acrescentou, da popa do barco. – A não ser que estejamos sussurrando na rede móvel.

Prof bateu no seu fone. Liguei meu celular, com amplificação de voz, e estabeleci a conexão sem fio com meu fone.

– Assim – Prof sussurrou. Sua voz chegou alto o bastante pelo fone para ser ouvida.

Concordei com a cabeça.

– No momento – ele continuou –, estamos sob o poder dela. Navegamos pelo mar aberto. Se ela soubesse que estamos aqui, poderia convocar gavinhas de água e arrastar este barco para as profundezas. Nesta cidade, como na maioria das outras, os Executores continuam existindo porque tomamos cuidado, somos discretos e ficamos escondidos. Não deixe o jeito como agimos em Nova Chicago torná-lo descuidado aqui. Entendido?

– Entendido – respondi, sussurrando como ele e confiando que os sensores no meu fone captariam minha voz e a transmitiriam. – Ainda bem que vamos sair da água logo, hein?

Prof se virou para a cidade e ficou em silêncio. Passamos por algo na água, uma coluna imensa de aço. Franzi a testa. O que era aquilo, e por que tinha sido construído no meio do rio daquele jeito? Havia outra a distância.

São os topos de uma ponte pênsil, percebi, vendo cabos descendo para a água. A ponte inteira tinha afundado.

Ou… a água tinha se erguido.

– Faíscas – sussurrei. – Nunca vamos sair da água, vamos? Ela inundou a cidade.

– Sim – Prof confirmou.

Fiquei pasmo. Tinha ouvido que Realeza erguera o nível da água ao redor de Manhattan, mas isso ia muito além do que eu imaginara. Aquela ponte provavelmente fora construída mais de 30 metros acima do rio; agora estava *debaixo* da superfície, e só suas torres de apoio eram visíveis.

Eu me virei e olhei para a extensão de água que havíamos atravessado. Agora conseguia ver uma leve inclinação na superfície. A água era mais saliente aqui, e tínhamos que nos mover para *cima* num ângulo para nos aproximarmos de Babilar, como se estivéssemos subindo uma colina de água. Bizarro. Conforme nos aproximávamos da cidade em si, vi que o lugar inteiro tinha, de fato, afundado. Arranha-céus se erguiam como sentinelas de pedra das águas e as ruas haviam se tornado canais navegáveis.

Enquanto absorvia a estranha visão, percebi algo ainda mais estranho. As luzes que eu vira enquanto nos aproximávamos não brilhavam das janelas dos arranha-céus – elas vinham das *paredes*. A luz brilhava em seções, brilhantes e fluorescentes, como um bastão de iluminação de emergência.

Tinta brilhante? Era o que parecia. Segurei na amurada do barco, franzindo a testa. Isso não era o que eu estava esperando.

– De onde eles conseguem a eletricidade? – perguntei na linha.

– Não conseguem – Val respondeu no meu ouvido, sussurrando, mas completamente audível. – Não há eletricidade na cidade exceto na nossa própria base escondida.

– Mas as luzes! Como elas funcionam?

De repente os lados do nosso barco começaram a brilhar. Dei um pulo e olhei para baixo. O brilho surgiu como uma luz baça que lentamente ganhava força. Azul... *tinta azul*. O lado do barco fora pintado com tinta spray. Era isso que havia nas paredes dos prédios também. Tinta spray... grafite. Em todas as suas várias cores, o grafite brilhava vibrante, como musgo colorido.

– Como as luzes funcionam? – Val repetiu a pergunta. – Adoraria saber. – Ela reduziu a velocidade do barco, e navegamos em meio a dois prédios altos. O topo deles brilhava e, estreitando os olhos, distingui bordas de tinta spray. Elas brilhavam em vermelho, laranja e verde.

– David, bem-vindo à Babilônia Restaurada – Prof disse da proa. – O maior enigma do mundo.

10

Val desligou o motor e entregou remos para mim, Mizzy e Gegê, mantendo um para si mesma. Nós quatro começamos a remar. Navegamos entre os dois prédios maiores e nos aproximamos de uma série de estruturas muito mais baixas, seus topos apenas alguns metros acima da água.

Antigamente, podiam ter sido pequenos prédios de apartamentos, agora submersos, exceto pelos andares mais altos de cada um. Pessoas moravam nos telhados, a maioria em barracas – barracas vibrantes e coloridas que brilhavam graças à tinta spray que as marcava casualmente com símbolos e desenhos. Algumas das pinturas eram bonitas, enquanto outras não demonstravam nenhuma habilidade. Vi até alguns brilhos embaixo da água – grafites que tinham sido submersos. Pelo visto, a tinta spray antiga brilhava tanto quanto as pinturas novas, como aquelas no topo dos arranha-céus.

A cidade era tão *viva*. Varais pendurados entre postes seguravam roupas secando. Crianças estavam sentadas na beira dos prédios mais baixos, chutando as pernas na água e nos vendo passar. Um homem passou por nós remando uma pequena balsa que parecia ter sido construída com um monte de portas de madeira amarradas umas nas outras. Cada uma fora pintada com círculos de tinta spray de cores diferentes.

Depois da viagem solitária e vazia até ali, fiquei chocado pela repentina e imensa sensação de atividade. Tantas pessoas; milhares delas em pequenas vilas nos telhados de prédios submersos. Enquanto nos deslocávamos para o interior da cidade, percebi que aquelas barracas e prédios não eram só construções improvisadas ou abrigos temporários. Era tudo organizado demais, e muitos dos telhados tinham pontes bonitas e bem-feitas estendidas entre eles. Eu apostaria que muitas daquelas pessoas moravam ali há anos.

– Deveríamos estar em plena vista desse jeito? – perguntei, desconfortável.

– Babilar é uma cidade movimentada – Prof disse –, especialmente à noite, quando as luzes se acendem. Seria muito mais suspeito se tentássemos nos esgueirar por aí. Aqui, somos apenas mais um barco.

– Mas não podemos usar o motor – Gegê observou. – Não há muitas pessoas na cidade com motores funcionais.

Assenti, vendo alguns jovens passarem remando por nós em uma canoa brilhante.

– Eles parecem tão...

– Necessitados? – Mizzy sugeriu.

– Normais – eu disse. – Todo mundo está só vivendo a vida.

Em Nova Chicago, não se podia simplesmente *viver*. As pessoas trabalhavam longas horas em fábricas produzindo armas para Coração de Aço. Quando estavam de folga do trabalho, mantinham a cabeça abaixada, sempre de olho na Patrulha. Pulavam quando ouviam um barulho alto, porque podia ser qualquer um de uma série de Épicos procurando diversão.

Aqui, as pessoas riam, brincavam na água, elas... relaxavam. Na verdade, pouquíssimas pareciam estar fazendo algo produtivo. Talvez fosse a hora avançada. Essa era outra peculiaridade: era o meio da noite, mas até as crianças estavam acordadas e andando por aí.

Passamos por um prédio maior, que se erguia uns três andares acima da água. Através das janelas de vidro quebrado eu vi o que pareciam ser *plantas*. Crescendo dentro do prédio.

As plantas eram pontilhadas por frutas com um suave brilho amarelo-esverdeado, e suas folhas tinham a mesma aparência pintada das pétalas que encontramos com Campo de Origem.

– Pelo amor de Calamidade, o que está acontecendo nesse lugar? – sussurrei.

– Não fazemos ideia – Val disse. – Eu estou infiltrada aqui há mais de dois anos. Cheguei cerca de seis meses depois que Realeza interrompeu sua tirania e decidiu pôr ordem no lugar. – Como tinha indicado antes, Val parecia não se importar em dizer o nome de Realeza, contanto que fosse sussurrado para o resto de nós por meio dos fones.

– Sinto que sei menos do que quando cheguei – ela continuou. – Sim, plantas crescem dentro dos prédios e parecem não precisar de cultivo, nem de luz artificial, nem de qualquer atenção humana. As árvores produzem flores, frutas e legumes em abundância, o suficiente para ninguém aqui ficar sem comida... contanto que nenhum dos cartéis monopolize tudo.

– Realeza parou com isso – Mizzy sussurrou na linha, abaixando seu remo na água. – As coisas eram bem ruins pra gente aqui antes de ela chegar.

– Pra "gente"? – perguntei.

– Eu sou de Manhattan – Mizzy explicou. – Nasci e fui criada aqui. Não lembro muita coisa dos velhos tempos, mas lembro de Calamidade. Os brilhos vieram logo depois; tudo que era pintado com tinta spray, velho ou novo, começou a brilhar. Mas só tinta spray funciona. As plantas começaram a crescer também; naquela época elas só nasciam nas ruas. E ninguém tem uma boa explicação, exceto dar crédito a Luz da Aurora.

– Um Épico? – perguntei.

– Talvez? – Mizzy deu de ombros. – Alguns acham que sim. Luz da Aurora é como chamam a pessoa, força, Épico ou o que quer que seja que causa tudo isso. Exceto as águas, é claro. Elas vieram depois, quando Realeza chegou aqui. Invadiram as ruas, inundaram os prédios. Perdemos muitas pessoas naquela época.

– Ela matou milhares – Prof continuou, em voz baixa. – Então deixou as gangues governarem por anos. Foi só recentemente que decidiu resgatar a cidade. Ela ainda controla as gangues, embora elas não aterrorizem a população. Apenas vigiam.

– É – Val disse, vendo um grupo de pessoas dançando sobre um prédio. Tambores eram tocados num ritmo agradável. – É macabro.

– Macabro? – Gegê perguntou. – Que um Épico queira fazer algo bom pra variar? Acho que o que está acontecendo aqui é *maravilhoso*. – Ele acenou afavelmente para algumas das pessoas pelas quais passamos.

Elas o conhecem, percebi, estudando as pessoas que acenavam de volta para ele. Imaginei que não sabiam quem Gegê era de verdade, e que o fato de ele estar "infiltrado" aqui o levara a criar algum tipo de identidade falsa e a se misturar com as pessoas.

— Não, Gegê — Prof disse na linha, sua voz um sussurro severo. — Realeza está planejando algo. Sua suposta benevolência me preocupa, particularmente depois que ela começou a mandar Épicos para tentar eliminar minha equipe em Nova Chicago. Não se esqueça de que ela também emprega a... pessoa que matou Sam.

Val, Gegê e Mizzy olharam para ele.

— Então é por isso que você está aqui? — Val perguntou baixinho. — Vamos finalmente derrubar Realeza?

Olhei para Prof. Ele conhecia Realeza. Pessoalmente. Eu tinha cada vez mais certeza disso. Talvez eles tivessem sido amigos, muito tempo antes. Gostaria de poder extrair mais dele, mas Prof era assim. Anos mantendo sigilo e comandando os Executores tinham lhe ensinado a ser cauteloso.

— Sim — ele sussurrou. — Estamos aqui para derrubá-la. Assim como todos os Épicos aliados a ela. — Ele olhou diretamente para mim, como se me desafiasse a dizer algo sobre Megan.

Eu não disse. Precisava saber mais primeiro.

— Tem certeza disso, Prof? — Gegê perguntou. — Talvez Realeza *realmente* tenha decidido cuidar dessas pessoas. Ela vem importando bebida e distribuindo-a livremente. Não deixa nenhuma das gangues impedir as pessoas de colher frutas. Talvez seja uma tentativa real de criar uma utopia. Talvez um Épico tenha decidido mudar e ser gentil, uma vez na vida.

Algo explodiu num telhado próximo.

Um botão de fogo desabrochou no ar, trazendo gritos de terror e dor. Pessoas caíram nas águas ao nosso redor e outra explosão se seguiu.

Prof olhou para Gegê e balançou a cabeça. Eu me levantei, ignorando a conversa. Estava tão abalado com as explosões que quase não notei o barco balançando quando me ergui.

Ouvi os gemidos distantes de dor e me virei bruscamente para os outros.

– O que está acontecendo?

Gegê, Val, Mizzy... todos pareciam igualmente surpresos. O que quer que estivesse acontecendo, não era comum ali.

– Precisamos ajudar – eu disse.

– Aqui não é Nova Chicago – Thia disse. – Você não ouviu o que Jon disse? Precisamos ficar escondidos.

Atrás de nós, outra explosão soou, mais perto. Eu pude sentir a onda de calor dessa, ou achei que senti. Endureci minha expressão e pisei na amurada do barco. Não ficaria sentado ali enquanto pessoas morriam.

Mas então parei, vendo a água que me separava do prédio mais próximo.

– Thia, David tem razão – Prof disse finalmente, pela linha. – Não podemos deixar isso continuar, o que quer que seja, sem tentar impedir. Vamos ajudar, mas tomando cuidado. Val, as pessoas andam armadas na cidade?

– Não é incomum – Val respondeu.

– Então podemos portar armas. Mas não façam nada a não ser que eu dê a ordem. Sente-se, David. Precisamos de você no seu remo.

Relutantemente, sentei e ajudei a nos levar em direção ao prédio mais próximo. Acima de nós, pessoas atravessavam pontes correndo, fugindo das explosões e se empurrando em sua pressa. O telhado que atingimos era baixo – menos de um andar inteiro estava acima da água – e assim que chegamos consegui pular, agarrar a beirada e me puxar para cima.

Aqui eu podia ver melhor a cena. Eu estava no telhado de um prédio de apartamentos grande próximo a outro prédio. Eles tinham o mesmo formato, com apenas um pequeno vão de água entre eles. O outro telhado, onde as explosões aconteceram, estava cheio de barracas queimando. Os vivos se ajoelhavam ao lado de entes queridos carbonizados. Outros grunhiam de dor, cobertos de queimaduras. Eu me senti enjoado.

Prof se puxou para cima ao meu lado, então soltou o ar com raiva.

– Três explosões – ele disse, em voz baixa. – O que está acontecendo?

– Precisamos ajudar – repeti, ansioso.

Ele ficou ajoelhado por um momento.

– Prof...

– Thia, Gegê – ele sussurrou na linha –, preparem-se para ajudar os feridos. Levem o barco para o outro prédio. Val, David e eu vamos atravessar esse telhado e dar apoio de lá. Algo está errado aqui; há fogo demais e escombros de menos. Isso não foi causado por uma bomba.

Eu assenti. Val subiu também, e nós três corremos pelo telhado em direção ao prédio em chamas. Thia e os outros dois manobraram o barco pela água ao nosso lado.

Prof parou Val e eu ao lado da ponte de corda que levava ao próximo prédio. Pessoas passavam correndo por nós, com os rostos cinzentos e as roupas chamuscadas. Prof agarrou o braço de um homem que não parecia muito ferido.

– O que aconteceu? – ele perguntou gentilmente.

O homem balançou a cabeça e saiu correndo. Prof apontou para que eu desse apoio de fogo, e eu me ajoelhei ao lado de uma chaminé de tijolos, o fuzil em mãos, cobrindo Thia e Gegê conforme moviam o barco para o lado do prédio em chamas, então saíam da embarcação e pulavam para o telhado, carregando uma maleta que imaginei conter um kit de primeiros socorros.

Eu me sentei e vi Gegê começar a enfaixar os feridos. Thia pegou outra coisa, o pequeno dispositivo que chamávamos de por-um-fio – a caixa falsa com fios espetados que nós dizíamos que curava pessoas. Era Prof quem realmente fazia todo o trabalho; ele devia ter doado parte de sua habilidade a Thia antes de se juntar a mim no telhado.

Thia teria que usá-lo com moderação, apenas para trazer os mais feridos da beira da morte. Curas milagrosas atrairiam atenção demais sobre nós. Faíscas – de qualquer jeito era possível que atraíssemos atenção demais. Éramos obviamente organizados, armados e habilidosos. Se não tomássemos cuidado, isso poderia destruir as identidades falsas de Gegê e Val.

– E eu? – Mizzy perguntou na linha. A jovem mulher ainda esperava no barco, que balançava na água escura ao lado do prédio em chamas. – Prof? Senhor?

– Vigie o barco – ele ordenou na linha.

– Eu... – Mizzy parecia desanimada. – Sim, senhor.

Concentrei-me na minha tarefa, atentando para ameaças contra Thia e Gegê no telhado em chamas, mas meu coração se apertou pela garota. Eu sabia como era se sentir alvo do ceticismo de Prof. Ele podia ser um homem duro, principalmente nos últimos tempos. Pobre garota.

Você a está tratando do mesmo jeito, eu percebi. *Ela provavelmente não é nem um ano mais nova que você.* Não era justo pensar nela como uma criança. Ela era uma mulher. Uma mulher bonita, inclusive.

Foco.

– Ah, aqui está você, Jonathan. Muito eficiente da sua parte.

O comentário, falado num tom casual, quase me fez pular até as estrelas. Eu girei em direção à fonte do som, mirando o fuzil.

Uma mulher negra mais velha estava ao lado de Prof. Ela tinha a pele enrugada e cabelo branco preso num coque. Usava um cachecol moderno – mas mesmo assim com um ar de avó –, jaqueta branca sobre uma blusa e calça social.

Realeza, imperatriz de Manhattan. *Bem ali na nossa frente.*

Eu enfiei uma bala bem no lado da cabeça dela.

11

Meu tiro não surtiu muito efeito. Bem, fez a cabeça de Realeza explodir, o que foi bom – mas ela explodiu num estouro de água. Imediatamente, mais água subiu pelo pescoço em uma bolha gigante e assumiu o formato da cabeça de novo. A cor voltou ao seu rosto, e logo ela parecia exatamente como um momento antes.

Aparentemente, as autoprojeções de Realeza estavam ligadas aos seus poderes de manipulação da água. Eu não tinha pensado nisso, mas fazia sentido.

Para matá-la, precisaríamos encontrar seu corpo real, onde quer que estivesse. Felizmente, a maioria dos Épicos que criavam projeções tinha que estar em um transe de algum tipo para fazê-lo, o que significava que em algum lugar ela estaria vulnerável.

O avatar de Realeza me olhou de relance, então se virou para Prof de novo. Ali estava um dos Épicos mais poderosos que já viveram. Faíscas. Com as mãos suando e o coração martelando, mantive minha arma apontada para ela – mesmo que isso não fosse me ajudar muito.

– Abigail – Prof a cumprimentou com um tom suave.

– Jonathan – Realeza respondeu.

– O que você fez aqui? – Prof inclinou a cabeça para a destruição e os feridos.

– Eu precisava atraí-lo de *algum* jeito, meu caro. – Ela falava com uma dicção elevada, como alguém saído de um filme antigo. – Imaginei que um Épico descontrolado chamaria sua atenção.

— E se ainda não tivéssemos chegado à cidade? – Prof quis saber.

— Então notícias da destruição o fariam vir mais rápido – Realeza disse. – Mas eu estava razoavelmente confiante de que você chegaria esta noite. Era óbvio que viria atrás de mim, depois que meu último... cartão de visitas passou por Chicago. Eu contei os dias e aqui está. Você não é nada além de previsível, Jonathan.

Outra explosão iluminou a noite perto de nós, vinda de um telhado diferente. Eu me virei, xingando, e apontei a arma naquela direção.

— Oh, céus – Realeza disse numa voz sem emoção. – Creio que ele *está* indo além do que minhas instruções recomendaram.

— Ele? – Prof perguntou, tenso.

— Obliteração.

Eu quase derrubei a arma.

— Você trouxe *Obliteração* para cá? Calamidade! Qual é o seu problema?

Obliteração era um monstro – mais uma força da natureza que um homem. Ele deixara Houston em escombros, assassinando tanto Épicos como pessoas comuns. Albuquerque depois disso. Então San Diego.

Agora ele estava aqui.

— Abigail... – Prof começou, parecendo pesaroso.

— É melhor vocês o impedirem – Realeza disse. – Ele está fora de controle. Oh, céus. O que foi que eu fiz. Que terrível.

A cor esvaiu-se do avatar, e a projeção caiu novamente na água. Olhei através da mira, examinando a destruição. Algumas pessoas nadavam para longe dos telhados em chamas, enquanto outras gritavam e se amontoavam nas pontes. Mais um ponto de luz atraiu minha atenção, e avistei uma figura de preto entre as chamas.

— Ele está aqui, Prof – eu disse. – Faíscas, ela não estava mentindo. É *ele*.

Prof xingou.

— Você estudou os Épicos. Qual é a fraqueza dele?

A fraqueza de Obliteração? Pensei freneticamente, tentando lembrar o que eu sabia sobre esse homem.

— Eu... Obliteração... – Respirei fundo. – Alto Épico. Ele é protegido por um senso de perigo vinculado aos seus poderes de teletransporte; se algo vai machucá-lo, ele foge imediatamente. É um poder reflexivo, mas ele também pode usá-lo à vontade, o que o torna muito difícil de encurralar. Não é um simples poder de atravessar paredes como o de Campo de Origem, Prof. É teletransporte instantâneo e total.

— A *fraqueza* dele — Prof insistiu quando outra explosão soou na noite.

— A fraqueza real dele é desconhecida.

— Droga.

— Mas — acrescentei — ele é míope. Isso não está relacionado com seus poderes, mas talvez seja algo que a gente possa explorar. Além disso, quando está em perigo, o teletransporte é ativado e o manda para longe. Isso o protege, mas também pode ser algo útil para nós, particularmente porque acho que os poderes de teletransporte dele são seguidos por um período de recuperação de algum tipo.

Prof assentiu.

— Bom trabalho. — Ele bateu no celular. — Thia?

— Aqui.

— Abigail acabou de aparecer para mim — ele informou. — Ela trouxe Obliteração para a cidade; ele está causando a destruição.

A resposta de Thia foi uma série de xingamentos pela linha.

Olhei para Prof, erguendo os olhos da mira da arma. Embora o céu estivesse escuro, toda aquela tinta spray — brilhando ao redor nos tijolos, nas pontes de madeira e nas barracas — iluminava o rosto dele. Íamos atacar Obliteração ou desaparecer? Isso obviamente era algum tipo de armadilha — no mínimo, Realeza estaria assistindo para ver como lidaríamos com a situação.

A coisa esperta a fazer era fugir. Era certamente o que os Executores teriam feito um ano atrás, antes de Coração de Aço. Prof olhou para mim e pude ver o conflito em sua expressão. Poderíamos mesmo abandonar aquelas pessoas à morte?

— Já estamos expostos — eu disse suavemente para ele. — Ela sabe que estamos aqui. Do que adianta fugir agora?

Ele hesitou, mas por fim assentiu e falou na linha:

— Não temos tempo para os feridos agora; temos um Épico para derrubar. Vamos todos nos encontrar no centro do primeiro telhado em chamas.

Uma série de confirmações crepitou na linha. Val e Prof começaram a atravessar a ponte de corda oscilante em direção a Thia e Gegê, e eu segui, ansioso. As tábuas tinham sido pintadas com tinta spray de cores neon alternadas, o que só ajudava a destacar a escuridão da água me encarando lá de baixo. Enquanto andávamos, guardei meu celular no bolso do ombro da jaqueta – num bolso que era supostamente à prova de água. Não que eu o tivesse testado com algo além das chuvas normais de Nova Chicago.

A água abaixo de nós refletia as luzes neon, e agarrei com força a lateral de corda da ponte. Deveria mencionar a Prof que eu não sabia nadar? Eu engoli. Por que minha boca tinha ficado tão seca?

Atingimos o outro lado e me acalmei à força. O ar aqui cheirava fortemente a fumaça. Atravessamos o telhado correndo e encontramos os outros, aos quais Mizzy tinha se juntado. Uma barraca próxima tinha *derretido* no chão; ela delineava os ossos daqueles que haviam ficado presos lá dentro, sua carne vaporizada em uma rajada de destruição. Eu me senti enjoado.

– Jon... – Thia começou. – Estou preocupada. Não conhecemos a cidade nem a situação o suficiente para enfrentar um Épico como Obliteração. Nem sabemos qual é a fraqueza dele.

– David disse que ele é míope – Prof disse, se agachando.

– Bem, David geralmente está certo sobre essas coisas. Mas não acho que isso é o bastante para...

Outro clarão. Prof e eu erguemos o olhar. Obliteração tinha se movido, provavelmente por teletransporte, e estava agora a dois telhados de nós.

Gritos soaram dessa direção.

– Plano? – perguntei com urgência.

– Isca e anzol – Prof decidiu. Era o nome de uma manobra em que uma equipe atraía a atenção do alvo enquanto outra o cercava. Ele estendeu a mão e apertou meu ombro.

Sua mão estava quente e, agora que eu sabia o que esperar, senti um leve formigamento. Ele tinha acabado de me doar poderes de escudo e a habilidade de vaporizar objetos sólidos.

– Tensores não serão muito úteis aqui – ele me disse –, uma vez que não precisaremos cavar muitos túneis. Mas mantenha-os à mão, só pra garantir.

Eu olhei para Gegê e Val. Eles não sabiam que Prof era um Épico; aparentemente eu deveria manter o ardil na frente deles.

– Certo – eu disse, me sentindo bem mais seguro agora que tinha um pouco do seu poder de escudo.

Ele apontou para uma ponte que conectava o nosso telhado com o próximo.

– Atravesse essa ponte e vá até Obliteração. Dê um jeito de distraí-lo e manter a atenção dele. Val, você e eu vamos usar o barco. Com o motor ligado; não adianta tentar nos esconder de Realeza agora. Vamos aparecer atrás de Obliteração. Planejamos mais no caminho.

– Certo – eu disse, então olhei para Mizzy. – Mas é melhor eu levar Mizzy pra me dar cobertura. Obliteração pode ir atrás de Thia, e você vai querer alguém mais experiente cobrindo-a.

Mizzy me olhou de soslaio. Ela merecia uma chance de participar da ação – eu sabia exatamente como era ser deixado pra trás em momentos como esse.

– Bem pensado – Prof aprovou, correndo em direção ao barco. Val correu atrás dele. – Gegê, você está cobrindo Thia. David, Mizzy, vão!

– Indo – gritei, correndo para outra ponte de corda que levava às explosões mais recentes de Obliteração.

Mizzy seguiu atrás de mim.

– Obrigada – ela disse, seu fuzil de atirador jogado sobre o ombro. – Se eu ficasse parada vigiando o barco outra vez, acho que ia vomitar.

– Você talvez queira esperar pra me agradecer – eu disse, pulando sobre a ponte instável – *depois* que a gente sobreviver ao que vem agora.

12

Segurando o fuzil acima da cabeça, abri caminho entre as pessoas em fuga na ponte estreita. Dessa vez, fiz questão de manter os olhos afastados da água.

A ponte se inclinava suavemente para cima, e ao sair dela cheguei a um telhado cheio de barracas. Algumas pessoas se amontoavam dentro de suas casas improvisadas ou nas bordas do telhado. Outras fugiam pelos canais abaixo de nós ou atravessavam pontes para outros prédios.

Mizzy e eu atravessamos o telhado correndo. O chão fora pintado com tinta spray em uma sequência de linhas amarelas e verdes que brilhavam com uma luz fantasma, delineando caminhos. Perto do meio do telhado, passamos por um grupo de pessoas que, estranhamente, não estavam se escondendo nem fugindo.

Elas estavam rezando.

– Confiem em Luz da Aurora! – gritou uma mulher no meio deles. – Portador de vida e de paz, fonte de sustento. Confiem Naquele que Sonha!

Mizzy estacou, encarando-os. Eu xinguei e a puxei comigo. Obliteração estava no telhado seguinte.

Eu podia vê-lo agora, andando a passos largos entre as chamas, um casaco longo açoitado pelo vento atrás de si. Ele tinha rosto fino e cabelo longo e liso, usava óculos e cavanhaque. Era exatamente o tipo de pessoa que eu aprendera a evitar em Nova Chicago, o tipo de pessoa que não parecia perigosa até que você observava os seus olhos e percebia que algo essencial estava faltando ali.

Até para um Épico, esse homem era um monstro. Embora, como muitos Altos Épicos, ele originalmente governasse uma cidade, uma hora Obliteração havia decidido *destruir* o lugar completamente. Cada pessoa em Houston. Ele matava indiscriminadamente. Eu estava começando a achar que alguns Épicos podiam se redimir, mas este homem... sem chance.

— Posicione-se naquela amurada — eu disse a Mizzy. — Fique preparada para receber instruções. Você faz demolições pra equipe?

— Com certeza.

— Tem alguma coisa com você?

— Nada grande — ela disse. — Algumas fornalhas-mexidas.

— Algumas... quê?

— Ah! Desculpe. É como eu chamo...

— Não importa — cortei. — Pegue-as e esteja pronta. — Eu abaixei o fuzil e mirei em Obliteração.

Ele se virou e olhou para mim.

Eu atirei.

O Épico se teletransportou em um estouro de luz — como se tivesse se tornado cerâmica e então explodido. Cacos do seu corpo voaram para longe como um vaso quebrado e se espalharam sobre o chão.

Teletransporte preventivo. Funcionava exatamente como eu tinha lido.

Mizzy correu na direção que eu apontei. Ajoelhei-me, o fuzil apoiado no ombro, e esperei. O telhado onde Obliteração estivera continuava a queimar. Seu poder primário era manipulação de calor. Ele era capaz de drenar o calor de qualquer coisa — inclusive de pessoas — com um toque, em seguida expeli-lo em uma aura ou transferi-lo para alguma outra coisa.

Ele derretera Houston. Literalmente. Passara semanas sentado sem camisa no centro da cidade, como algum deus antigo, removendo calor do ar e se deleitando sob a luz do sol. Guardara o calor, e então o liberara de uma vez. Eu tinha visto fotos e lido descrições. O asfalto se tornara sopa. Os prédios pegaram fogo. As pedras derreteram até virar magma.

Dezenas de milhares de pessoas morreram em um instante.

Bem, pelo que eu me lembrava das minhas anotações, eu devia ter algum tempo antes que ele reaparecesse. Ele só podia usar seus poderes de teletransporte de novo depois de alguns minutos, e...

Obliteração apareceu ao meu lado.

Senti o calor antes de avistá-lo, e me virei naquela direção. Suor formigava na minha testa como se eu tivesse me aproximado de uma lixeira em chamas numa noite fria.

Atirei nele de novo.

Ouvi um xingamento cortado dos seus lábios quando ele explodiu novamente em cacos de luz. O calor sumiu.

– Cuidado, David – Thia disse no meu ouvido. – Se ele reunir calor e aparecer do seu lado, aquela aura pode sobrepujar seu escudo Executor e fritá-lo antes que você tenha uma chance de atirar.

Assenti enquanto corria, o fuzil ainda apoiado no ombro e as miras alinhadas.

– Thia – sussurrei na linha –, você tem acesso às minhas anotações?

– Estou com elas, e também com as anotações dos outros tradicionistas.

– Os poderes de teletransporte dele não deveriam exigir um período de recuperação?

– Sim – ela disse. – Pelo menos dois minutos antes que...

Obliteração apareceu com um estalo de novo, e dessa vez eu o vi surgir, como luz se juntando. Mandei uma bala naquela direção antes que ele tivesse se formado completamente.

Novamente o teletransporte o salvou, mas eu sabia que isso aconteceria. Era só uma distração. Na verdade, eu não fazia *ideia* de como o mataríamos, mas pelo menos podia incomodá-lo e evitar que ele matasse inocentes.

– Minhas anotações estão erradas – eu disse, com suor escorrendo pelas laterais do rosto. – Só há alguns segundos de espera entre os teletransportes. – Faíscas. Sobre o que mais eu estava errado?

– Jon – Thia chamou na linha –, vamos precisar de um plano. Rápido.

– Estou pensando em um – Prof respondeu, arquejando –, mas precisamos de mais informações. – No telhado seguinte, onde Obliteração estivera atacando antes de se teletransportar até mim, Prof se escondeu atrás de alguns escombros. – David, quando ele se transporta, automaticamente leva tudo que o toca, ou tem que escolher especificamente levar itens como suas roupas?

– Não tenho certeza – respondi. – Há poucas informações sobre Obliteração. Ele...

Parei quando ele apareceu ao meu lado, estendendo a mão para me tocar. Dei um pulo e girei, sentindo uma onda de calor passar sobre mim.

Um tiro soou e Obliteração se transportou um segundo antes de me tocar. Como antes, ele deixou um contorno de brilho por um instante atrás de si. A figura explodiu em fragmentos que quicaram em mim, então se vaporizaram inteiramente.

Quando o clarão sumiu dos meus olhos, vi Prof no outro telhado abaixando o fuzil.

– Fique alerta, filho – ele disse na linha, sua voz tensa. – Mizzy, prepare alguns explosivos. David, há mais alguma coisa, qualquer coisa, que você consiga se lembrar sobre ele ou os seus poderes?

Eu me sacudi do choque. O escudo de energia de Prof provavelmente me salvara do calor de Obliteração. Ele tinha acabado de salvar minha vida duas vezes, então.

– Não – respondi, me sentindo inútil. – Sinto muito.

Esperamos, mas Obliteração não reapareceu. Em vez disso, ouvi gritos a distância. Prof xingou na linha e acenou para que eu seguisse os sons, e fiz isso, com o coração martelando – mesmo que acompanhado pela estranha calma que vem quando se está no meio de uma operação.

Passei por barracas abandonadas de um lado e pessoas nadando nas águas do outro. Segui os gritos até um prédio mais alto. Com vegetação densa brilhando dentro das janelas quebradas, o prédio se erguia dez andares ou mais acima da superfície da água. Uma luz brilhou dentro de um dos andares superiores, e vi Obliteração passar em frente a uma abertura. Mirei nele com o fuzil e vi que estava sorrindo, como se me desafiasse. Atirei, mas ele já saíra de vista e fora para o interior do prédio.

As pessoas continuaram a gritar lá dentro. Obliteração sabia que não tinha que vir até nós; nós iríamos até ele.

– Vou entrar – declarei, correndo para a ponte de corda que levava ao prédio mais alto.

– Tome cuidado – Prof disse. Eu podia vê-lo se movendo para sua própria ponte, seguindo para o mesmo lugar. – Mizzy, consegue preparar um gatilho-mãe em alguma coisa perigosa?

— Hã... acho que sim...

"Gatilho-mãe" é um tipo de bomba que fica dormente enquanto recebe um sinal de rádio regular. Quando o sinal para, a bomba explode. Meio que como um dispositivo de segurança homem-morto.

— Inteligente – sussurrei, atravessando a ponte instável na noite, a água escura abaixo de mim. – Grudamos a bomba nele e o fazemos se teletransportar com ela. Ela vai explodi-lo aonde quer que ele vá.

— Sim – Prof confirmou. – Imaginando que funcione. Ele leva suas roupas, então obviamente pode teletransportar objetos que está carregando. Mas é automático, ou ele escolhe conscientemente?

— Não sei se conseguiríamos grudar algo nele – Thia argumentou. – Seu senso de perigo pode engatilhar um teletransporte se você sequer tentar tocá-lo.

Era um bom argumento.

— Você tem um plano melhor? – Prof perguntou.

— Não – Thia disse. – Mizzy, prepare a bomba.

— Entendido.

— Trabalhe num plano de extração, Thia – Prof disse. – Só pra garantir.

Cerrei os dentes, ainda na ponte. Faíscas, era impossível ignorar aquela água lá embaixo. Eu me movi mais rápido, ansioso para chegar ao prédio, onde o mar estaria fora de vista, pelo menos. A ponte não levava ao telhado, mas a uma janela quebrada no andar onde eu vira Obliteração.

Alcancei a janela e me agachei antes de entrar, tomando cuidado com a estratégia que usaria. Lá dentro, frutas brilhantes pendiam de galhos e flores, suas pétalas coloridas como um redemoinho de tinta. Havia uma *selva* ali dentro; as sombras dos galhos e as frutas fantasmas projetavam uma luz macabra. Era desconfortável, como encontrar um sanduíche de três semanas atrás da sua cama quando você jurava que tinha terminado aquela coisa.

Olhei por cima do ombro. Mizzy tinha se posicionado do outro lado da ponte para me dar apoio de fogo, mas sua cabeça estava abaixada sobre a mochila enquanto ela preparava os explosivos.

Virei-me de novo e, com o fuzil no ombro, entrei pela janela e chequei os dois lados com um movimento rápido, olhando pela mira.

Vinhas caíam do teto e samambaias brotavam do chão, deslocando o carpete do que já tinha sido um elegante prédio de escritórios. Mesas – que eu mal conseguia enxergar através de tudo aquilo – tinham se tornado canteiros de flores. Monitores de computador ficaram cobertos de musgo. O ar estava pesado de umidade, como as sub-ruas depois de uma chuva. Aquelas frutas brilhantes eram insuficientes para iluminar o lugar, então eu me movi por um mundo de sombras farfalhantes conforme me esgueirava em frente, indo na direção de onde ouvira gritos mais recentes – embora eles tivessem parado agora.

Logo emergi em uma pequena clareira com barracas queimadas e alguns cadáveres chamuscados. Obliteração não estava em lugar algum. *Ele escolheu esse lugar de propósito*, pensei, examinando a sala com o fuzil encostado na bochecha. *Não vamos conseguir dar apoio uns aos outros aqui, e vamos revelar nossa localização com qualquer barulho que fizermos.*

Faíscas. Eu não esperava que Obliteração fosse tão inteligente. Preferia a imagem dele que tinha na cabeça – a do monstro furioso e irracional.

– Prof? – sussurrei.

– Estou dentro – ele disse na linha. – Onde você está?

– Perto de onde ele atacou – respondi, me endurecendo contra a visão dos cadáveres. – Ele não está mais aqui.

– Venha pra cá – Prof ordenou – e o atacaremos juntos. Vai ser fácil demais nos dominar se estivermos separados.

– Certo. – Voltei para a parede externa e segui por ela até onde a ponte de Prof encostava no prédio. Tentei me mover silenciosamente, mas crescer numa cidade feita de aço não prepara uma pessoa para coisas como folhas e galhos. A natureza ficava se esmigalhando ou esguichando inesperadamente sob os meus pés.

Um *crack* soou logo atrás de mim. Girei, o coração acelerado, e avistei algumas samambaias farfalhando. Alguma coisa estivera ali atrás. Obliteração?

Ele teria te matado imediatamente, pensei. Então o que fora? Um pássaro? Não, grande demais. Talvez um dos babilarianos que moravam nessa selva?

Que lugar *macabro*. Retomei meu caminho, tentando olhar para todas as direções de uma vez, me movendo cautelosamente até o momento em que ouvi Prof xingar na linha.

Um tiroteio se seguiu.

Então eu corri. Provavelmente foi uma decisão idiota – eu deveria ter procurado cobertura. Prof sabia a direção em que eu estava e evitaria atirar para cá, mas todo tipo de ricochetes loucos poderiam acontecer num espaço fechado como aquele.

Corri mesmo assim, emergindo em outra clareira, onde encontrei Prof ajoelhado perto de uma parede, com um ombro sangrando. Chovia poeira – o teto estava saliente, com vinhas quebrando o reboco – onde uma bala perdida tinha atingido. Perto dele, cacos de luz evaporavam no chão, desaparecendo. Obliteração tinha se teletransportado logo antes de eu chegar.

Virei de costas para Prof, esquadrinhando a selva escura.

– Ele tem uma pistola? – perguntei.

– Não – Prof disse. – Uma espada. O slontze sai por aí carregando uma maldita *espada*.

Dei cobertura enquanto Prof atava o ombro. Ele podia usar seus poderes Épicos para se curar, mas cada uso deles o empurraria mais para a escuridão. No passado, ele tinha neutralizado isso usando apenas uma pitada de poder para curar-se de ferimentos, acelerando o processo, mas sem corrompê-lo muito. Ele podia lidar com um pouquinho de cada vez.

– Pessoal – a voz de Val interrompeu –, estou montando uma vigilância infravermelha do prédio. Devo ter informações pra vocês em breve.

– Você está bem, Jon? – Thia perguntou.

– Sim – ele sussurrou. – Lutar neste lugar é insano. Corremos grandes riscos de atirar uns nos outros aqui. Mizzy, como vai a bomba?

– Pronta, senhor.

Prof se ergueu e firmou o fuzil no ombro bom, que Obliteração não tinha perfurado com a espada. Prof não portava armas com frequência. Na verdade, ele não era o batedor com frequência. Agora eu sabia que era porque estar no campo poderia forçá-lo a usar seus poderes para se salvar.

– David – ele disse pra mim –, vá pegar a bomba.

– Eu não quero te deixar aqu...

– Realeza diz que você realmente matou Coração de Aço.

Ambos congelamos. A voz tinha vindo da escuridão da floresta. Um vento soprou através de uma das janelas, agitando folhas.

– Isso é bom – a voz continuou. – Presumo que algum dia eu teria que enfrentá-lo pessoalmente. Você removeu esse obstáculo do meu caminho. Por isso, eu o abençoo.

Prof fez um gesto curto para o lado com dois dedos. Assenti com a cabeça, me movendo naquela direção. Precisávamos estar perto o suficiente para dar cobertura um ao outro, mas afastados o bastante para que Obliteração não pudesse se teletransportar para perto de nós dois e potencialmente nos fritar com uma explosão. Eu não sabia quanto tempo os escudos de Prof aguentariam contra o calor de Obliteração, e não estava exatamente ansioso para descobrir em primeira mão.

– Eu contei a Realeza – Obliteração continuou – que um dia também vou matá-la. Ela não parece se importar.

De *onde* estava vindo aquela voz? Pensei ter visto uma sombra se movendo perto de uma árvore da qual pendiam frutas brilhantes.

– Pessoal – Val disse nos nossos ouvidos –, ele está aí, bem na frente de David. Estou vendo a assinatura térmica dele.

Obliteração saiu das sombras. Ele tocou uma árvore e ela se cobriu de geada, suas folhas murchando. A planta inteira morreu num piscar de olhos quando Obliteração absorveu seu calor.

Dessa vez, eu não atirei nele. Arrisquei e atirei no teto.

Choveu poeira.

Prof atirou também. *Ele* atirou no chão perto dos pés de Obliteração.

O Épico olhou para nós, atônito, então estendeu a mão, a palma virada para a frente.

Um tiro através da janela passou zumbindo sobre meu ombro e atingiu Obliteração na testa – ou no contorno brilhante da sua testa, enquanto ele desaparecia. Virei a cabeça lá para fora. Mizzy acenava de sua posição em um telhado próximo, segurando seu fuzil de atirador.

– O que foi isso? – Prof quis saber. – Por que errou desse jeito?

– A poeira do teto – eu disse. – Ela caiu sobre ele, cobrindo seus ombros. Thia, se você checar minha transmissão de vídeo, talvez consiga ver se a poeira foi teletransportada com ele quando ele desapareceu. Isso vai responder à sua questão da bomba, Prof, se ele se teletransporta com objetos automaticamente ou se tem que escolher.

Ele grunhiu.

– Esperto.

– E seus tiros aos pés dele? – perguntei.

– Queria ver se o senso de perigo dele era engatilhado quando ele *pensava* que estava em perigo, ou quando estava *realmente* em perigo. Ele não se teletransportou quando eu não estava tentando acertá-lo.

Sorri para Prof através da sala.

– Sim – ele resmungou –, nós somos muito parecidos. Vá pegar a bomba de Mizzy, seu slontze.

– Sim, senhor.

Esquadrinhei a sala mais uma vez, então me agachei e saí pela janela enquanto Prof me cobria. Mas tínhamos nos afastado das pontes, o que me colocava em uma amurada ampla suspensa cerca de 3 metros acima da água.

Olhei para aquelas águas escuras, o estômago revirando, então me forcei a caminhar até uma ponte. Os telhados próximos tinham se tornado uma cidade fantasma. Todas as pessoas tinham fugido, deixando apenas barracas chamuscadas e tinta brilhante.

Cruzei a ponte depressa, assumindo uma posição protegida ao lado de Mizzy. Ela me estendeu uma luva, que eu vesti. Então me deu um pacote de aparência inocente, quadrado, mais ou menos do tamanho de um punho.

– Não deixe cair – Mizzy recomendou.

– Certo. – Derrubar explosivos: ruim.

– Não pelo motivo que está pensando – ela disse. – Ela está coberta de aderente. A luva não gruda, mas qualquer outra coisa que tocar na bomba vai ficar presa nela. Inclusive nosso vilão.

– Parece viável.

– Eu tenho o sinal-mãe; não se afaste mais de três ou quatro telhados de mim.

– Certo.

– Boa sorte. Não se exploda.

– Como se eu fosse me explodir de novo.

Ela olhou pra mim.

– De novo?

– Longa história. – Eu sorri pra ela. – Me cubra enquanto eu volto pra lá.

– Espere um segundo – ela disse, apontando. – Tenho uma visão melhor no próximo prédio.

Eu assenti e Mizzy começou a se deslocar naquela direção através de uma ponte de corda *muito* precária. Eu me virei em direção ao prédio onde Prof estava, aquele que continha a selva. Usando minha mira e sua visão noturna – o que era meio difícil de fazer só com uma mão –, eu examinei a área.

Não havia sinal dele nem de Obliteração. Eu torcia para que Prof não estivesse ferido.

Ele é praticamente imortal, eu me lembrei. *Não é com ele que você tem que se preocupar.*

Olhei por cima do ombro e vi Mizzy alcançar o outro extremo da ponte – e então ouvi gritos. Vindos do prédio ao qual Mizzy tinha acabado de chegar.

– David – a voz de Mizzy soou no meu fone. – Alguma coisa está acontecendo aqui. Já volto. – E desapareceu de vista.

– Espere, Mizzy... – comecei, me erguendo.

E encontrei Obliteração ao meu lado.

13

Ergui o fuzil, mas Obliteração o jogou para longe com um tapa e agarrou meu pescoço, me erguendo do chão.

Faíscas! Ele tinha força sobre-humana. Nenhum dos meus perfis mencionara isso. Eu estava tão aterrorizado que nem sentia dor – só terror.

Apesar disso, consegui erguer a mão e grudar a bomba de Mizzy no peito de Obliteração. Ele não desapareceu; só olhou para baixo, curioso.

Tentei me desvencilhar dele, ficando mais frenético conforme ele me estrangulava. Tentei abrir os seus dedos em uma tentativa infrutífera de escapar enquanto Obliteração casualmente chutava minha arma pelo telhado, então arrancava meu fone e o jogava no chão. Ele remexeu nos bolsos da minha jaqueta até encontrar o celular e o amassou entre os dedos.

Eu o ouvi quebrar dentro do bolso. Eu me sacudi e me contorci, cada vez mais frenético, tentando respirar. Onde estava Mizzy? Era pra ela me dar cobertura. Faíscas! Prof ainda devia estar dentro da selva, procurando Obliteração com o apoio de Val. Se eu não conseguisse falar com Thia pelo celular...

Eu teria que salvar a mim mesmo. *Faça-o desaparecer*, pensei. *A bomba vai explodir*. Eu soquei a cabeça dele.

O Épico ignorou meus golpes fracos.

– Então é você – ele disse, pensativo. – Ela falou de você. Realmente o matou? Um adolescente, nem homem formado ainda?

Ele me largou. Caí de joelhos no telhado, arquejando, o pescoço queimando enquanto inspirava uma golfada de ar.

Obliteração se agachou ao meu lado.

Há poeira de reboco nos ombros dele, uma parte de mim pensou. *Quando ele se teletransporta, leva coisas que está tocando.* Isso era um bom sinal para a bomba.

– Bem? – ele perguntou. – Responda-me, pequenino.

– Sim – confirmei, ofegante. – Eu o matei. E vou matar você também.

Obliteração sorriu.

– Vede também os navios – ele sussurrou. – Por grandes que sejam e embora agitados por ventos impetuosos, são governados por um pequeno leme. Não lamente o fim dos dias, pequenino. Faça as pazes com seu criador. Hoje, você vai para a luz.

Ele agarrou sua camisa embaixo do casaco, arrancou-a – junto com a bomba – e a jogou longe. Estranhamente, por baixo ele tinha uma atadura amarrada ao redor do peito, como se tivesse recentemente sobrevivido a algum ferimento grave.

Não tive tempo de pensar sobre isso. Faíscas! Levei a mão em direção à arma de Megan, mas Obliteração me agarrou pelo braço e me lançou no ar.

O mundo girou ao meu redor, mas permaneci lúcido o suficiente para notar quando ele me segurou acima das águas. Olhei para baixo, então comecei a me contorcer mais freneticamente.

– Você teme as profundezas, não teme? – Obliteração perguntou. – O lar do Leviatã? Bem, todo homem deve enfrentar seus medos, matador de deuses. Eu não o mandaria para o país desconhecido despreparado. Obrigado por abater Coração de Aço. Certamente sua recompensa será grande.

Então ele me soltou.

Atingi ruidosamente as águas escuras.

Eu me debati na escuridão fria, fraco depois de ter sido estrangulado, sem saber para qual direção ficava a superfície. Felizmente, consegui me agarrar à consciência e emergir, cuspindo água. Segurei os tijolos da parede do prédio, e então, respirando em arquejos desesperados, comecei a subir para o telhado, cerca de meio andar acima.

Exausto, com água escorrendo da roupa, joguei um braço sobre a beirada do telhado. Felizmente, Obliteração tinha ido embora. Ergui uma perna sobre a amurada, puxando-me para cima. Por que ele me jogaria e então...

Um lampejo de luz ao meu lado. Obliteração. Ele se ajoelhou com algo metálico nas mãos. Uma algema? Ligada a uma corrente?

Uma bola de ferro com algema, como nos velhos tempos – do tipo que os prisioneiros usavam. Faíscas! Que tipo de pessoa tinha uma dessas guardada, à espera? Ele a fechou ao redor do meu tornozelo.

– Você tem um escudo que o protege do meu calor – Obliteração disse. – Então estava preparado para mim. Mas suspeito que não para isso.

Ele chutou a bola de ferro para fora do telhado.

Grunhi enquanto a bola caía, o peso torcendo minha perna dolorosamente, ameaçando me rebocar para fora do telhado. Eu me agarrei à beirada de pedra. Como escapar? Eu não tinha fuzil nem bomba. A pistola de Megan estava no coldre na minha perna, mas, se eu soltasse o telhado para agarrá-la, aquela bola de ferro me arrastaria para a água. Entrei em pânico, grunhindo, os dedos escorregando.

Obliteração se abaixou, aproximando-se do meu rosto.

– Vi então descer do céu um anjo – ele sussurrou –, que tinha na mão a chave do abismo e uma grande algema...

Com isso, ele ergueu as mãos e empurrou meus ombros, soltando meus dedos do telhado. Minhas unhas quebraram e minha pele raspou nos tijolos enquanto eu caía. Mergulhei de novo, dessa vez com um enorme peso puxando minha perna – como se as águas escuras estivessem ativamente tentando me tragar.

Sacudi os braços enquanto caía, procurando qualquer coisa que parasse minha queda, e agarrei o parapeito de uma janela submersa.

Escuridão ao meu redor.

Agarrei-me ao batente quando um clarão brilhou acima de mim. Obliteração desaparecendo? A superfície parecia extremamente distante, embora não pudesse estar mais de 2 metros acima.

Escuridão. Escuridão por todo lado!

Eu me segurei, mas meus braços estavam fracos e meu peito, quase estourando. Minha visão ficou turva. Aterrorizado, senti que as águas me comprimiam.

Aquela escuridão profunda terrível.
Eu não conseguia respirar… eu ia…
Não!
Reuni toda a força que me restava e me ergui para cima, agarrando um parapeito de tijolos mais alto do lado do prédio. Eu me puxei em direção à superfície, mas na escuridão da noite nem sabia o quão profundo eu estava. O peso sob mim era grande demais. A escuridão me cercou.

Meus dedos escorregaram.

Alguma coisa caiu na água ao meu lado. Senti algo me tocar – dedos na minha perna.

Então o peso sumiu.

Não perdi tempo pensando. Com o resto das minhas forças, puxei-me para cima pela parede do prédio e emergi, ofegante. Por um longo tempo, permaneci agarrado ao lado do prédio, respirando profundamente, trêmulo, incapaz de pensar ou fazer qualquer coisa além de me deleitar com o oxigênio.

Finalmente, me arrastei pelos 2 metros que faltavam até o telhado. Ergui uma perna sobre a amurada e rolei para o chão de pedra, totalmente exausto. Não tinha forças para me levantar, muito menos pegar minha arma, então era bom Obliteração não ter voltado.

Fiquei deitado por um tempo. Não tenho certeza de quanto. Por fim, algo raspou no telhado perto de mim. Passos?

– David? Ah, faíscas!

Abri os olhos e encontrei Thia ajoelhada ao meu lado. Gegê estava alguns passos atrás dela, olhando nervosamente ao redor, com o fuzil de assalto nas mãos.

– O que aconteceu? – Thia perguntou.

– Obliteração – respondi, tossindo. Com a ajuda dela, eu me sentei. – Ele me jogou na água com uma algema na perna. Eu… – Esqueci o que estava falando e encarei minha perna. – Quem me salvou?

– Te salvou?

Olhei para as águas paradas. Ninguém tinha emergido depois de mim, tinha?

– Foi Mizzy?

– Mizzy está com a gente – Thia disse, me ajudando a levantar. – Não sei do que você está falando. Pode fazer seu relatório depois.

– O que aconteceu com Obliteração? – perguntei.

– Desapareceu, por enquanto – Thia respondeu.

– Como?

– Jon... – Ela deixou a frase no ar e me encarou. Eu não disse nada, mas entendi.

Prof tinha usado seus poderes.

Thia inclinou a cabeça para o barco, que balançava na água ali perto. Mizzy e Val estavam nele, mas não havia sinal de Prof.

– Só um segundo. – Fui pegar minha arma, ainda atordoado pelo suplício. Perto dela encontrei os explosivos descartados de Mizzy, que ainda estavam grudados à camisa de Obliteração. A bomba não explodiria a não ser que se afastasse demais do sinal de rádio. Enrolei-a nos restos da camisa e fui até o barquinho. Gegê me ofereceu uma mão e me ajudou a descer para a embarcação.

Acomodei-me ao lado de Mizzy, que olhou para mim, então imediatamente abaixou os olhos. Era difícil ver na sua pele escura, mas achei que ela estava corando de vergonha. Por que ela não tinha me dado cobertura quando disse que faria?

Val ligou o pequeno motor. Pelo visto ela não se preocupava mais com chamar atenção. Realeza tinha nos localizado, aparecido para nós. Esconder-se era inútil.

Lá se foi o plano de ficar escondidos, pensei.

À medida que nos afastávamos da cena da luta, notei pessoas começando a espiar de seus esconderijos. Com olhos arregalados, elas emergiam perto de barracas quebradas e sobre telhados chamuscados. Essa era só uma pequena seção da cidade, e a destruição não fora total – mas eu ainda sentia que tínhamos falhado. Sim, havíamos afastado Obliteração, mas temporariamente, e só conseguimos graças às habilidades de Prof.

O que eu não entendia era: como ele tinha feito isso? Como criar campos de força ou desintegrar metais tinha afastado Obliteração?

Julgando pela postura desanimada dos outros, eles se sentiam como eu. Passamos em silêncio por telhados quebrados. Comecei a observar as pessoas que estavam se reunindo. A maioria parecia nos ignorar – no caos, elas provavelmente haviam se escondido e não viram os detalhes. As pessoas aprendiam a manter a cabeça baixa quando havia Épicos por perto. Com sorte, nós pareceríamos apenas outro grupo de refugiados para elas.

Mas flagrei algumas nos olhando passar. Uma mulher mais velha, que apertava uma criança ao peito, fez um aceno com o que parecia ser respeito. Um jovem espiou sobre a amurada de um telhado perto de uma ponte queimada, desconfiado, como se esperasse ver Obliteração surgir a qualquer momento para nos destruir por ousarmos enfrentá-lo. Uma jovem mulher de jaqueta vermelha com o capuz erguido nos observava junto a um pequeno grupo de pessoas, suas roupas molhadas...

Roupas molhadas. Eu me foquei imediatamente, e peguei um vislumbre do rosto dela olhando para mim.

Megan.

Ela sustentou meu olhar por apenas um instante. Era Megan... *Tormenta de Fogo*. Um segundo depois, ela se virou e desapareceu no grupo de habitantes, perdendo-se na noite.

Então você está *aqui*, pensei, lembrando da queda na água e da sensação das mãos de alguém na minha perna, momentos antes de ser libertado.

– Obrigado – sussurrei.

– O que você disse? – Thia perguntou.

– Nada – respondi, recostando-me no barco e sorrindo, apesar da exaustão.

14

Continuamos atravessando a escuridão, entrando em uma área menos habitada da cidade. Prédios ainda germinavam das águas como ilhazinhas, com frutas brilhantes nos andares superiores, mas as cores da tinta spray estavam desbotadas ou inexistentes e nenhuma ponte ligava as estruturas. Provavelmente, elas estavam afastadas demais aqui.

A área foi ficando mais sombria à medida que deixávamos as partes da cidade que tinham a tinta spray brilhante. Navegar aquelas águas na escuridão da noite, com apenas a lua nos iluminando, foi perturbador ao extremo. Felizmente, Val e Gegê ligaram os celulares, e juntos eles nos deram um pouco de iluminação.

– Então, Missouri – Val disse da popa. – Você se importaria em explicar por que deixou David ser atacado e quase morto sozinho, sem nenhum apoio?

Mizzy encarou o chão do barco. O motor cuspia baixinho atrás de nós.

– Eu... – ela falou finalmente. – Começou um incêndio dentro do prédio em que eu estava. Ouvi pessoas gritando. Tentei ajudar...

– Devia saber que não era para sair do seu posto – Val disse. – Você vive me falando que quer ser batedora, então faz uma coisa dessas.

– Desculpe – a garota disse, parecendo totalmente infeliz.

– Você as salvou? – perguntei.

Mizzy ergueu os olhos para mim.

– As pessoas no prédio – expliquei. Faíscas, meu pescoço doía. Tentei não demonstrar a dor nem a exaustão enquanto Mizzy me encarava.

— Sim — ela disse. — Mas elas não precisavam de muita ajuda. Eu só destranquei uma porta. Elas foram se esconder lá dentro, mas o incêndio tinha chegado até o andar delas.

— Boa — eu disse.

Thia me lançou um olhar reprovador.

— Ela não devia ter abandonado a posição dela.

— Não estou dizendo que devia — respondi, encarando-a de volta. — Mas sejamos honestos. Não acho que *eu* poderia ter deixado um monte de gente morrer queimada. — Olhei para Mizzy. — Provavelmente foi a coisa errada a fazer, mas aposto que aquelas pessoas estão felizes que você tenha feito mesmo assim. E eu consegui me virar, então deu tudo certo. Bom trabalho. — Estendi meu punho fechado para ela.

Mizzy devolveu o cumprimento hesitantemente, sorrindo.

Thia suspirou.

— É nosso fardo tomar decisões difíceis às vezes. Arriscar o plano para salvar uma vida pode causar a morte de centenas. Lembrem-se disso, os dois.

— Claro — eu disse. — Mas a gente não deveria estar falando sobre o que acabou de acontecer? Dois dos Épicos mais poderosos e arrogantes do mundo estão trabalhando juntos. Em nome de Calamidade, *como* Realeza conseguiu recrutar *Obliteração*?

— Foi fácil — Realeza respondeu. — Eu ofereci a minha cidade para ele destruir.

Dei um pulo, tentando me afastar da Épica, que se formava a partir da água ao lado do barco. O líquido assumiu a forma dela, adquirindo a tonalidade da sua pele, e ela apoiou um pé na amurada do barco, as mãos unidas sobre o colo, o outro pé ainda ligado à superfície da água ao lado do barco.

Ela tinha um ar elegante e respeitável — como uma avó amável que tinha se arrumado para visitar a cidade grande. Uma cidade que, aparentemente, ela planejava destruir. Ela nos examinou e, embora eu apertasse meu fuzil, não atirei. Essa era uma projeção, uma criação de água. A Realeza real podia estar em qualquer lugar.

Não, pensei. *Não em* qualquer *lugar*. Poderes de projeção como os dela geralmente tinham um alcance limitado.

Realeza nos inspecionou com os lábios curvados para baixo. Ela parecia confusa com alguma coisa.

– O que está aprontando, Abigail? – Thia quis saber.

Então você também a conhece, pensei, olhando para Thia.

– Acabei de contar a vocês – Realeza respondeu. – Vou destruir a cidade.

– Por quê?

– Porque, minha cara, é o que *fazemos*. – Realeza balançou a cabeça. – Sinto muito. Não consigo mais me controlar.

– Oh, não me venha com essa – Thia disse. – Você espera que eu acredite que você, entre todos os Épicos, saiu do controle? Qual é seu motivo *real*? Por que nos atraiu para cá?

– Eu disse...

– Chega de jogos, Abigail – Thia disparou. – Estou sem paciência para isso hoje. Se veio aqui só para contar mentiras, vá embora e me poupe uma dor de cabeça.

Realeza inclinou a cabeça por um momento, pensativa, então lentamente se ergueu, movendo-se deliberada e cuidadosamente. Ela sentou na amurada do barquinho e vi um toque de translucidez na sua figura – a água que formava a sua imagem transparecendo.

O mar ao redor do barco começou a se agitar e borbulhar.

– Quem – Realeza perguntou suavemente – você pensa que eu sou?

Tentáculos de água irromperam da superfície ao nosso redor. Gegê xingou e eu me virei, mudando o fuzil para o modo automático completo e soltando uma rajada de balas na gavinha mais próxima. A água borrifou, mas não parou de se mover.

Os tentáculos se moveram ao nosso redor, como os dedos de alguma besta gigantesca das profundezas. Um me pegou pelo pescoço e outro serpenteou para a frente e envolveu meu punho num aperto frio e absurdamente sólido.

Os outros gritaram e tentaram se desvencilhar enquanto cada um de nós era apanhado de uma vez. Gegê disparou em Realeza com sua pistola antes de ser capturado e erguido, como uma bexiga com barba, por uma extensão de água.

– Vocês acham que sou algum Épico com quem podem brincar?

– Realeza perguntou em voz baixa. – Estão achando que podem fazer exigências de mim?

Eu me contorci nos laços enquanto *o barco inteiro* era erguido pelos tentáculos. O barulho do motor externo se tornou um gemido e então foi silenciado por algum tipo de dispositivo de segurança. Jorros de água se enrolaram ao nosso redor, formando barras e nos separando do céu.

– Eu posso torcer o pescoço de vocês como um galho – Realeza disse. – Posso arrastar esse barco para as profundezas mais escuras e aprisioná-lo lá, de modo que nem seus cadáveres verão a luz de novo. Esta cidade pertence a mim. A vida das pessoas aqui é *minha*, e posso acabar com ela.

Eu me virei para Realeza. Minha avaliação anterior – de que ela tinha um ar de avó – agora parecia risível. Extensões de água a envolviam enquanto ela assomava sobre nós, seus olhos arregalados, os lábios curvados num sorriso desdenhoso. Seus braços estavam estendidos à frente, as mãos em forma de garras controlando a água como algum titereiro insano. Ela não era uma senhora amável; era uma Alta Épica em toda a sua glória.

Não duvidei nem por um momento de que ela podia fazer exatamente o que estava dizendo. Com o coração batendo forte, olhei para Thia.

Que estava perfeitamente calma.

Era fácil considerar Thia um dos Executores menos perigosos. Naquele momento, no entanto, ela não demonstrava nem uma pontada de medo, apesar de estar envolta por uma gavinha de água de Realeza. Thia encontrou o olhar da Alta Épica enquanto apertava algo; parecia uma garrafa de água com algum líquido branco dentro.

– Acha que tenho medo dos seus truquezinhos? – Realeza perguntou.

– Não – Thia disse. – Mas tenho bastante certeza de que você tem medo de Jonathan.

As duas se encararam por outro momento. Então, de repente, as gavinhas de água caíram, nos derrubando para o barco, que afundou um pouco, borrifando água. Caí com força, grunhindo enquanto a água me ensopava.

Realeza suspirou suavemente, abaixando os braços.

– Diga a Jonathan que estou cansada dos homens e de suas vidas sem sentido. Ouvi Obliteração e concordo com ele. Vou destruir todos os que vivem em Babilônia Restaurada. Não sei... quanto tempo posso me conter. Isso é tudo.

De repente ela desapareceu, sua figura se transformando em água e desabando de volta para a superfície do oceano. Eu estava encolhido entre Val e Gegê, o coração martelando. O mar se acalmou ao redor do barco.

Thia enxugou água dos olhos.

– Val, nos leve para a base. Agora.

Valentine correu para a popa e ligou o motor.

– Do que adianta nos esconder? – perguntei baixinho quando voltamos a nos mover. – Ela pode olhar pra qualquer lugar, estar em qualquer lugar.

– Realeza *não é* onisciente – Thia disse. Ela parecia tão insistente em apontar esse fato quanto Prof, mais cedo. – Você viu como ela estava confusa quando apareceu aqui? Ela achou que Jon estaria conosco, e ficou surpresa quando não o encontrou.

– É – Gegê afirmou, estendendo uma mão e ajudando a me endireitar. Sua figura ocupava cerca de três assentos à minha frente. – Conseguimos nos esconder dela por quase dois anos... pelo menos achamos que sim.

– Thia – Val advertiu –, as coisas acabaram de mudar na cidade. Ela nos viu. De agora em diante, tudo será diferente. Não tenho certeza se ainda confio em qualquer coisa em Babilar.

Gegê concordou, parecendo preocupado, e me lembrei do que ele dissera mais cedo. *A qualquer momento ela pode estar nos vigiando. Temos que trabalhar sob essa hipótese... e esse medo.* Bem, agora sabíamos que ela estava mesmo nos vigiando.

– Ela *não é* onisciente – Thia repetiu. – Não pode enxergar dentro de prédios, por exemplo, a não ser que haja um corpo de água lá dentro do qual ela possa espiar.

– Mas, se entrarmos em um prédio e não sairmos – eu apontei –, vai ficar óbvio para ela que nossa base fica lá.

Os outros não disseram nada. Suspirei, me reclinando. O confronto com Realeza obviamente os tinha perturbado. Bem, eu entendia isso. Mas por que o silêncio deles tinha que se estender para mim?

Val guiou o barco em direção a um prédio com uma grande parte faltando na parede externa. A estrutura era um dos enormes prédios de negócios que costumavam existir em Babilar, e uma brecha larga o bastante para um ônibus passar só representava uma fração da área da parede. Val conduziu nosso barco para dentro, e Gegê pegou um longo gancho e o usou para soltar algo na parede. Um conjunto de enormes cortinas pretas caiu sobre o buraco e bloqueou o mundo.

Val e Gegê acenderam seus celulares, banhando a câmara em um brilho branco pálido. Val guiou o barco para o lado da sala, aproximando-se de um conjunto de cadeiras, e eu me movi para desembarcar e subir nelas – estava ansioso para sair do barco. Thia me pegou pelo braço, porém, e balançou a cabeça.

Em vez de sair, ela pegou a garrafa de água que segurara antes, aquela com algo branco dentro. Ela a sacudiu, então despejou o conteúdo na água. Os outros pegaram garrafas parecidas de um baú no fundo do barco e fizeram o mesmo. Mizzy jogou um cooler inteiro daquela substância na água.

– Sabão? – perguntei quando vi as bolhas.

– Detergente – Val confirmou. – Muda a tensão de superfície da água, tornando quase impossível para *ela* controlá-la.

– Também deforma a visão dela – Gegê disse.

– Da hora – comentei. – É a fraqueza dela?

– Não que a gente saiba – Mizzy respondeu prontamente. – Só um efeito dos seus poderes. É mais como jogar um monte de água num Épico de fogo pra fazer as habilidades dele vacilarem. Mas é muuuuuito útil.

– Útil, mas talvez sem sentido – Val disse, sacudindo sua última garrafa de detergente. – No passado, usamos isso apenas como precaução. Thia, ela nos *viu*. Tenho certeza de que identificou todos nós.

– Lidaremos com isso – Thia disse.

– Mas...

– Apaguem as luzes.

Val, Mizzy e Gegê se entreolharam. Então, desligaram os celulares, mergulhando o lugar na escuridão. Parecia outra boa precaução – se Realeza pudesse observar a câmara, não veria nada.

O barco balançou, e eu agarrei o braço de Mizzy, preocupado. Algo parecia estar acontecendo na sala. Água escorrendo de algum lugar? Faíscas! O prédio estava afundando? Ou pior, Realeza tinha nos encontrado?

O movimento parou, mas a quietude foi, por um segundo, ainda mais perturbadora. Com o coração martelando, imaginei que estava de volta na água com a corrente na perna. Afundando para as profundezas.

Mizzy me puxou pelo braço. Ela estava saindo do barco, mas na direção errada. *Para dentro* da água. Mas...

Ouvi o pé dela bater em algo sólido. O quê? Deixei ela me guiar para fora do barco e pisei em algo metálico e escorregadio. Eu tinha virado para o lado errado? Não, estávamos andando em algo que tinha se erguido para fora da água. Uma plataforma?

Quando chegamos a uma escotilha e comecei a descer uma escada, subitamente me dei conta. Não era uma plataforma.

Era um submarino.

15

Hesitei na escuridão, segurando a escada para o submarino que eu ainda não conseguia ver.

Eu não tinha achado que essa história da água seria um problema pra mim. Quer dizer... metade do mundo é água, certo? E todos nós somos metade água, ainda por cima. Então entrar no submarino deveria ser como uma ovelha caindo em um enorme monte de algodão.

Mas não foi assim. Foi como uma ovelha caindo num monte de pregos. Pregos molhados. No fundo do oceano.

Mas eu não ia deixar os outros Executores me verem suar. Mesmo que eles não pudessem me ver na escuridão. Ouvir-me suar? Ugh. Enfim, engoli em seco e desci para o submarino tateando as paredes. Os passos pesados de Gegê seguiram por último. Algo bateu acima de nós, e presumi que ele estava selando a escotilha.

Lá dentro estava escuro como carvão à meia-noite. Ou, bem, escuro como uma uva à meia-noite – ou praticamente qualquer coisa à meia-noite. Apalpei as paredes até encontrar um assento enquanto a máquina começava a cuspir, e depois afundava silenciosamente.

– Aqui – Mizzy falou, enfiando alguma coisa na minha mão. Uma toalha. – Enxugue toda a água que trouxe pra dentro.

Feliz por ter algo para fazer, enxuguei meu assento, então o chão, que era carpetado. Outra toalha se seguiu e me sequei o melhor que pude. Obviamente, esconder-se de Realeza exigia que não houvesse nenhuma superfície aberta de água por perto.

– Tudo certo? – Mizzy perguntou alguns minutos depois.

– Sim – Val respondeu.

Mizzy ligou seu celular, nos banhando em luz e me permitindo ver a câmara em que estávamos. Ela era ladeada dos dois lados por bancos laranja e azuis de vinil sob janelas que tinham sido cobertas com tecido preto. Percebi que, ao contrário do que esperava, aquele não era um submarino militar. Era algum tipo de veículo de turismo, como os que levavam as pessoas para fazer passeios em recifes. O carpete no chão obviamente fora instalado depois, para evitar que poças de água se formassem.

Gegê estava sentado, vigilante, procurando quaisquer poças que não tivéssemos visto na escuridão.

– Realeza aparentemente precisa de uns 5 centímetros de água para nos ver – ele explicou –, mas preferimos não arriscar.

– Faz diferença? – perguntei. – Ela não pode simplesmente olhar sob as ondas e nos encontrar?

– Não – Thia respondeu. Ela tinha se acomodado no último assento no submarino, perto do que parecia ser um banheiro com uma placa que dizia BUNKER EXPLOSIVO DA MIZZY. ENTRE EM PAZ. SAIA EM PEDAÇOS. O trinco estava quebrado e a porta ficava abrindo e fechando.

– Imagine que você está ligando no meu celular – Thia continuou. – Meu rosto aparece na sua tela e o seu aparece na minha. Você poderia, em vez disso, inverter sua perspectiva e olhar *dentro* do meu celular?

– Claro que não.

– Por que não?

– Porque não dá – eu disse. – A tela está virada para fora.

– É assim que as habilidades dela funcionam – Thia disse. – Uma superfície de água exposta ao ar é como uma tela pra ela, da qual ela pode olhar para fora. Ela não pode simplesmente olhar para a outra direção. Sob a superfície, ficamos invisíveis para ela.

– Ainda estamos sob o poder dela – Val observou do assento do piloto, à frente. – Ela ergueu o nível da água para inundar Manhattan inteira, destroçar esse submarino não seria difícil. No passado, contamos com o fato de que ela não sabia que estávamos aqui.

– Ela podia ter nos matado no barco – Thia retrucou. – Mas nos deixou ir embora, o que significa que por enquanto não nos quer mortos. Agora que estamos embaixo da superfície, ela não vai saber onde nos procurar. Estamos livres, por enquanto.

Todo mundo pareceu aceitar isso. No mínimo, não havia muito motivo para discutir. Enquanto navegávamos – ou o que quer que fosse que um submarino faz –, eu me realoquei para um assento ao lado de Thia.

– Você sabe muito sobre os poderes dela – comentei em voz baixa.

– Faço um briefing completo depois – ela disse.

– Esse briefing vai incluir *como* você sabe tudo isso?

– Vou deixar Jon decidir o que precisa ser compartilhado – ela respondeu, então se ergueu e foi até a frente do veículo conversar em voz baixa com Val.

Eu me recostei e tentei não pensar sobre o fato de que estávamos debaixo da água. Provavelmente não podíamos descer muito fundo – aquele era um veículo recreativo –, mas isso não me reconfortava muito. E se algo desse errado? E se o submarino começasse a vazar? E se simplesmente parássemos de nos mover e afundássemos para as profundezas do oceano, com todos nós presos aqui dentro…

Eu me remexi, desconfortável, e um barulho veio do meu bolso. Com uma careta, peguei meu celular. O que restava dele, pelo menos.

– Uau – Gegê disse, sentando-se ao meu lado. – Como você fez *isso*?

– Irritando um Épico – respondi.

– Dê pra Mizzy – ele disse, inclinando a cabeça para a garota. – Ela vai consertá-lo ou te dar um novo. Mas cuidado: o que ela te der pode vir com algumas… modificações.

Ergui uma sobrancelha.

– Todos incrementos *bons* e *muito úteis* – Mizzy garantiu. Ela pegara a bomba que estava comigo e a estava desarmando no seu assento.

– Então – comentei, me virando para Gegê –, Mizzy é reparos e equipamentos…

– E batedora – ela disse.

– … e outras coisas – continuei. – Val é operações e apoio. Estou tentando entender sua função na equipe. Você não é batedor. O que faz?

Gegê apoiou os pés no assento à sua frente, reclinando-se contra a janela coberta.

— Principalmente faço o que Val não quer fazer, como falar com pessoas.

— Eu falo com pessoas — Val rosnou do assento do piloto.

— Você grita com elas, querida — Gegê corrigiu.

— É uma forma de falar. Além disso, nem sempre grito.

— Verdade, às vezes você resmunga. — Gegê sorriu pra mim. — Nós somos uma equipe profundamente infiltrada, Matador de Aço. Isso significa muita observação e interação com as pessoas na cidade.

Eu assenti. Aquele homem robusto tinha um jeito de deixar as pessoas à vontade, com suas bochechas rosadas e a barba castanha grossa. Era alegre, amigável.

— Eu também vou enterrar seu cadáver — ele observou para mim.

Ooookaaay...

— Você vai ficar bem no caixão — ele disse. — Tem uma boa estrutura esquelética, um corpo esguio. Um pouco de algodão sob as pálpebras, fluido embalsamador nas veias, e puf, pronto. Pena que sua pele seja tão pálida. Os machucados devem ficar muito visíveis. Mas nada que um pouco de maquiagem não resolva, né?

— Gegê? — Val chamou da frente da cabine.

— Sim, Val?

— Pare de ser macabro.

— Não estou sendo macabro — ele disse. — Todo mundo morre, Val. Ignorar o fato não vai torná-lo mentira!

Aproveitei a oportunidade para me afastar um pouco de Gegê. Isso me colocou ao lado de Mizzy, que estava guardando sua bomba.

— Não ligue pra ele — ela disse enquanto Val e Gegê continuavam conversando. — Ele era um agente funerário, antes.

Assenti, mas não fiz mais perguntas. Nos Executores, quanto menos sabíamos sobre a família dos outros e coisas assim, menos podíamos revelar se um Épico decidisse nos torturar.

— Obrigada por me defender — Mizzy disse baixinho. — Na frente de Thia.

— Ela pode ser intensa, às vezes — admiti. — Tanto ela como Prof. Mas são boas pessoas. Ela pode reclamar o quanto quiser, mas, no seu lugar, duvido que qualquer um dos dois teria deixado aquelas pessoas morrerem. Você fez o que era certo.

– Mesmo se te coloquei em perigo?

– Eu escapei, não escapei?

Mizzy olhou para o meu pescoço. Eu o apalpei, lembrando de como estava sensível. Doía quando eu respirava.

– Ahaaaam – ela disse. – Você só está sendo gentil, mas eu aprecio. Não esperava que você fosse gentil.

– Eu? – perguntei.

– É! – Ela parecia estar recuperando a sua animação natural. – Matador de Aço, o cara que convenceu Phaedrus a atacar Coração de Aço. Esperava que você fosse todo intimidador e carrancudo e "Eles mataram meu pai" e intenso e tudo o mais.

– Quanto você sabe sobre mim? – perguntei, surpreso.

– Mais do que devia, provavelmente. Era pra gente manter segredo e tudo o mais, mas não consigo não fazer perguntas, sabe? E... bem... talvez eu tenha ouvido quando Sam contou pra Val o que vocês estavam planejando em Nova Chicago...

Ela fez uma careta como se pedisse desculpas e deu de ombros.

– Bem, acredite em mim – eu disse –, sou mais intenso do que você pensa. Sou intenso como um leão é laranja.

– Então, tipo... de uma intensidade média? Já que leões são meio dourados?

– Não, eles são laranja. – Eu franzi a testa. – Não são? Nunca vi um, pra falar a verdade.

– Acho que os tigres são laranja – Mizzy disse. – Mas ainda assim são só metade laranja, já que têm listras pretas. Talvez você devesse ser intenso como uma *laranja* é laranja.

– Óbvio demais – retruquei. – Sou intenso como um leão é dourado. – Funcionava? Não soava tão bem.

Mizzy inclinou a cabeça, olhando pra mim.

– Você é meio estranho.

– Não, olha, é só porque a metáfora não funcionou. Já sei. Eu sou intenso como...

– Não, tudo bem – Mizzy interrompeu, sorrindo. – Eu gostei.

– É – Gegê disse, rindo. – Vou me lembrar dessa história de laranja no seu funeral.

Ótimo. Algumas horas com a equipe nova e eu os convencera de que o Matador de Aço era adoravelmente estranho. Acomodei-me no assento com um suspiro.

Viajamos durante um tempo, uma hora ou mais. O suficiente para eu questionar se ainda estávamos em Babilar. Por fim, o submarino reduziu a velocidade. Um momento depois, a coisa toda deu um tranco e algum tipo de grampo prendeu a máquina por fora.

Aonde quer que estivéssemos indo, tínhamos chegado. Gegê se levantou e apanhou algumas toalhas. Ele fez um aceno para Val e ela subiu as escadas.

– Apague as luzes – ela mandou.

Obedecemos à ordem, apagamos as luzes e ouvi Val abrir a escotilha. Caiu água para dentro, mas, pelo som, imaginei que Gegê estivesse enxugando-a rapidamente.

– Lá vamos nós – Mizzy sussurrou para mim. Eu tateei as paredes até chegar à escada, deixando os outros irem à minha frente. Ouvi-os falando acima, então, quando Thia chegou à escada, eu sabia que ela era a última.

– E Prof? – perguntei baixinho.

– Os outros não sabem exatamente o que aconteceu – ela sussurrou. – Contei que Prof afugentou Obliteração, mas que estava bem e iria nos encontrar.

– O que aconteceu de verdade?

Ela não respondeu na escuridão.

– Thia, eu sou o único aqui que sabe sobre ele. Você pode me usar como um recurso. Eu posso ajudar.

– Ele não precisa da nossa ajuda agora – ela disse. – Só precisa de tempo.

– O que ele fez?

Ela suspirou suavemente.

– Deliberadamente se deixou ser atingido com uma rajada de fogo, à qual nenhuma pessoa comum teria sobrevivido. Enquanto Obliteração estava sobre ele se vangloriando, Jon se curou, pulou e pegou os óculos do homem. Aquela dica sobre Obliteração ser míope foi boa, no fim das contas.

– Ótimo.

– Jon disse que isso assustou profundamente a criatura – Thia sussurrou. – Obliteração se teletransportou e não voltou. Jon está a salvo; está tudo bem. Então você pode parar de se preocupar.

Eu a deixei passar. Não estava tudo bem. Se Prof estava mantendo distância, era porque temia o modo como agiria perto de nós. Relutante, joguei minha mochila e arma atrás das costas, então subi para uma sala inteiramente escura.

– Você saiu, David? – A voz de Val soou na escuridão.

– Sim – respondi.

– Estou aqui.

Segui o som da sua voz. Ela me pegou pelo braço e me guiou através de uma entrada coberta com tecido negro. Depois me seguiu, fechando a porta atrás de nós antes de abrir uma à frente. Quando fez isso, a luz entrou, e eu finalmente pude ver o buraco de fuga que os Executores estavam usando como base aqui em Babilar.

Só que não era um buraco.

Era uma mansão.

16

Tapetes vermelhos luxuosos. Madeira escura. Espreguiçadeiras. Um bar com taças de cristal que refletiam a luz do celular de Val. Espaço aberto. Muito espaço aberto.

Meu queixo atingiu o chão. Bem, a porta, tecnicamente. Dei de cara nela ao entrar na sala e tentar olhar para todas as direções de uma vez. O lugar parecia o palácio de um rei. Não... não, parecia o palácio de um Épico.

— Como... — Eu parei no centro da sala. — Ainda estamos embaixo da água?

— Pela maior parte — Val disse. — Estamos num abrigo subterrâneo de um ricaço em Long Island. Howard Righton. Ele construiu esse lugar com um sistema de filtração hermético próprio, para o caso de uma explosão nuclear. — Ela jogou a mochila sobre o bar. — Infelizmente pra ele, antecipou o tipo errado de apocalipse. Um Épico derrubou o seu avião do céu quando ele e a família voltavam da Europa.

Olhei sobre o ombro para o corredor curto que levava ao submarino. Gegê fechou a porta, lançando o corredor em escuridão. Eu tive a vaga impressão de que havíamos nos erguido através do chão da sala, que provavelmente tinha algum tipo de mecanismo de atracação. Mas como o submarino tinha atracado *embaixo* de um abrigo subterrâneo?

— Porão de armazenamento — Gegê explicou enquanto passava por mim. — O abrigo de Righton tinha uma câmara grande embaixo para armazenar comida. Ela está inundada agora, e fizemos uma abertura de um lado, formando um tipo de caverna onde podemos entrar com o submarino. Prof cortou o chão e vedou a entrada alguns anos atrás.

– Jon gosta de ter lugares seguros em toda cidade que visita – Thia disse, acomodando-se em um dos sofás felpudos com o celular. Ele funcionaria aqui embaixo; os celulares funcionavam nas catacumbas de aço de Nova Chicago, então eu tinha bastante certeza de que poderíamos usá-los em qualquer lugar.

Sinceramente, eu estava me sentindo um pouco nu sem o meu. Tinha economizado por anos trabalhando na Fábrica para comprá-lo. Agora que perdera meu fuzil e meu celular estava destruído, percebi que não sobrava muita coisa daquela época da minha vida.

– E agora fazemos o quê? – perguntei.

– Agora esperamos Jon terminar seu reconhecimento – Thia disse – e enviamos alguém para buscá-lo. Missouri, por que não mostra a David onde fica o quarto dele? – *O que deve mantê-lo fora do meu caminho por enquanto*, o tom dela sugeria.

Joguei a mochila sobre o ombro enquanto Mizzy acenava com a cabeça e disparava por um corredor com uma lanterna. De repente, percebi como estava cansado. Embora tivéssemos viajado até a cidade dirigindo durante a noite, eu não tinha trocado completamente meus dias e noites. Nos últimos meses, viver com luz tinha sido uma raridade para mim, e eu tinha aproveitado.

Bem, parecia que a escuridão se tornaria a regra de novo. Segui Mizzy pela sala de estar principal e por um corredor revestido de fotos artísticas de água colorida sendo jogada no ar. Imaginei que tinha a intenção de ser moderno e chique, mas só serviu para me lembrar de que estávamos no fundo do oceano.

– Não consigo acreditar neste lugar – comentei, espiando uma biblioteca repleta de livros, mais do que eu já vira em toda a minha vida. Pequenas luzes de emergência brilhavam nas paredes da maioria das salas, então pelo visto tínhamos energia.

– Éééé – Mizzy concordou. – As pessoas em Long Island tinham uma vida boa, né? Praias, casonas. Eu vinha pra cá quando era pequena, brincava na areia e imaginava como seria morar em uma dessas mansões. – Ela passava os dedos pela parede enquanto caminhava. – Eu passei com o submarino pelo meu antigo apartamento uma vez. Foi engraçado.

— Foi difícil vê-lo?

— Não. Eu não me lembro de quase nada dos dias antes de Calamidade. Pela maior parte da minha vida morei na Vila Pintada.

— Na quê?

— Um bairro no centro da cidade – ela disse. – Um bom lugar. Sem muitas gangues. Geralmente tinha comida.

Segui Mizzy pelo corredor e ela apontou para uma porta.

— Banheiro. Você entra na primeira porta e *sempre* a fecha. Depois atravessa a outra porta. Não tem luz; você vai ter que se mover por toque. Tem uma privada e uma pia. É a única água encanada do lugar. Nunca leve nada para fora; nem um copo de água para beber.

— Realeza?

Mizzy assentiu.

— Estamos fora do alcance dela, mas mesmo que ela quase nunca se mova, pensamos que é melhor garantir. Afinal, se ela encontrar esse lugar, estamos mortos.

Eu não tinha tanta certeza. Como Thia apontara, Realeza poderia ter nos matado lá em cima, mas não matou. Ela parecia estar contendo a escuridão, como Prof.

— As gangues – eu disse, me juntando a Mizzy enquanto continuávamos a andar. – Realeza se livrou delas?

— É – ela confirmou. – A única que resta é a de Newton, que até tem estado bem relaxada ultimamente, para uma Épica.

— Então Realeza é boa para a cidade.

— Bem, exceto por inundá-la – Mizzy observou –, matando dezenas de milhares de pessoas no processo. Mas acho que, comparado com como ela era terrível antes, não está tão ruim agora. Tipo como um cachorro mordendo o seu tornozelo é agradável comparado a um que mordia a sua cabeça.

— Boa metáfora – observei.

— Apesar de uma falta chocante de leões – ela disse, entrando em outra sala. Quão grande era esse lugar? A sala em que entramos era circular e tinha um piano de um lado – eu nunca vira um piano, exceto em filmes – e algumas mesas de jantar chiques do outro. O teto era pintado de preto, e...

Não. Não era preto. Era água.

Prendi a respiração, me encolhendo quando percebi que o teto era puro vidro e dava para a água escura. Alguns peixes nadavam em um pequeno cardume, e *jurei* ter visto alguma coisa grande passar por nós. Uma sombra.

– Esse cara construiu um abrigo antibombas – perguntei – com uma *claraboia*?

– Quinze centímetros de acrílico – Mizzy respondeu, cobrindo sua lanterna – com placa de aço retrátil. E antes que você pergunte, não, Realeza não pode ver através dela. Primeiro, como dissemos, estamos tão longe da cidade que devemos estar fora do alcance dela. Segundo, ela precisa de uma superfície de água aberta ao ar. – Ela fez uma pausa. – Mesmo assim, eu gostaria de cobrir esse negócio, mas a maldita placa está emperrada lá em cima.

Atravessamos rapidamente aquela sala horrível e entramos em outro corredor agradável e sem janelas. No meio dele, Mizzy abriu uma porta e acenou para um quarto grande.

– Vou dividir com Gegê? – perguntei, enfiando a cabeça para dentro.

– Dividir? – Mizzy repetiu. – Este lugar tem *doze* quartos. Pode ficar com dois, se quiser.

Hesitei, examinando as estantes de madeira escura, o tapete vermelho felpudo e a cama grande como uma torrada muito, muito grande. Em Nova Chicago, ter um flat minúsculo com um único cômodo tinha custado a maior parte das minhas economias. Este quarto era quatro vezes o tamanho do meu apartamento, fácil.

Entrei e coloquei a mochila no chão. Ela parecia pequena na câmara espaçosa.

– Tem uma lanterna ali no balcão – Mizzy apontou, virando a luz do seu celular para mostrá-la. – Acabamos de receber um novo carregamento de células de energia do seu amigo em Nova Chicago.

Fui até a cama e a cutuquei.

– As pessoas dormem em coisas tão macias?

– Bem, você pode dormir no chão, se preferir. Os interruptores não funcionam, mas algumas das tomadas, sim. Tente ligar seu celular nelas; deve conseguir encontrar uma com energia.

Levantei o celular amassado.

– Ah – ela disse. – Certo. Eu arranjo algo novo pra você amanhã.

Cutuquei os cobertores de novo. Minhas pálpebras pendiam como bêbados furiosos tropeçando em uma rua, procurando um beco onde vomitar. Eu precisava dormir. Mas havia tantas coisas que não sabia.

– Prof fez vocês observarem esse lugar – eu disse para Mizzy, sentando na cama – por um bom tempo, certo?

– Sim – ela respondeu, encostada na porta.

– Ele disse por quê?

– Eu sempre imaginei que ele queria toda informação possível sobre Realeza – ela disse. – Para quando os Executores decidissem atacá-la.

– Duvido. Antes de Coração de Aço, Prof nunca atacava Épicos tão importantes. Além disso, os Executores quase nunca fazem investigações de longo prazo. Geralmente entram e saem de uma cidade em menos de dois meses, deixando alguns corpos para trás.

– E você sabe tudo sobre como as outras células dos Executores operam? – Ela fez a pergunta rindo, como se isso fosse uma tolice.

– É – respondi sinceramente. – Basicamente.

– Sério?

– Eu… meio que fico um pouco obcecado com as coisas. – Mas *não* de um jeito nerd, não importava o que Megan dizia. – Conto pra você outra hora. Acho que vou dormir.

– Durma bem, então – ela disse, afastando-se e levando sua lanterna embora.

Prof sabia, pensei, deitando na cama. *Não atacou Realeza porque sabia que ela estava tentando melhorar. Ele deve estar se perguntando… se há um jeito de fazer tudo isso funcionar. Um jeito de contornar os poderes que estavam destruindo as pessoas.*

Bocejei, pensando que provavelmente deveria trocar de roupa…

Mas o sono me pegou primeiro.

PARTE 3

17

Eu acordei na escuridão.

Grunhindo, me espreguicei na cama excessivamente macia. Era como nadar em chantilly. Por fim, consegui chegar à beirada da cama e me sentar, passando a mão pelo cabelo. Por reflexo, fui pegar meu celular, apalpando a cômoda até me lembrar de que ele estava quebrado e que o deixara com Mizzy.

Por um momento, me senti perdido. Que horas eram? Há quanto tempo eu estava dormindo? Vivendo nas sub-ruas, muitas vezes eu dependia do meu celular para saber se era dia ou noite. A luz do sol era uma coisa do passado, como parques cobertos de grama e a voz da minha mãe.

Cambaleei para fora da cama, chutando para longe minha jaqueta – que eu havia tirado em algum momento durante a noite – e tateando as paredes até achar a porta. Um lado do corredor estava iluminado, e vozes suaves ecoavam a distância. Bocejando, caminhei em direção à claridade até chegar ao átrio – o lugar com o piano e o teto de vidro. Ele brilhava com uma luz azul suave vinda de cima.

Os raios de sol filtrados mostravam que estávamos a cerca de 15 metros de profundidade. A água era mais turva do que eu imaginava – não de um azul cristalino, mas de uma cor mais escura e opaca. Qualquer coisa podia estar se escondendo nela.

Eu conseguia ouvir as vozes melhor agora. Prof e Thia. Atravessei o átrio, propositalmente não olhando para cima, e encontrei os dois na biblioteca.

— Ela parecia perturbada de verdade, Jon — Thia estava dizendo quando me aproximei. — É óbvio que queria você em Babilar, então você está certo sobre isso. Mas ela podia ter nos matado e não matou. Acho que quer mesmo que você a pare.

Eu não queria espiar, então enfiei a cabeça para dentro da sala. Prof estava em pé próximo à parede de livros, um braço descansando em uma estante, e Thia estava sentada a uma mesa com um notebook aberto e cercada de livros. Ela segurava um tipo de saquinho com um canudo — um jeito de beber sem arriscar formar uma superfície pela qual Realeza pudesse nos olhar. Conhecendo Thia, aquele saquinho estava cheio de refrigerante.

Prof fez um aceno com a cabeça, então entrei.

— Acho que Thia está certa — eu disse. — Realeza está lutando contra o uso dos seus poderes e resistindo à corrupção deles.

— Abigail é ardilosa — Prof retrucou. — Se você pensa que sabe os motivos dela, provavelmente está enganado. — Ele batia um dedo na estante. — Tire Gegê do reconhecimento, Thia, e prepare a sala de reuniões. É hora de discutirmos um plano.

Ela assentiu, fechou o notebook e saiu da sala.

— Um plano — eu disse, aproximando-me de Prof. — Você quer dizer para matar Realeza.

Ele assentiu.

— Depois de todo esse tempo observando, vai simplesmente matá-la?

— Quantas pessoas morreram ontem durante o ataque de Obliteração, David? Você ouviu a contagem?

Balancei a cabeça.

— Oitenta — Prof anunciou. — Oitenta pessoas morreram queimadas em uma questão de minutos. Porque Realeza soltou aquele *monstro* na cidade.

— Mas ela está resistindo — eu disse. — Está lutando contra qualquer que seja a escuridão que...

— Não está — Prof rebateu, passando por mim. — Você está enganado. Prepare-se para a reunião.

— Mas...

— David — ele disse da porta —, dez meses atrás você veio até nós com um pedido e um argumento. Você me convenceu de que Coração de Aço precisava ser derrubado. Eu o ouvi, e agora quero que me ouça. Realeza foi longe demais. Ela precisa ser detida.

— Vocês eram amigos, não eram? — perguntei.

Ele deu as costas para mim.

— Não acha — continuei — que pelo menos vale a pena *considerar* se podemos salvá-la?

— Isso é sobre Megan, não é?

— Quê? Não...

— Não minta pra mim, filho — Prof interrompeu. — Quando se trata de Épicos, você é tão sanguinário quanto qualquer pessoa. Eu já vi isso em você; é algo que compartilhamos.

Ele entrou de novo na sala, aproximando-se de mim. Cara, Prof podia ser imponente quando queria. Como uma lápide prestes a esmagar um botão de flor. Ele ficou parado assim por um instante, então suspirou e colocou uma mão no meu ombro.

— Você está certo, David — ele disse suavemente. — Realeza e eu éramos amigos. Mas realmente acha que eu deveria me segurar só porque gosto de Abigail? Acha que nossa antiga familiaridade perdoa os assassinatos dela?

— Eu... não. Mas se ela está sob a influência dos poderes, talvez não seja culpa dela.

— Não funciona assim, filho. Abigail tomou uma decisão. Ela podia ter ficado com as mãos limpas e não ficou. — Ele me encarou e vi emoção real nos seus olhos. Não era raiva. Sua expressão era suave demais, os lábios estavam apertados de dor. Isso era pesar.

Ele soltou meu ombro e se virou.

— Talvez ela realmente esteja resistindo aos poderes, como você diz. Se for o caso, suspeito que no fundo ela me atraiu para cá porque está *procurando* alguém capaz de matá-la. Alguém que possa salvá-la de si mesma. Ela me chamou para que eu possa impedi-la de matar outras pessoas, e é isso que vou fazer. Ela não será a primeira amiga que eu mato.

Antes que eu pudesse responder a isso, ele saiu da sala e ouvi seus passos no corredor. Encostei-me na parede, sentindo-me drenado. Conversas com Prof sempre eram especialmente intensas.

Por fim, fui procurar um jeito de tomar um banho. Eu teria que fazer isso na escuridão e com água fria. Ambos serviam. Na época em que trabalhava na Fábrica, só podia tomar banho a cada três dias. Apreciava qualquer coisa melhor que isso.

Meia hora depois, entrei na sala de reuniões, que ficava a algumas portas do meu quarto. Uma parede inteira era de vidro e dava para a água. Delicioso. E todo mundo estava sentado virado para lá. Eu não estava com medo; só não gostava de ser lembrado de que estávamos embaixo de toda aquela água. Um pequeno vazamento e todos nos afogaríamos aqui embaixo.

Gegê estava sentado numa poltrona confortável com os pés levantados. Mizzy mexia no seu celular e Val estava em pé ao lado da porta, com os braços cruzados. A mulher parecia não ter qualquer intenção de sentar-se e relaxar. Ela levava a vida a sério – algo que eu apreciava. Trocamos um aceno quando entrei e me acomodei em uma cadeira ao lado de Mizzy.

– Como vai a cidade lá em cima? – perguntei a Gegê.

– Muitos funerais – ele disse. – Fui em um bem simpático perto da extensão central. Flores na água, um belo elogio fúnebre. O embalsamento estava terrível, mas acho que não posso culpá-los, considerando a falta de recursos.

– Você foi fazer reconhecimento em um *funeral*? – perguntei.

– Claro – ele disse. – As pessoas gostam de conversar em funerais. É um evento emocional. Avistei alguns dos capangas de Newton assistindo a distância.

Mizzy ergueu os olhos do celular.

– O que eles fizeram?

– Só observaram – Gegê respondeu, balançando a cabeça. – Não consigo entender aquele grupo, sinceramente. Talvez tenhamos que nos infiltrar entre eles em algum momento…

– Duvido que as gangues dela estejam recrutando homens gordos de 40 e poucos anos, Gegê – Val disse da porta.

– Eu podia fingir ser um chef – Gegê retrucou. – Toda organização precisa de bons chefs e bons agentes funerários. As duas grandes constantes da vida: comida e morte.

Thia e Prof entraram pouco tempo depois; Prof carregava um cavalete embaixo de um braço. Thia se sentou na última cadeira vazia da sala enquanto Prof montava o cavalete e uma folha de papel bem em frente daquela janela de aquário. Maravilha. Eu teria que encarar a água o tempo inteiro.

– O imager ainda não está montado – Prof anunciou –, então faremos isso do jeito tradicional. Mizzy, você é a novata no time. Fica com o papel de escrivã.

Ela pulou da cadeira e pareceu genuinamente animada com a ideia. Pegou uma caneta e escreveu *Superplano Executor para Eliminar Realeza* no topo da folha. Os pontos dos *i* eram coraçõezinhos.

Prof assistiu a tudo isso com uma expressão impassível, então seguiu corajosamente.

– Ao matar Coração de Aço, os Executores fizeram uma promessa, que precisamos manter. Épicos poderosos não estão fora do nosso alcance. Realeza provou o seu desrespeito à vida humana e nós somos a única lei capaz de levá-la à justiça. É hora de erradicá-la.

– Isso me preocupa – Gegê disse, balançando a cabeça. – Realeza tem feito uma sólida campanha de relações públicas ultimamente. As pessoas na cidade não a amam, mas também não a odeiam. Tem certeza de que isso é o que devemos fazer, Prof?

– Ela passou os últimos cinco meses enviando assassinos para tentar matar minha equipe em Nova Chicago – Prof retrucou, num tom frio. – Sam está morto por ordens dela também. É pessoal, Gegê. Boas relações públicas ou não, ela está assassinando pessoas por toda a cidade. Nós temos que derrubá-la. Isso não é negociável.

Ele olhou para mim quando disse isso.

Mizzy escreveu *Muito importante, totalmente precisamos fazer isso* no papel, com três grandes setas apontando para o título em cima. Então, depois de um momento, ela acrescentou *Rapaz, agora vai* em letras menores ao lado do título.

– Tudo bem – Val disse da porta. – Então precisaremos descobrir a fraqueza dela, que é algo que nunca conseguimos fazer. Duvido que sabão será suficiente.

Prof olhou para Thia.

— Abigail não é uma Alta Épica — Thia disse.

— Quê? — Gegê perguntou. — Claro que é. Eu nunca encontrei um Épico tão poderoso quanto Realeza. Ela ergueu o nível da água de uma *cidade inteira* para inundá-la. Moveu milhões de toneladas de litros de água, e segura todos eles aqui!

— Eu não disse que ela não era poderosa — Thia emendou. — Só que não é uma Alta Épica, o que é definido como um Épico cujos poderes os impedem de serem mortos de jeitos convencionais.

Mizzy escreveu *Realeza realmente precisa correr atrás do prejuízo* na folha.

— E quanto às habilidades de prognóstico dela? — perguntei a Thia.

— Superestimadas — Thia disse. — Ela mal é classe F, apesar do que espalha por aí. Raramente consegue interpretar o que vê, não dá para considerá-la entre as suas habilidades de Alta Épica.

— Eu teorizei sobre isso nas minhas anotações — confirmei. — Tem certeza de que é verdade?

— Muita.

Gegê ergueu uma mão.

— Hã, estou perdido. Mais alguém perdido? Porque eu estou perdido.

Mizzy escreveu *Gegê precisa prestar mais atenção no seu trabalho* na folha.

— Realeza não tem nenhum poder protetor — expliquei —, não diretamente. É *isso* que torna alguém um Alto Épico. A pele de Coração de Aço era impenetrável; o Deslocador distorcia o ar ao seu redor de modo que qualquer coisa que tentasse perfurá-lo ou atingi-lo era teletransportada para o seu outro lado; Tormenta de Fogo reencarna quando morre. Realeza não tem nada disso.

— Abigail é poderosa — Prof concordou —, mas bastante frágil, na verdade. Se conseguirmos encontrá-la, podemos matá-la.

Era verdade, e percebi que eu estivera pensando em Realeza como se ela fosse Coração de Aço. Isso era um erro. Matá-lo tinha dependido de encontrar a sua fraqueza. A "fraqueza" que anularia os poderes de Realeza não era tão importante quanto descobrir onde ela estava escondendo sua forma física.

— Então — Thia disse, tomando um gole de refrigerante —, isso deve ser o cerne do nosso plano. Precisamos localizar Realeza. Eu disse a vocês que o alcance funcional das habilidades dela é menor que 8 quilômetros. Devemos ser capazes de usar esse fato para descobrir onde ela se esconde.

Mizzy prestativamente escreveu na folha: *Passo 1 – encontrar Realeza, então explodi-la pra valer. Muito mesmo.*

– Eu sempre me perguntei – Val começou, encarando Thia – como vocês sabem tanto sobre os poderes dela. Graças aos tradicionistas?

– Sim – Thia respondeu, sem hesitar. Faíscas, ela mentia *bem*.

– Tem certeza – eu interrompi – de que não há nada mais?

Prof me olhou e eu o encarei de volta. Não ia falar abertamente coisas que ele me dissera em segredo, mas esconder informações da equipe daquele jeito me deixava desconfortável. Os outros deviam saber pelo menos que Prof e Realeza tinham um passado.

– Bem – Thia admitiu, relutante –, acho que vocês deviam saber que Jon e eu conhecemos Realeza nos anos logo depois de ela se tornar uma Épica. Isso foi antes dos Executores.

– O quê? – Val exclamou, dando um passo à frente. – E não me contaram?

– Não era relevante – Thia respondeu.

– Não era relevante? – Val repetiu. – Sam está *morto*, Thia!

– Passamos pra vocês tudo o que achamos que podiam usar contra ela.

– Mas... – Val começou.

– Acalme-se, Valentine – Prof interrompeu. – Escondemos certas coisas de vocês, e vamos continuar fazendo isso se acharmos que é a melhor opção.

Val bufou, mas cruzou os braços. Agora ela estava ao lado da minha cadeira. Ela não disse nada, mas Mizzy escreveu na folha: *Passo 2 – colocar Val no descafeinado.* Eu não tinha certeza do que isso significava.

Val respirou fundo, mas finalmente se sentou.

Mizzy continuou escrevendo. *Passo 3 – Mizzy ganha um biscoito.*

– Posso ganhar um biscoito também? – Gegê perguntou.

– Não – Prof rebateu, ríspido. – Esta reunião não está indo para lugar nenhum. Mizzy, escreva... – Ele perdeu o que estava dizendo, olhando para a folha pela primeira vez desde que começamos e percebendo que Mizzy já a enchera inteiramente com seus comentários.

Mizzy corou.

– Por que não senta? – Prof disse a ela. – Provavelmente não precisamos disso.

Mizzy abaixou a cabeça e voltou rápido para o seu lugar.

– Nosso plano – Prof continuou – precisa se concentrar em localizar a base de operações de Realeza, então invadi-la para matá-la, de preferência quando ela estiver dormindo e não puder reagir.

Meu estômago se revirou. Atirar na cabeça de alguém enquanto a pessoa dormia? Não parecia muito heroico. Mas eu não disse nada, e mais ninguém disse também. No fundo, éramos assassinos, e fim de história. Matar Épicos dormindo era mesmo diferente de atraí-los para uma armadilha e matá-los lá?

– Sugestões? – Prof perguntou.

– Tem certeza de que encontrar a base dela vai funcionar? – indaguei. – Coração de Aço se deslocava bastante, dormindo em lugares diferentes toda noite. Muitos Épicos mantêm residências diferentes precisamente para impedir que algo assim aconteça.

– Realeza não é Coração de Aço – Prof rebateu. – Ela não é nem de longe tão paranoica quanto ele, e ela *gosta* dos seus confortos. Deve ter escolhido um lugar e se recolhido lá, e duvido que saia dele com frequência.

– Ela está ficando velha – Thia concordou. – Quando a conhecemos, antes, ela chegava a passar dias inteiros na mesma cadeira, recebendo visitantes. Concordo com a interpretação de Jon. Abigail preferiria ter uma única base do que uma dúzia de esconderijos menos confortáveis. Com certeza tem uma base reserva, mas não a usará a não ser que saiba que a primária está comprometida.

– Já considerei isso – Gegê disse, pensativo. – Um raio de 8 quilômetros significa que ela poderia estar em quase qualquer lugar em Babilar e ainda ter influência. Sua base pode até estar na antiga Nova Jersey.

– Sim – Thia disse –, mas cada aparição restringe esse raio para nós. Como ela só pode criar projeções a 8 quilômetros de onde está, quando aparece, aprendemos mais sobre onde ela pode estar.

Eu assenti devagar.

– Como uma catapulta que atira uvas enormes.

Todo mundo me encarou.

– Não, sério – eu disse. – Se você tivesse uma catapulta de uvas e fosse bom em lançá-las, mas toda vez as lançasse a distâncias diferentes, poderia deixá-la atirando por um longo período. E talvez colocá-la em um tipo de modo giratório. Daí, quando voltasse, mesmo que alguém tivesse roubado a catapulta, você saberia onde ela estava, pelo padrão das uvas. Acontece o mesmo aqui. Só que as projeções de Realeza são as uvas e a base dela é a catapulta!

– Isso... quase faz sentido – Gegê disse.

– Posso atirar com a catapulta? – perguntou Mizzy. – Parece divertido.

– Apesar dessa descrição criativa – Thia disse –, vai funcionar se conseguirmos dados suficientes. E não precisaremos de tantas das... hã... uvas de David. Faremos o seguinte: escolhemos locais predeterminados e armamos situações que com certeza farão ela aparecer com uma de suas projeções. Se ela aparecer naquele local, conseguimos um dado. Se não aparecer, o local pode estar fora do alcance dela. Fazendo isso o bastante, tenho certeza de que conseguiremos identificar sua localização.

Assenti, entendendo.

– Precisamos fazer barulho na cidade e ver se Realeza interage com a gente.

– Exato – Thia concordou.

– E o alcance dos outros poderes dela? – perguntei. – Se ela ergueu a água em toda a Babilar, não podemos usar o limite dessas habilidades para localizá-la?

Thia olhou para Prof.

– Sua manipulação de água vem em dois sabores – ele explicou. – As pequenas gavinhas, como vocês viram, e o "empurrão" em larga escala de quantidades imensas de líquido. As gavinhas só podem ir até onde ela consegue ver, então sim, se ela as usar, vai ajudar o nosso plano. Os poderes em larga escala não revelam muito; são mais como o movimento das marés. Ela é capaz de erguer o nível da água em uma área vasta, e fazê-lo numa escala imensa. Essa habilidade exige menos precisão, e ela pode empregá-la a distância. Então é impossível dizer, com base na forma da água em Babilar, onde exatamente ela está se escondendo.

– Dito isso – Thia continuou –, temos bastante certeza de que Abigail não sabe que descobrimos o limite do alcance dos seus poderes de menor escala, então temos uma vantagem. Podemos usar isso para encontrá-la. O difícil será inventar modos de chamar a atenção dela, eventos tão atrativos que ou ela virá nos confrontar ou poderemos estar razoavelmente certos, devido à sua ausência, de que não pôde.

– Jeitos garantidos de chamar a atenção dela? – repeti.

– Sim – Thia respondeu. – De preferência de um modo que não fique óbvio que estamos tentando chamar a atenção.

– Bom, isso é fácil – eu disse. – Nós atacamos Épicos.

Os outros me encararam.

– Olha, a gente vai ter que matar Obliteração uma hora dessas mesmo – argumentei. – Realeza está usando-o como uma arma apontada para a nossa cabeça, uma ameaça à cidade inteira. Se o eliminarmos, vamos acabar com uma das ferramentas principais dela, então ela provavelmente vai tentar impedir um ataque contra ele. Se vencermos, vamos ter prejudicado Realeza, impedido as matanças *e* ganhado um dado que podemos usar para localizar a base dela. Além disso, não vamos parecer suspeitos, já que estaremos fazendo o que os Executores sempre fazem.

– É um bom argumento, Jon – Thia disse.

– Talvez – Prof admitiu. – Mas não sabemos onde Obliteração vai atacar. Precisaremos ser reativos, o que torna difícil montar uma armadilha para ele. Também dificulta escolher um local que nos daria informações sobre Realeza, se ela aparecer.

– Podemos tentar Newton, em vez disso – Gegê sugeriu. – Ela e suas capangas tendem a fazer patrulhas pela cidade, e são razoavelmente previsíveis. Newton meio que se tornou o braço direito de Realeza. Se ela estiver em perigo, é garantido que Realeza vai aparecer.

– Só que Newton não tem sido uma ameaça ultimamente – Val interveio. – As gangues dela estão sob controle. Podem intimidar um pouco, mas não têm matado ninguém. Concordo com o Matador de Aço; Obliteração é um problema *sério*. Não quero que aconteça com Babilar o que aconteceu com Houston.

Prof considerou por um momento, virando-se para olhar a água azul cintilante.

– Val, sua equipe tem planos operacionais para derrubar Newton?

– Sim, mas…

– Mas?

– Mas o plano dependia de Sam e do spyril dele.

– Spyril? – perguntei.

– Quebrado agora – Val disse. – Inútil.

Pelo tom dela, percebi que era um assunto delicado.

– Trabalhe com Thia e David – Prof disse a ela. – Revise seus planos e me apresente vários cenários para derrubar Newton, e crie outros para derrubar Obliteração. Vamos seguir com o plano de David e atacar esses dois para atrair Realeza. Também me dê uma lista de lugares onde sua equipe *confirmou* ter visto projeções de Realeza.

– Certo – Val disse. – Mas não há muitos. Só a vimos uma vez ou outra, sem contar ontem à noite.

– Mesmo dois pontos nos darão uma base de referência para tentar localizá-la – Thia disse. – Gegê, faça reconhecimento na cidade e reúna todos os boatos sobre Realeza aparecendo ou usando seus poderes de um jeito óbvio. Alguns podem não ser confiáveis, mas talvez seja possível usá-los para construir um mapa inicial.

– Eu ia encontrar daqui a dois dias algumas pessoas que podem saber algo sobre isso – Gegê disse. – Podemos começar por aí.

– Bem – Prof disse –, mãos à obra. Dispensados. Todos menos *você*. – Ele apontou diretamente para mim.

Thia permaneceu sentada enquanto os outros saíam e eu comecei a suar. Reprimi a sensação e me obriguei a levantar e ir até Prof, que estava sentado ao lado da grande janela que dava para a água azul infinita.

– Você precisa tomar cuidado, filho – ele disse em voz baixa. – Sabe coisas que os outros não sabem. Essa é uma confiança que dei a você.

– Eu…

– E não pense que não notei você tentando desviar a conversa de matar Realeza para matar Obliteração.

– Está negando que é melhor atacá-lo primeiro?

– Não. Não te contradisse porque você está certo. Faz sentido primeiro atacar Obliteração, e talvez Newton, para remover alguns dos recursos de Realeza e localizá-la. Mas devo lembrá-lo de que ela é nosso alvo principal.

— Sim, senhor — eu disse.

— Dispensado.

Saí da sala, irritado por ter sido escolhido especificamente para receber aquele discurso. Atravessei o corredor e por algum motivo não conseguia parar de pensar em Campo de Origem. Não da Épica poderosa, mas da pessoa normal privada de seus poderes, me olhando com horror crescente e total confusão.

Eu nunca tivera problemas em matar Épicos. Ainda não teria, quando a hora chegasse. Mas isso não me impediu de imaginar o rosto de Megan em vez do de Campo de Origem quando apertei o gatilho.

Eu já odiara os Épicos absolutamente. Percebi que não conseguia mais me sentir desse jeito. Não agora que conhecia Prof, Megan e Edmund. Talvez fosse por isso que eu me rebelava contra matar Realeza. Ela estava tentando resistir à sua natureza Épica, e talvez isso significasse que pudéssemos salvá-la.

Todas essas questões me levavam a especulações perigosas. O que aconteceria se capturássemos um Épico aqui, como fizemos com Edmund em Nova Chicago? E se amarrássemos alguém como Newton ou Obliteração, então usássemos suas fraquezas para perpetuamente anular seus poderes? Quanto tempo sem usar suas habilidades seria preciso para eles começarem a agir como pessoas normais?

Se Newton ou Obliteração não estivessem sob a influência dos seus poderes, eles nos ajudariam como Edmund? E isso, por sua vez, não provaria que poderíamos fazer o mesmo por Realeza? E, depois dela, Megan?

Quando cheguei ao meu quarto, me encontrei ponderando a ideia e gostando cada vez mais dela.

18

Era quase noite quando Mizzy, Gegê e eu saímos do submarino, subimos para o prédio escuro, cheio de água, e nos movemos por toque até o barquinho dos Executores. Quando nos acomodamos, Mizzy apertou um botão no seu celular, e o submarino silenciosamente afundou de volta para as profundezas.

Eu não tinha certeza se isso realmente nos esconderia de Realeza. Com sorte, nossas precauções pelo menos não a deixariam descobrir a localização exata da base, mesmo que ela adivinhasse sobre o submarino em si. Pegamos remos, acendemos as luzes dos celulares e partimos por uma rua inundada.

Fazia dois dias desde a reunião em que concordamos com um plano para matar Realeza, e quando chegamos a telhados habitados, o sol começava a se pôr. Saímos do barco e Gegê jogou uma garrafa de água para um velho que estava vigiando vários barcos amarrados. Água pura era difícil de encontrar na cidade; precisava ser trazida de córregos em Jersey. Uma garrafa não valia muito, mas servia como moeda básica para pequenos serviços.

Os outros começaram a atravessar o telhado, mas eu me demorei, assistindo ao pôr do sol. Tinha passado a maior parte da minha vida preso na escuridão do reino de Coração de Aço. Por que as pessoas de Babilar só saíam à noite? Elas podiam conhecer a luz intimamente, mas em vez disso *optavam* pela escuridão. Não sabiam como tinham sorte?

O sol afundou como um enorme tablete dourado de manteiga derretendo sobre o milho de Nova Jersey. Ou... espere. Aquela cidade abandonada era mais como espinafre que milho. Então o sol afundou sobre o espinafre de Jersey.

E Babilar ganhou vida.

Grafite se iluminava com cores vibrantes, elétricas. Um mosaico, invisível na luz do sol, irradiou a partir dos meus pés: um desenho da lua com o nome de alguém assinado em letras grandes e largas embaixo. Eu precisava admitir que havia algo organicamente magnífico naquilo. Não havia grafites em Nova Chicago, onde eles eram considerados um sinal de rebelião – e rebelião era punida com a morte. É claro que, em Nova Chicago, cutucar seu nariz também podia ser interpretado como um sinal de rebelião.

Corri para alcançar Mizzy e Gegê, sentindo-me nu sem meu fuzil – embora carregasse a pistola de Megan no bolso e usasse meu escudo Executor, o que na verdade só significava que Prof havia me doado parte de sua energia de campo de força. Eu não sabia bem por que Mizzy e Gegê haviam pedido que eu me juntasse a eles para essa missão de reconhecimento. Não me importava em ir – aceitaria qualquer desculpa para sair ao ar livre –, mas Val não estaria mais bem preparada para encontrar com informantes e interpretar informações?

Andamos por algum tempo, atravessando pontes e passando por grupos de pessoas que carregavam cestas de frutas brilhantes. Elas nos cumprimentaram amigavelmente, o que foi assustador. As pessoas não deviam andar com os olhos abaixados, com medo de que qualquer um por quem passassem fosse um Épico?

Eu sabia que havia algo profundamente errado com esses pensamentos. Passara meses em Nova Chicago depois da queda de Coração de Aço, tentando ajudar a construir uma cidade onde as pessoas *não ficariam* com medo o tempo todo. E agora me preocupava quando as pessoas aqui eram abertas e amigáveis?

Mas não podia evitar me sentir assim, e meu instinto dizia que havia algo errado com as pessoas aqui. Atravessamos um telhado baixo e passamos por alguns babilarianos reclinados com os pés na água. Outros relaxavam deitados de costas, comendo frutas brilhantes como se não tivessem nenhuma preocupação na vida. Essas pessoas não sabiam que Obliteração tinha aparecido no centro da cidade alguns dias antes?

Olhei para baixo enquanto atravessávamos outra ponte de corda, perturbado quando um grupo de jovens passou nadando abaixo de nós, rindo. As pessoas dessa cidade não precisavam mostrar as atitudes submissas que eram comuns em Nova Chicago, mas uma dose saudável de paranoia nunca machucou ninguém. Certo?

Mizzy notou que eu observava os nadadores.

– Que foi? – ela perguntou.

– Eles parecem tão...

– Despreocupados? – ela sugeriu.

– Idiotas.

Ela sorriu.

– Babilar tende a inspirar uma atitude relaxada.

– É um modo de vida – Gegê concordou, um pouco à nossa frente, guiando-nos em direção aos informantes. – Mais especificamente, é a religião, se quiser chamá-la assim, de Luz da Aurora.

– Luz da Aurora – eu repeti. – É um Épico, certo?

– Talvez – Gegê disse, dando de ombros. – Todo mundo atribui a comida e a luz a "Luz da Aurora". Há muita discussão sobre quem, ou o quê, ele é.

– Um Épico, obviamente – eu disse, olhando para um prédio próximo iluminado por frutas brilhantes dentro de janelas quebradas. Mas eu não tinha em minhas anotações nada sobre um Épico desses. Era desconcertante saber que, de alguma forma, eu deixara passar um tão poderoso.

– Bem, de qualquer forma – Gegê continuou –, muita gente aqui aprendeu a simplesmente relaxar. De que adianta se estressar o tempo todo por causa dos Épicos? Não se pode fazer nada a respeito. Muitas pessoas chegaram à conclusão de que é melhor aproveitar a vida e aceitar que os Épicos podem matá-las amanhã.

– Isso é idiota – eu disse.

Gegê olhou para trás, erguendo uma sobrancelha.

– Se as pessoas aceitam os Épicos – continuei –, eles venceram. Foi isso que deu errado; é por isso que ninguém resiste.

– Tá, tudo bem. Mas relaxar um pouco não faz mal, sabe?

– Faz mal *de vários jeitos*. Pessoas relaxadas não realizam nada.

Gegê deu de ombros. Faíscas! Ele falava quase como se acreditasse em toda aquela bobagem. Deixei o assunto de lado, embora meu desconforto não tivesse diminuído. Não eram só as pessoas pelas quais passávamos, com seus sorrisos amigáveis. Era estar tão exposto, num lugar tão aberto. Com todos aqueles telhados e janelas quebradas ao nosso redor, um atirador poderia me derrubar facilmente. Eu ficaria feliz quando encontrássemos os informantes. Esse tipo de pessoa gostava de portas fechadas e salas escondidas.

– Então – falei para Mizzy quando viramos em outro telhado e subimos em mais uma ponte. Crianças estavam sentadas de um dos lados, chutando em sincronia e dando risadinhas enquanto faziam a ponte balançar de um lado para outro. – Val mencionou algo na nossa reunião no outro dia. O... spyril?

– Era de Sam – Mizzy respondeu suavemente. – Um equipamento especial que compramos da Fundição do Falcão Paladino.

– Era uma arma, então?

– Bem, mais ou menos – Mizzy respondeu. – Era derivado de um Épico, construído para imitar os poderes dele. O spyril manipulava água; Sam atirava para baixo e o spyril o impulsionava para o alto, para ele poder se mover pela cidade facilmente.

– Um jet pack de água?

– É, tipo isso.

– Um jet pack de água. E ninguém está usando agora? – Eu estava chocado. – Então... sabe... talvez eu pudesse...

– Está quebrado – ela disse antes que eu pudesse terminar. – Quando recuperamos Sam... – Ela teve que fazer uma pausa. – Enfim, quando o pegamos de volta, o spyril estava sem o motivador.

– Que é...?

Ela olhou para mim enquanto atravessávamos a ponte; parecia pasma.

– O motivador, sabe? Aquilo que faz funcionar a tecnologia baseada em poderes Épicos.

Eu dei de ombros. Tecnologia baseada em Épicos era algo novo para mim desde que me juntara aos Executores. Apesar de coisas como meu escudo e o por-um-fio – que eram falsos –, nós *tínhamos* tecnologias que não vinham dos poderes de Prof. Supostamente, elas foram criadas usando material genético recuperado do corpo de Épicos. Quando os matávamos, frequentemente colhíamos células e as usávamos como moeda de alto valor para negociar com traficantes de armas.

— Então bota outro desses motivadores nele — eu disse.

— Não funciona assim — Mizzy riu. — Você realmente não sabe nada sobre isso?

— Mizzy — Gegê disse, andando à nossa frente —, David é um batedor. Ele passa o tempo dele atirando em Épicos, não consertando objetos na oficina. É por isso que temos pessoas como você.

— Ceeeerto — ela disse, revirando os olhos. — Obrigada. Ótimo discurso. Joinha. David, motivadores vêm da pesquisa sobre Épicos, e cada um é codificado para um dispositivo individual. — Ela parecia animada; isso obviamente era um assunto sobre o qual lera muito. — Pedimos um substituto para a Falcão Paladino, mas pode levar bastante tempo.

— Tá — eu disse. — Mas, quando a gente consertar esse negócio, *eu* quero ir primeiro.

Gegê riu.

— Tem certeza, David? Usar o spyril pode envolver muito nado.

— Eu sei nadar.

Ele olhou para trás e ergueu uma sobrancelha.

— Quer falar sobre como ficou encarando a água durante a nossa vinda até aqui? Era como se achasse que ela ia te morder.

— Também acho que armas são perigosas — retruquei —, mas estou carregando uma agora.

— Você que sabe — ele disse, virando-se e nos conduzindo em frente.

Eu o segui, emburrado. Como ele tinha descoberto o meu problema com água? Era óbvio assim pra todo mundo? Nem *eu* sabia até chegar a essa cidade inundada.

Lembrei daquela sensação de afundar... a água se fechando ao meu redor... a escuridão e o pânico total enquanto a água preenchia meu nariz e minha boca. E...

Eu estremeci. Além disso, não havia tubarões em águas assim? Por que aqueles nadadores não estavam com medo?

Eles são loucos, lembrei. *Também não têm medo de Épicos.* Bem, eu não estava prestes a ser devorado, mas precisava aprender a nadar. Teria que fazer algo sobre os tubarões. Ferrões nos pés, talvez?

Eventualmente paramos na extremidade de uma ponte que se estendia para o alto em direção a um telhado brilhante.

– Chegamos – Gegê anunciou, começando a subida íngreme.

Eu segui, curioso. Íamos encontrar os informantes escondidos dentro da selva daquele prédio, talvez? Conforme subíamos, ouvi um som estranho vindo de cima. Era música?

De fato, era. Ela me envolveu enquanto nos aproximávamos – o som de tambores e violinos. Formas neon se moviam de um lado para outro usando roupas pintadas com tinta spray, e junto com a música eu ouvia pessoas conversando.

Estaquei na ponte, fazendo Mizzy parar logo à minha frente.

– O que é isso? – perguntei.

– Uma festa – ela disse.

– E nossos informantes estão aqui?

– Informantes? Do que você tá falando?

– As pessoas que Gegê está vindo encontrar. Pra comprar informação.

– Comprar... David. Gegê, você e eu vamos nos misturar e conversar com pessoas na festa pra ver o que conseguimos descobrir.

Ah.

– Você está bem? – ela perguntou.

– Ah, claro, claro que estou. – Voltei a andar, passando por ela e seguindo em direção ao telhado.

Uma festa. O que *eu* ia fazer em uma festa?

Tive a sensação de que estaria muito melhor na água com os tubarões.

19

Fiquei parado na beira do amplo telhado, concentrado em inspirar e expirar, lutando contra um leve pânico enquanto Mizzy e Gegê entravam na festa.

Pessoas usando roupas brilhantes e pintadas se moviam em uma mistura frenética; algumas dançavam enquanto outras se deleitavam com uma variedade de frutas que tinham sido empilhadas em mesas ao longo do perímetro. A música reverberava por todos nós – o som potente de tambores e violinos.

Parecia uma revolta. Uma revolta rítmica e bem servida. E a maioria das pessoas tinha a minha idade.

Eu já conhecera outros adolescentes, é claro. Houvera muitos na Fábrica em Nova Chicago onde eu trabalhara e vivera desde os 9 anos. Mas a Fábrica nunca dava festas, a não ser que você considerasse as noites de cinema em que assistíamos a filmes antigos, e eu não tinha interagido muito com os outros. Meu tempo livre era dedicado às minhas anotações sobre os Épicos e meus planos para derrubar Coração de Aço. Eu não era um nerd, que fique claro. Só o tipo de cara que passava muito tempo livre sozinho, focado em um único interesse obsessivo.

– Vem! – Mizzy exclamou, aparecendo do meio da festa como uma semente cuspida da boca de uma lanterna de abóbora brilhante. Ela agarrou minha mão e me arrastou para o caos.

A tempestade de luz e som me envolveu. O objetivo de uma festa não era falar com pessoas? Eu mal conseguia ouvir a mim mesmo no meio daquele negócio, com todo aquele barulho e a música. Segui Mizzy e ela me guiou até uma mesa de comida, que estava cercada por um pequeno grupo de babilarianos em roupas pintadas.

Eu me peguei com a mão no bolso da jaqueta, apertando a pistola de Megan. Estar naquele aperto de corpos era ainda pior que estar exposto. Com tantas pessoas por perto, eu não podia ficar de olho em todas para ver se portavam armas ou facas.

Mizzy me posicionou em frente à mesa e se intrometeu na conversa de um grupo de adolescentes mais velhos.

– Esse – ela declarou, erguendo as mãos para me apresentar como faria com uma nova máquina de lavar – é meu amigo David Charleston. Ele não é daqui!

– Sério? – perguntou uma das pessoas perto da mesa, um cara alto com cabelo azul. – Eu nunca ia adivinhar com essas roupas tediosas e a cara de pateta.

Eu o odiei imediatamente.

Mizzy deu um soco no ombro do cara, sorrindo.

– Esse é Calaka – ela apresentou, então apontou para os outros três: garota, garoto, garota. – Infinidade, Marco e Lulu. – Ela praticamente teve que gritar para ser ouvida acima do barulho.

– Então, de onde você vem, novato? – Calaka perguntou, tomando um gole de um suco de fruta brilhante que não parecia seguro. – Algum lugar pequeno, imagino, considerando seus olhos arregalados e a expressão assustada.

– É – eu disse. – Pequeno.

– Suas roupas são mesmo tediosas – disse uma das garotas, loira e animada. Infinidade. Ela agarrou uma lata de algo debaixo da mesa e a sacudiu. Tinta spray. – Vem cá, a gente conserta isso.

Dei um pulo para trás e ergui minha mão esquerda enquanto a direita firmava o aperto na pistola no bolso. As pessoas nessa cidade louca podiam sair por aí brilhando o quanto quisessem, mas *eu* não ia me tornar um alvo mais fácil na noite.

Os quatro recuaram, arregalando os olhos. Mizzy apertou meu braço.

– Está tudo bem, David. Eles são amigos. Relaxe.

Lá estava aquela palavra de novo. *Relaxe.*

— Só não quero tinta spray em mim — eu disse, tentando me acalmar.

— Seu amigo é estranho, Mizzy — Marco observou. Ele era um cara baixo com cabelo castanho-claro tão encaracolado que parecia que tinha grampeado musgo na cabeça. Estava inclinado sobre a mesa em uma postura despreocupada, girando seu copo com dois dedos.

— Eu gostei dele — Lulu disse, me examinando. — É do tipo calado. Alto, profundo, intenso.

Profundo?

Espere... intenso?

Foquei-me nela. Cheia de curvas, com pele escura e um cabelo negro lustroso que refletia a luz. As pessoas iam a festas, em parte, para conhecer garotas, certo? Se eu causasse uma boa impressão, podia pedir informações a ela sobre Luz da Aurora ou Realeza.

— Enfiiiiim — Mizzy começou, reclinando-se na mesa e roubando a bebida de Marco. — Alguém viu Steve por aí?

— Acho que ele não veio — Calaka respondeu. — Pelo menos, não ouvi o som de ninguém levando um tapa aqui perto.

— Acho que ele estava lá — Infinidade disse, sua voz ficando mais baixa. — No outro dia. No centro da cidade.

— Foi um mau negócio, isso aí — Marco disse.

Os outros assentiram.

— Bem — Calaka disse —, acho que devemos fazer um brinde em homenagem ao velho Steve. Por mais pervertido que ele fosse, se os Épicos finalmente o pegaram, ele merece uma despedida decente.

Marco estendeu a mão para pegar sua bebida de volta, mas Mizzy desviou, brindando com Calaka e então bebendo. Infinidade e Lulu ergueram os copos também.

Eles inclinaram a cabeça enquanto Marco foi pegar umas uvas brilhantes de um prato na mesa. Inclinei a cabeça também. Não conhecia o tal de Steve, mas ele tinha sido morto por um Épico. Isso o tornava um dos nossos, de certa maneira.

Marco começou a jogar as uvas para vários membros do grupo. Eu peguei uma. Uvas, do tipo que não brilhava, eram uma raridade em Nova Chicago. Eu não tinha passado fome na Fábrica, mas boa parte da comida eram itens que podiam ficar armazenados por muito tempo. Frutas eram para os ricos.

Joguei uma na boca. Era *fantástica*.

– A música tá boa hoje – Marco observou, comendo uma uva.

– Edso tá melhorando – Infinidade concordou, sorrindo. – Acho que as vaias fizeram a diferença.

– Espere – interrompi. – Vocês não estão preocupados com Obliteração? Depois do que ele fez com o seu amigo? Só vão beber e seguir em frente?

– Fazer o quê? – Marco perguntou. – A gente tem que continuar vivendo.

– Os Épicos podem vir – Calaka concordou. – Podem te matar hoje, podem te matar amanhã. Mas um infarto também. Não há por que não curtir a vida hoje, enquanto pode.

– Um deles levou uns tiros ontem à noite – Mizzy comentou com cuidado. – Algumas pessoas estavam lutando contra eles.

– Idiotas – Calaka disse. – Só estão piorando as coisas.

– É – Infinidade concordou. – Metade dos mortos ainda estaria viva se a gente simplesmente deixasse os Épicos fazerem o que querem. Eles sempre ficam entediados e vão embora depois de um tempo.

Os outros assentiram, e Marco resmungou algo sobre "faíscas de Executores".

Eu os encarei. Aquilo era algum tipo de piada de mau gosto? Mas não, eles não estavam rindo – embora Mizzy tivesse relaxado visivelmente. Pelo visto, embora tivéssemos lutado, ela não fora reconhecida. Eu não estava surpreso; no caos criado por Obliteração, notícias do que tinha acontecido – e de quem estivera envolvido – não deviam ser confiáveis.

O grupo passou para uma discussão sobre música, e só fiquei lá parado, sentindo-me desconfortável e deprimido. Não era à toa que os Épicos estavam ganhando, com atitudes como essa.

Pelo menos eles estão se divertindo, uma parte da minha mente observou. *Talvez não possam fazer nada. Por que julgá-los tão severamente?*

Mas eu sentia que, com alguns de nós se esforçando tanto, todos os outros deveriam no mínimo reconhecer o trabalho que estávamos tendo. Lutávamos pela liberdade de pessoas como essas. Éramos os heróis delas.

Não éramos?

Conforme a conversa progredia, Lulu foi se aproximando de mim com um copo de suco azul brilhante na mão.

– Isso tá chato – ela disse, erguendo-se na ponta dos pés e se inclinando para falar no meu ouvido. – Vamos dançar, gato.

Gato?

Eu nem tinha conseguido responder quando ela deu seu copo para Marco e me arrastou pra longe da mesa. Mizzy me deu um tchauzinho, mas me abandonou completamente enquanto eu era puxado através da multidão. Para dançar.

Acho que podemos chamar assim. Parecia que todo mundo tinha insetos nas roupas e estava se sacudindo para tirá-los. Eu já vira pessoas dançando em filmes, e tinha parecido bem mais... coordenado que isso.

Lulu me arrastou bem para o centro da multidão, e eu não ia admitir que nunca tinha dançado antes. Então comecei a me mover, tentando me misturar o máximo que podia, imitando o que os outros estavam fazendo. Mesmo que me sentisse um cupcake num prato de bife, os outros dançarinos estavam tão absorvidos no que faziam que talvez não me notassem.

– Ei! – Lulu gritou. – Você é bom!

Eu era?

Ela era melhor, sempre se movendo, parecendo antecipar a música e fluindo com ela. No meio de um movimento, ela se jogou na minha direção, me envolvendo com os braços e me puxando para perto de si. Foi inesperado, mas não desagradável.

Eu devia me mover com ela de alguma forma? Estar tão perto me distraía. Ela mal me conhecia. *Será que ela é uma assassina?*, uma parte de mim se perguntou.

Não. Era só uma pessoa normal. E parecia gostar de mim, o que era desconcertante. Minha única experiência real com garotas tinha sido com Megan; como eu deveria reagir a uma que não parecia querer atirar em mim imediatamente?

Uma pequena parte de mim se questionou se eu deveria perguntar sobre Luz da Aurora e Realeza – mas isso seria óbvio demais, não?

Decidi que era melhor agir naturalmente por enquanto, então tentar fazê-la se abrir mais tarde.

Por isso, eu só dancei. Lulu tinha dito que eu era do tipo calado. Eu podia manter essa impressão, certo? Continuamos por um tempo – o bastante para eu começar a enxugar a testa enquanto tentava descobrir como dançar. Aquilo não parecia ter um jeito certo; Lulu alternava entre girar sozinha e se pressionar muito próximo de mim para nos movermos juntos. Várias músicas foram tocadas, cada uma diferente da anterior, mas ao mesmo tempo todas iguais.

Todos os outros pareciam estar se divertindo muito. Para mim, era estressante. Eu queria fazer as coisas direito e não revelar que nunca tinha dançado antes. Lulu era atraente: um rosto simpático, ótimo cabelo, curvas em todos os lugares certos. Não era Megan, não chegava nem perto, mas estava aqui. E próxima. Eu deveria falar com ela? Dizer que ela era bonita?

Abri a boca para falar algo, mas o comentário morreu nos meus lábios. Descobri, naquele momento, que *realmente* não queria falar com outra garota. Isso era idiota – Megan era uma Épica. O tempo todo que estivera com os Executores, provavelmente estivera fingindo. Enganando todos nós. Eu nem a conhecia de verdade.

Mas ainda havia uma chance de que tivesse sido genuíno, não?

Eu duvidava que Lulu levasse granadas no sutiã, por maior que ele fosse. Ela não conheceria armas como Megan. Lulu não era durona o bastante para derrubar Épicos, e aquele sorriso era convidativo demais. Era difícil desvendar Megan, difícil fazê-la sorrir. Isso, por sua vez, fazia tudo valer a pena quando ela sorria de fato.

Pare com isso, pensei. *Prof tem razão. Você precisa tirar Megan da cabeça. Aproveite o que tem agora.*

Um cara perto de nós agarrou Lulu pelo braço e a puxou na sua direção. Ela riu enquanto a multidão se revolvia ao som da música exigente. E, simples assim, sumiu.

Eu parei onde estava. Procurando através da aglomeração de figuras meio brilhantes, finalmente a encontrei de novo. Ela estava dançando com outra pessoa. Faíscas. Ela esperava que eu a seguisse? Era um teste de algum tipo? Ou uma rejeição? Por que a escola na Fábrica não dava aulas importantes, tipo como se comportar numa festa?

Enquanto estava ali, sentindo-me estúpido por estar sozinho no meio da pista de dança, avistei outra pessoa. Um rosto que pensei reconhecer. Uma mulher asiática, com roupas punk, como dos tempos antigos. E...

Era Newton. Líder das gangues de Babilar. Uma Épica. Ela estava fora da pista, ao lado de uma mesa com frutas empilhadas que iluminavam seu rosto.

Ah, obrigado, pensei, tomado por uma intensa sensação de alívio. Dançar era estressante, mas com semideuses assassinos eu sabia lidar.

Segurando a arma no bolso, me movi através da multidão para ter uma vista melhor.

20

Rapidamente desenterrei da memória tudo o que sabia sobre Newton. *Redirecionamento de força*, pensei. É o poder principal dela. Se alguém desse um tapa em Newton, nenhuma parte da energia seria transferida para ela – tudo refletiria de volta para a pessoa. Ela também conseguia se mover com velocidade sobre-humana. Eu tinha algumas anotações sobre o passado e a família dela, mas não conseguia me lembrar. Por um segundo, considerei ligar para Thia, mas com a música alta não tinha certeza se ela conseguiria me ouvir – ou eu, a ela.

Newton começou a caminhar ao redor da pista de dança, movendo-se sem pressa. Nada de supervelocidade por enquanto. Eu a acompanhei, abrindo caminho através da aglomeração de corpos e chegando a um lugar onde a multidão era menos densa.

Newton andava como alguém que sabia ter a maior arma na sala – confiante, despreocupada. Ela não tinha nem um pingo de tinta spray nas roupas, as quais, exceto por isso, eram extravagantes: jaqueta de couro, brincos enormes no formato de cruz, piercings no nariz e no lábio. Cabelo curto e roxo. Parecia ter cerca de 18 anos, mas eu me lembrava de algo sobre sua idade ser enganosa.

Ela poderia matar todo mundo nessa festa, pensei, estremecendo. *Sem nenhuma consequência. Ninguém sequer a questionaria. Ela é uma Épica. É o seu direito.*

O que ela estava fazendo aqui? Por que só estava andando e observando? Claro, eu não me incomodava que ela não estivesse se engajando num massacre total – mas tinha que ter segundas intenções. Peguei o celular novo que Mizzy me dera. Ela tinha dito que...

Sim, ela havia colocado nele fotos de todos os membros conhecidos da gangue de Newton. Alguns deles eram Épicos menores, e eu queria estar preparado. Passei pelas fotos rapidamente enquanto mantinha um olho em Newton. O resto da sua equipe estava aqui?

Eu não vi nenhum deles. Isso aumentava ou diminuía as chances de que ela estivesse planejando algo? Comecei a me aproximar, mas uma mão me pegou pelo ombro.

– David? – Mizzy perguntou. – Faíscas, o que está fazendo?

Abaixei o celular e me virei, girando Mizzy para escondê-la caso Newton olhasse na nossa direção.

– Épica – eu disse. – Logo à frente.

– É. Newton – Mizzy confirmou. – Por que está seguindo ela? Quer morrer?

– Por que ela está aqui? – perguntei, me inclinando para ouvir a resposta.

– É uma festa.

– Eu sei que é. Mas por que *ela* está aqui?

– Hãaaa... Por causa da festa.

Eu a encarei. Épicos iam a *festas*?

Eu sabia, logicamente, que os Épicos às vezes interagiam com seus inferiores. Em Nova Chicago, a elite de Coração de Aço tinha servido, trabalhado e até – no caso dos mais atraentes – namorado com Épicos. Eu só não esperava que alguém como Newton estivesse... curtindo uma festa. Épicos eram monstros. Máquinas de matar.

Não, pensei, observando Newton chegar ao balcão de bebidas – onde ela foi imediatamente servida. *Criaturas como Obliteração são máquinas de matar. Outros Épicos são diferentes.* Coração de Aço quisera uma cidade para governar, com súditos para idolatrá-lo. Punho da Noite se encontrava com traficantes de armas e levava assistentes consigo. Muitos Épicos se comportavam como pessoas normais, exceto pela sua absoluta falta de moral.

Esses Épicos matavam não porque gostavam disso, mas porque ficavam irritados. Ou, como Dedo da Morte – o Épico que atacara o banco no dia em que meu pai morreu –, porque chegavam à conclusão de que esse era simplesmente o jeito mais fácil.

Newton pegou sua bebida e se recostou no bar, olhando a multidão. Seu olhar passou por Mizzy e eu, mas não parou em nós. Ou Realeza não havia nos descrito para Newton ou ela não se importava que os Executores estivessem na festa.

Os babilarianos abriam caminho para Newton e desviavam os olhos quando ela olhava na direção deles. Eles não faziam reverências nem davam sinais óbvios de subserviência, mas claramente sabiam quem ela era. Era como um leão entre as gazelas; o leão só não estava faminto.

– Venha – Mizzy chamou, me guiando de volta para a pista.

– O que você sabe sobre ela? – perguntei. – Sobre o passado dela, quero dizer. Quem ela era antes de Calamidade. – Felizmente, a música estava um pouco menos insuportável que as anteriores, com uma batida mais lenta e não tanto barulho.

– Yunmi Park – Mizzy disse. – Esse é o nome verdadeiro dela. Há muito tempo, antes que tudo isso acontecesse, ela era uma típica ovelha negra. Delinquente juvenil, filha de pais bem-sucedidos que não sabiam o que fazer com ela.

– Então ela já era má até naquela época? – perguntei.

Mizzy começou a dançar – não tão freneticamente ou, hã, *sugestivamente* quanto Lulu. Só alguns movimentos simples. Dançar era provavelmente uma boa ideia, já que não queríamos chamar atenção. Eu fiz o mesmo.

– Éééééé – ela confirmou. – *Definitivamente* má. Ela tinha cometido um assassinato, então, quando Calamidade chegou, já estava na detenção juvenil. Então *bam*! Superpoderes. Deve ter sido um dia péssimo pra ser guarda no centro de detenção. Mas por que interessa como ela era?

– Quero saber que porcentagem dos Épicos eram maus antes de adquirir seus poderes – expliquei. – Também estou tentando relacionar suas fraquezas com eventos no passado.

– Ninguém tentou isso antes?

– Várias pessoas – admiti. – Mas a maioria delas não tinha a quantidade de pesquisa que eu consegui reunir, nem o acesso aos Épicos que tenho graças aos Executores. A conexão, se existe, não é óbvia. Mas acho que está lá. Só preciso achar o ângulo certo...

Nós dançamos por alguns minutos. Eu podia lidar com essa dança. Havia menos agitação envolvida.

– Como foi? – Mizzy perguntou. – Matar Coração de Aço.

– Bem, nós montamos a armadilha no Campo do Soldado – eu expliquei. – Não sabíamos a fraqueza dele ainda, mas tínhamos que tentar mesmo assim. Então definimos um perímetro e...

– Não – ela interrompeu. – Como você se sentiu ao matá-lo? Sabe, por dentro. Como foi?

– Isso está relacionado com nosso trabalho atual? – perguntei, franzindo a testa.

Mizzy corou e desviou os olhos.

– Opa. Informações pessoais. Entendi.

Eu não queria envergonhá-la; só achei que tinha perdido algo. Estava focado demais na missão atual em vez de coisas como conversa fiada e interação com os outros.

– Foi *demais* – eu disse suavemente.

Mizzy olhou de volta para mim.

– Eu sempre ouvi que a vingança não compensa – continuei. – Que, quando eu finalmente conseguisse o que vinha caçando, acharia a experiência insatisfatória e deprimente. Isso é um monte faiscante de besteiras. Matar aquele monstro foi ótimo, Mizzy. Eu vinguei meu pai e libertei Nova Chicago. Nunca me senti tão bem.

Ela assentiu com a cabeça.

Mas o que eu não disse foi que matar Coração de Aço tinha me deixado em dúvida sobre o que fazer em seguida. A remoção súbita e abrupta da minha meta obsessiva... bem, era como se eu fosse um donut e alguém tivesse sugado toda a geleia para fora de mim. Eu podia enfiar geleia nova lá dentro. Mas deixaria minhas mãos meio melecadas no processo.

Eu tinha matado outros Épicos, como Mitose e Campo de Origem – o que criava seus próprios problemas. A essa altura, eu já havia interagido com Épicos e até me apaixonado por uma. Não podia mais vê-los uniformemente como monstros.

O olhar de Campo de Origem quando eu atirei nela ainda me assombrava. Ela parecera tão normal, tão assustada.

– Você leva tudo isso super a sério, né? – Mizzy perguntou.

– Não levamos todos?

– Éeeee, só que você é um pouco diferente. – Ela sorriu. – Mas eu gosto. Você é como um Executor deve ser.

Ao contrário de mim, a frase parecia sugerir.

– Eu fico feliz que você tenha uma vida, Mizzy – eu disse, gesticulando para a festa. – Fico feliz que tenha amigos. Festas, uma vida real... é por isso que estamos lutando, de certo modo. Para recuperar aquele mundo.

– Mesmo que Babilar seja falsa, como você pensa? – Mizzy indagou. – Que essa cidade, e tudo nela, seja uma fachada para algum plano de Realeza?

– Mesmo assim – respondi.

Mizzy sorriu, ainda se movendo ao ritmo da batida. Ela era bonita. Não como Lulu, que era atraente de um jeito exigente. Mizzy era só... legal. Sincera, divertida. *Real.*

Eu tinha mantido distância de pessoas como ela minha vida inteira. Não quisera ligações, ou pelo menos era o que tinha dito a mim mesmo. Na verdade, eu era tão focado que meio que assustava todo mundo. Mas Mizzy... ela me considerava um herói.

Com o tempo, eu poderia passar a gostar desse tipo de coisa. Não estava interessado em Mizzy – não *daquele* jeito, particularmente não com Megan na cabeça –, mas amizade com pessoas da minha idade era algo pelo qual eu ansiava.

Mizzy parecia distraída. Talvez ela estivesse pensando coisas parecidas. Ou...

– Eu preciso ser mais como você – ela disse. – Confio demais nas pessoas.

– Eu gosto de quem você é.

– Não – ela retrucou. – A pessoa que eu sou nem matou um Épico ainda. Mas dessa vez vai ser diferente. Eu vou fazer o que você fez. Vou encontrar aquele monstro.

– Monstro? – perguntei.

– Tormenta de Fogo – ela disse. – A que matou Sam.

Ah.

Megan estava longe de ser um monstro, mas eu não podia explicar isso a Mizzy até ter provas de algum tipo.

Por enquanto, mudei de assunto.

– Então, o que você descobriu com seus amigos? Estamos aqui para conseguir informação, certo? Encontrou alguma pista que possa nos levar a... ao que estamos procurando? – Eu não queria falar em voz alta, mesmo que, com a música e sem água exposta ao ar por ali, fosse improvável que Realeza estivesse nos espiando.

– Ainda estou procurando, mas descobri um detalhe interessante. Parece que Realeza vem trazendo cientistas pra cá.

– Cientistas? – Franzi a testa.

– É – ela confirmou. – Gente inteligente de todos os tipos, aparentemente. Marco ouviu dizer que um cirurgião de Great Falls, da equipe pessoal de Revogação, transferiu-se pra cá. É estranho porque não temos muitos profissionais treinados na cidade. Babilar tende a atrair pessoas que gostam de comida grátis e fatalismo, não acadêmicos.

Uh.

– Veja se outros profissionais chegaram à cidade ultimamente. Contadores. Especialistas militares.

– Por quê?

– Só um palpite – eu disse.

– Certo. Vou voltar a reunir informações. – Ela hesitou. – Você realmente só pensa em trabalho, né?

Nem de longe. Mas eu assenti mesmo assim.

– Eu vou encontrar a Épica que matou Sam – Mizzy prometeu. – E então vou matá-la.

Faíscas. Eu precisava limpar o nome de Megan, e rápido. Mizzy fez um aceno para si mesma, parecendo decidida quando saiu da pista de dança.

Eu fui atrás de Newton tão discretamente quanto possível. A Épica ainda estava perto do bar, bebericando sua bebida, destacando-se como uma guitarrista punk em uma banda de mariachi. No outro extremo do bar improvisado – composto principalmente de velhas caixas de madeira –, Gegê conversava com um grupo de mulheres. Elas riam de algo que ele dissera, e todas pareciam sinceramente interessadas nele.

Faíscas. Gegê era um sedutor? Mas pelo menos *ele* estava se atendo ao plano. Considerei procurar Lulu para perguntar a ela se já vira Realeza. Em vez disso, me vi andando até a ponte à margem do prédio, então saindo na noite, querendo ficar a sós com meus pensamentos por um tempo.

21

Eu estava começando a gostar de Babilar.

Sim, todas aquelas cores eram um pouco berrantes, mas eu não podia evitar admirá-las um pouco, particularmente em contraste com a desolação de Nova Chicago. Cada linha brilhante colorindo as paredes e telhados era uma marca de humanidade. Uma mistura de pinturas primitivas de caverna e tecnologia moderna, borrifada de uma lata e zumbindo com vida ao meu redor.

Atravessei uma ponte – diferente daquela pela qual viemos. Ela me levou a um telhado silencioso, com apenas algumas tendas e barracas que pareciam desertas. Pelo visto, as pessoas preferiam os telhados mais próximos do nível da água. Esse era um pouco alto demais.

Eu não entendia bem por que mais pessoas não moravam dentro dos prédios. Não seria mais seguro? É claro que o interior dos prédios eram selvas – úmidas, cheias de sombras e obviamente artificiais. Talvez os telhados só fossem algo que as pessoas pudessem reivindicar.

Andei por um tempo. Talvez devesse estar preocupado com o perigo, mas, faíscas, Realeza nos tivera em suas mãos – e então nos deixou partir. Babilar não era Nova Chicago, onde Coração de Aço teria nos matado imediatamente se conseguisse nos encontrar. Babilar era complicada. Eram Épicos e pessoas comuns vivendo em um ecossistema bizarro, onde os humanos aceitavam que podiam morrer a qualquer momento – mas ainda davam festas. Festas às quais os próprios Épicos podiam decidir comparecer.

Nova Chicago tinha feito muito mais sentido. Coração de Aço no topo, Épicos menores abaixo dele, e os favorecidos servindo-os. O resto de nós se escondendo nos cantos. Qual era o sentido dessa cidade?

Realeza colocou uma coleira nas gangues da cidade, pensei. *E está de algum modo ganhando a lealdade de Épicos poderosos. Ela deixa as pessoas comuns terem toda a comida que querem, e agora atraiu para cá pelo menos um especialista altamente treinado.*

Tudo isso indicava alguém que planejava repetir o que Coração de Aço fizera ao criar uma cidade-estado poderosa. Realeza estava tornando o lugar convidativo para pessoas de fora, depois conquistou a lealdade de diversos Épicos para construir uma aristocracia. Mas, se era esse o caso, por que libertar Obliteração? Por que ela construiria uma cidade como essa – impondo leis, trabalhando pela paz – apenas para destruí-la? Não fazia sentido.

Barulho de passos.

Crescer nas sub-ruas de Nova Chicago te ensinava algumas lições. A primeira delas era se sobressaltar quando achava que alguém estava se aproximando por trás de você. Se tivesse sorte, era só um assaltante. Se tivesse azar, estava morto.

Encostei-me contra a parede de madeira de uma barraca, me agachando para ficar fora de vista. Tinta azul brilhava às minhas costas. *Idiota*, pensei. *Isso não é Nova Chicago. É normal as pessoas andarem por aqui.* Provavelmente não precisava ter me escondido tão rápido. Ergui a cabeça para espiar.

Vi Newton passando, vigilante. Ela passou por mim praticamente em silêncio, sua forma escura contrastando com o chão brilhante de tinta spray. Não parecia ter me visto.

Eu me agachei de novo, suando. Aonde ela estava indo? Hesitei por um momento, considerando minhas opções, então espiei e a vi atravessar o telhado.

E a segui.

Isso é idiota, parte de mim pensou. Eu não estava preparado, não tinha nenhum plano para anular os poderes dela. Newton era uma Alta Épica, seus poderes ativamente a protegiam do perigo. Se ela me visse, eu não poderia simplesmente atirar nela, pois as balas iriam ricochetear de volta.

Mas ela estava envolvida diretamente com Realeza. Seria parte do que quer que estivesse acontecendo na cidade, e indo atrás dela eu poderia conseguir informações importantes. Eu me movi abaixado, escondendo-me atrás de velhas barracas enquanto a seguia. Quando precisava me afastar das paredes, andava rápido, e só depois que Newton estava a uma boa distância à frente. Os prédios nessa área eram todos mais ou menos da mesma altura e tinham sido construídos muito próximos; nem era preciso usar pontes para pular de um para outro, embora rampas conectassem alguns cuja diferença de altura era maior que 1 metro.

Acompanhei o ritmo dela, e nisso passei por algumas pessoas descansando na lateral de um prédio deserto. Suas roupas brilhavam com tinta verde, e elas me lançaram um olhar estranho antes de se virarem para Newton.

Então correram para se esconder. Faíscas. Fiquei feliz por terem um pouco de bom senso, mas eu não queria que seus movimentos súbitos a assustassem. Eu me escondi ao lado de uma parede quebrada.

Newton se virou para uma ponte longa de corda. Faíscas, seria difícil atravessá-la discretamente. Como eu a seguiria? Em vez de atravessar a ponte, porém, Newton pulou pelo lado do prédio. Franzi a testa, então respirei fundo e me esgueirei até a beirada do telhado. Havia uma pequena sacada abaixo, com uma porta aberta que dava para o prédio em si.

Certo – o interior do prédio. Onde minha visibilidade seria limitada e eu poderia cair numa armadilha. É claro. Pulei sobre a amurada e cuidadosamente desci até a sacada, então espiei pela porta.

As frutas brilhantes daqui tinham sido recém-colhidas, provavelmente para a festa a alguns telhados de distância. Isso deixara o lugar escuro, com só algumas frutas verdes iluminando-o com um brilho fantasmagórico. Cheirava a umidade – aquele estranho odor de plantas e terra que era tão diferente do aço imaculado de Nova Chicago.

Um farfalhar a distância indicava a direção em que Newton tinha ido. Entrei pela porta quebrada e segui cuidadosamente. Essa câmara já fora um quarto, julgando pela cama coberta de videiras que caíam ao chão. Olhei pela porta e vi um corredor estreito. Não era só um quarto. Era um quarto de hotel.

O lugar era apertado – esses quartos já não eram grandes, e um corredor margeado de árvores não ajudava. *Como* essas plantas viviam aqui? Segui em frente com cuidado, subindo devagar sobre raízes empilhadas, quando uma fruta ainda verde bateu contra o lado da minha cabeça.

E começou a piscar.

Parei imediatamente, virando a cabeça e encarando a estranha fruta. Parecia uma pera, e estava piscando como uma placa de neon em um filme antigo. O quê...?

– Eles estavam na festa – uma voz feminina disse.

Faíscas! Vinha de um quarto logo adiante. Eu quase tinha passado por ele sem ver a porta aberta. Ignorei a fruta e me aproximei para escutar.

– Três deles. Matador de Aço foi embora cedo. Eu o segui, mas o perdi.

Era Newton?

– Você *o perdeu*? – Aquela voz profunda era familiar. Obliteração. – Achei que não fizesse isso.

– Não faço. – Havia frustração na voz dela. – Foi como se ele tivesse desaparecido.

Faíscas. Senti um arrepio subir pelos meus braços e percorrer meu corpo. Newton estava me seguindo?

Ciente de que estava cometendo um tipo especial de loucura, espiei dentro do quarto. A folhagem aqui tinha sido removida, as plantas cortadas, abrindo espaço no pequeno quarto de hotel e tornando utilizáveis a cama e a mesa. Uma das janelas ainda tinha um vidro intacto, embora a outra estivesse aberta para o ar de fora.

Estava escuro lá dentro, mas um pouco de tinta spray ao redor da janela me permitiu ver Obliteração. Ele estava em pé com seu longo casaco preto e as mãos entrelaçadas atrás das costas, olhando pela janela para uma cidade cheia de tinta neon e pessoas se divertindo. Newton estava encostada na parede, girando uma katana na mão.

Qual era a das pessoas nessa cidade com espadas?

– Você não devia tê-lo deixado escapar – Obliteração disse.

– E você fez um trabalho muito bom em matá-lo? – Newton disparou. – Desobedeceu ordens, ainda por cima.

– Eu não sigo ordens de ninguém, mortal ou Épico – Obliteração disse suavemente. – Eu sou o fogo purificador.

– Tá. Que seja, aberração.

Obliteração ergueu um braço para o lado num movimento quase distraído, segurando uma pistola de cano longo. É *claro* que ele teria uma .357. Tapei os ouvidos quando ele apertou o gatilho.

A bala foi defletida. Eu vi acontecer o que não esperava. Um pequeno lampejo de luz veio de Newton, e uma gaveta na mesa perto de Obliteração explodiu, lascas de madeira voando para os lados. A mulher punk se aprumou, parecendo irritada enquanto Obliteração dava mais cinco tiros nela. Todos eles ricochetearam sem feri-la.

Eu assisti, fascinado, meus medos racionais evaporando. Que poder incrível. Hawkham, em Boston, usava redirecionamento de força, mas as balas que ricocheteavam dele geralmente se desfaziam em pleno ar. As balas contra Newton *realmente* mudavam de direção, voando a partir dela. Como não se desfaziam na mudança súbita de trajetória?

Elas não voavam bem, até onde eu podia ver. Balas não eram feitas para voar ao contrário.

Obliteração abaixou a arma.

– Qual é o seu problema? – Newton perguntou.

– A quem falar? Quem tomar por testemunha para que me escutem? – Obliteração recitou monotonamente. – Estão-lhes os ouvidos incircuncidados, e são incapazes de atenção.

– Você é louco.

– E você é muito boa com uma espada – Obliteração disse suavemente. – Admiro sua habilidade.

Eu franzi a testa. Quê? Newton pareceu achar a observação estranha também, pois hesitou, abaixando a katana e encarando-o.

– Já acabou de atirar em mim? – ela finalmente perguntou, parecendo perturbada. Bom saber que eu não era o único a achar Obliteração profundamente inquietante. – Porque quero ir embora. Estou com fome e a comida naquela festa era patética. Nada além de frutas orgânicas.

Obliteração nem olhou para ela. Ele sussurrou alguma coisa e eu me esforcei para ouvir, inclinando-me para a frente.

– Corruptos – Obliteração sussurrava. – Todos os homens são corruptos. A semente do Épico está dentro de cada um. E, por isso, todos devem morrer. Mortais e imortais. Todos somos...

Eu escorreguei.

Embora tenha me segurado, minha bota raspou no tronco de uma árvore. Obliteração girou e Newton se aprumou, erguendo a katana num aperto firme.

Obliteração olhou diretamente para mim.

Mas pareceu não me ver.

Ele franziu a testa, olhando para além de onde eu me agachava, e sacudiu a cabeça. Deu alguns passos largos até Newton e a pegou por um braço. Então ambos se teletransportaram numa explosão de luz, deixando para trás formas brilhantes que se dissolveram até desaparecer.

Eu me endireitei, suor escorrendo pelo rosto, o coração martelando.

De alguma forma, eu havia despistado Newton sem nem perceber que ela estava me seguindo. Eu não aceitava que me agachar rapidinho tivesse sido suficiente, não se ela estava ativamente me seguindo. E agora isso.

– Certo, Megan – eu disse. – Sei que você está aqui.

Silêncio.

– Estou com a sua arma – continuei, pegando a pistola. – É muito boa. P226, cano de borracha feito sob medida, sulcos para os dedos, um pouco gasta dos lados. Parece que você passou um bom tempo adaptando-a à sua mão.

Silêncio.

Andei até a janela e segurei a arma para fora dela.

– Provavelmente afunda bem também. Seria uma pena se...

– Se derrubar isso, idiota – a voz de Megan disse do corredor lá fora –, eu arranco a sua cabeça.

22

Megan! Faíscas, era bom ouvir a voz dela. Da última vez, ela tivera uma arma apontada para mim.

Ela saiu das sombras do corredor. E estava linda.

A primeira vez que a vira – quando ainda estava tentando me juntar aos Executores –, ela estava usando um vestido vermelho elegante, seu cabelo dourado caindo ao redor dos ombros. Suas feições finas estavam acentuadas com blush e sombra nos olhos, e finalizadas por um arco de batom vermelho forte nos lábios. Agora ela usava uma jaqueta de estilo militar e jeans e tinha o cabelo preso em um rabo de cavalo utilitário. E estava muito mais linda assim. Essa era a Megan real, com um coldre sobre o braço e outro no quadril.

Vê-la me trouxe lembranças – de uma perseguição através de Nova Chicago, de pólvora e helicópteros explodindo. De uma fuga desesperada, carregando seu corpo ferido nos braços, seguida por um resgate impossível.

No fim, ela tinha morrido. Mas não para sempre, como descobri depois.

Eu não consegui evitar um sorriso. Megan, por sua vez, apontou uma pistola 9 milímetros diretamente para o meu peito.

Bem, isso era familiar, pelo menos.

– Você percebeu que eu estava interferindo – ela disse. – O que significa que me tornei previsível. Ou que você sabe demais. Você sempre soube demais.

Eu olhei para a arma. Ninguém nunca se acostuma a ter uma apontada para si. Na verdade, quanto mais a pessoa conhece sobre armas, mais desconcertante é encarar uma, pois sabe exatamente o que elas podem fazer – e sabe que uma profissional como Megan não aponta uma arma para alguém sem estar preparada para atirar.

– Hã... é bom te ver também? – eu disse, lentamente puxando da janela o meu braço com a arma de Megan. Então joguei a pistola no chão de um jeito não ameaçador, e a chutei gentilmente na direção dela. – Estou desarmado. Pode abaixar a arma, Megan. Eu só quero conversar.

– Eu devia atirar em você – Megan disse. Mantendo a arma apontada para mim, ela se abaixou para recuperar a outra do chão com a mão esquerda, então a enfiou num bolso.

– E por que faria isso? – perguntei. – Depois que me salvou do afogamento, e então me salvou de novo quando Newton estava me seguindo? Obrigado, aliás.

– Newton e Obliteração pensam que você é perigoso – Megan disse.

– E... você discorda?

– Ah, você é perigoso. Mas não do jeito que eles, ou você, pensam. Você é perigoso porque faz as pessoas acreditarem em você, David. Você as faz darem ouvidos às suas ideias loucas. Infelizmente, o mundo não pode ser como você quer. Você não vai destronar os Épicos.

– Nós destronamos Coração de Aço.

– Com a ajuda de dois Épicos – Megan retrucou. – Quanto tempo você ou a equipe teriam sobrevivido em Nova Chicago sem os escudos e as habilidades de cura de Prof? Faíscas! Você está em Babilar há dois dias e *já estaria* morto sem a minha ajuda. Não pode lutar contra eles, David.

– Bem – respondi, dando um passo à frente apesar de ainda estar na mira da arma –, acho que seus exemplos só provam que *podemos* lutar contra os Épicos. Com a ajuda de outros Épicos.

A expressão dela se alterou; os lábios se apertaram e os olhos ficaram duros.

– Você sabe que Phaedrus vai se virar contra você, não? Contratou o leão para te proteger dos lobos, mas qualquer um dos dois vai ficar feliz em te devorar quando acabar a comida.

– Eu...

– Você não sabe como é por dentro! Não deveria confiar em nós. Em *nenhum* de nós. Mesmo o pouco de poder que usei agora, te protegendo daqueles dois, ameaça me destruir. – Ela fez uma pausa. – Você não vai mais receber ajuda minha – disse, e se virou para o corredor.

– Megan! – gritei, sentindo um pânico súbito. Eu tinha vindo a Babilar para encontrá-la. Não podia deixá-la ir embora. Saí correndo atrás dela pelo corredor.

Ela se afastava, uma silhueta quase invisível sob a luz de algumas frutas penduradas.

– Senti sua falta – eu disse.

Ela não parou.

Não era assim que eu tinha imaginado o nosso reencontro. Não devia ter sido sobre Prof ou os Épicos; devia ter sido sobre ela. E sobre mim.

Eu precisava dizer algo. Alguma coisa romântica! Alguma coisa para deslumbrá-la.

– Você é como uma batata! – eu gritei. – Em um campo minado!

Ela congelou. Então se virou para mim, seu rosto iluminado por uma fruta verde.

– Uma batata – ela repetiu secamente. – É o melhor que pode fazer? Sério?

– Faz sentido – eu disse. – Olha, você está atravessando um campo minado, preocupado se vai explodir. Então pisa em algo e pensa "Estou morto". Mas é só uma batata. E fica superaliviado por encontrar algo tão incrível quando esperava algo muito horrível. É isso que você é. Pra mim.

– Uma batata.

– Claro. Batatas fritas? Purê de batatas? Quem não gosta de batatas?

– Um monte de gente. Por que não posso ser algo doce, como um bolo?

– Porque bolos não dão em campos minados. Obviamente.

Ela me encarou por um momento, então sentou sobre algumas raízes grandes.

Faíscas. Ela parecia estar chorando. *Idiota!*, me xinguei, correndo através da folhagem. *Romântico. Era pra ser romântico, seu slontze!* Batatas não eram românticas. Eu deveria ter tentado cenouras.

Alcancei Megan no corredor escuro e hesitei, sem saber se ousava tocá-la. Então ela olhou para mim, e embora houvesse lágrimas no canto dos seus olhos, ela não estava chorando.

Estava rindo.

– Você – ela disse – é um palhaço completo, David Charleston. Queria que não fosse tão fofo.

– Hã... obrigado? – respondi.

Ela suspirou e se reposicionou nas raízes grandes, puxando os pés para si e se recostando no tronco da árvore. Pareceu um convite, então sentei na sua frente, com os joelhos dobrados e as costas contra a parede do corredor. Eu conseguia enxergar razoavelmente bem, mas o lugar inteiro era assustador, com suas vinhas sombrias e plantas estranhas.

– Você não sabe como é, David – ela sussurrou.

– Então me conte.

Ela se focou em mim, então ergueu os olhos para o teto.

– É como ser criança de novo. Lembra como era, quando você era muito novo e tudo girava à sua volta? Nada mais importava exceto suas necessidades, seus desejos. Pensar nos outros é impossível; eles só não entram na sua cabeça. Outras pessoas são uma irritação, uma frustração. Eles só atrapalham.

– Você já resistiu antes.

– Não, *não resisti*. Nos Executores, eu era obrigada a não usar meus poderes. Eu não resisti às mudanças; nunca as senti.

– Então faça isso de novo.

Ela balançou a cabeça.

– Eu mal consegui antes. Quando me mataram, estava praticamente ficando louca com a necessidade de usar meus poderes. Comecei a encontrar desculpas, e isso estava me mudando.

– Você parece bem agora.

Ela brincou com a arma, ativando e desativando a trava de segurança, os olhos ainda no teto.

– É mais fácil quando estou com você. Não sei por quê.

Bem, já era alguma coisa. E me fez pensar.

– Talvez tenha a ver com a sua fraqueza.

Ela me deu um olhar duro.

– Só considere a possibilidade – sugeri com cuidado, não querendo estragar as coisas. – Pode ser relevante.

– Você acha que você é o que está me fazendo agir como eu mesma – ela retrucou, ríspida. – Acha que, de alguma forma, estar perto de você dispara a minha fraqueza, e que isso está me deixando normal. As coisas não funcionam assim, David. Se estar perto de você anulasse meus poderes, eu não teria sido capaz de te salvar, nem de me esconder entre os Executores. Faíscas! Se fosse assim, toda vez que uma fraqueza disparasse, o Épico ficaria tipo: "Que é isso? Por que estou sendo mau? Vamos ser amigos, gente, e jogar boliche ou algo assim".

– Bem, não precisa ser sarcástica.

Ela apertou a ponte do nariz com a mão livre.

– Eu nem deveria estar aqui com você. O que estou fazendo?

– Conversando com um amigo – respondi. – Provavelmente é algo de que anda precisando.

Ela olhou pra mim, então desviou o rosto.

– Não precisamos falar sobre isso em particular – eu disse. – Nem sobre Nova Chicago, ou os Executores, ou nada assim. Só fale comigo, Megan. Essa é uma 24/7?

Ela ergueu a pistola.

– É.

– Terceira geração?

– Segunda geração, compacta, 9 milímetros – ela resmungou. – Gosto da G2 mais que da G3, mas é difícil encontrar partes para essas faíscas de armas. Tenho que usar algo pequeno; não posso deixar os outros saberem que uso uma arma. Eles veem isso como uma fraqueza por aqui.

– Quê, sério?

Megan assentiu.

– Épicos reais matam com seus poderes de algum modo chamativo. Nós gostamos de nos exibir. Tive que ficar muito boa com a arma pra poder fingir usar meus poderes quando mato pessoas, às vezes.

– Uau – eu disse. – Então, quando estávamos lutando contra Fortuidade, todo aquele tempo atrás, e você atirou nele em pleno ar...

– É. Não foi nenhum truque. Não tenho hiper-reflexos nem nada assim. Sou meio que uma versão patética de um Épico.

– Hã... você voltou dos mortos. Isso é o oposto de patético, caso não saiba.

Ela sorriu.

– Você tem *ideia* de como é horrível ser um Alto Épico por reencarnação? Morrer *dói*. E apaga um monte das minhas lembranças. Só me lembro de morrer, e da dor, e de um vazio negro e gelado. Acordo na manhã seguinte com meus pensamentos dominados por agonia e terror. – Ela estremeceu. – Eu preferiria ter campos de força ou algo pra me proteger.

– É, mas se seus campos de força derem uma de Vincin, você morre pra valer. Reencarnar é mais confiável.

– Vincin? – ela perguntou. – Que nem a marca de arma?

– É, elas estão sempre...

– Emperrando – Megan completou, assentindo. – E são tão precisas quanto um cego mijando durante um terremoto.

– Uau... – sussurrei.

Ela franziu a testa.

– Foi uma *ótima* metáfora – eu disse.

– Ah, pare.

– Preciso anotar essa – disse, ignorando as reclamações dela e pegando meu celular. Olhei para ela quando terminei; Megan estava sorrindo.

– Que foi? – perguntei.

– Não estamos fazendo um trabalho muito bom em não falar sobre Épicos – ela disse. – Sinto muito.

– Acho que era esperar demais. Quer dizer, é meio quem você é. Além de incrível. Tão incrível quanto...

– Uma batata?

– ... um cego mijando durante um terremoto – eu disse, lendo o celular. – Hm. Não funciona perfeitamente nessa situação, né?

– Não. Não muito.

– Vou ter que encontrar outra ocasião para usar, então – falei, sorrindo e guardando o celular. Eu me levantei e estendi a mão para ela.

Megan hesitou, então tirou algo do bolso e colocou na minha mão. Um pequeno objeto preto, como uma bateria de celular.

Franzi a testa.

— A mão era pra te ajudar a levantar.

— Eu sei — Megan disse, se erguendo. — Não gosto de ser ajudada.

— O que é isso? — perguntei, segurando o pequeno quadrado liso.

— Pergunte a Phaedrus — ela disse.

Ao se erguer, ela ficou muito, muito perto de mim. Era alta, quase exatamente da minha altura.

— Nunca conheci ninguém como você — eu disse suavemente, abaixando a mão.

— Foi isso que você disse para aquele conjunto saltitante de peitos e traseiro com quem estava dançando na festa?

Eu estremeci.

— Você, hã, viu aquilo?

— É.

— Estava me seguindo?

— Os Executores vieram para a minha cidade — Megan disse. — Faz parte dos interesses de um Épico saber o que eles andam fazendo.

— Então você sabe que eu não estava exatamente me divertindo na festa.

— Admito — Megan começou, dando um passo à frente — que fiquei na dúvida se você estava tentando esmagar um enxame raivoso de insetos aos seus pés ou se só dança muito mal.

Aquele passo a colocou perto de mim. Muito perto. Ela encontrou meu olhar.

Era agora ou nunca.

Com o coração martelando loucamente, fechei os olhos e me inclinei. E imediatamente senti algo frio contra a têmpora.

Abri os olhos e vi que Megan havia se inclinado, quase encostando os lábios nos meus, mas então erguera a arma e a pressionara contra a minha cabeça.

— Você está fazendo de novo — ela disse, quase rosnando. — Distorcendo a verdade, fazendo as pessoas concordarem com a sua loucura. Essa coisa entre a gente não vai funcionar.

— Vamos fazer funcionar.

— Talvez eu não queira que funcione. Talvez eu queira que seja difícil. Talvez eu não queira gostar de pessoas. Talvez *nunca* tenha gostado de pessoas, mesmo antes de Calamidade.

Eu sustentei o olhar dela, ignorando a arma contra a minha cabeça. Então sorri.

– Bah – ela disse, abaixando a arma. Ela saiu depressa pelo corredor, afastando as folhas de uma samambaia. – Não me siga. Preciso pensar.

Eu fiquei onde estava, mas a observei até ela sumir. Girei na mão o objeto parecido com uma bateria que ela me dera, sentindo um prazer prolongado – porque, enquanto ela se afastava, eu tinha olhado para a arma dela.

Dessa vez, quando a apontara pra mim, a trava de segurança estava ativada. Se isso não era amor verdadeiro, eu não sabia o que era.

23

Gegê amarrou o spyril em mim. Era mais compacto do que eu esperava; as únicas partes volumosas eram dois tubos grandes, parecidos com botijões, que se prendiam às panturrilhas. Um bocal se estendia a partir da minha mão direita, a abertura do tamanho de uma mangueira comum; uma pulseira o prendia a uma luva preta. A estrutura inibia um pouco os movimentos do meu pulso.

Na mão esquerda eu usava um tipo diferente de luva. Na parte de trás dela havia alguns dispositivos estranhos na forma de dois rolos de moedas. Eu os cutuquei.

— Eu não brincaria com isso se fosse você — Gegê disse amigavelmente. — A não ser que queira apressar seu funeral. Por acaso, eu conheço um lugar maravilhoso em Babilar que vende lírios o ano todo.

— Você é um cara estranho — comentei, mas abaixei as mãos, seguindo o alerta dele.

— Mizzy? — Gegê perguntou.

— Parece bom — ela disse, dando uma volta e me inspecionando. Ela se ajoelhou, testou a linha que ia do meu pé até as costas e assentiu para si mesma. Ela parecia saber muito sobre coisas desse tipo, particularmente tecnologias derivadas de Épicos. Quando eu voltara com o motivador que Megan me dera (explicando que tinha seguido Newton e que ela o havia derrubado), Mizzy o tinha testado e determinado que estava tudo certo.

Nós três estávamos em um telhado ao norte de Babilar, longe de áreas habitadas, em uma região onde um prédio ocasional emergia da água aqui e ali. Nenhuma ponte os conectava. Além disso, era o meio do dia, e a maioria das pessoas estava dormindo.

Eu usava um traje de mergulho com o spyril, e deliberadamente ignorei o quanto isso me deixava nervoso. Antes de concordar em me equipar com o dispositivo, Mizzy insistira em me ensinar algumas braçadas básicas. Fazia quase uma semana desde meu encontro com Megan. Eu estava me tornando um bom nadador – ou, pelo menos, estava ficando bom em não entrar em pânico quando entrava na água. Essa era a maior parte da batalha, pensei.

Ainda não tinha descoberto um design para nadadeiras com ferrões para impedir potenciais ataques de tubarão. Com sorte, não precisaria delas.

Prof examinava da outra ponta do telhado. Ele usava seu jaleco de laboratório preto, os óculos de proteção enfiados no bolso. Não acreditou na minha mentira sobre ter encontrado o motivador do spyril no quarto depois de espiar Obliteração e Newton, e eu ficara tentado a contar a ele sobre Megan. Encontraria um momento para isso em breve – quando Mizzy, Val e Gegê não estivessem por perto. Achei que eles não reagiriam muito bem ao saber que eu tivera uma conversa cordial com a Épica que supostamente matara o amigo deles.

Não foi ela, pensei comigo mesmo pela milésima vez enquanto Mizzy apertava a tira no meu braço. *Mesmo que ela estivesse com o motivador do spyril.*

– Certo – Mizzy disse finalmente. – Pronto!

– Parabéns – Gegê disse. – Agora você está usando o equipamento mais perigoso que temos.

– Onde está o resto dos tubos? – perguntei, franzindo a testa. Os tubos e as luvas tinham alguns fios finos, firmemente presos aos meus braços e pernas, conectados a um dispositivo circular nas minhas costas, onde Mizzy instalara o motivador.

– Não precisa de tubos – Mizzy explicou.

– Nenhum? Nenhuma bomba ou mangueira...

– Não.

– Tenho quase certeza de que isso não faz sentido nenhum.

– Tenho quase certeza de que você está usando uma arma bizarra derivada de um Épico – Mizzy retrucou. – Os tensores vaporizam metal. Isso é mamão com açúcar em comparação. Tudo bem que nossos mamões brilham...

Ergui minha mão direita e a fechei num punho. O traje de mergulho se amassava em torno do meu braço quando eu me movia. A explicação dela me deixou incomodado. Não deveríamos saber como coisas assim funcionavam de fato? É claro, eu não entendia como computadores ou celulares funcionavam e isso não me incomodava. Mas eles não usavam motivadores misteriosos e não tinham sido construídos a partir de células de Épicos mortos.

E também, até onde eu sabia, não desafiavam as leis da física.

Essas provavelmente eram questões para outro dia. Por enquanto, eu precisava me focar na tarefa em mãos: aprender a usar o spyril.

— Então, como funciona?

— Isso — Mizzy explicou, pegando minha mão esquerda e ativando um interruptor — é o puxa-jato. Você o aponta para água e forma um punho.

— Puxa-jato? — perguntei, seco.

— Eu que dei o nome! — ela contou alegremente.

Inspecionei a luva. Um dos dispositivos em forma de rolo de moedas parecia um ponteiro laser. Fui até a extremidade do telhado e apontei a mão esquerda em punho para a água.

Um laser vermelho brilhante disparou da minha mão. Mesmo em plena luz do dia, sem fumaça nem nada obscurecendo o ar, eu podia ver o raio facilmente. O dispositivo nas minhas costas começou a zumbir.

— O puxa-jato atrai a água — Gegê disse, batendo no meu ombro. — Ou... bem, teletransporta a água para você ou algo do tipo.

— Você está brincando.

— Não.

— Agora, você tem que tomar cuidado — Mizzy recomendou — porque sua outra mão vai controlar o fluxo. Você precisa...

Eu fechei a mão direita em um punho. Jatos de água *irromperam* dos meus pés, me lançando no ar e me virando de ponta-cabeça. Gritei, batendo os braços. O puxa-jato virou em direção ao céu, então desligou porque eu não estava mais com o punho fechado. Os jatos imediatamente foram interrompidos.

O mundo girou ao meu redor, gotas de água borrifando para todo canto, então a força do oceano me atingiu quando mergulhei nele. Foi um choque enorme, mesmo com o campo de força de Prof para me proteger. Água salobra entrou na minha boca e subiu pelo nariz. Por um momento breve e aterrorizante, minha mente ficou *convencida* de que eu ia morrer afogado.

Eu me debati, lembrando da vez em que fora arrastado para baixo pelo peso no meu tornozelo. Meu pânico era acompanhado de um terror mais profundo e antigo – um medo primitivo de me afogar misturado com um temor do que poderia estar ali embaixo, naquelas profundezas, me observando.

Lutei para emergir na superfície, cuspindo água, e nadei desajeitadamente até o telhado. Agarrei o parapeito de uma janela parcialmente submersa e limpei o rosto, tentando recuperar o fôlego e acalmar meus nervos. Mesmo com o traje de mergulho, eu estava com frio.

Uma risada ribombou acima de mim – Gegê. Ele estendeu uma mão e eu a agarrei, deixando-o me ajudar a sair da água. Sentei na beira do telhado e puxei as pernas para cima. Não havia motivo para dar aos tubarões – que eu tinha certeza que estavam lá embaixo – algo para mastigar.

– Bem, funciona! – Gegê exclamou.

– Deixa eu ver as taxas de fluxo – Mizzy falou, ajoelhando-se ao meu lado. Os jeans que ela usava tinham babados ao longo da bainha. Atrás deles, Prof estava em pé com os braços cruzados e uma expressão sombria.

– Senhor? – chamei.

– Continue com o treino – ele disse, virando-se. – Tenho que cuidar de outras coisas. Gegê e Mizzy, conseguem lidar com isso?

– Com certeza – Gegê respondeu. – Eu treinei Sam nas primeiras vezes que ele usou. Mesmo que nunca tenha tentado pessoalmente.

Fazia sentido. Imaginei que seria preciso uns jatos bem mais fortes para erguer Gegê.

Prof entrou no nosso barco, amarrado perto do telhado, e pegou um remo.

– Liguem para Val quando quiserem ser buscados – ele disse, remando em direção ao lugar onde havíamos escondido o submarino.

– O que ele tem ultimamente? – Gegê perguntou.

– Ultimamente? – Mizzy repetiu enquanto mexia no dispositivo às minhas costas. – Ele é sempre assim, até onde eu sei. Rabugento. Sombrio. Misterioso. – Eu senti que ela estava corando, e ela se abaixou um pouco mais.

– Verdade – Gegê disse. – Mas ultimamente o mistério vem acompanhado de uma rabugice extra. – Ele balançou a cabeça e se acomodou ao meu lado. – David, quando manipular o spyril você *tem* que manter o puxa-jato apontado para a água. Se parar, perde acesso ao seu propulsor e vai cair.

– Bem – eu disse –, pelo menos a aterrissagem vai ser suave, certo? – Apontei a cabeça para a água.

– Você nunca deu uma barrigada na água, né? – Gegê perguntou.

– Nunca o quê?

Gegê apertou a testa com um par de dedos carnudos.

– Certo. David, a água não comprime. Se você cair nela em alta velocidade, particularmente com uma área grande do corpo de uma vez, vai ser como atingir algo sólido. Se cair de uns 30 metros, vai quebrar ossos. Talvez morrer.

Parecia bizarro, mas isso não importava enquanto eu tivesse um dos campos de força de Prof me protegendo, disfarçado como uma caixinha eletrônica enganchada ao cinto do meu traje de mergulho. Como ele frequentemente compartilhava seu poder com vários Executores de uma vez, a proteção se desgastava com o tempo, e pontos concentrados de pressão – como um tiro de pistola – podiam penetrá-lo. Mas uma queda na água não devia ser um problema.

– Trinta metros, você disse? – perguntei. – Esse troço consegue chegar tão alto?

Gegê assentiu.

– E ainda mais. Sam não conseguia chegar ao topo dos arranha-céus mais altos, mas atingia muitos dos médios.

Mizzy terminou de mexer nas minhas costas.

– Eu reduzi os fluxos – ela disse. – Assim você pode treinar sem tanta potência no começo.

– Não precisa me proteger – retruquei.

Gegê me deu um olhar sério, apoiando uma mão no meu ombro.

– Eu brinco sobre a morte, David. É um risco ocupacional, e você aprende a rir dela quando está ao seu redor. Mas já perdemos um batedor nessa equipe. Não seria idiota perder outro em um treino? O que aconteceu alguns minutos atrás poderia facilmente ter acabado com você, virando-o no ar e fazendo-o cair de cabeça no telhado em alta velocidade.

Respirei fundo, sentindo-me idiota.

– É claro. Você tem razão. – As proteções de Prof eram boas, mas não infalíveis. – Vou com calma no começo.

– Então levante-se, Matador de Aço, e vamos começar.

24

No fim, a dificuldade em usar o spyril não tinha nada a ver com a potência dele. Depois de meia hora de trabalho, fizemos Mizzy aumentar a força dos jatos de água, uma vez que desse jeito eles forneciam um apoio melhor.

O problema era o equilíbrio. Tentar permanecer estável com dois jatos inconstantes de água saindo das suas pernas era como tentar equilibrar uma panela cheia de sapos nas pontas de dois fios meio cozidos de espaguete. E eu precisava fazer isso mantendo o braço esquerdo sempre apontado para baixo, na direção da água, ou perderia a minha propulsão. Felizmente, podia usar a mão direita para me estabilizar. Nela estava amarrado o que Mizzy chamava de "jato manual". Ele atirava correntes de água para ajustar meu equilíbrio, mas geralmente eu compensava demais.

Era tudo muito complicado. A mão esquerda com o puxa-jato tinha que permanecer apontada para a água. A mão direita, abrindo e fechando, regularia a força da água que saía dos jatos nos meus pés, e o dedão direito controlaria a força do jato manual. Mas eu não podia usá-lo para me estabilizar a não ser que me lembrasse de apontá-lo na direção em que estava caindo, o que – quando você está tentando manter tudo isso na cabeça – era mais fácil falar do que fazer.

Finalmente, consegui me manter pairando estável cerca de 5 metros acima da água. Eu me equilibrei nessa altura usando o jato manual para disparar uma corrente para trás que me ajudasse a não cair quando comecei a tombar nessa direção.

– Boa! – Gegê exclamou lá de baixo. – Como andar em pernas de pau flexíveis, não é? Era assim que Sam descrevia.

Bem, se você quisesse ser vulgar com suas metáforas.

Perdi o equilíbrio e caí de novo no oceano, relaxando a mão direita e interrompendo os jatos. Emergi cuspindo água e me deixei boiar por um momento, enquanto Gegê e Mizzy me olhavam de cima.

Cair era irritante, mas eu não ia desanimar. Tinha praticado por semanas antes de pegar o jeito com os tensores.

Alguma coisa roçou minha perna.

Eu sabia que provavelmente era só um pouco de lixo se movendo na corrente preguiçosa, mas ergui as pernas para cima e instintivamente fiz um punho com a mão. Então um jato de água disparou dos meus pés, e fui atirado para trás como uma lancha humana. Abri a mão quase imediatamente, surpreso com a velocidade com que tinha me movido.

Virei-me para ficar deitado de barriga e testei os jatos de novo. Aumentei a potência com cuidado até me mover a uma velocidade decente – mais ou menos como Mizzy quando me ensinou a nadar. Chequei os óculos de proteção e os protetores nasais para ter certeza de que estavam firmes.

Então aumentei a velocidade.

Por algum motivo, apesar de meus pés estarem apontados diretamente para trás, isso me lançou para fora da água de um jeito tão veloz que voei acima da superfície. Foi rápido; apenas alguns segundos depois, eu voltei a mergulhar de cara na água.

Uau, pensei, espirrando água ao emergir de volta para a superfície.

Relaxei a mão, reduzindo meu impulso, e me endireitei. A pequena força que saía dos jatos me ergueu da superfície até a cintura, a água se revolvendo como um donut ao meu redor.

Eu tinha me movido bem depressa. Poderia acelerar ainda mais? Submergi novamente, então estiquei os pés para trás de novo e coloquei os jatos na potência máxima, disparando com o rosto à frente, como um torpedo. A água borrifava enquanto eu me movia para cima e para baixo, empolgado com a velocidade. Eu tinha aprendido esse nado energizado muito mais rápido do que pairar no ar; estava me divertindo tanto que quase esqueci que estava na água.

Finalmente, nadei até os outros e interrompi os jatos. Acima de mim, Mizzy tentava recuperar o fôlego.

— Isso — ela disse, com lágrimas no canto dos olhos — foi uma das coisas mais *ridículas* que já vi na vida.

— Você errou a pronúncia de "da hora" — resmunguei. — Viu como eu estava indo rápido?

— Você parecia um boto — ela retrucou.

— Um boto *da hora*?

— Claro. — Ela riu.

Ao lado dela, Gegê estava sorrindo. Ele se ajoelhou e estendeu uma mão para me ajudar a subir, mas eu liguei os jatos e arranquei em um ângulo. Consegui aterrissar no telhado ao lado deles sem cair de cara no chão, mesmo que debatendo os braços loucamente.

Mizzy riu de novo e me jogou uma toalha. Eu me acomodei em uma das cadeiras, tremendo. A primavera podia estar se aproximando, mas o ar continuava gelado. Aceitei uma xícara de chá quente de Gegê enquanto ele sentava ao meu lado e colocava seu fone de ouvido. Eu fiz o mesmo.

— Aquela água — eu disse, falando no volume baixo dos Executores babilarianos — não é tão fria quanto deveria. — Percebi, agora que estava no telhado, que estivera mais aquecido dentro da água que fora dela.

— Não mesmo — Gegê confirmou. — E é ainda mais quente no sul de Babilar. Há correntes que se movem pelas ruas trazendo um calor tropical em todas as épocas do ano, até no meio do inverno.

— Isso parece... — Eu deixei a frase em aberto.

— Impossível? — Gegê sugeriu.

— É. Mas sei que isso soa idiota, considerando tudo o mais que está acontecendo na cidade.

Gegê assentiu, e ficamos sentados por um tempo, enquanto eu devorava um sanduíche que tirei da mochila.

— Então — Gegê disse —, terminamos por hoje?

— Não — respondi, mordendo o último pedaço do sanduíche. — Só estamos aqui há umas duas horas. Eu quero ficar *bom* nisso. Só me deixe descansar um minuto e vou continuar.

Mizzy se sentou e verificou o celular.

– Val disse que Newton está em Eastborough agora mesmo. Ela não fez movimentos nesta direção. Parece que não fomos avistados.

Assenti e tomei um gole de chá enquanto pensava. Era mais doce do que eu estava acostumado.

– Vamos precisar descobrir a fraqueza dela, se pudermos.

– Prefiro descobrir a de Obliteração – Gegê disse. – Ele me assusta.

– E com motivo.

Eu passara a semana pensando sobre Megan, mas provavelmente devia ter deixado Obliteração dominar uma parte maior desse tempo. Por que ele tinha decidido vaporizar Houston de repente? E então, logo em seguida, outras duas cidades? O que tinha mudado, e por que eu estava errado sobre o tempo de recuperação dos seus poderes de teletransporte?

Peguei meu celular novo e acessei a versão digitalizada das minhas anotações. O celular não era muito diferente do meu antigo, mas algumas das melhorias de Mizzy – como um painel solar de carga lenta na parte de trás – poderiam ser úteis.

Parei em uma foto de Obliteração, tirada em Houston apenas alguns dias antes de ele destruir a cidade. Eu tinha conseguido a foto com um garoto na Fábrica, que a recebera de um amigo. Troquei por ela metade das minhas rações durante duas semanas.

Na imagem, Obliteração estava sentado no meio da praça de uma cidade, com as pernas cruzadas, aquecendo-se no sol com os olhos fechados e o rosto voltado para o céu. Alguns dias depois disso, Houston tinha desaparecido – o que me chocou, já que eu achara que o Épico permaneceria imperador da cidade por anos, como Coração de Aço em Chicago. Nada que eu tinha lido sobre ele havia me preparado para um evento como aquele.

Minhas anotações sobre ele estavam erradas. Consistentemente; não apenas em relação aos seus poderes, mas também sobre suas motivações e intenções. Pensei por um momento, então encontrei o número de Val e apertei um botão para ligar para ela.

– Ei – ela disse baixinho.

– Mizzy disse que você ainda está fazendo reconhecimento – eu disse.

— É. Do que você precisa?

— Alguém já viu Obliteração tomando sol? – perguntei. – Aqui na cidade, quero dizer.

— Não sei – Val respondeu. – Há muitos boatos sobre ele, mas poucas informações concretas.

Olhei para Gegê sentado em sua cadeira ao meu lado. Ele deu de ombros.

— Posso tentar descobrir mais, se quiser – ele ofereceu.

— Obrigado – respondi. – Val, mantenha os olhos abertos, beleza? Acho que Obliteração precisa se carregar desse jeito; foi assim que ele agiu nas outras cidades antes de destruí-las. Vamos querer saber se ele começar a fazer isso aqui.

— Certo. – Val desligou.

— Estamos nos preocupando demais com ele – Mizzy opinou. Ela estava sentada na beira do telhado, distraidamente jogando lascas de tijolo na água.

Gegê riu baixinho, então falou na linha.

— Bem, é ele quem tem as maiores chances de derreter a cidade, Missouri.

— Tudo bem. Mas e *Tormenta de Fogo*? – Mizzy encarava as águas, sua testa franzida de um jeito incomum. Com raiva. – Foi ela quem matou Sam. Ela se infiltrou nos Executores e nos traiu. É uma Épica de fogo também, como Obliteração. Por que não estamos planejando como matá-la?

Épica de fogo. Eu tinha quase certeza de que não era – ela era algum tipo de Épico ilusionista –, embora eu honestamente não soubesse a extensão dos seus poderes. Havia algo estranho nas imagens que ela criava, mas eu não conseguia definir o quê.

— O que Prof contou a vocês sobre Tormenta de Fogo? – perguntei a Mizzy e Gegê, curioso.

Mizzy deu de ombros.

— Eu tenho os arquivos Executores sobre ela, embora eles pensassem que "ela" fosse um "ele". Épica de fogo; tem uma aura de chamas ao seu redor que derrete balas. Pode voar e atira fogo.

Nada disso era verdade, e Prof sabia. Por que não tinha contado à equipe que Megan era na verdade uma ilusionista e não tinha poderes de manipulação de fogo? Eu que não ia explicar – não sem saber por que Prof estava mantendo segredo. Além disso, enquanto Mizzy estivesse atrás de Megan, era mais seguro se essa equipe não conhecesse a natureza real dela.

– Mas os arquivos não tinham nada sobre a fraqueza dela – Mizzy comentou, olhando para mim, esperançosa.

– Não faço ideia do que seja – respondi. – Ela não parecia tão má quando estava com a gente...

– Te enganou direitinho – ela retrucou, parecendo solidária. – Ééé, acho que a gente teve sorte de ela não ter tentado isso aqui. Teria sido ainda mais difícil se ela tivesse fingido ser nossa amiga primeiro e depois começasse a nos matar. – Ela ainda parecia brava quando foi pegar uma xícara de chá.

Eu me ergui, colocando a toalha de lado. Ainda estava com o spyril amarrado no corpo, os jatos atrás das panturrilhas, as luvas nas mãos.

– Vou praticar aquele nado mais um pouco.

– Mas fique de olho nas pessoas – Gegê recomendou. – Não deixe ninguém te ver. Não queremos arruinar a reputação dos Executores parecendo tão bobos.

– Iiii, iiii – Mizzy guinchou como um golfinho.

– Ótimo – resmunguei, esforçando-me para não corar. – Obrigado. Isso é um grande incentivo. – Removi meu fone e o enfiei no bolso à prova de água no traje de mergulho, então recoloquei os óculos de natação e os protetores nasais.

Pulei de volta na água e completei mais alguns circuitos do telhado. *Era* divertido, mesmo que fosse na água. Além disso, pensei que estava me movendo rápido demais para os tubarões me pegarem.

Finalmente, quando senti que tinha pegado o jeito, me afastei do telhado e me aventurei nas águas abertas do que já havia sido o Central Park. Agora era uma área grande sem nada quebrando a superfície – o que era perfeito para mim, já que não queria arriscar mergulhar e bater em um telhado ou pináculo meio submerso.

Fechei a mão direita em um punho e ganhei velocidade, arrancando através da água. Eu emergia e então descia de novo, sem parar. Foi emocionante no começo, e daí foi ficando monótono. Obriguei-

-me a continuar. Tinha que domar esse dispositivo – precisaríamos de uma vantagem.

A energia de campo de força de Prof parecia me proteger; eu suspeitava que, sem a ajuda dele, minha cabeça e meu rosto estariam bem mais machucados. Desse jeito, eu mal sentia o impacto. Depois de atravessar o parque inteiro em questão de minutos, emergi da superfície, me projetando para o ar, então consegui me equilibrar nos jatos de água e ficar parado cerca de 6 metros acima do oceano. Quando comecei a tombar, me endireitei erguendo a outra mão e usando o jato menor atrás da luva direita, controlado pelo meu polegar.

Animado com o sucesso em me equilibrar, eu sorri – então acidentalmente corrigi demais o ângulo com o jato manual. Caí de volta no oceano, mas estava me acostumando com isso. Sabia como reduzir a potência e fazer uma ascensão gradual. Saí da água e fiquei boiando por um momento, satisfeito com o meu progresso.

Então me lembrei de onde estava. Água idiota, estragando meu prazer de nadar. Com os jatos, desviei para um telhado pequeno que emergia da superfície e subi nele. Sentei com as pernas na beirada do prédio – quase não me importando que elas estivessem na água – para descansar por alguns minutos.

Realeza apareceu um momento depois.

25

Eu me levantei com um pulo enquanto a imagem dela era formada, erguendo-se da água. Imediatamente tentei pegar minha arma – que, é claro, não estava comigo. Não que ela fosse ajudar.

Sabíamos que Realeza poderia estar assistindo – em Babilar, sempre se devia presumir que sim. Poderíamos ter saído do alcance dela para treinar, mas de que adiantaria? Ela já sabia sobre o spyril e estávamos confiantes de que não nos queria mortos. Pelo menos, não imediatamente.

Ela pisou no telhado, ainda conectada ao mar por uma gavinha líquida. Segurava uma delicada xícara de chá e, quando se sentou, uma cadeira se formou da água atrás dela. Como antes, ela usava um terninho profissional, o cabelo branco preso num coque. Sua pele escura, afro-americana, estava vincada com rugas.

– Oh, fique parado – Realeza disse por cima do chá. – Não vou machucá-lo. Só quero dar uma boa olhada em você.

Eu hesitei. Podia imaginar essa mulher como uma juíza na televisão – superior, mas implacável. Sua voz tinha o ar de uma mãe sábia que estava sendo forçada a intervir nas travessuras mesquinhas de crianças imaturas.

Ela era uma pregadora também, eu lembrei. *E Obliteração não citou as Escrituras pra mim?* Qual era a conexão?

O Executor em mim queria pular na água e fugir o mais rápido possível. Aquela era uma Épica extremamente perigosa. Eu nunca interagira desse jeito com Coração de Aço; havíamos mantido distância dele até o momento de acionar a armadilha.

Mas Realeza controlava as águas. Se eu pulasse nelas, só ficaria ainda mais sujeito ao seu poder.

Ela não te quer morto, eu disse a mim mesmo mais uma vez. *Veja o que pode aprender.* Ia contra os meus instintos, mas parecia a melhor coisa a ser feita.

– Como Jonathan matou o Épico que tinha esses poderes? – Realeza perguntou, apontando a cabeça na direção das minhas pernas. – Normalmente um Épico tem que ser assassinado para dispositivos assim serem criados, sabe. Eu sempre me perguntei como os Executores tinham feito isso no caso desses jatos.

Eu fiquei em silêncio.

– Vocês lutam contra nós – Realeza continuou. – Dizem nos odiar. Mas usam nossas peles nas costas. O que realmente odeiam é que não podem nos subjugar como o homem subjugou as bestas. E então nos assassinam.

– Você ousa falar de *assassinato*? – retruquei. – Depois de convidar Obliteração para a cidade?

Realeza me estudou com um rosto inexpressivo. Ela pôs a xícara de lado e o objeto derreteu, não fazendo mais parte da projeção. Onde quer que estivesse, ela estava sentada naquela cadeira, então tentei me lembrar do aspecto dela. Era só uma peça de madeira simples, sem ornamentação nos lados ou nas costas, mas talvez pudesse nos dar uma pista de onde ficava a base da Épica.

– Jonathan te contou o que ele é? – Realeza perguntou.

– Um amigo seu – respondi vagamente. – De anos atrás.

Ela sorriu.

– Sim. Ambos nos tornamos Épicos mais ou menos ao mesmo tempo. – Ela me observou. – Não fica surpreso ao ouvir que ele é um Épico? Então você sabe. Achei que ele ainda estivesse mentindo.

– Você sabia – eu retruquei – que, se um Épico para de usar seus poderes, ele volta a ser quem era antes? Não precisamos matá-la, Realeza. Você só tem que parar de usar seus poderes.

– Ah – ela disse –, se fosse simples assim...

Ela balançou a cabeça como se estivesse entretida com a minha inocência, então assentiu em direção às águas na baía do Central Park.

Elas ondularam e se moveram, pequenas ondas se formando na superfície e mudando tão rapidamente quanto as expressões no rosto de uma criança presa em areia movediça feita de doce.

– Você lidou bem com esse dispositivo – Realeza disse. – Eu vi o outro homem praticar e ele precisou de muito mais tempo para se acostumar com o poder. Você tem jeito para as habilidades, pelo visto.

– Realeza – comecei, dando um passo à frente. – Abigail. Você não precisa ser assim. Você...

– Não aja como se me conhecesse, jovem – Realeza retrucou. Seu tom era controlado, mas firme.

Parei onde estava.

– Você matou Coração de Aço – ela continuou. – Só por isso, eu já deveria matá-lo. Temos tão poucos centros de civilização remanescentes, e você derruba um que tem não apenas eletricidade, mas tratamento médico avançado? A mais alta injúria, criança. Se você estivesse no meu tribunal, eu o prenderia pelo resto da vida. Se estivesse na minha congregação, faria ainda pior.

– Caso não tenha percebido – respondi –, Nova Chicago está se virando perfeitamente bem sem Coração de Aço. Assim como Babilar sobreviveria sem você. Não foi por isso que forçou Prof a vir pra cá? Porque quer que ele a mate?

Ela hesitou, e percebi que talvez tivesse falado demais. Será que tinha revelado que Prof conhecia o plano dela? Mas, se ela realmente queria ser detida, esperaria que ele entendesse isso, não? Eu precisava ser mais cuidadoso. Realeza não era só uma Épica; era uma *advogada*. Discutir com ela era como colocar curry em pó em um molho apimentado. Ela mentiria muito melhor do que eu.

Mas como eu podia extrair informações dela sem dizer nada? Tomei uma decisão súbita e pulei do telhado, ligando o spyril e atravessando a baía do Central Park. Pulei para fora da água alguns minutos depois, aterrissando em um telhado mais ao norte.

– Você *sabe* como fica ridículo fazendo isso, não? – Realeza perguntou, se estendendo da água e falando antes mesmo que sua nova forma se materializasse completamente.

Dei um grito, fingindo estar alarmado. Abandonei o prédio e me movi ainda mais até estar no limite da baía. Aqui, exausto, emergi da água de novo e me acomodei em um telhado, com água escorrendo pelo rosto.

– Já terminou? – Realeza indagou enquanto sua cadeira se formava da água à minha frente de novo. Ela apanhou sua xícara de chá. – Eu posso aparecer em qualquer lugar, menino tolo. Estou surpresa que Jonathan não tenha lhe explicado.

Não em qualquer lugar, pensei. *Você tem um alcance limitado.*

E ela tinha acabado de me dar mais dois dados que ajudariam Thia a determinar sua localização real. Eu pulei do telhado para a água, pretendendo dar mais uma volta e ver se conseguia fazê-la me seguir outra vez.

– Você é bom com o dispositivo – Realeza notou. – Chegou a conhecer Prancha-d'água, o Épico em quem esses poderes se originaram? Eu o criei, sabia?

Parei na água ao lado do prédio, congelado como um besouro que acabara de descobrir que sua mãe tinha sido comida por um louva-a-deus.

Realeza tomou um gole de chá.

– O que você disse? – perguntei.

– Ah, então isso te interessa, não é? O nome original dele era Georgi, um bandido menor em Orlando. Ele mostrava potencial, então o tornei um Épico.

– Não seja ridícula – retruquei, rindo. Ninguém podia *criar* Épicos. Claro, de vez em quando alguns novos apareciam. Embora a grande maioria existisse desde cerca de um ano após o surgimento de Calamidade, eu sabia de alguns Épicos notáveis que só tinham manifestado poderes recentemente. Mas ninguém sabia por que ou como.

– Tão seguro em sua negação – Realeza disse, sacudindo a cabeça. – Acha que sabe muito sobre o mundo, David Charleston? Que sabe como tudo funciona?

Eu parei de rir, mas não acreditei nela nem por um segundo. Ela queria me enganar. Com que objetivo?

– Pergunte a Obliteração da próxima vez que o vir – Realeza disse, distraída –, presumindo que viva o suficiente. Pergunte a ele o que eu fiz com seus poderes, como eles se tornaram mais fortes, apesar do que eu tirei dele.

Eu olhei para ela, franzindo a testa.

– Tirou dele? – O que ela queria dizer com isso? O que ela poderia "tirar" de um Épico? Além disso, ela estava sugerindo que tinha *aumentado* os poderes de Obliteração? Seria por isso que ele não precisava mais fazer uma pausa entre cada teletransporte?

– Você não pode lutar comigo – ela disse. – Se o fizer, vai acabar morto e sozinho. Desesperadamente tentando respirar em um daqueles prédios de selva, a um passo da liberdade. Sua última visão, uma parede em branco em que alguém derrubou café. Um final deplorável, patético. Pense nisso.

Ela desapareceu.

Eu subi no telhado, enxuguei a água dos olhos e me sentei. Isso tinha sido uma experiência decididamente surreal. Enquanto descansava, pensei sobre o que ela tinha me dito. Era tanta coisa que só ficava ainda mais perturbador conforme eu pensava.

Por fim, pulei de volta na água e nadei até os outros.

26

Dois dias depois, passei um tempo na biblioteca da nossa base subterrânea, examinando o mapa de Thia. Os pontos onde eu vira Realeza estavam marcados com alfinetes vermelhos e pontinhos de exclamação rabiscados no papel. Eu sorri, lembrando da animação de Thia ao enfiar aqueles alfinetes. Embora os princípios matemáticos do que ela estava fazendo não fossem particularmente interessantes para mim, o resultado final certamente era.

Comecei a me afastar, então parei. Tinha me saído bem no treinamento de matemática na Fábrica, mesmo que não gostasse da matéria. Eu não podia me dar ao luxo de ser preguiçoso só porque outra pessoa tinha as coisas sob controle. Queria conferir pessoalmente. Eu me obriguei a dar meia-volta e tentar entender as anotações de Thia. Pelo que consegui decifrar, meus pontos tinham ajudado muito, mas precisávamos de mais dados do sudeste da cidade antes de poder determinar a base central de Realeza.

Satisfeito, saí da biblioteca. Sem nada para fazer.

Isso era estranho. Em Nova Chicago, eu sempre tinha algo para ocupar meu tempo, principalmente graças a Abraham e Cody. Sempre que me viam parecendo ocioso, eles me entregavam uma tarefa. Limpar armas, carregar caixotes, praticar com os tensores – qualquer coisa.

No atual abrigo, isso não acontecia. Eu não podia praticar com o spyril aqui embaixo – e só podia ir para a superfície treinar em excursões planejadas. Além disso, meu corpo estava dolorido por causa das horas que já passara nadando com o spyril pela cidade. Os campos de força de Prof evitavam que eu me machucasse demais, mas não protegiam meus músculos do esforço.

Dei uma espiada em Thia – a porta dela estava entreaberta – e soube, pela expressão de concentração e pelos seis saquinhos vazios de refrigerante ao seu lado, que não deveria perturbá-la. Mizzy estava na oficina com Val, consertando o motor de um dos nossos barcos. Quando fui falar com elas, Val me olhou feio. Estaquei na entrada, congelado por aquele olhar. A mulher parecia estar num humor ainda pior que o normal nos últimos dias.

Mizzy deu de ombros para mim, agitando os dedos e fazendo Val passar uma chave inglesa para ela. Faíscas. Dei meia-volta e as deixei em paz. E agora? Eu deveria estar fazendo *alguma coisa*. Suspirei e voltei para o meu quarto, onde poderia mergulhar mais uma vez nas minhas anotações sobre os Épicos. Passei pelo quarto de Thia e fiquei surpreso quando ela me chamou.

– David?

Hesitei fora da porta, então a abri mais.

– Sim?

– Como você sabia? – Thia perguntou, a cabeça inclinada sobre o datapad, digitando algo furiosamente. – Sobre Campo de Origem.

Campo de Origem. A Épica que tínhamos matado um pouco antes de deixar Nova Chicago. Entrei, empolgado.

– Descobriu mais alguma coisa sobre o passado dela?

Thia assentiu e respondeu:

– Acabei de recuperar a verdade sobre os avós dela. Eles tentaram matá-la.

– Isso é triste, mas...

– Eles envenenaram a bebida dela.

– Ki-Suco?

– Uma marca genérica – Thia disse –, mas foi o bastante. Os avós eram um casal estranho, fascinados por cultos e histórias antigas. Foi um assassinato de imitação, ou uma tentativa, baseada em uma tragédia antiga da América do Sul. O que importa é que Campo de Origem, ou Emiline, tinha idade o bastante na época para perceber que tinha sido envenenada. Ela se arrastou para a rua quando a garganta e a boca começaram a queimar, e um passante a levou para o hospital. Ela se tornou Épica anos depois, e sua fraqueza...

– Era exatamente a coisa que quase a havia matado – completei, animado. – É uma conexão, Thia.

– Talvez seja coincidência.

– Você não acredita nisso – retruquei. Como poderia? Era outra conexão, uma conexão real; como Mitose, mas até mais promissora. Era daí que vinham as fraquezas dos Épicos? Algo que quase os havia matado?

Mas como rock quase mataria um cara?, me perguntei. Uma turnê, talvez? Um acidente. Precisávamos saber mais.

– Acho que pode ser coincidência – Thia disse, erguendo os olhos e finalmente me encarando. – Mas também acho que vale a pena investigar. Bom trabalho. Como adivinhou?

– Tem que ter alguma lógica, Thia – apontei. – Os poderes, as fraquezas, os Épicos... quem é escolhido.

– Não sei, David – ela disse. – Tem *realmente* que ter uma lógica por trás? Antigamente, quando um desastre acontecia, todo mundo tentava encontrar sentido naquilo, um motivo. Os pecados de alguém. Deuses furiosos. Mas a natureza nem sempre tem um motivo pra nós, não do tipo que queremos.

– Você vai investigar, certo? – perguntei. – Isso é como Mitose. Parecido, pelo menos. Talvez possamos encontrar uma conexão entre Coração de Aço e sua fraqueza. Ele só podia ser ferido por alguém que não o temia. Talvez no passado quase tenha sido morto por alguém que...

– Vou investigar – Thia me interrompeu. – Prometo.

– Você parece relutante – comentei. Como ela podia estar tão cética? Isso era empolgante! Revolucionário!

– Achei que estávamos além disso. Os tradicionistas passaram os primeiros anos procurando uma conexão entre as fraquezas dos Épicos. Decidimos que não havia uma. – Ela hesitou. – Mas suponho que era uma época desafiadora; a comunicação era difícil e o governo estava entrando em colapso. Cometemos outros erros, eu não deveria estar surpresa ao descobrir que nos precipitamos ao tomar algumas decisões. – Ela suspirou. – Vou investigar mais a fundo, mas Calamidade sabe que ultimamente a questão de Realeza tem ocupado todo o meu tempo.

– Eu posso ajudar – ofereci, dando outro passo à frente.

– Sei que pode. Vou te manter informado do que descobrir.

Eu fiquei onde estava, decidido a não ir embora tão fácil.

– Pode sair agora, David.

– Eu...

– As pessoas com quem eu trabalho são muito reservadas – Thia interrompeu. – Venho sugerindo a elas que deveríamos deixar você se juntar a nós, mas se fizer isso vai precisar abandonar o trabalho de campo. Ter acesso ao nosso conhecimento significa não poder assumir riscos, para que não seja capturado e interrogado.

Grunhi, irritado. Estava ansiando pela chance de, algum dia, conhecer os tradicionistas de Thia. Mas não ia desistir de ser batedor, não quando havia Épicos a matar. De qualquer modo, ser tradicionista parecia um trabalho de nerd.

Suspirando, saí da biblioteca. O que me deixava com o mesmo problema de antes, infelizmente: o que fazer? Thia não me deixava ajudar na pesquisa e Val não me queria por perto.

Quem diria que viver em uma base subterrânea irada seria tão entediante?

Voltei lentamente para o meu quarto. O corredor estava silencioso, exceto por alguns ecos mais adiante, na escuridão. Fracos, com um som meio áspero, eles me chamavam como o tinido de um micro-ondas quando terminava de aquecer uma pizza congelada. Passei por portas e portas até finalmente chegar ao quarto de Gegê. A porta estava aberta e o interior estava coberto com pôsteres de prédios interessantes. Um entusiasta de arquitetura? Eu não teria imaginado – mas, é claro, eu estava tendo dificuldades em adivinhar qualquer coisa sobre Gegê.

O homem estava ocupando uma cadeira grande perto de uma pequena mesa sobre a qual havia um aparelho antiquado. Ele assentiu para mim, então continuou a mexer no dispositivo à sua frente, que zumbia.

Sentindo-me bem-vindo pela primeira vez naquele dia, entrei no quarto e me sentei ao lado dele.

– Um rádio? – adivinhei, enquanto ele girava o botão de sintonia.

– Especificamente, um escâner – ele disse.

– Não faço ideia do que isso quer dizer.

– Ele me deixa procurar sinais, a maioria locais, e ver se consigo ouvi-los.

– Que... antiquado – comentei.

– Talvez não tanto quanto você imagina – ele respondeu. – Esse não é o rádio em si, é só um mecanismo de controle. Estamos enterrados tão fundo que eu não conseguiria captar sinais decentes aqui. O rádio verdadeiro está escondido lá em cima.

– Mesmo assim... um rádio? – Bati no meu celular. – Temos algo melhor.

– E a maioria das pessoas lá em cima não tem – Gegê respondeu, parecendo entretido. – Acha que aquelas pessoas curtindo e relaxando na cidade têm recursos para usar *celulares*? Celulares da Falcão Paladino, ainda por cima?

Eu hesitei. Celulares tinham sido comuns em Nova Chicago, onde Coração de Aço fizera um acordo com a Fundição do Falcão Paladino. Embora parecesse altruísta da parte dele, havia um motivo simples. Com todo mundo portando celulares, ele podia forçar as pessoas a assistirem a "programas de obediência" e outros avisos para mantê-las na linha.

Aparentemente, Realeza não tinha nada parecido.

– Rádios – Gegê repetiu, batendo no receptor. – Algumas coisas apenas *funcionam*. Existe elegância na simplicidade. Se eu estivesse lá em cima vivendo uma vida relativamente normal, ia querer um rádio em vez de um celular. Consigo consertar um rádio, sei como funciona. Só Calamidade sabe o que se passa dentro de um daqueles dispositivos modernos.

– Mas como as pessoas conseguem baterias? – perguntei.

Gegê balançou a cabeça.

– Eles só funcionam aqui em Babilar.

– Quer dizer que...

– Não há uma explicação – ele disse, encolhendo os ombros largos. – Nada mais funciona sem uma fonte de energia; liquidificadores, relógios, qualquer coisa que você imaginar. Não funcionam. Mas os rádios aqui se ligam mesmo sem bateria.

Eu estremeci. Mais ainda que as luzes estranhas na escuridão, isso me dava arrepios. Rádios com baterias fantasmas? O que estava acontecendo naquela cidade?

Gegê não parecia incomodado. Ele sintonizou em outra frequência e pegou uma caneta, inclinando-se para escrever. Puxei minha cadeira mais para perto. Pelo que podia ver, ele só estava escutando conversas aleatórias de habitantes da cidade. Tomou algumas notas, então mudou de frequência. Ele ouviu essa por um tempo e fez mais anotações antes de ir para a próxima, rabiscando coisas furiosamente.

Ele realmente parecia saber o que estava fazendo. Suas anotações eram concisas e eficientes, e ele parecia estar tentando descobrir se as pessoas estavam falando em código. Peguei uma das folhas da mesa; ele olhou para mim, mas não me impediu.

Parecia que ele também estava buscando menções de Realeza e histórias sobre suas aparições diretas. A maior parte do que tinha eram boatos, mas fiquei impressionado com o nível de detalhamento das anotações e as conclusões que ele estava tirando. Algumas das notas indicavam que a frequência estivera abafada ou cheia de estática, mas ele conseguira recriar conversas inteiras – as palavras que tinha ouvido de fato estavam sublinhadas, e ele completara o resto.

Ergui os olhos da folha.

– Você é um agente funerário – eu disse, cético.

– Terceira geração – ele confirmou, orgulhoso. – Estava lá para o embalsamamento do meu próprio avô. Eu mesmo enchi os olhos dele com algodão.

– Eles ensinam isso na escola funerária? – perguntei, erguendo o papel.

– Não – Gegê respondeu, sorrindo. – Aprendi isso na CIA.

– Você é um *espião*? – perguntei, chocado.

– Ei, até a CIA precisava de agentes funerários.

– Hã, não. Acho que não precisavam.

– Mais do que você imagina – Gegê disse, sintonizando outra frequência. – Antigamente, havia centenas como eu. Nem todos eram agentes funerários, é claro, mas algo parecido. Pessoas com vidas normais, com empregos comuns, colocadas em áreas onde podíamos fazer o bem. Passei anos ensinando ciência mortuária em Seul, ouvindo os rádios com a minha equipe à noite. Todo mundo imagina espiões com um coquetel na mão e gravatas-borboleta, mas não havia muitos desses, na verdade. A maioria de nós eram pessoas comuns.

– Você? – perguntei – Uma pessoa comum?

– Dentro de limites possíveis – Gegê respondeu.

Eu me peguei sorrindo.

– Não entendo você, Gegê – disse, apanhando outra folha da pilha dele. – No outro dia você quase pareceu simpatizar com os vagabundos que correm para esta cidade.

– E simpatizo – ele respondeu. – Adoraria não fazer nada. Parece uma ótima profissão. Nunca são os vagabundos que causam as guerras.

– Disse o ex-espião.

– Ex? – ele perguntou, agitando um lápis na minha direção.

– Gegê, se ninguém mudar o mundo, se ninguém trabalhar para torná-lo um lugar melhor, nós ficamos estagnados.

– Eu conseguiria aceitar a estagnação – ele disse – se significasse o fim das guerras. O fim das matanças.

Eu não tinha certeza se concordava. Talvez fosse ingênuo, já que nunca passara por nenhuma guerra de humanos contra humanos – minha vida fora dominada pelo conflito com os Épicos. Mas imaginei que o mundo seria bem entediante se tudo ficasse o mesmo.

– Bem, não importa – ele continuou. – Isso nunca vai acontecer. Meu trabalho agora é fazer o que posso para garantir que as pessoas vivam do jeito que quiserem. Se querem relaxar no sol e não se preocupar, bom pra elas. Pelo menos alguém neste mundo miserável está se divertindo.

Ele voltou a escrever. Eu podia ter argumentado mais, mas descobri que não queria. Se era isso que o incentivava a lutar contra os Épicos, ótimo. Cada um de nós tinha os seus motivos.

Em vez de discutir, deixei minha atenção ser desviada por uma página de anotações sobre um tópico específico: Luz da Aurora, o mítico Épico que supostamente fazia as plantas crescerem e a tinta spray brilhar. A folha de Gegê estava cheia de referências a pessoas falando sobre ele, rezando para ele, amaldiçoando-o.

Eu entendia por que as pessoas estavam tão interessadas em Luz da Aurora. Babilar não podia existir sem ele, quem quer que fosse. Mas os relatos o situavam na cidade muito antes da chegada de Realeza. Será que eu ousaria torcer para que fosse verdade – que existia um Épico benevolente? Um Épico que não matava nem dominava, mas que em vez disso criava comida e fornecia luz? Quem era essa pessoa que fazia um paraíso nos prédios da antiga Manhattan?

– Gegê – comecei, erguendo os olhos do papel –, você mora aqui há algum tempo.

– Desde que Prof ordenou que nos infiltrássemos – o homem robusto respondeu.

– Acha que Luz da Aurora é uma pessoa de verdade?

Ele bateu o lápis no caderno por um momento, então o pousou na mesa e abaixou a mão ao lado da cadeira para pegar um refrigerante de laranja. Quem tinha conexões conseguia importá-lo da cidade de Charlotte, como o refrigerante de Thia. Havia um Épico que realmente amava refrigerante de laranja e pagava para manter o maquinário funcionando.

– Você viu minhas anotações – Gegê disse, acenando para a folha que eu estava olhando. – Essa página é uma de muitas. Tenho me mantido alerta para menções de Luz da Aurora desde que cheguei aqui. Ele é real. Pessoas demais falam sobre ele para não ser.

– Muitas pessoas falam sobre Deus – eu disse. – Ou costumavam falar.

– Porque ele é real também. Você não acredita, imagino.

Eu não tinha certeza. Enfiei a mão sob a camiseta, pegando o presente de Abraham. O *S* estilizado que era o símbolo dos Fiéis. No que eu acreditava? Durante anos, minha "religião" fora a morte de Coração de Aço. Eu tinha idolatrado essa meta tão fervorosamente quanto qualquer monge antigo em um lugar onde monges moram.

– Bem, eu nunca fiz o estilo missionário – Gegê disse – e acho que Deus pode ser um assunto para outro dia. Mas, quanto a Luz da Aurora, estou razoavelmente seguro de que ele é real.

– As pessoas o idolatram como um deus.

– Bem, elas podem ser meio doidas – Gegê disse, erguendo o refrigerante. – Mas são pacíficas, não? Então, bom pra elas.

– E o Épico delas? Luz da Aurora é pacífico?

– Parece que sim.

Eu estava enrolando. Precisava só falar o que queria. Inclinei-me para a frente.

– Gegê, acha que é *possível* Épicos serem bons?

– Claro que sim. Todos temos livre-arbítrio. É um direito divino.

Eu me recostei, pensativo.

– Vejo que não concorda.

– Na verdade, concordo – respondi. Eu *tinha* que acreditar que Épicos podiam ser bons, pelo bem de Megan. – Eu quero encontrar um jeito de trazer alguns dos Épicos para o nosso lado, mas Prof pensa que sou tolo. – Passei a mão pelo cabelo. – Metade do tempo, acho que ele está certo.

– Bem, Jonathan Phaedrus é um grande homem. Um homem sábio. Mas uma vez eu o vi perder para um blefe no pôquer, então temos evidências empíricas de que ele não sabe de tudo.

Eu sorri.

– Acho que sua meta é digna, Matador de Aço. – Gegê se endireitou e me olhou nos olhos. – Não penso que podemos derrotar os Épicos sozinhos. Precisaríamos de muito mais poder de fogo. Talvez o mundo só precise que alguns Épicos se ergam e abertamente se oponham aos outros. Nada tão dramático quanto os Fiéis acreditam, nenhuma vinda de Épicos abençoados ou angélicos. Só um ou dois que estejam dispostos a dizer "Ei, isso não está certo". Se todo mundo, incluindo os Épicos, soubesse que há outra opção, talvez as coisas mudassem.

Eu assenti.

– Obrigado.

– Pelo quê? Tagarelar minhas opiniões aleatórias?

– É. Eu precisava de alguém com quem conversar. Thia estava ocupada demais e Val parece me odiar.

– Não, você só a faz lembrar de Sam. O spyril era o queridinho dele, sabe.

Bem, acho que fazia sentido, então. Por mais que fosse injusto.

– Eu...

– Espere – Gegê interrompeu, erguendo uma mão. – Ouça.

Voltei minha atenção para o rádio, focando-me em distinguir as palavras. A estática tinha sido constante enquanto conversávamos, mas eu não tinha percebido que havia vozes baixas no fundo.

– ... sim, estou vendo – uma voz disse. – Ele só está sentado lá, num telhado em Turtle Bay.

– Está fazendo alguma coisa? – outra voz perguntou, a frequência estalando com estática.

– Não. – A primeira voz. – Os olhos dele estão fechados. O rosto está virado para o céu.

– Saia daí, Miles. – A segunda voz, assustada. – Ele é perigoso. Matou um monte de gente umas duas semanas atrás.

– É. – A primeira voz. – Mas por que ele está só sentado ali?

Gegê ergueu os olhos e encontrou os meus.

– Obliteração? – perguntou.

Assenti, sentindo-me enjoado.

– Você adivinhou que ele faria isso – Gegê disse. – Bom trabalho.

– Gostaria de estar errado – eu disse, afastando a cadeira e me erguendo. – Preciso encontrar Prof.

Obliteração tinha começado a armazenar luz do sol, como em Houston, Albuquerque e, finalmente, San Diego.

Se eu estava certo, a cidade não sobreviveria a seu próximo passo.

27

Encontrei Prof na sala de conferências que tinha a parede/janela gigante que dava para o oceano. A água estava mais límpida que da última vez que eu estivera ali, e pude ver sombras distantes, escuras e retangulares nela. Eram prédios – um perfil urbano no fundo do mar.

Prof estava em pé, com seu jaleco preto, encarando as profundezas com as mãos unidas atrás de si.

– Prof? – chamei, correndo para dentro da sala. – Gegê acabou de interceptar uma conversa. Alguém avistou Obliteração. Ele está acumulando energia.

Prof continuou a encarar as profundezas.

– Como em Houston? – eu insisti. – Nos dias antes de destruir a cidade? Senhor?

Prof indicou a cidade submersa com a cabeça.

– Você nunca visitou esse lugar antes de afundar, não é?

– Não – respondi, tentando ignorar a terrível janela pela qual ele olhava.

– Eu vinha para a cidade regularmente. Ver peças, fazer compras, às vezes só para caminhar. Parecia que as lanchonetes mais humildes em Manhattan serviam comida melhor que os restaurantes mais finos lá perto de casa. E os lugares mais finos... Ah, eu lembro do aroma...

– Hã, tá. Obliteração?

Ele deu um breve aceno e se virou da janela.

– Vamos dar uma olhada, então.

– Dar uma olhada?

– Você e eu – ele disse, se afastando. – Somos batedores. Se há perigo, nós investigamos.

Eu corri atrás dele. Não ia discutir – qualquer desculpa para sair da base era boa –, mas isso não era a cara de Prof. Ele gostava de planejar. Em Nova Chicago, nós raramente fazíamos alguma coisa, mesmo uma missão de reconhecimento, sem deliberação cuidadosa.

Entramos no corredor e passamos pela sala onde Mizzy e Val trabalhavam.

– Vou pegar o submarino – Prof anunciou sem nem olhar para elas.

Eu corri para acompanhá-lo, olhando para trás e dando de ombros para uma Mizzy confusa, que tinha enfiado a cabeça pela porta.

Apressei o passo e corri na frente de Prof, pegando minha arma no depósito de equipamentos. Hesitei, então peguei a mochila com o spyril também.

– Você não deve precisar disso – Prof observou, passando por mim.

– Acha que devo deixá-lo aqui?

– Claro que não.

Joguei a mochila sobre o ombro e me juntei a Prof enquanto ele entrava no breu da doca de atracação. Ali seguimos uma série de cordas-guia em direção ao submarino. *Por que*, me perguntei, *eu me sinto como um cachorro que engoliu uma granada?* Não tinha motivo para ficar nervoso; eu estava com Prof. O grande Jon Phaedrus. Nós íamos fazer uma missão de reconhecimento juntos. Eu deveria estar animado.

Prof abriu a escotilha do submarino e nós entramos. Uma vez lá embaixo, tranquei a escotilha e Prof ligou uma tênue luz de emergência amarela. Ele acenou para que eu sentasse no banco do copiloto e ligasse a máquina. Alguns minutos depois, estávamos nos movendo através das profundezas silenciosas, e fui obrigado a olhar por *mais uma* janela – a da frente do submarino – para mais água.

– Então... você precisa saber aonde vamos? – finalmente perguntei.

– Sim. – O rosto dele estava sinistramente iluminado pela luz amarela.

– Bem, ouvimos eles dizerem Turtle Bay.

Prof virou o submarino em uma curva preguiçosa.

– Missouri me disse que você está ficando bom com o spyril.

– É. Bem. Quer dizer, venho praticando. Não sei se diria que estou *bom*, mas posso chegar lá um dia.

Meu celular bipou baixinho. Peguei-o com uma careta. Esse novo aparelho tinha um botão silenciador diferente, e eu sempre me esquecia de apertá-lo. Ele usava meu antigo padrão, então qualquer um que o conhecesse podia me contatar, mas a mensagem na tela era de um padrão que eu não reconhecia.

Okay, vamos conversar, dizia.

– Isso é bom – Prof disse. – Os tensores não serão de grande ajuda aqui.

– Não sei – retruquei, tentando entender quem tinha me mandado a mensagem. – Quando estávamos lutando dentro do prédio, teria sido útil atravessar uma parede inesperadamente.

– O spyril será mais útil – Prof disse. – Concentre-se nele por enquanto. Não queremos misturar os poderes. Pode causar interferência.

Interferência? Que tipo de interferência? Eu nunca ouvira falar de uma coisa dessas. Claro que não sabia muito sobre essa tecnologia, mas, se a interferência fosse um problema, não poderia afetar os campos de força que Prof me dava?

Meu celular vibrou de novo. Eu o silenciei, mas não tirei as vibrações. *Está aí, Joelhos?*, dizia a mensagem.

Meu coração deu um pulo.

Megan?, perguntei.

Quem mais, seu slontze?

Prof olhou para mim.

– O que está acontecendo?

– Gegê está mandando mensagens – menti. – Com mais informações sobre como achar Obliteração.

Prof assentiu, virando os olhos para a frente de novo. Rapidamente mandei uma mensagem para Gegê, perguntando se tinha mais informações sobre a localização de Obliteração, caso Prof perguntasse algo a ele depois. Meu celular acendeu quase imediatamente, e a mensagem dizia que mais alguém tinha visto Obliteração. Direções para o prédio se seguiram.

No meio-tempo, Megan me mandou outra mensagem.

Realmente preciso falar com você sobre uma coisa.

Não é exatamente um bom momento, eu mandei.

Tá. Tudo bem.

A concisão da resposta deixou meu estômago embrulhado. Eu estava me recusando a vê-la, depois de praticamente implorar para ela vir falar comigo? Olhei para Prof. Ele parecia absorvido na pilotagem, e o submarino não se movia rapidamente. Provavelmente eu tinha tempo o bastante. Quão suspeito seria?

Bem, talvez possa reservar um tempo para conversar. Apertei ENVIAR.

Nenhuma resposta.

Faíscas. Por que tudo tinha que acontecer de uma vez? Esperei por uma resposta enquanto os motores do submarino giravam, suor escorrendo pelo rosto. Sentado aqui na frente, eu podia ver todo um mundo submerso se estendendo à minha frente, aparentemente até o infinito. Pensar sobre todo esse *nada* me dava arrepios.

Eu me inclinei sobre o celular e mandei outra mensagem para Megan. *Você sabe por que Realeza diz que consegue criar Épicos?*

Dessa vez, recebi uma resposta quase imediatamente. *Ela disse o quê?*

Ela me disse que pode tornar alguém um Épico, escrevi. *Pareceu achar que isso me assustaria. Acho que queria me fazer pensar que* não podemos *lutar contra ela porque ela pode mandar um número infinito de Épicos contra nós.*

O que você respondeu?, Megan perguntou.

Não lembro exatamente. Acho que ri dela.

Você nunca foi muito esperto, Joelhos. Aquela mulher é perigosa.

Mas ela literalmente nos teve nas mãos em um momento!, eu retruquei. *E nos deixou ir embora. Não acho que nos queira mortos. De qualquer modo, você imagina por que ela diria algo tão ridículo? Ela realmente esperava me convencer de que pode* transformar *alguém em Épico?*

Megan não respondeu por um tempo.

Realmente precisamos nos encontrar, ela escreveu finalmente. *Onde você está?*

A caminho da cidade, escrevi.

Perfeito.

Prof está comigo, acrescentei.

Ah.

Você poderia se encontrar com nós dois, eu disse a ela. *Explicar-se. Ele ouviria.*

É mais complicado que isso, Megan escreveu. *Eu era uma espiã de Coração de Aço e me infiltrei na equipe dele. Quando se trata dos preciosos Executores dele, Prof é como uma mãe ursa com os filhotes.*

Hã?, escrevi. *Não, está errado.*

O quê?

Não acho que essa metáfora funciona, Megan. Prof é um cara, então não pode ser uma mãe ursa.

David, você é um slontze completo.

Eu podia ouvir o sorriso em seu tom. Faíscas, sentia falta dela.

Mas sou um slontze fofo, não?, escrevi.

Uma pausa, durante a qual comecei a suar.

Queria que fosse tão simples assim, a mensagem veio finalmente. *Queria muito mesmo.*

Poderia ser, respondi. *Ainda quer me encontrar?*

E Phaedrus?

Dou um jeito de despistá-lo, escrevi enquanto Prof começou a levar o submarino para a superfície. *Te mando uma mensagem depois.* Enfiei o celular no bolso.

– Chegamos? – perguntei.

– Quase – Prof respondeu.

– Você ficou bem quieto no caminho.

– Estou tentando decidir se te mando de volta para Nova Chicago ou não.

Essas palavras me atingiram como a bala de uma .44 Especial. Encarei-o, buscando uma resposta.

– Mas... você disse, quando viemos, que estava me trazendo porque precisava de mim.

– Filho – Prof disse suavemente –, se pensa que não consigo matar Épicos sem você, deve ter uma opinião bem baixa sobre as minhas habilidades. Se eu decidir que você não deve ser parte desta operação, você está fora. Ponto.

– Mas por que decidiria isso?

Prof pilotou em silêncio por um momento, lentamente guiando o submarino ao redor de um enorme destroço flutuante que parecia um estande de cachorro-quente.

– Você é um bom batedor, David – ele disse. – Pensa rápido, resolve problemas, tem excelentes instintos sob fogo. É ousado e agressivo.

– Obrigado?

– E também é exatamente o tipo de pessoa que eu evitei recrutar ao longo dos anos.

Eu franzi a testa.

– Não tinha percebido? – Prof perguntou.

Agora que ele mencionava... pensei em Cody, e Gegê, e Abraham, e Mizzy. Mesmo Val, até certo ponto. Eles não eram o tipo de pessoa que atirava primeiro e fazia perguntas depois. Eram reservados, cuidadosos, pensavam antes de agir.

– Eu percebi – respondi. – Mas não tinha me tocado até agora.

– Os Executores não são um exército – Prof disse. – Não somos nem forças especiais. Nós criamos armadilhas. Somos pacientes e conservadores. Você não é nenhuma dessas coisas. É precipitado, sempre nos impulsionando a agir, a mudar o plano. Isso é bom, de certa forma. Você pensa grande, filho. É preciso pessoas com sonhos grandes para realizar metas grandes.

Ele se virou para mim. O submarino se movia lentamente, sem precisar de direção.

– Mas não posso deixar de pensar – ele disse – que você não pretende se ater ao plano. Você quer proteger Realeza e simpatiza com uma traidora. Tem aspirações. Então vai me contar, agora mesmo, o que vem escondendo de mim. E depois vamos decidir o que fazer com você.

– Agora? – perguntei.

– Agora. – Ele me encarou. – Comece a falar.

28

Prof sustentou o olhar e comecei a suar. Faíscas, aquele homem conseguia ser intenso. Ele queria fingir que os Executores eram um grupo quieto e cauteloso – e, a bem da verdade, na maior parte do tempo eram mesmo. Se você não o contasse. Ele era como eu; sempre tinha sido.

E, por causa disso, eu sabia que estava falando sério.

Umedeci os lábios.

– Estou planejando capturar um dos Épicos de Realeza – eu disse. – Quando atacarmos Newton, quero tentar neutralizá-la em vez de matá-la. Então quero capturá-la. Como fizemos com Edmund, em Nova Chicago.

Prof me examinou por um momento, então pareceu relaxar, como se isso não fosse tão ruim quanto ele temia.

– Com que objetivo?

– Bem, sabemos que Realeza é capciosa. Ela está planejando algo além do que conseguimos adivinhar.

– Possivelmente.

– *Provavelmente*. Você disse que ela é ardilosa. Sugeriu que ela é prevenida e muito esperta. Faíscas, Prof, você tem que estar preocupado com a possibilidade de ela estar nos enganando, mesmo agora.

Ele virou o rosto.

– Admito que a ideia passou pela minha cabeça. Abigail tem um hábito de... posicionar as pessoas, incluindo eu, nos lugares que quer.

– Bem, ela conhece você. Sabe o que vai fazer. – Eu fiquei mais animado; parecia que tinha escapado de uma situação ruim. – Ela não vai esperar um sequestro, então. É ousado demais e não combina com a metodologia Executora. Mas pense no que isso poderia trazer! Newton pode saber o que Realeza está planejando. No mínimo, vai saber como ela está recrutando aqueles outros Épicos.

– Duvido que a gente descubra muito – Prof disse. – Abigail não compartilharia esse tipo de informação.

– Bem, no mínimo, Newton poderia nos dizer os lugares em que Realeza apareceu para ela – argumentei. – O que vai ajudar com o nosso mapa. E há uma chance de que ela saiba mais, não há?

Prof tamborilou os dedos no controle do submarino, a janela no formato de bolha à sua frente brilhando com a luz filtrada de cima.

– E como você planeja fazê-la falar? Tortura?

– Bem, na verdade, eu estava meio que esperando que, ao proibi-la de usar seus poderes... sabe... a gente faria ela ficar boa ou algo assim.

Ele ergueu uma sobrancelha.

– Aconteceu com Edmund – argumentei, defensivo.

– Edmund não era um assassino antes da sua transformação.

Tudo bem, era verdade.

– Além disso – Prof continuou –, Edmund é bom porque doa seus poderes, como eu. Ele não "ficou bom". Ele nunca foi mau, pra começar. O que você realmente quis dizer, mas não disse porque tem medo de me irritar, é que *Tormenta de Fogo* parecia ser boa quando estava com a gente. Você espera que, proibindo Newton de usar seus poderes, consiga provas de que pode fazer o mesmo com Tormenta de Fogo para trazer Megan de volta.

– Talvez – resmunguei, me afundando na cadeira.

– Esse é exatamente o tipo de plano que eu temia que você estivesse considerando – Prof disse. – Você poderia ter arriscado a equipe inteira perseguindo suas próprias metas, David. Não vê isso?

– Vejo – respondi.

– E isso é tudo? – Prof perguntou. – Nenhuma outra trama secreta?

Senti um frio na barriga. Megan.

– Isso é tudo – eu me ouvi dizendo.

– Bem, acho que não é tão mau. – Prof soltou o ar.

– Então eu fico em Babilar?

– Por enquanto – ele respondeu. – Calamidade, ou você é exatamente o que os Executores precisam, e têm precisado há anos... ou é uma representação do heroísmo imprudente que fomos sábios em evitar. Ainda não consegui decidir.

Ele guiou o submarino para um prédio submerso com um buraco enorme. Parecia muito com o lugar onde havíamos atracado, mas era um edifício diferente. Atravessamos a abertura como um pedaço de pipoca amanteigada entrando na boca de algum monstro em decomposição. No interior, Prof puxou a alavanca que liberava um fluxo de detergente na água, para reduzir a tensão de superfície e inibir os poderes de Realeza. Ele apagou as luzes e nos deixou emergir na superfície.

Tateando, encontramos as cordas que nos levariam pelo piso traiçoeiro e meio submerso até um lance de escadas. Eu não conseguia ver quase nada, mas era meio que esse o objetivo.

– Suba esses degraus – Prof sussurrou pela linha. – Analisamos esse prédio como uma base potencial antes de encontrar o outro. O lugar é abandonado, tão longe dos bairros da cidade que nenhuma ponte vem até aqui. O andar de cima é um escritório privado, que deve ter uma boa vista do telhado em questão.

– Entendido – eu disse, segurando o fuzil em uma mão e a mochila sobre o outro ombro enquanto tateava a porta.

– Vou voltar para o submarino e ficar a postos para uma retirada rápida – Prof disse. – Tem alguma coisa estranha nisso tudo. Esteja pronto para correr; vou deixar a escotilha aberta pra você. – Ele hesitou, e senti sua mão apertar meu ombro. – Não faça nada idiota.

– Não se preocupe – sussurrei na linha. – Sou um especialista em idiotice.

– Um...

– Tipo, consigo identificar a idiotice porque a conheço tão bem. Do mesmo jeito que um exterminador conhece insetos muito bem e consegue encontrá-los, sabe? Sou tipo isso. Um Idiotinizador.

– Nunca diga essa palavra de novo – Prof ordenou.

Bem, fazia sentido pra mim. Ele me largou e eu entrei no prédio. Depois de fechar a porta, prendi o celular ao ombro e acendi a luz.

As escadas eram sombrias, úmidas e parcialmente apodrecidas. Como os degraus esquecidos que você encontraria em algum filme de terror antigo.

Exceto que as pessoas naqueles filmes não estavam armadas com um fuzil de assalto Gottschalk inteiramente automático com pentes de elétrons comprimidos e uma mira telescópica de visão noturna. Sorrindo, diminuí a luz do celular e ergui o fuzil, ativando a visão noturna. Prof disse que o lugar era abandonado, mas eu preferia ter certeza.

Subi os degraus com cuidado, o fuzil apoiado no ombro. Ainda não estava completamente satisfeito com o Gottschalk. Meu antigo fuzil era melhor. Claro, ele emperrava de vez em quando. E não era automático, e eu precisava ajustar as miras comuns pelo menos uma vez por mês. E... bem, ele era melhor mesmo assim. E ponto.

Megan teria rido disso, pensei. Ficar sentimental por causa de uma arma claramente inferior? Só idiotas faziam isso. Mas a verdade era que dizíamos isso, mas todos nós parecíamos ficar sentimentais com nossas armas mesmo assim. Levei a mão até a perna, percebendo de repente que parecia errado não ter mais a pistola de Megan. Eu precisaria pedir uma substituta.

No topo de uma longa escadaria, entrei no que já fora uma recepção sofisticada. Agora, como todos os outros prédios, estava tomada pela flora de Babilar, coberta de escuridão e videiras. Nenhuma janela iluminava esse cômodo e, embora frutas pendessem das árvores e cobrissem o chão, elas não estavam brilhando. Isso só acontecia depois do pôr do sol.

Avancei com cuidado, pisando em antigos relatórios de gastos e outras papeladas. A sala tinha um cheiro horrível – de podridão e fungos. Percebi que estava levemente irritado com Prof enquanto caminhava. O que ele queria dizer com "heroísmo imprudente"? Nós não deveríamos ser heróis?

Meu pai tinha aguardado os heróis. Ele acreditara neles. Morrera por acreditar em Coração de Aço.

Ele fora um tolo nesse aspecto. Mas, cada vez mais, eu desejava ser o mesmo tipo de tolo. Não me sentiria culpado por tentar ajudar as pessoas. Independentemente do que Prof dizia, no fundo ele sentia o mesmo. Ele concordara em derrubar Coração de Aço porque sentira que os Executores não estavam fazendo uma diferença grande o bastante.

Ele tomaria as decisões certas. Salvaria esta cidade. Prof *era* um herói. Era o Épico que lutava pela humanidade. Ele só precisava admitir isso. E...

Algo quebrou sob o meu pé.

Congelei e esquadrinhei a pequena sala através da mira novamente. Nada. Abaixei a arma e acendi a minha luz. O que, em nome da sombra de Calamidade...?

Eu tinha pisado em uma confusão de pequenos objetos que nasciam de videiras ao pé de uma árvore. Gavinhas bizarras saíam de baixo da árvore como os bigodes de um homem de máscara. Eu precisei olhar melhor, porque podia jurar que na ponta delas havia... biscoitos.

Sim, biscoitos. Eu me ajoelhei e remexi neles por um momento. Puxei um pedaço de papel. *Biscoitos da sorte*, pensei. *Nascendo em árvores.*

Virei o papel e li as palavras: *Me ajude.*

Ótimo. Eu estava de volta no filme de terror.

Perturbado, dei um passo para trás e coloquei o fuzil em posição. Olhei ao redor da sala outra vez, apontando o celular para iluminar os cantos sombrios atrás dos troncos das árvores. Nada pulou em mim. Quando me convenci de que estava sozinho, me abaixei perto dos biscoitos outra vez e encontrei mais pedaços de papel. Todos eles diziam *Me ajude* ou *Ela me mantém prisioneiro.*

— David? — A voz de Thia soou no meu fone. — Já está em posição?

Eu pulei quase até o teto.

— Hã, ainda não — respondi, enfiando no bolso alguns dos pedaços de papel e biscoitos. — Eu só... tropecei numa coisa. Hã... alguém já relatou encontrar biscoitos nascendo nas árvores frutíferas?

Silêncio na linha.

— Biscoitos? — Thia perguntou. — David, está tudo bem com você?

— Bem, tive um pouco de indigestão ultimamente — comentei, indo até a outra porta da sala, atrás de uma mesa de recepcionista em decomposição. — Mas não acho que isso está me fazendo alucinar com biscoitos. Geralmente indigestão me causa *exclusivamente* delírios de cheesecake.

— Há, há — Thia riu secamente.

— Pegue uma amostra — Prof ordenou — e prossiga.

— Feito e feito — respondi, encostando o ouvido na porta, então empurrando-a e checando todos os cantos da sala do outro lado. Estava vazia também, mas nesta havia um par de janelas amplas lançando luz em mim. Era um escritório executivo coberto de livros caídos e geringonças metálicas, como aquelas bolas que você ergue de um lado, então deixa cair, e elas começam a bater irritantemente contra as outras. Só havia duas árvores aqui, uma de cada lado da sala, e suas videiras subiam pelas estantes de livros nas paredes.

Segui em frente, pisando sobre escombros e tentando ao máximo ficar abaixado enquanto me aproximava das janelas amplas. Esse prédio era isolado, ficava sozinho no meio do oceano. Ondas quebravam contra sua base, a água se revolvia lá embaixo. A distância, depois de algum tipo de baía, outros prédios emergiam da superfície. Lá era Babilar de fato.

Eu me ajoelhei, pondo a mochila de lado, e enfiei a ponta da arma em uma seção quebrada da janela. Com o olho na mira, escolhi uma ampliação de dez vezes. Funcionava maravilhosamente. Eu podia enxergar até 500 metros facilmente. Na verdade, aumentando o zoom, aposto que poderia ver até a 2 mil metros com nível razoável de detalhamento.

Faíscas. Eu nunca dera um tiro como *esse* antes. Era bom com um fuzil, mas não era um atirador treinado. De qualquer modo, duvidava que o Gottschalk tivesse o alcance para esse tiro, embora a mira fosse excelente para espiar.

– Estou em posição – anunciei. – Qual é o prédio?

– Está vendo um triangular? – Gegê disse na linha. – Ao lado de dois prédios planos?

– Sim – respondi, dando zoom. Estava a uma boa distância, mas isso não era problema para a ampliação excelente da arma.

E lá estava ele.

29

Obliteração parecia igual às outras duas vezes em que eu o vira, exceto que tinha tirado a camisa, o longo casaco preto e os óculos, que agora jaziam no telhado ao lado da sua espada. Seu peito coberto de ataduras estava exposto e ele estava sentado de pernas cruzadas, o rosto com o cavanhaque erguido para o céu e os olhos fechados. Sua postura era serena, como um homem fazendo ioga de manhã.

A maior diferença entre agora e quando eu o vira antes, no entanto, era que ele brilhava com uma luz interior profunda, como se algo estivesse queimando logo abaixo da pele.

Senti uma pontada surpreendente de fúria. Lembrei de me debater na água, a corrente ao redor da minha perna me puxando para as profundezas. Nunca mais.

Foquei-me em Obliteração, as holomiras colocando um ponto bem na sua cabeça. Então bati no lado da arma, ativando um interruptor que enviaria uma transmissão da mira ao meu celular. Ele, por sua vez, mandaria as imagens para Thia.

— Obrigada — ela disse, assistindo à transmissão. — Hmm... não parece bom. Está pensando no mesmo que eu?

— Sim — respondi. — Consegue puxar as fotos de Houston?

— Tenho fotos melhores — Thia disse. — Fui atrás disso quando soube que ele estava aqui. Estou mandando.

Afastei o olho da mira e tirei o celular do braço. A mensagem de Thia chegou logo depois, com um conjunto de fotos tiradas em

Houston. Elas eram do auge do reinado de Obliteração na cidade. Tinha sido um lugar terrível para viver, mas – como Nova Chicago – possuía certo nível de estabilidade. Como eu tinha constatado, tanto em Nova Chicago como em Babilar, as pessoas preferiam viver com os Épicos – e com sua tirania – a definhar no caos entre cidades.

Isso significava que houvera muitas testemunhas quando Obliteração tinha se posicionado em frente ao seu palácio – um antigo prédio do governo que ele havia adaptado – e começado a brilhar. A maioria dessas testemunhas morreu logo depois. Algumas escaparam, no entanto, e muitas tinham enviado fotos para amigos fora da cidade.

As imagens de Thia – que de fato eram melhores do que as que estavam nos meus arquivos – mostravam Obliteração sentado como estava agora. Calça diferente, sem a atadura no peito, e com menos barba no rosto, mas na mesma postura e com o mesmo brilho.

– Parecem as fotos do primeiro dia em que ele armazenou energia nas outras cidades, não acha? – Thia perguntou na linha.

– Sim – respondi, passando rápido pelas imagens até chegar a outra série de fotos. Obliteração em San Diego. Na mesma postura. Eu comparei o quanto ele brilhava no primeiro dia em Houston e em San Diego com o quanto ele brilhava agora. – Concordo. Ele acabou de começar o processo.

– Algum de vocês poderia por favor explicar a um velho do que estão falando? – Prof pediu na linha.

– A habilidade primária dele, manipulação de calor, é exodinâmica – eu disse.

– Ótimo – Prof respondeu. – Ajudou bastante.

– Achei que você fosse um gênio – eu disse.

– Eu ensinava ciências para a quinta série – Prof me lembrou. – E não é como se cobríssemos teoria de poderes Épicos na época.

– Obliteração – Thia explicou em uma voz calma – tira calor dos objetos e então o usa para destruir coisas. A luz do sol tocando sua pele funciona também. Não com tanta eficiência, mas, por ser constante, é uma fonte fácil para ele.

– Antes de destruir Houston e cada uma das outras cidades que aniquilou, ele sentou ao sol por sete dias, guardando energia – eu completei. – Então a liberou de uma vez. Comparando o brilho dele agora com as fotos de Houston, podemos adivinhar há quanto tempo ele vem fazendo isso.

– E teoricamente – Thia acrescentou –, podemos adivinhar quanto tempo temos até que aconteça algo muito, muito ruim.

– Vamos ter que adiantar o cronograma – Prof disse suavemente. – Quando podemos atacar Newton?

Este ainda era o plano: atacar Newton, atrair Realeza, e usar os dados para encontrar sua base. O modo firme como Prof falou pareceu indicar que ele estava se dirigindo diretamente a mim. Os Executores iriam matar Newton, não sequestrá-la – e meu plano de fazer outra coisa era tolo.

Eu não respondi. Provavelmente era mesmo tolice tentar sequestrá-la. Por enquanto, eu seguiria o plano atual.

– Um ataque contra Newton será difícil – Thia opinou –, considerando que não sabemos a fraqueza dela.

– Ela repele ataques – Prof disse. – E se só a afogarmos? Redirecionamento de força não a salvará se ela estiver afundando no oceano.

A ideia me fez estremecer de horror.

– Pode funcionar – Thia disse. – Vou trabalhar num plano.

– Mesmo que nosso ataque não a mate – Prof considerou –, provavelmente ficaremos bem. O objetivo do ataque será atrair Realeza, identificar a base dela, então matá-la. Se Newton sobreviver, que seja.

– E Obliteração? – perguntei, o dedo coçando no gatilho do fuzil. Removi minha mão. Aquele não era um tiro fácil de acertar, além disso, o senso de perigo de Obliteração se ativaria e ele se teletransportaria para longe. Melhor que ficasse em algum lugar onde pudéssemos manter um olho nele. Se começássemos a irritá-lo sem um plano adequado, ele poderia só se instalar em algum lugar escondido e armazenar energia lá.

– Não podemos deixar *ele* à solta – Prof concordou, em voz baixa. – David tem razão. Precisaremos de outro plano para lidar com Obliteração. E rápido.

Virei a mira do fuzil para esquadrinhar a área ao redor do Épico. Era densamente povoada, pois havia pontes em boas condições e barracas com roupas penduradas do lado de fora. A maioria das pessoas tinha sabiamente fugido ao ver Obliteração, mas eu podia avistar algumas que tinham ficado, escondidas perto da beirada de prédios ou espiando de janelas próximas.

Mesmo depois do que essa criatura tinha feito, a curiosidade vencia. Inspecionando janelas, verifiquei que a maioria das pessoas tinha fugido para os andares sob os telhados, e se escondido entre as árvores e videiras.

– Vamos precisar saber a fraqueza dele, Thia – Prof disse na linha. – Não podemos depender de peculiaridades sobre os seus poderes.

– Eu sei – ela respondeu. – Acontece que pesquisas normais não funcionam com Obliteração. A maioria dos Épicos passa seu tempo perto de pessoas e dos seus pares. Mas ele é solitário; tende a matar até outros Épicos que se aproximam demais.

Não lamente o fim dos dias, pequenino. Lembrei das palavras que Obliteração tinha dito. A maior parte dos Épicos, em sua megalomania, presumia algum tipo de direito de dominação sobre o mundo. Não era surpreendente que Obliteração citasse textos religiosos e agisse como um agente divino.

Isso não tornava as palavras menos sinistras.

Enquanto examinava os telhados próximos, avistei alguém de pé em um deles, inspecionando Obliteração através de binóculos. Aumentei meu zoom em um nível. Eu não conhecia aquele rosto? Peguei o celular e procurei as fotos dos membros da gangue de Newton. Sim, aquele homem era um deles, um brutamontes chamado Knoxx. Um homem comum, não um Épico.

– Estou vendo alguém da gangue de Newton – eu disse, olhando de novo pela mira. – Focando nele agora.

– Hmm – Thia murmurou. – É um desvio da rota diária deles, mas não é surpreendente, considerando o que Obliteração está fazendo.

Assenti, observando o homem abaixar os binóculos e falar no celular.

– Sim – Prof afirmou –, provavelmente só...

De repente o homem derreteu.

Prendi a respiração, perdendo o resto do que Prof estava dizendo enquanto eu via o homem se transformar em um pequeno pombo. Ele alçou voo e atravessou o telhado mais rápido do que eu podia acompanhar com a mira. Finalmente, localizei o animal aterrissando em um telhado próximo, onde assumiu a forma de um homem outra vez.

— Ele é um Épico — sussurrei. — Transmorfo. As anotações de Val dizem que seu nome é Knoxx, mas ela disse que ele não tinha poderes. Você o reconhece, Thia?

— Terei que procurar nos registros e ver se algum dos tradicionistas o menciona — ela disse. — A gangue de Newton frequentemente recruta Épicos menores; talvez a equipe de Val só não tenha visto que esse cara tem habilidades. A própria Newton está aí?

— Acho que n... — Eu me interrompi quando algo aterrissou ao lado de Knoxx. — Espere. Ela está aqui. Ela só... faíscas! Ela *pulou* do telhado vizinho. São uns 15 metros, fácil!

Os dois começaram a conversar — e eu daria qualquer coisa pra ouvir o que estavam dizendo —, até que Newton apontou para uma direção e então para outra. Eles iam tentar montar um perímetro? Vi o homem se transformar num pássaro de novo e voar para longe.

Então Newton sumiu. Faíscas! Aquela mulher sabia se mover. Precisei reduzir o zoom duas vezes para encontrá-la correndo pelo telhado. Sua velocidade era impressionante; segundo a tela acima das holomiras, ela estava se movendo a 85 quilômetros por hora. Eu já havia lido sobre Épicos que podiam se mover mais rápido que isso, mas esse era só um dos poderes secundários dela.

Newton deu um pulo curto e desceu na amurada de um telhado, então ativou seu poder de reflexão de energia. Ela refletiu a força de atingir o telhado de volta para baixo, e o movimento resultante foi como se estivesse em um trampolim que conservava sua energia perfeitamente. Ela disparou para o ar em um arco poderoso e veloz e facilmente cobriu o espaço entre prédios.

— Uau — Thia sussurrou.

— Não é tão impressionante quanto voar — Prof resmungou.

— Não, é mais impressionante, de certo modo — Thia retrucou. — Pense na precisão e prática necessárias...

Concordei com a cabeça, embora eles não pudessem me ver. Segui Newton, movendo a mira quando ela pulou de novo. Ela aterrissou no telhado de um prédio alto ao lado daquele em que Obliteração estava, então pegou sua espada e começou a cortar as cordas da ponte que levava a outro telhado. Fez o mesmo com as duas outras pontes no prédio onde estava.

– Isso é um comportamento incomum para ela – Thia disse, parecendo desconfortável.

Apertei o cano do fuzil. Ela havia isolado completamente um prédio ao lado do posto de Obliteração. E agora a água cercando o prédio estava se *afastando*, como… como pessoas em uma festa abrindo espaço ao redor de alguém com gases. A água se afastou cerca de 3 metros de todos os lados, então parou, expondo toda a metade inferior do prédio, que estava enferrujada e incrustada de cracas.

Olhei para Obliteração, sentado e brilhando no telhado ao lado. Ele não tinha se movido; não tinha nem esboçado uma reação.

– O quê, em nome da sombra de Calamidade…? – Thia sussurrou. – Essa água foi coisa de Realeza, mas por quê…?

Olhei de novo para o prédio isolado, onde Newton caminhava calmamente até a escadaria que descia do telhado para dentro do edifício. Ela tirou algo do cinto e jogou nas escadas, então lançou mais dois objetos pequenos no telhado. Finalmente, foi embora com um pulo.

– Bombas incendiárias – sussurrei enquanto elas explodiam em rápida sucessão. – Ela está queimando o prédio. Com as pessoas dentro.

30

Joguei a arma de lado, me afastando da janela, saltei até minha mochila e peguei o spyril.

– David? – Thia chamou com urgência. – Deixe a mira no prédio!

– Pra você poder ver aquelas pessoas morrerem? – perguntei, pegando meu traje de mergulho. Faíscas! Eu não tinha tempo pra isso. Comecei a afixar o spyril por cima da roupa, tirando os sapatos e amarrando-o nas pernas primeiro.

– Preciso observar o comportamento de Newton – Thia respondeu, sendo sempre a acadêmica. Éramos parecidos de alguns modos, mas isto nos separava: eu não podia ficar afastado e só assistir. – Newton não mata há anos – ela continuou –, exceto por algumas execuções discretas de rivais ou pessoas que ameaçaram a paz de Realeza. Por que está fazendo algo tão atroz agora?

– Realeza quer tornar essas pessoas um exemplo – Prof disse suavemente pela linha. – Está usando seu poder de um jeito óbvio para deixar claro que isso é a vontade dela... e impedir aquelas pessoas de pularem na água. Isso é um alerta para que todos fiquem longe de Obliteração. Como um cadáver pendurado nas muralhas de uma cidade medieval.

– Faz sentido – Thia disse. – Ele vai ter que ficar sentado lá por vários dias, imóvel, e Realeza não quer que seja interrompido.

– Estamos testemunhando a sua transição de uma ditadora benevolente, mas rígida, para uma tirana sanguinária – Prof comentou em voz baixa.

– Eu não vou "testemunhar" nada – retruquei, apertando outra tira do spyril. – Vou impedir isso.

– David... – Prof começou.

– Já sei – eu cuspi. – Heroísmo imprudente. Mas não vou ficar só sentado aqui.

– Mas *por quê*? – Thia continuou, a voz mais baixa. – Por que Realeza está fazendo isso? Ela poderia apenas submergir a cidade, não? Por que usar Obliteração? Faíscas... por que destruir a cidade, para começo de conversa? Isso não parece algo que Abigail faria.

– A Abigail que conhecíamos está morta – Prof disse. – Só restou Realeza. David, se você salvar essas pessoas, ela só vai matar outras. Vai se certificar de que entendam o recado.

– *Não me importo* – rosnei, tentando prender a placa do spyril nas costas. Era muito mais difícil sem Gegê ou Mizzy para ajudar. – Se pararmos de ajudar as pessoas porque temos medo ou somos ambivalentes ou o que quer que seja, perdemos. Deixe-os fazerem o mal. Eu vou impedi-los.

– Você não é onipotente, David – Prof disse. – É só humano.

Hesitei por um momento, segurando os pedaços do spyril – os poderes de um Épico morto. Então redobrei meus esforços, colocando as luvas, prendendo os fios que ligavam as mãos e as pernas até a placa nas costas. Ergui-me e ativei o puxa-jato – a linha parecida com um laser que atraía a água quando eu apontava para ela. Olhei de novo através da janela. O incêndio tinha começado pra valer e fumaça negra subia.

Eu tinha me esquecido de como a baía que me separava do prédio em chamas era ampla. A mira fazia as coisas parecerem próximas, mas eu tinha muita água a cruzar antes de alcançar o prédio.

Bem, então teria que trabalhar mais rápido. Coloquei o fone e o celular no bolso à prova de água na calça. Então respirei fundo e pulei pela janela.

Apontando o puxa-jato para baixo, ativei os jatos de água nas pernas o suficiente para reduzir meu impacto, e caí no oceano borrifando água. O choque do frio e o gosto da água salgada foram imediatos. Faíscas! Estava mais frio do que durante os treinos.

Felizmente, eu tinha o spyril. Eu me virei na direção do prédio em chamas e disparei com os jatos. Dessa vez, infelizmente, eu não usava um dos campos de força de Prof, e cada vez que caía no oceano como um boto, a água atingia meu rosto como o tapa de uma namorada traída.

Lidei com isso arfando para respirar cada vez que emergia do oceano. Faíscas! As ondas eram muito mais fortes aqui do que no mar do Central Park, e era difícil enxergar quando estava cercado por elas.

Reduzi os jatos para me localizar e tive um momento de muita desorientação. Eu estava no meio do *nada*. Com as ondas se avolumando, não conseguia ver a cidade, e parecia nadar em um mar vasto e interminável. O infinito todo ao meu redor e as profundezas abaixo.

Pânico.

O que eu estava fazendo aqui? Qual era o meu *problema*? Comecei a hiperventilar e a me debater. Cada onda era uma ameaça tentando me puxar para baixo da água. Tomei um gole de salmoura.

Por sorte, algum instinto de sobrevivência entrou em ação e eu ativei o spyril, que me lançou para fora da água com um jato.

Parado ali, com água escorrendo das roupas, tentei puxar o ar e fechei os olhos apertado. Eu queria me mover. Eu *precisava* me mover. Mas, naqueles instantes, teria sido mais fácil erguer um caminhão cheio de pudim.

Aquela água. Toda aquela água...

Respirei fundo e tentei acalmar minha respiração, então me obriguei a abrir os olhos. Do meu ponto de vantagem pairando com os jatos, eu podia ver acima das ondas. Eu tinha virado, e precisava me reorientar. Já havia atravessado metade da distância e tinha que continuar, mas era difícil pra Calamidade me motivar para soltar o puxa-jato e cair de novo.

Com esforço, me soltei no mar outra vez. Usei como marco a fumaça negra que se erguia no céu. Pensei nas pessoas dentro do prédio. Sem água na qual cair, elas provavelmente estariam fugindo das chamas descendo para os níveis inferiores, mas se afogariam quando as águas retornassem.

Que morte horrível seria, presas dentro de um prédio enquanto as águas avançavam para dentro outra vez, perversamente aprisionadas entre o calor acima e as profundezas geladas abaixo.

Furioso, aumentei a velocidade do spyril.

Algo se rompeu.

De repente, eu estava girando em uma torrente de água e bolhas. Eu havia cortado a propulsão. Droga! Um dos jatos dos pés tinha parado de funcionar. Fiz esforço e subi à superfície, tossindo e enregelado. Era difícil boiar com o peso do spyril – agora inútil – me arrastando para baixo e com as roupas ainda no corpo.

E por que era tão difícil boiar? Eu era feito principalmente de água, não era? Não deveria boiar facilmente?

Lutando contra as ondas, tentei me abaixar para ajustar o jato do spyril. Mas eu nem sabia por que ele tinha parado de funcionar, e não era particularmente bom em nadar sem auxílio. Logo, o inevitável aconteceu e comecei a afundar. Tive que ativar o único jato funcional do spyril para me manter na superfície.

Sentia que tinha engolido metade do oceano. Tossindo, comecei a entrar em pânico de novo quando percebi o quanto as águas abertas podiam ser perigosas. Posicionei minha perna com o jato funcional atrás de mim, liguei o spyril com metade da potência e me impulsionei em direção aos prédios distantes.

Só conseguia me focar em continuar boiando e apontado para a civilização. Era um processo lento. Lento demais. Senti a dolorosa vergonha de ter corrido para ser um herói só para acabar mancando, quase criando uma nova crise em vez de resolver a primeira. Que exemplo melhor dos avisos de Prof eu podia querer?

Felizmente, meu pânico era controlável, contanto que eu tivesse o jato do spyril para me dar algum controle sobre a situação. À medida que me aproximava da cidade, a água esquentou ao meu redor. Graças a Calamidade, atingi um dos prédios nos limites da cidade, um edifício baixo com o telhado a apenas dois andares da superfície da água. O jato único foi suficiente para me impulsionar para cima – mesmo que num ângulo inesperado – e agarrei a beirada do telhado e me puxei para cima, tossindo.

Embora o spyril tivesse feito todo o trabalho, eu estava exausto. Virei de costas, cheirando fumaça no ar, e encarei o céu.

Aquelas pessoas. Tentei me erguer. Talvez eu pudesse...

O prédio ardia ali perto, apenas a uma rua de distância. Inteiramente incendiado, a metade de cima tinha queimado por completo – um inferno. Eu podia sentir o calor, mesmo daquela distância. Aquilo fora causado por mais do que uma ou duas bombas incendiárias. Ou Newton continuara jogando bombas lá dentro, ou o lugar estivera preparado para queimar. Ao redor da estrutura, a água rodopiava em um vórtice, revelando uma rua quebrada e úmida muito abaixo.

Alguns cadáveres jaziam no chão. As pessoas tinham tentado pular para fugir das chamas.

Enquanto eu observava, a água foi liberada. Ela colidiu com o prédio, e um silvo indicou que o fogo tinha chegado até os níveis que estavam submersos. O impacto fez os andares de cima desmoronarem na água, liberando vapor no ar com um som terrível.

Eu me ergui, instável, sentindo-me inteiramente derrotado. Em um telhado próximo, vi a projeção aquosa de Realeza em pé com as mãos unidas. Ela olhou para mim, então derreteu na superfície do mar e desapareceu.

Eu desabei no telhado. Por quê? Era tudo tão inútil.

Prof tem razão, pensei. *Eles matam indiscriminadamente. Por que pensei que qualquer um deles poderia ser bom?*

Minha calça vibrou. Com um suspiro, peguei meu celular. Tinha molhado um pouco, mas Mizzy dissera que era inteiramente à prova de água.

Prof estava ligando. Ergui o celular ao lado da cabeça, pronto para receber meu sermão. Eu entendia agora o que tinha feito o spyril parar de funcionar – eu não tinha ligado os fios corretamente à perna esquerda e eles tinham se soltado. Um problema simples que não teria acontecido se eu tivesse montado o equipamento com mais cuidado.

– Sim – atendi o telefone.

– Ela já foi? – A voz de Prof perguntou.

– Quem?

– Realeza. Ela estava assistindo, não estava?

– Sim.

– Provavelmente ainda está, remotamente – ele disse, soando ofegante. – Vou ter que dar um jeito de enfiar aquelas pessoas no submarino escondido.

Eu me ergui.

— *Prof?* — perguntei, animado.

— Não pareça feliz demais — ele resmungou. — Ela provavelmente está te observando. Aja como se estivesse miserável. — No fundo, através da linha, eu ouvi uma criança chorando. — Você pode fazer ela ficar quieta? — Prof rosnou para alguém.

— Você está no prédio — eu disse. — Você... as salvou!

— David — Prof disse, a voz tensa. — Não é uma hora boa pra mim. Entendeu?

Ele está mantendo a água e as chamas afastadas, percebi. *Com os campos de força.*

— Sim — sussurrei.

— Deixei o submarino para trás. Tive que correr pelo fundo do oceano pra chegar aqui.

Arregalei os olhos.

— Isso é *possível?*

— Com uma bolha de campo de força estendida à minha frente? — Prof disse. — Sim. Mas não treino isso há séculos. — Ele grunhiu. — Entrei no prédio por baixo, vaporizando um pedaço do chão e atravessando o subsolo. Vou criar um túnel de campo de força através da água para essas pessoas e caminhar de volta para o prédio onde estávamos. Pode me encontrar lá?

A ideia de voltar para a baía me deixava enjoado, mas eu não ia admitir.

— Claro.

— Bom.

— Prof... — eu chamei, tentando parecer deprimido, embora me sentisse distintamente o oposto. — Você é um herói. *Realmente é.*

— Pare.

— Mas você salvou...

— *Pare.*

Fiquei em silêncio.

— Volte para o prédio — ele ordenou. — Preciso que pilote o submarino e leve essas pessoas para um lugar fora do alcance de Realeza, então as deixe sair. Entendeu?

– Claro. Mas por que você não pode pilotá-lo?

– Porque – Prof respondeu, sua voz suave – nos próximos minutos vou precisar de toda a minha força de vontade para não assassinar essas pessoas por me incomodarem.

Engoli em seco.

– Entendido – disse, ajustando os fios na bota. Enfiei o celular no bolso e apontei o puxa-jato para a água, testando para me certificar de que tudo estava operando, então verificando os fios mais uma vez só para ter certeza.

Finalmente me coloquei a caminho, com mais cuidado dessa vez. Levou um bom tempo, mas cheguei. Então precisei esperar em uma sala perto de onde havíamos atracado o submarino. Esperei por cerca de uma hora antes de começar a ouvir sons.

Eu me levantei quando a porta abriu e um grupo de pessoas pálidas começou a emergir de um corredor. Prof as tinha guiado até outra parte do prédio. Eu me apressei para ajudar e as acalmei, explicando que precisaríamos entrar no submarino no escuro e fazer o máximo de silêncio possível. Não podíamos arriscar que Realeza descobrisse o que Prof fizera.

Com algum esforço, consegui colocar no submarino aquele grupo de pessoas tossindo, úmidas e exaustas. Havia cerca de quarenta, mas todos caberíamos. Apertados.

Ajudei a última a descer, uma mãe com seu bebê, então saí do submarino e atravessei o prédio até a sala onde encontrara as pessoas, iluminando-a com o celular para me certificar de que não esquecera ninguém.

Prof estava em pé na porta oposta, quase inteiramente nas sombras. Seus óculos de proteção refletiam a luz, então eu não podia ver seus olhos. Ele assentiu para mim uma vez antes de se virar e desaparecer na escuridão.

Suspirando, desliguei o celular, então voltei para a sala do submarino e usei as cordas para me guiar. Entrei e fechei a escotilha, selando a entrada, então desci para o submarino lotado de pessoas molhadas que cheiravam a fumaça. A atitude de Prof me perturbou, mas não era suficiente para dispersar o calor que eu sentia por dentro. Ele tinha conseguido. Apesar das reclamações sobre a minha imprudência, salvara aquelas pessoas.

Nós éramos iguais. Ele só era muito mais competente que eu. Sentei no assento à frente do submarino e liguei para Val, pedindo instruções de como pilotar aquela coisa.

31

Soltei a caixa de rações no chão com um baque, me endireitei e enxuguei a testa. Vários dos refugiados babilarianos que Prof havia salvado apanhavam caixas e se afastavam rapidamente com elas, dirigindo-se para os destroços próximos de um depósito. Eles haviam limpado um pouco da fuligem desde o dia anterior, quando eu os deixara aqui, nos restos apodrecidos de uma ilhazinha no litoral de Nova York, mas pareciam ter ganhado um senso saudável de autopreservação durante esse tempo. Acho que esse senso não estava enterrado tão fundo.

– Obrigada – disse uma mulher chamada Soomi, fazendo uma reverência. Embora fosse quase noite, as roupas pintadas com tinta spray não brilhavam aqui, então só pareciam sujas. Velhas.

– Só se lembrem do nosso acordo – eu disse.

– Não vimos nada – ela prometeu. – E não voltaremos à cidade por pelo menos um mês.

Eu assenti. Soomi e os outros acreditavam que os Executores os haviam salvado usando tecnologia secreta de campo de força. Eles não diriam a ninguém o que tinham visto, mas, mesmo que a história escapasse, com sorte não levaria à conclusão de que Prof era um Épico.

Soomi levantou uma das últimas caixas e se juntou aos outros, voltando rapidamente para um conjunto de prédios em ruínas com jardins selvagens. Era melhor não ser vista com comida, caso saqueadores a avistassem. Felizmente, o único jeito de sair da ilha era uma ponte ao norte, então esperávamos que eles estivessem a salvo aqui.

Meu coração doía ao vê-los sem casas nem pertences, à deriva, mas isso era tudo o que podíamos fazer. E era talvez mais do que deveríamos ter feito – tivemos que pedir que Cody trouxesse suprimentos de Nova Chicago por ar para fornecer rações para essas pessoas.

Eu me virei e caminhei por uma rua quebrada e vazia, com o fuzil sobre o ombro. Era uma caminhada rápida até a antiga doca onde havíamos estacionado o submarino. Val me esperava tranquilamente, sentada em cima dele. Ela havia empilhado as caixas de comida na doca, e eu ajudara os refugiados a carregá-las para dentro.

Hesitei na doca, olhando para Babilar a sudoeste. A cidade brilhava com cores surreais, como um portal para outra dimensão. Embora a extensão de água à minha frente parecesse plana, eu sabia que se inclinava levemente para cima. Realeza havia esculpido o visual dessa cidade intencionalmente; ela até mantinha níveis de água diferentes em partes diferentes de Babilar, criando bairros artesanais de telhados e ruas submersas.

Ela se importa, sim, pensei. *Construiu essa cidade como se pretendesse ficar aqui para governá-la. Tornou-a convidativa.*

Então por que destruí-la agora?

– Você vem? – Val perguntou.

Assenti e atravessei a doca, rapidamente subindo no submarino – essa área estava teoricamente fora da vista de Realeza, então podíamos deixá-lo na superfície.

– Ei – Val chamou enquanto eu passava –, quando você vai me contar como as salvou? De verdade, quero dizer.

Hesitei na escotilha, a luz me banhando de baixo.

– Usando o spyril – respondi.

– Tá, mas como?

– Apaguei o fogo em uma sala – respondi, usando a mentira que Thia e eu havíamos preparado. Estávamos esperando que Val ou Gegê perguntassem uma hora. – Consegui juntar todo mundo na mesma sala, então os mantive a salvo e em silêncio até que Realeza pensasse que estavam todos mortos. Então tirei todos de lá discretamente.

Era uma mentira boa. Val não sabia que o prédio tinha basicamente desmoronado depois que a água voltara. Era plausível que eu fosse capaz de tirar as pessoas de lá.

Boa mentira ou não, eu odiava contá-la. Por que Prof não podia ser honesto com os membros da sua própria equipe?

Val me observou com cuidado, e, embora seu rosto estivesse muito nas sombras para eu decifrar sua expressão, eu me sentia como o único fruto podre numa fileira de morangos. Finalmente, ela deu de ombros.

– Bom trabalho.

Com pressa, desci para o submarino. Val seguiu, trancou a escotilha e foi até o assento da frente. Ela não acreditava em mim, não completamente. Eu podia ver pelo jeito tenso como sentou, pelo som excessivamente controlado da sua voz quando ligou para Thia e disse que estávamos voltando para pegar o próximo conjunto de caixas, que iria reabastecer a nossa base.

Eu arrastei os pés, inquieto, e nos movemos sob as ondas, viajando em silêncio por um tempo. Finalmente, eu me obriguei a sentar no assento do copiloto com Val, à frente do submarino. Ainda não sabia quase nada sobre ela. Talvez um papo simpático reduzisse as suspeitas dela sobre o que tinha acontecido na véspera.

– Então… – comecei. – Notei que você prefere uma Colt 1911. É uma arma boa, testada. Tem uma armação e ferrolho Springfield?

– Sinceramente, não sei – ela respondeu, olhando para a arma no quadril. – Foi Sam que me deu.

– Mas, tipo, você tem que saber. Para conseguir peças substitutas.

Ela deu de ombros.

– É só uma arma. Se quebrar, eu pego outra.

Só uma…

Só uma arma? Ela tinha *realmente* dito isso?

Senti minha boca se abrir, mas nenhum som saiu dela enquanto avançávamos lentamente sob as ondas. A arma que você carregava era literalmente sua vida – se ela não funcionasse direito, você correria o risco de morrer. Como ela podia dizer uma coisa dessas?

Seja simpático, eu disse a mim mesmo, incisivo. *Repreendê-la não vai deixá-la mais confortável perto de você.*

– Então, há – tentei de novo, tossindo na mão –, você deve ter gostado dessa missão. Base subaquática confortável, nenhum Épico para combater, uma cidade cheia de pessoas bem-humoradas. Deve ser a melhor missão que uma equipe Executora pode receber.

– Claro – Val disse. – Até que um dos meus amigos foi assassinado.

E agora eu estava "substituindo" esse amigo na equipe. Ótimo. Outro lembrete de por que ela não gostava de mim.

– Você conhece Mizzy há um bom tempo – eu disse, tentando outra tática. – Mas não cresceu na cidade, né?

– Não.

– Onde estava antes de vir para cá?

– México. Mas você não deve perguntar sobre o nosso passado. Vai contra o protocolo.

– Só estou tentando...

– Eu sei o que está tentando fazer. Não precisa. Eu faço o meu trabalho; você faz o seu.

– Certo – eu disse. – Tudo bem. – Acomodei-me de volta no assento. Espere. México? Eu me aprumei.

– Você... não estava na missão Hermosillo, estava?

Val relanceou para mim, mas não disse nada.

– O ataque contra Puños de Fuego! – exclamei.

– Como você sabe sobre isso? – ela perguntou.

– Uau, cara. É verdade que ele jogou um *tanque* em você?

Ela manteve os olhos à frente e bateu no painel de controle do submarino.

– É – confirmou, finalmente. – Uma droga de *tanque inteiro*. Demoliu a parede da nossa base de operações.

– Uau.

– E pior: eu estava no comando das operações.

– Então você...

– Sim. Estava lá dentro quando esse tanque atravessou a parede com tudo. Puños tinha desviado ao redor de Sam e dado meia-volta, para poder atacar nossa estação de operações. Nem tenho certeza de como ele sabia onde estávamos.

Eu sorri, imaginando a cena. Puños fora um Épico de força bestial, capaz de erguer praticamente qualquer coisa – mesmo coisas que deviam ter desmoronado enquanto ele o fazia. Não era um Alto Épico, mas difícil de matar, com resistência sobre-humana e pele como a de um elefante.

— Eu nunca descobri como vocês o derrotaram – disse. – Só sei que a equipe chegou a matá-lo, apesar de a missão ter dado errado.

Val manteve o olhar focado à frente, mas vi um leve sorriso em seus lábios.

— Que foi? – perguntei.

— Bem... eu estava lá – ela disse, ficando um pouco mais animada –, nos destroços da nossa estação de operações, um prediozinho de tijolos no centro da cidade. E ele estava vindo atrás de mim. Eu estava sozinha, sem apoio.

— E?

— E... bem, havia um *tanque* na sala.

— Não.

— Sim – Val afirmou. – Primeiro subi naquela coisa só pra me esconder. Mas então vi que o tanque estava armado, e ele entrou bem na frente do cano. O tanque estava deitado, mas tinha entrado pela parede de costas. Então pensei: por que não?

— Você atirou nele.

— Sim.

— Com um tanque.

— Sim.

— Isso é *irado*.

— Foi estúpido – Val disse, embora ainda estivesse sorrindo. – Se o cano estivesse torto, eu provavelmente teria me explodido. Mas... bem, funcionou. Sam disse que encontrou o braço de Puños a umas sete ruas dali. – Ela olhou para mim, então pareceu lembrar de com quem estava falando. Seu sorriso morreu.

— Desculpe – falei.

— Por quê?

— Por não ser Sam.

— Isso é estúpido – Val disse, virando o rosto. Ela hesitou. – Você é meio contagiante, Matador de Aço. Sabia disso?

— É a minha masculinidade corajosa e determinada.

— Hã, não. Não é. Mas pode ser o seu entusiasmo. – Ela balançou a cabeça e puxou a direção, erguendo o submarino para a superfície. – De qualquer modo, pode ser masculino carregando caixas. Chegamos.

Eu sorri, feliz por finalmente ter uma conversa com Val que não envolvesse muitas carrancas. Levantei-me e fui para a escada. A porta do banheiro estava batendo de novo; precisaríamos pedir a Mizzy que consertasse aquela coisa maldita. Eu a fechei com o pé, então subi e abri a escotilha.

A terra lá em cima estava completamente sombria, o céu sobre nós escuro por inteiro. Esse depósito de suprimentos não ficava tão ao norte do litoral quanto a City Island, mas deveríamos estar confortavelmente fora do alcance de Realeza. Mesmo assim, parecia uma má ideia deixar sem ninguém, então eu buscaria as caixas para Val. Ela as carregaria para dentro do submarino e as empilharia.

Joguei o fuzil sobre o ombro e emergi numa doca silenciosa, a água batendo suavemente contra a madeira, como que para me lembrar ostensivamente de que ainda estava lá. Atravessei a doca com passos rápidos e me aproximei de um prédio escuro à frente, um antigo barracão onde Cody tinha descarregado nossos suprimentos.

Entrei discretamente. Pelo menos não haveria tantas caixas dessa vez. Provavelmente deveríamos tê-las levado para baixo antes, mas nossos braços doíam, e uma pausa curta tinha parecido uma ótima ideia.

Acendi a luz no celular e examinei a sala.

Então abri o alçapão escondido no chão e desci para ver como Prof estava.

32

Escavada na rocha sob o depósito ficava uma das bases secretas dos Executores, com uma cama dobrável, alguns suprimentos e uma bancada de trabalho. Prof estava em pé em frente à bancada, segurando um béquer e o inspecionando à luz de uma lanterna. Era um avanço; quando eu descera aqui antes, ele estivera deitado olhando fotos antigas. Elas estavam espalhadas sobre a cama agora.

Prof não ergueu os olhos quando eu desci.

– Viemos pegar o resto dos suprimentos – eu disse, apontando um polegar sobre o ombro. – Precisa de alguma coisa?

Ele sacudiu a cabeça e mexeu o béquer.

– Você vai ficar bem? – perguntei.

– Estou ótimo – ele respondeu. – Pretendo voltar para a cidade ainda esta noite. Talvez retorne para a base amanhã, ou fique afastado por mais um dia. Precisamos dar tempo para que a equipe de Val acredite que eu fui ajudar outra célula Executora.

Essa tinha sido a explicação de Thia para a ausência dele. Eu observei com curiosidade enquanto ele mexia outro béquer, com um líquido de cor diferente.

– Vamos atacar Newton em dois dias – eu disse. – Thia decidiu. Mas ela disse que você não estava receptivo mais cedo.

Dois dias era muito antes do prazo esperado para o ataque de Obliteração, o que devia nos dar uma folga caso as coisas dessem errado.

Ele grunhiu.

– Dois dias? Eu já estarei de volta.

Ele misturou o conteúdo de dois béqueres numa jarra e recuou um passo. Um enorme jato de espuma explodiu do frasco, quase alcançou o teto, então caiu de volta e se espatifou. Prof observou, então sorriu.

– Peróxido de hidrogênio misturado com iodeto de potássio – ele disse. – As crianças adoravam esse. – Ele começou a misturar alguns outros materiais.

– Você não pode voltar mais cedo? – perguntei. – Ainda não temos um plano para lidar com Obliteração, e ele está apontando uma arma para a cabeça da cidade.

– Estou trabalhando nisso – Prof afirmou. – Acho que, se removermos Realeza, ele pode se assustar e ir embora. Se não, encontraremos informações sobre a fraqueza dele nas anotações dela.

– E se não encontrarmos?

– Evacuamos a cidade – Prof respondeu.

Thia havia teorizado essa possibilidade, mas me parecia uma opção ruim. Não podíamos começar uma evacuação hipotética até que Realeza estivesse morta – se fizéssemos isso, ela certamente atacaria as pessoas em fuga. Eu duvidava que teríamos tempo para tirar todo mundo da cidade antes que Obliteração devastasse o lugar.

– Peça para Thia me ligar mais tarde – Prof disse. – Conversaremos sobre isso.

– Certo – respondi, então fiquei em silêncio enquanto ele trabalhava em outro experimento. – O que você está fazendo?

– Outro experimento.

– Por quê?

– Porque – ele disse, virando o rosto, que ficou coberto pelas sombras – lembrar do passado ajuda. Lembrar dos alunos, da sua animação, da sua alegria. As lembranças parecem afastar a escuridão.

Assenti devagar, mas ele não estava olhando para mim. Tinha voltado para seu experimento de ciências. Em vez de assistir, eu me aproximei lentamente para tentar pegar um relance das fotos que ele estivera olhando.

Fui até a cama e me inclinei para pegar uma. A foto mostrava uma versão mais jovem de Prof, usando roupas casuais – jeans e camiseta –, ao lado de algumas pessoas numa sala cheia de monitores e computadores. Outras pessoas estavam espalhadas pela sala, usando uniformes azuis.

Prof olhou para mim.

Ergui a foto.

– Algum tipo de laboratório?

– Nasa – ele admitiu, parecendo relutante. – O antigo programa espacial.

– Achei que você tinha dito que era professor de escola primária!

– Eu não trabalhava lá, gênio – Prof retrucou. – Olhe de novo.

Olhei e percebi que na foto Prof parecia mais um turista, dando um sorriso largo enquanto tiravam a sua foto. Levei um segundo para notar que uma das muitas pessoas na foto usando uma camisa azul da Nasa tinha cabelo ruivo curto. Thia.

– Thia é uma *cientista da Nasa*? – perguntei.

– Era – Prof confirmou. – Isso foi há muito tempo. Ela me deixou visitar logo depois que começamos a namorar. Foi um dos pontos altos da minha vida. Eu me gabei disso para os meus alunos por meses.

Olhei de novo para a foto. O homem nela, embora obviamente fosse Prof, parecia de outra espécie. Onde estavam as rugas de preocupação, os olhos assombrados, a estatura imponente?

Quase treze anos de Calamidade tinham mudado esse homem. E não só por causa dos poderes que ele ganhara.

Outra foto espiava debaixo do lençol. Eu a puxei, e Prof não me impediu, virando-se de volta para o experimento.

Nessa, havia quatro pessoas lado a lado. Uma era Prof, usando seu agora típico jaleco negro, com óculos de proteção no bolso. Ao seu lado Realeza estava em pé com uma mão estendida, uma bolha de água pairando sobre os dedos. Ela usava um vestido azul elegante. Thia estava lá e havia outro homem, que eu não conhecia. Mais velho, com cabelo branco-grisalho espetado quase na forma de uma coroa, ele estava sentado numa cadeira, enquanto os outros estavam em pé.

– Quem é esse homem? – perguntei.

– Essas são lembranças de outra época – Prof respondeu, sem se virar. – Lembranças que prefiro não revisitar.

– Por causa de Realeza?

– Porque naquela época eu pensava que o mundo podia ser um lugar diferente – ele disse, misturando uma solução. – Um lugar de heróis.

– Talvez ainda possa ser. Podemos estar errados sobre o que está causando a escuridão, ou pode ser que haja um meio de resistir a ela. Afinal, todo mundo estava errado sobre as fraquezas dos Épicos. Talvez não entendamos tudo isso tão bem quanto pensamos.

Em vez de responder, Prof abaixou seu béquer e se virou para mim.

– E você não tem medo do que pode acontecer se falharmos?

– Estou disposto a arriscar, Prof.

Ele estreitou os olhos.

– Posso confiar em você, David Charleston?

– Sim. É claro. – De onde tinha vindo essa pergunta? Não parecia seguir logicamente a nossa conversa.

Ele me estudou por um tempo, então assentiu.

– Bom. Mudei de ideia. Fale para Thia que voltarei à cidade assim que você sair. Ela pode dizer a Val e Gegê que a emergência com a outra equipe Executora foi resolvida rápido e que eu voltei mais cedo.

– Certo. – Prof tinha um barco a motor em uma doca Executora escondida. Ele podia facilmente voltar para a cidade sozinho. – Mas o que foi aquilo sobre confiar em mim...?

– Termine de carregar essas caixas, filho. – Ele se virou e começou a arrumar suas coisas.

Suspirei, mas soltei a foto e subi as escadas, fechando o alçapão e deixando Prof na câmara escondida. Peguei uma caixa de suprimentos e quase dei de cara com Val na saída.

– David? – ela perguntou. – O que você estava fazendo aqui?

– Desculpe – eu disse. – Precisava de um pouco de ar.

– Mas...

– Você deixou o submarino sozinho? – perguntei.

– Eu...

Passei por ela correndo. Faíscas! E se algum saqueador o encontrasse e decidisse levá-lo para um passeio? Felizmente, ainda estava lá, esperando nas plácidas águas negras.

Val e eu levamos as caixas para dentro rapidamente, com o mínimo de conversa. Tentei fazê-la se abrir de novo com algumas perguntas, mas ela não falou muito. Mesmo durante nosso trajeto de volta no submarino ela ficou quieta. Sabia que eu estava escondendo alguma coisa. Bem, eu não a culpava por estar irritada – sinceramente, eu me sentia do mesmo jeito sobre a situação toda.

Na base, atracamos e emergimos na sala escura. O mecanismo de acoplagem era completamente hermético, feito sob medida para o submarino. Bem engenhoso. A sala ainda era mantida no escuro, só pra garantir, no caso de um vazamento. Mesmo fora do alcance de Realeza, os Executores tomavam cuidado. Era uma das coisas que eu gostava neles.

Encontrei as cordas-guias na escuridão e peguei dois pares de óculos de visão noturna em uma prateleira na parede. Estendi um para Val e coloquei o outro. Juntos, começamos a descarregar as caixas. Finalmente, joguei uma sobre o ombro, saindo da sala de atracação e carregando a caixa até a despensa no final do corredor.

A base Executora colorida – com seus sofás felpudos e madeiras escuras – fazia um enorme contraste com as paisagens desoladas que eu passara o dia visitando. Era quase como estar em um mundo diferente. Levei a caixa à despensa e a guardei lá. Atrás de mim, podia ouvir vozes no rádio escapando do quarto de Gegê. Ele estava fazendo horas extras de reconhecimento, ouvindo transmissões e checando duas, três vezes as rotas de Newton.

Tínhamos mais caixas para descarregar, mas imaginei que precisava passar o recado de Prof primeiro. Percorri o corredor e bati na porta de Thia.

– Entre – ela disse.

Nas paredes, ela tinha colado mapas de Babilar que mostravam as rotas de Newton. No centro da cidade, diversos alfinetes indicavam onde Thia pensava que Realeza poderia estar se escondendo. Ainda havia prédios demais para procurar efetivamente sem revelar o que estávamos fazendo, mas estávamos próximos.

Cerca de uma dúzia de saquinhos de refrigerante vazios estavam jogados num canto da sala, e Thia parecia mal. Alguns fios de cabelo tinham escapado do seu coque e estavam espetados, como relâmpagos ruivos. Ela tinha olheiras sob os olhos e seu terninho geralmente imaculado não era passado há dias.

– Ele estava lá – anunciei.

Ela olhou para mim.

– O que ele disse?

– Que volta hoje à noite. Provavelmente vamos precisar mandar o submarino de volta à cidade para pegá-lo. Parece que está praticamente recuperado.

– Ainda bem. – Ela suspirou, reclinando-se na cadeira.

– Val está desconfiada – eu disse. – Vocês deviam contar pra ela o que está realmente acontecendo.

– *Eu* queria saber o que está realmente acontecendo – Thia resmungou.

– O que...

– Não quero dizer com Jon – Thia emendou. – Pode me ignorar. Só estava desabafando. Venha, quero te mostrar uma coisa.

Ela foi até a parede e bateu em uma seção. Tínhamos montado o imager aqui para transformar a parede em uma tela, como Prof preferia para trabalhar. A batida de Thia fez aparecer uma imagem de Knoxx, o Épico da equipe de Newton que eu vira no outro dia. A parede rodava o vídeo que o mostrava se transformando em pássaro e voando para longe. Em seguida, eu desviava a mira, quase perdendo o pássaro de vista até encontrá-lo no outro prédio. A transformação aconteceu de novo. Thia pausou o vídeo na forma humana e deu um zoom em seu rosto. A imagem ficou granulada, mas ele ainda estava reconhecível.

– O que você diria sobre o que acabou de ver?

– No mínimo, ele tem habilidades de autotransmutação classe C – eu disse. – Foi capaz de mudar sua massa, além de reter o processo de pensamento original depois de se transformar; qualquer um desses poderes já elevaria a transmutação da classe D. Antes de dizer mais, eu precisaria saber se ele assume outras formas, e se há limites para a frequência com que pode se transformar.

– Esse homem – Thia disse – é parte da gangue de Newton há anos. Gegê confirmou com vários dados. Até agora, não tínhamos evidências de que Knoxx tivesse qualquer poder. Isso significa que, de algum modo, Newton ou Realeza o convenceram a esconder essas habilidades por anos. Isso me preocupa, David. Se ela pode esconder Épicos em plena vista, e pode impedi-los de mostrar seus poderes, nossa inteligência nesta cidade, apesar do longo investimento, pode ser inútil.

Franzi a testa, aproximando-me da imagem e olhando-a com cuidado.

– E se ele não estivesse escondendo seus poderes? – perguntei. – E se os ganhou apenas recentemente?

Thia se virou para mim.

– Acha mesmo que Realeza pode transformar pessoas comuns em Épicos?

– Não tenho certeza, mas ela obviamente quer nos convencer de que pode criar Épicos, ou pelo menos intensificar suas habilidades. Talvez ela tenha acesso a um doador ou algum tipo de Épico que nunca vimos antes, e finge conceder poderes. Ou… talvez ela simplesmente *possa* criar novos Épicos. Por mais que desejemos, me parece que não podemos julgar o que é irracional quando se fala em Épicos.

– Talvez – Thia admitiu. Ela sentou-se em sua cadeira ao lado da mesa e pegou outro saquinho de refrigerante.

– Você não gosta de ser obrigada a assumir o comando – eu arrisquei. – De liderar a operação sem Prof.

– Eu sou totalmente capaz de ficar no comando – ela respondeu.

– Isso é uma resposta do mesmo modo que ketchup pode ser gel de cabelo.

Ela ergueu uma sobrancelha.

– É tecnicamente verdade, mas…

– Eu entendi – ela interrompeu.

– Você… sério?

– Sim. E você tem razão. Jon é o líder, David. Eu administro as coisas; faço as peças se encaixarem. Mas *ele* tem a visão, percebe coisas que os outros não veem. Não por causa das suas… habilidades. Só por causa de quem é. Sem ele para supervisionar esse plano, temo que vamos deixar passar alguma coisa importante.

– Ele diz que estará de volta a tempo de ajudar.

– Espero que sim – Thia disse. – Porque, sinceramente, quando quer, aquele homem pode ficar se lastimando como ninguém.

– Ele era assim antes?

Ela me olhou de soslaio.

– Ele me contou sobre a Nasa – admiti. – Vi uma foto de vocês dois lá, juntos. Estou impressionado.

Ela bufou.

– Ele contou *por que* eu tive que convidá-lo para essa visita?

– Imaginei que fosse porque vocês estavam juntos.

– Nós tínhamos acabado de começar a namorar – Thia disse. – Outro professor na escola dele havia ganhado um concurso que estávamos promovendo: venha fingir ser um astronauta por algumas semanas. O vencedor treinaria, passaria pelos testes, esse tipo de coisa. Fazíamos isso ocasionalmente por motivos de relações públicas.

– E Prof não ganhou? – perguntei.

– Ele nem se inscreveu – Thia disse. – *Odiava* concursos. Não colocava nem uma moeda num caça-níqueis. Mas isso não o impediu de ficar devastado quando não pôde ir. – Ela encarou o saquinho de refrigerante sem abri-lo. – Às vezes, esquecemos o quanto ele é humano, David. Ele é só um homem, apesar de tudo. Um homem cheio de sentimentos que, às vezes, não fazem sentido. Somos todos assim. Queremos o que não podemos ter, mesmo quando não temos o direito de exigi-lo.

– *Vai* ficar tudo bem, Thia.

Ela pareceu surpresa pelo tom da minha voz, e ergueu os olhos para mim.

– Mas ele *não é* só um homem – eu disse. – É um herói.

– Você está parecendo um deles.

Um deles?

Então entendi – ela estava falando dos Fiéis. Faíscas, era verdade. *Onde existirem vilões, existirão heróis. Aguarde. Eles virão...* As palavras do meu pai, no dia em que morreu.

Apenas alguns meses atrás, eu tinha considerado tolice o otimismo de pessoas como Abraham e Mizzy. O que tinha mudado?

Era Prof. Eu não conseguia acreditar em Épicos míticos que poderiam ou não chegar para salvar o mundo. Mas nele... nele eu acreditava.

Encontrei os olhos de Thia.

– Bem – ela disse –, termine de descarregar os suprimentos e prepare suas coisas. Quero que vá instalar uma câmera para vigiar Obliteração.

Não sabemos com certeza se o armazenamento de energia dele vai progredir na mesma velocidade que antes. Eu prefiro não ter surpresas.

Assenti e saí do quarto, fechando a porta atrás de mim. Percorri o corredor e passei pela despensa, onde vi que Mizzy tinha sido recrutada para começar a carregar as caixas para dentro. Ela apoiou uma no chão e me deu um sorriso animado antes de ir pegar outra.

Eu não consegui conter um sorriso. Ela era a definição do que significava ter uma personalidade contagiante. O mundo era um lugar melhor porque Missouri Williams estava nele.

– Por que é – uma voz disse suavemente ao meu lado – que toda vez que te encontro ultimamente, você está de olho em alguma garota?

Virei-me e ali, bem ao meu lado dentro da despensa, estava Megan.

33

Megan.

Megan estava dentro da base dos Executores.

Eu deixei escapar um som que definitivamente não era um gemido. Era algo muito mais masculino, não importava como tinha soado.

Olhei para Mizzy em pânico, então entrei na despensa, pegando Megan pelo braço.

– O que você está fazendo?!

– Precisamos conversar – ela respondeu. – E você estava me ignorando.

– Não estava te ignorando. Só estava muito ocupado.

– Ocupado olhando o traseiro de mulheres.

– Eu não estava... espere. – Percebi o que ela tinha dito e abri um sorriso. – Você está com ciúmes!

– Não seja palhaço.

– Não – retruquei –, você *está* com ciúmes. – Descobri que não conseguia parar de sorrir.

Megan pareceu confusa.

– Normalmente, isso não faz as pessoas sorrirem.

– Significa que você se importa – eu disse.

– Ah, me poupe.

Hora de dizer algo charmoso. Algo romântico. Meu cérebro, que funcionara devagar o dia todo, finalmente me resgatou.

– Não se preocupe – eu disse. – Eu sempre prefiro olhar o seu traseiro.

Espere.

Megan suspirou, espiando o corredor atrás de mim.

– Você é um bufão – ela repetiu em voz baixa. – Quais as chances de ela voltar pra cá?

Certo. Alta Épica inimiga. Base dos Executores.

– Posso presumir que você não veio se entregar? – perguntei suavemente.

– Me entregar? Faíscas, não. Só precisava conversar com alguém. E você era a opção mais conveniente.

– Isso é conveniente?

Megan olhou para mim e corou. Seu rosto ficava ótimo corado. É claro, também ficaria ótimo cheio de sopa, lama ou cera de ouvido de elefante. Megan num dia ruim brilhava mais que qualquer pessoa que eu já vira.

– Venha – ela disse, me pegando pelo braço. Eu não queria incentivá-la a usar seus poderes para se esconder, não quando ela estava tão obviamente agindo como a Megan que eu conhecera antes. O que significava que precisávamos nos mover rápido. Com o coração martelando, eu a levei numa corrida pelo corredor até o meu quarto.

Chegamos lá sem sermos vistos. Eu a puxei para dentro, fechei a porta e me encostei nela, suspirando de alívio como um piloto epilético que acabara de aterrissar um avião de carga cheio de dinamite.

Megan inspecionou o quarto.

– Vejo que não ganhou um quarto com janela. Ainda o novato da equipe, hein?

– Algo do tipo.

– É bom mesmo assim – ela disse, andando pelo quarto. – Melhor do que um buraco de metal no chão.

– Megan – comecei –, como... Quer dizer, mais alguém sabe onde fica nossa base?

Ela me encarou e balançou a cabeça.

– Não até onde eu sei. Eu não encontro Realeza com frequência, acho que ela não confia em mim. Mas, pelo que ouvi dos outros, estão procurando vocês. Realeza acha que sua base fica em algum lugar no litoral norte, e parece estar extremamente irritada por não conseguir encontrá-la.

– Como *você* nos encontrou, então? – perguntei.

– Coração de Aço me fez plantar escutas em todos os membros da equipe – ela disse.

– Então você...

– Posso ouvir algumas das suas ligações – ela admitiu. – Ou podia, por um tempo. Phaedrus é paranoico e troca tanto o celular dele como o de Thia regularmente. O seu está morto. Ultimamente, só consigo ouvir se alguém liga para Abraham ou Cody.

– O depósito de suprimentos – eu adivinhei. – Você ouviu onde era, chegou lá antes de nós e se infiltrou no submarino.

Ela assentiu.

– Eu estava lá e não te vi! Estava usando seus poderes?

– Não – ela disse, jogando-se na cama e deitando de lado. – Só precisei da boa e velha habilidade espiã.

– Mas...

– Teve uma hora que você saiu do submarino e eu estava prestes a entrar de fininho, então Val saiu para te seguir e quase tive um infarto. Mas me escondi a tempo, daí entrei e me escondi no banheiro.

Eu sorri, embora ela não pudesse ver – estava encarando o teto.

– Você é incrível – eu disse.

Os cantos dos seus lábios se curvaram, embora ela continuasse encarando o teto.

– Está ficando difícil, David.

– Difícil?

– Não usar meus poderes.

Fui rapidamente até a cama.

– Você tem feito o que eu pedi? Tem evitado usar suas habilidades?

– Sim – ela confirmou. – Não sei por que te escuto, só torna a vida mais difícil. Quer dizer, sou basicamente uma divindade, não sou? Então por que acabei me escondendo num banheiro?

Eu me acomodei na cama ao lado dela. A tensão na sua voz, aquela expressão em seus olhos.

– Está funcionando? – perguntei. – Você sente vontade de matar pessoas indiscriminadamente?

– Eu sempre tenho vontade de te matar. Mesmo que só uma vontade leve.

Eu esperei.

– Sim – ela admitiu finalmente, com um suspiro. – Está funcionando. Está me deixando louca de outros modos, mas não usar meus poderes eliminou algumas das... tendências da minha mente. Mas, sinceramente, eu nunca sinto vontade de matar pessoas. Para mim, isso se manifesta mais como irritabilidade e egoísmo.

– Hm – eu disse. – Por que acha que isso acontece?

– Provavelmente porque não sou muito poderosa.

– Megan, você é uma Alta Épica! É poderosa pacas!

– *Pacas*?

– Ouvi num filme uma vez.

– Tanto faz. Não sou uma Épica muito poderosa, David. Tenho que usar uma arma, pelo amor de Calamidade! Posso reencarnar, sim, mas você viu como minhas ilusões são fracas?

– Acho que elas são fantásticas.

– Não estou procurando elogios, David – ela disse. – Estamos tentando me fazer não usar os poderes, lembra?

– Desculpe. Hã, uau. Seus poderes são tão toscos. São, tipo, tão úteis quanto uma mira telescópica com magnificação 80 numa espingarda de caça calibre .12.

Ela olhou para mim e começou a rir.

– Ah, faíscas. Mas você teria uma vista muito boa do faisão morrendo.

– Bem de perto e íntima – confirmei. – Do jeito que massacres aviários devem ser.

Isso a fez rir ainda mais, e eu sorri. Ela parecia precisar de uma risada. Havia certo desespero naquele riso, e me ocorreu que a gente deveria tomar o cuidado de fazer silêncio.

Megan alongou os braços para trás, então os dobrou sobre o estômago, suspirando.

– Sente-se melhor? – perguntei.

– Você não sabe como é – ela disse baixinho. – É horrível.

– Conte mesmo assim.

Ela olhou para mim.

– Eu gostaria de saber – eu disse. – Criei um hábito de... exterminar pessoas com esses poderes. Não sei se vai fazer eu me sentir melhor ou pior saber pelo que eles estão passando, mas acho que devo ouvir mesmo assim.

Ela encarou o teto e ficou em silêncio por um tempo. Eu deixara uma única luz acesa no quarto, um abajur laranja-avermelhado com uma cúpula de vidro. O quarto estava em silêncio, mas às vezes eu imaginava ouvir o oceano lá fora. As ondas se avolumando, a água se revolvendo. Provavelmente era só minha imaginação.

– Não é como uma voz – Megan disse. – Eu li o que alguns dos estudiosos de Thia escreveram, e eles tratam como se fosse esquizofrenia. Dizem que os Épicos têm algo como uma consciência maléfica lhes dizendo o que fazer. Isso é bobagem. Não é nada do tipo. Sabe como, alguns dias, você acorda com raiva do mundo? Ou está irritável, então coisas pequenas, que normalmente não te afetariam, te deixam furioso? É assim. Só que você não consegue se importar com as consequências. E mesmo isso é normal. Eu já tive dias assim, já me senti desse jeito, muito antes de ganhar os poderes. Mas sabe quando você fica acordado até tarde, e sabe que, se não for dormir, vai odiar a vida no dia seguinte? E daí você fica acordado mesmo assim, porque não se importa? É assim. Como um Épico, você só não se importa. Afinal, você merece fazer o que quiser. E se for longe demais, pode mudar depois. Sempre depois.

Ela fechou os olhos enquanto falava e eu senti um arrepio. Eu já tinha me sentido desse jeito. Quem nunca tinha? Ouvindo-a, parecia perfeitamente lógico para mim que os Épicos fizessem o que faziam. Isso me deixou horrorizado.

– Mas você mudou – eu apontei. – Você resistiu.

– Por alguns dias – ela retrucou. – É difícil, David. Muito, muito difícil. Como ficar sem água.

– Você disse que é mais fácil quando está perto de mim.

Ela abriu os olhos e virou-se para mim.

– Sim.

– Então há um segredo para vencer isso.

– Não necessariamente. Muitas coisas relacionadas aos Épicos não fazem sentido nenhum.

– Todo mundo diz isso – respondi, me erguendo e indo até minha escrivaninha. – Tantas vezes que me pergunto se não estamos aceitando essa ideia como verdade muito facilmente. Aqui, veja isso. – Eu peguei minha pesquisa sobre as fraquezas dos Épicos.

– O que é? – Megan perguntou, se erguendo também. Ela foi até mim e se inclinou para ler, a cabeça perto da minha. – Vai dar uma de nerd de novo, Joelhos?

– Eu tenho encontrado conexões entre os Épicos e suas fraquezas – eu disse, apontando para minhas anotações sobre Mitose e Campo de Origem. – Nós dizemos que as fraquezas são aleatórias, certo? Bem, há algumas grandes coincidências relacionadas a esses dois.

Megan leu.

– A própria música dele? Hmm.

– E Coração de Aço? – continuei, empolgado. – Os poderes dele eram anulados por pessoas que não o temiam. Você o conhecia. Existia alguma coisa no passado dele que pode justificar essa fraqueza?

– Não era como se fôssemos para festas juntos toda hora – Megan respondeu, seca. – A maioria das pessoas da cidade, mesmo as do alto escalão, nem sabiam que eu existia. Só conheciam Tormenta de Fogo, meu duplo dimensional.

– Seu... quê?

– É uma longa história – Megan disse, distraída, enquanto examinava minhas anotações sobre Campo de Origem. – Coração de Aço queria manter tudo a meu respeito tão secreto quanto possível. Então ele mantinha distância do meu eu real para não atrair atenção. Faíscas, ele mantinha distância de praticamente todo mundo.

– Há uma conexão – eu insisti, virando as folhas com uma mão. – Existe algo conectando tudo isso. Talvez até um motivo.

Eu esperava que ela negasse essa ideia, como Prof e Thia faziam. Em vez disso, ela assentiu.

– Você concorda? – perguntei.

– Isso foi feito a mim – Megan disse. – Contra a minha vontade, eu me tornei uma Épica. Gostaria muito de saber se tudo isso tem um significado maior. Então sim, estou disposta a acreditar. – Ela encarou a página. – Mais do que disposta, talvez.

Era difícil não notar como ela estava perto, seu rosto quase tocando o meu. A vontade de puxá-la para junto de mim era tão poderosa que, naquele momento, achei que entendia como ela devia se sentir tentada a usar suas habilidades.

– Se há uma conexão com as fraquezas – eu disse, para me distrair –, talvez haja um jeito de superar a influência dos poderes. Podemos te livrar disso, Megan.

– Talvez – ela murmurou, sacudindo a cabeça. – Mas juro, se isso estiver relacionado ao "poder do amor" ou alguma besteira parecida, eu vou estrangular alguém... – O rosto dela estava bem ao lado do meu. Tão perto.

– O poder do q-quê? – balbuciei.

– Não presuma demais.

– Ah.

Ela sorriu. Então, pensando que não podia fazer mal – o pior que ela podia fazer era atirar em mim –, eu me inclinei para beijá-la. Dessa vez, incrivelmente, ela não se afastou.

Foi incrível. Eu não tinha muita experiência e tinha ouvido que essas coisas eram desconfortáveis, mas dessa vez – pela primeira vez, na minha vida – nada deu errado. Ela pressionou os lábios contra os meus, a cabeça inclinada, e me envolveu com os braços, quente e convidativa. Era como... como...

Como algo fantástico que eu não queria que acabasse jamais. E eu não ia tentar explicar, para não acabar estragando tudo.

Uma voz no fundo da minha mente murmurou um alerta. *Cara, você tá pegando uma Épica.*

Eu desliguei essa parte de mim. Como era fácil não se preocupar com consequências naquele momento, exatamente como Megan tinha dito! Eu mal ouvi a batida na minha porta.

Ouvi, porém, quando a porta começou a abrir.

34

Megan se afastou bruscamente e eu me virei. Thia – olhando distraída para um tablet nas mãos – empurrou a porta. Ela ergueu os olhos e me encarou.

Eu congelei.

– Ei – ela disse. – Quero mandar Val plantar alguns suprimentos para o ataque contra Newton. Ela pode te deixar lá e você posiciona aquela câmera para mim. Se incomoda? Eu preferiria não esperar.

– Hã... claro. – Resisti à vontade de me virar em busca de Megan. Ela havia estado logo atrás de mim.

Thia assentiu, então hesitou.

– Eu te assustei?

Olhei para a pilha de papéis que tinha derrubado, sem notar, durante o beijo.

– Só estou meio desastrado hoje, acho.

– Esteja pronto em cinco minutos – ela pediu, deixando uma caixinha na minha mesa lateral: a câmera remota. Ela me lançou outro olhar e saiu.

Faíscas! Corri para fechar a porta e virei-me para o quarto.

– Megan? – perguntei baixinho.

– Ai. – A voz veio de debaixo da cama.

Fui até lá e me ajoelhei. Pelo jeito, Megan havia se jogado no chão e rolado habilmente para baixo da cama. Era bem apertado ali.

– Boa – eu disse.

– Eu me sinto uma adolescente – ela reclamou – evitando a mãe do meu namorado.

– Eu também me sinto um adolescente – eu disse –, porque sou um.

– Não me lembre – ela resmungou, se erguendo e esfregando a testa, que havia raspado em alguma coisa sob a cama. – Você é cinco anos mais novo que eu.

– Cinco... Megan, quantos anos você tem?

– Vinte.

– Eu fiz 19 logo antes de deixarmos Nova Chicago – eu disse. – Você só é *um ano* mais velha.

– Como eu disse, você é praticamente um bebê. – Ela estendeu uma mão e me deixou ajudá-la a se erguer.

– Podemos falar com Thia – sugeri enquanto ela se levantava. – Prof não está aqui e é mais provável que Thia escute o que você tem a dizer. Eu estive trabalhando neles, explicando que você não matou Sam. Acho que ela te dará uma chance de se explicar.

Megan franziu a testa e virou o rosto.

– Agora não.

– Mas...

– Não quero enfrentá-la, David. Já é difícil lidar com tudo isso sem ter que me preocupar com Thia.

Eu bufei.

– Tudo bem. Mas precisamos te tirar daqui de algum jeito.

– Saia no corredor, distraia qualquer um que encontrar e abra um caminho pra mim. Eu vou me esconder no submarino de novo.

– Pode ser. – Fui lentamente até a porta.

– David – Megan chamou.

Ergui uma sobrancelha.

– Descer aqui foi uma loucura – ela disse.

– Uma baita loucura – concordei.

– Bem, obrigada por ser louco comigo. Meio que preciso de um amigo. – Ela fez uma careta. – Faíscas, odeio admitir coisas assim. Não conta pra ninguém?

Eu sorri.

– Ficarei tão silencioso quanto uma lesma amanteigada atravessando a cozinha de um francês.

Peguei meu fuzil ao lado da porta, joguei-o sobre o ombro e saí no corredor. Estava vazio. Pela cara da despensa, Mizzy e Val tinham acabado de descarregar as caixas; com sorte, elas não estariam irritadas comigo por abandoná-las. Atravessei o corredor todo e entrei na sala luxuosa que levava à doca do submarino.

Não havia sinal de ninguém ali. Eu me virei.

Val estava em pé atrás de mim.

– Ahh! – exclamei.

– Parece que você vai sair de novo – ela disse.

– Hã... é.

Val passou por mim sem dizer nada, movendo-se em direção à porta para a sala de atracação. Eu precisava criar uma abertura para Megan. Se Val entrasse ali, ela não teria nenhuma chance de se infiltrar no submarino sem ser notada.

– Espere! – gritei. – Preciso pegar o spyril.

– Então vá pegá-lo.

– Certo. – Fiquei no lugar um momento, movendo meu peso de um pé para o outro.

– E aí? – Val perguntou, pausando na porta que dava para a sala de atracagem.

– Na última vez em que usei o spyril, algo deu errado. Perdi minha propulsão no meio da baía.

Val suspirou.

Vamos, torci silenciosamente.

– Quer que eu dê uma olhada nele? – ela perguntou, embora estivesse claro que era a última coisa que desejava fazer.

Eu soltei o ar.

– Isso seria ótimo.

– Bem, vá pegá-lo, então.

Corri para obedecer, notando, feliz, que Val tinha ficado na sala. Quando passei pela biblioteca, Megan me deu um olhar – ela tinha chegado até lá. Eu indiquei Val, ergui um dedo e agarrei o pacote do spyril na despensa.

Corri de volta até Val e comecei a espalhar as partes do spyril em um sofá – posicionadas de modo que, quando Val fosse até elas, ficasse de costas para a sala de atracação. Val foi até as peças do spyril rápida e eficientemente, verificou cada uma em busca de arranhões, então certificou-se de que os fios estavam presos corretamente e bem apertados.

Enquanto ela trabalhava, Megan entrou na sala atrás de nós e abriu lentamente a porta para a câmara de atracação. Ela desapareceu na escuridão do outro lado.

– Se alguma coisa deu errado – Val disse –, não foi culpa do equipamento.

– Você parece saber muito sobre ele – eu disse, acenando para o spyril. – Quase tanto quanto Mizzy.

– Venha – Val ordenou, guardando o último conjunto de fios de volta no pacote. Se eu tinha estabelecido algum tipo de conexão com ela no submarino, não havia nenhum sinal disso agora. Ela tinha voltado a ser fria.

– Val, sinto muito mesmo sobre Sam – eu disse. – Tenho certeza de que ninguém pode substituí-lo, mas alguém precisa usar esse equipamento e alguém precisa ser batedor.

– Não me importo que você esteja usando o spyril. Sinceramente, acha que eu seria tão pouco profissional?

– Então por que é tão grossa comigo?

– Sou grossa com todo mundo – ela disse, me jogando o pacote e saindo em direção à sala de atracação.

Apanhei meu fuzil e a segui. Entramos juntos no corredor curto entre as salas e fechei a porta atrás de mim, nos lançando na escuridão. Dali, atravessamos a porta para a sala de atracação, onde seguimos as familiares cordas-guias que levavam ao submarino.

Será que eu tinha dado tempo o bastante para Megan? Suando, esperei Val abrir a escotilha que levava ao interior do veículo. Megan precisaria ter atravessado a sala, aberto a escotilha, entrado e a fechado novamente.

Não dava para saber se ela conseguira ou não. Pulei para dentro e selei a escotilha enquanto Val se acomodava no assento do piloto. Ela acendeu as luzes suaves de emergência e nos levou para as profundezas.

Ansioso, olhei rapidamente para o banheiro, mas nada parecia deslocado. O que se seguiu foi uma viagem curta e tensa através das águas escuras de Babilar. Val não tentou começar nenhuma conversa e, embora eu desejasse acabar com o clima tenso entre nós, não conseguiria naquele momento. Não com o estresse de ter Megan se escondendo a alguns passos de nós.

Finalmente, Val nos levou à tona em uma baía silenciosa e negra entre prédios brilhantes, nenhum deles muito próximo. Nem sempre usávamos os prédios meio-submersos para atracar. Realeza não podia vigiar todos os lugares ao mesmo tempo, então, contanto que fôssemos silenciosos, emergir no meio de uma baía deserta podia ser mais discreto do que usar as mesmas estações de atracagem toda vez.

Espiei para fora da escotilha, inspecionando as luzes distantes, que eram espelhadas nas águas abaixo. Essa cidade era tão *surreal*. Não era nem por causa dos brilhos e dos sons de rádios tocando música a distância. Eu ainda não estava acostumado a prédios com tanta variedade – cantaria, vidro, tijolos.

Desci novamente e examinei o traje de mergulho. Então, relutante, comecei a tirar a camisa.

– Há um banheiro nos fundos, garoto – Val disse secamente.

Olhei para lá e me imaginei sendo forçado a ficar naquele espaço pequeno com Megan, pressionado contra ela, de algum modo me trocando sem alertar Val do que estava acontecendo. Corando com a ideia, eu lembrei que Megan provavelmente me esfaquearia ou algo do tipo se estivéssemos confinados num espaço tão apertado.

Eu queria tentar mesmo assim.

Infelizmente, meu cérebro teve uma ideia melhor. Cérebro estúpido.

– Parece bem apertado ali dentro – eu disse. – Você se incomodaria em sair lá em cima?

Val suspirou alto, mas deixou seu assento e passou por mim, subindo a escada. Tirei a roupa, ficando só de cueca, e apanhei o traje de mergulho.

– Você não fica tão mal sem camisa – Megan observou baixinho. – Para um nerd.

Eu quase caí, com uma perna dentro do traje. Megan tinha saído do banheiro sem que eu percebesse. Eu tinha imaginado que ela ficaria lá até eu me vestir, mas aparentemente não. Eu me movi mais rápido, tentando ignorar que estava vermelho.

– Bom trabalho, aliás – ela sussurrou. – Estava com medo de que Val saísse com o submarino e eu tivesse que sair sozinha. Isso vai ser bem mais conveniente. Acha que consegue distraí-la lá em cima?

– Claro – eu disse.

– Por um segundo – ela acrescentou –, achei que você seria obrigado a ficar naquele banheiro comigo. Que pena. Teria sido divertido te ver desconfortável.

Eu deixei o traje aberto, apanhei meu fuzil e a caixa com o spyril e dei um olhar cortante para Megan. Ela não pareceu nem um pouco preocupada.

Ela não está mais presa na nossa base, pensei. *Aqui só temos que nos preocupar com Val.* Megan parecia confiante de que conseguiria lidar com isso, caso se tornasse um problema. Ela provavelmente tinha razão.

Subi as escadas e abri a escotilha, apoiando o spyril no topo do submarino antes de sair. Eu usava o fuzil sobre o ombro, com as tiras apertadas. Não estaria facilmente acessível, mas assim eu não precisaria me preocupar em perdê-lo na água.

Val estava em pé, de costas para a escotilha, observando a cidade. Fui até ela e apontei para as costas abertas do traje.

– Me dá uma mãozinha?

Eu fiz questão de mantê-la de costas para a abertura do submarino. Quando o traje estava fechado, não me virei para ver se Megan tinha escapado. Em vez disso, coloquei o spyril.

– Tenho muito trabalho a fazer – Val disse enquanto passava por mim e descia pela escotilha. – Vou demorar algumas horas, pelo menos. Então, se terminar antes disso, encontre um modo de se entreter. Aviso quando estiver pronta para te buscar.

Ativei o spyril e pulei na água. Não precisava me preocupar com o fuzil; ele continuaria funcionando perfeitamente depois de ser submergido.

Val desceu para o submarino de novo e trancou a escotilha. Eu boiei na água por um momento até que o submarino afundou no oceano e revelou Megan na água do outro lado. Ela parecia molhada e infeliz.

– N-noite gostosa – ela disse, tremendo.

– Nem está tão frio.

– Falou o cara no traje de mergulho. – Ela olhou ao redor. – Acha que tem tubarões aqui?

– É o que *eu* sempre me pergunto!

– Eu nunca confiei na água no escuro. – Ela hesitou. – Bem, não gosto de água nem um pouco.

– Você não cresceu em Portland? – perguntei.

– E daí?

– Bem...é tipo um porto, não é? Você não nadava lá?

– No *Willamette*?

– Hã... é?

– Hã, digamos apenas que não. Não nadava. – Ela olhou de relance para um dos prédios a distância. – Faíscas. Se eu for devorada por sua causa, Joelhos, nunca vou te deixar esquecer disso.

– Pelo menos você voltaria depois de ser devorada – eu disse.

– Isso não me deixa animada para tentar a experiência. – Ela suspirou. – Então agora nós nadamos?

– Não exatamente – eu disse. Fui até ela e estendi o braço. – Segure-se em mim. – Hesitantemente, ela envolveu os braços ao redor do meu peito, abaixo dos meus braços.

Com Megan me segurando apertado, apontei o puxa-jato para o oceano e ativei o spyril. Nós subimos em jatos de água, uns bons 10 metros no ar. A superfície negra e vítrea do mar se estendia ao nosso redor, as torres da Manhattan submersa se erguendo além como sentinelas de neon.

Megan suspirou suavemente, ainda agarrada a mim.

– Nada mal.

– Você nunca viu o spyril em ação?

Ela balançou a cabeça.

– Então posso sugerir que se segure bem? – eu disse.

Ela obedeceu, me abraçando forte, o que não era uma situação desagradável. Em seguida, tentei algo que vinha praticando. Inclinei-me para a frente, virando os jatos dos meus pés para trás em um ângulo, e empurrei a mão para baixo – não aquela com o puxa-jato, mas a que tinha o jato manual menor para manobrar.

Isso nos impediu de cair na água, o jato manual dando impulso para cima e aqueles nos meus pés impulsionando para baixo. O resultado foi que disparamos através da água, o jato na minha mão nos erguendo o suficiente para permanecer sobre a água. A cada 54 tentativas de fazer essa manobra, 27,5 terminavam comigo caindo de cara na água. Dessa vez, milagrosamente, eu consegui realizá-la sem tal indignidade.

O vento açoitava meu rosto; o borrifo da água era frio na minha pele. Sorrindo, eu nos levei em direção a um dos telhados. Lá, nos dei um impulso de baixo e usei o jato guia na minha mão para reduzir nosso ímpeto. Disparamos para o ar e outra torrente de água da minha mão nos empurrou sobre a beirada de um telhado, onde aterrissamos.

Triunfante, coloquei um braço ao redor de Megan e virei o rosto para ver se ela estava sorrindo, maravilhada, para mim.

Os dentes dela estavam batendo.

– Tão... frio...

– Mas foi irado, não foi? – perguntei.

Ela soltou o ar, me largando e pisando no telhado. Algumas pessoas nos encaravam, boquiabertas, de uma barraca no outro lado dele.

– Não foi particularmente *discreto* – ela observou. – Mas, sim, irado. E você pode parar de babar agora.

Eu afastei os olhos do modo como a camiseta molhada dela, sob a jaqueta, se apertava à sua pele e ao sutiã.

– Desculpe.

– Não – ela disse, fechando os botões da jaqueta –, tudo bem. Quer dizer, eu te provoquei por olhar para outras mulheres. Isso implica que quero que olhe para *mim* e não para elas. Então eu não deveria ficar brava quando você faz isso.

– Hmm... – eu disse. – Então você é linda *e* lógica.

Ela me deu um olhar seco. Eu só dei de ombros.

– Ainda não sei se isso vai funcionar – ela disse.

– Foi *você* que veio *me* ver – eu observei. – E, caso não tenha notado, naquele momento no meu quarto... as coisas pareciam estar funcionando.

Nós ficamos nos olhando, e eu odiei como a situação ficou desconfortável de repente. Como se um homem gordo num buffet tivesse aberto caminho entre nós para chegar ao macarrão.

— Eu deveria ir – ela disse. – Obrigada. Por estar disposto a conversar. Por não me entregar. Por... ser você.

— Eu sou muito bom em ser eu – eu disse. – Tive muitos anos para praticar, agora eu quase nunca erro.

Nós nos encaramos.

— Então, há – continuei, arrastando os pés –, quer ir comigo vigiar Obliteração? Se você não for fazer nada importante, quero dizer.

Ela inclinou a cabeça.

— Você está me convidando para um encontro... para espiar um Épico mortífero que planeja destruir a cidade?

— Bem, não tenho muita experiência em namorar, mas sempre ouvi dizer que deveria escolher algo que eu saiba que a garota vai gostar...

Ela sorriu.

— Bem, então vamos lá.

35

Peguei meu celular para abrir um mapa da área, mas Megan olhou sobre o meu ombro e apontou para o sul.

– Pra lá – ela disse. – Temos uma boa caminhada.

– Tem certeza de que não quer...? – Eu indiquei o spyril nas minhas pernas.

– Que parte de "espionagem" envolve voar pela cidade atraindo a atenção de todo mundo por quem você passa?

– A parte divertida – respondi, emburrado. Eu tinha praticado por um motivo. Queria mostrar o que conseguia fazer.

– Bem – Megan disse –, talvez não importe, mas eu prefiro fazer isso discretamente. Sim, Realeza queria que eu te seduzisse, mas eu não quero ser óbvia...

– Espere, o quê? – Eu congelei onde estava.

– Ah, é, hã. – Ela fez uma careta. – Desculpe. Eu planejei uma explicação bem melhor. – Ela passou a mão pelo cabelo. – Realeza queria que eu te seduzisse. Não sei o quanto ela sabe sobre o meu passado com os Executores, mas acho que ela teve essa ideia sozinha. Mas não se preocupe, antes de vir pra cá eu decidi que não ia trabalhar ativamente contra os Executores.

Eu a encarei. Era meio que uma bomba grande para soltar em mim de repente. Eu sabia que era idiota pensar nisso, mas subitamente comecei a questionar o afeto que ela tinha demonstrado mais cedo.

Ela não teria te contado se planejasse realmente fazer isso, eu disse a mim mesmo, firmemente. Eu já tinha decidido confiar em Megan. Só precisaria confiar nela quanto a isso também.

– Bem – eu disse, me afastando e sorrindo para ela –, fico feliz. Ainda que ser seduzido pareça bem divertido.

– Slontze – Megan resmungou, visivelmente relaxando. Ela tomou meu braço e me guiou pelo telhado. – Pelo menos, se formos vistos, Realeza vai presumir que estou fazendo o que ela mandou.

– E se algo der errado – eu observei –, podemos usar suas ilusões para distraí-la.

Megan me olhou de canto de olho quando chegamos a uma ponte de corda estreita que levava ao telhado seguinte. Ela passou na minha frente, apresentando sua silhueta fina.

– Achei que eu não deveria usar meus poderes – ela disse suavemente.

– E não deve.

– Vai voltar atrás?

– Engraçado, porque estou vendo um belo tras...

– Cuidado.

– ... hã, panturrilhas muito bonitas. Olha, Megan, sei que disse pra você não usar seus poderes. Mas isso é só o primeiro passo, um modo de voltar a si e retomar o controle. Não vai funcionar a longo prazo.

– Eu sei – ela disse. – De jeito nenhum conseguirei resistir.

– Não estou falando só disso. Estou falando sobre algo maior.

Ela parou sobre a ponte e se virou para mim. Nós oscilávamos suavemente sobre a água, cerca de quatro andares acima da superfície, no caso. Eu não estava com medo de cair; ainda usava o spyril.

– Algo maior? – ela perguntou.

– Nós não podemos lutar contra os Épicos.

– Mas...

– Não sozinhos – continuei. – Eu já aceitei isso. Os Executores só sobrevivem por causa de Prof e de coisas como o spyril. Eu passei anos me convencendo de que pessoas comuns podiam lutar e ainda acho que podem. Mas precisamos ter as mesmas armas que os nossos inimigos.

Megan me examinou na escuridão. A única luz que chegava até nós era a tinta spray nas cordas da ponte. Finalmente, ela deu um passo à frente e pegou algo ao redor do meu pescoço. O colar de Abraham, que eu usava embaixo do traje. Ela o puxou para fora.

– Achei que você tinha dito que essas pessoas eram idiotas.

– Eu disse que elas eram idealistas – esclareci. – E são. Heróis não vão surgir magicamente para nos salvar. Mas talvez, se trabalharmos para isso, possamos descobrir um jeito de... hã... recrutar alguns deles.

– Eu contei a você por que vim para Babilar? – ela perguntou, ainda segurando o pequeno pingente em formato de S.

Eu sacudi a cabeça.

– O boato era que Realeza pode intensificar os poderes dos Épicos. Torná-los mais fortes, mais versáteis.

Eu assenti devagar.

– Então o que ela disse no outro dia...

– Ela não inventou na hora. É algo que vem espalhando, em certos círculos, há pelo menos um ano.

– Isso explica por que tantos Altos Épicos vieram para Babilar – eu concluí. – Mitose, Campo de Origem, Obliteração. Ela prometeu aumentar os poderes deles em troca de obediência às suas ordens.

– E se há uma coisa que a maioria dos Épicos quer – Megan concordou – é mais poder. Não importa quanta força eles já tenham.

Eu me remexi no lugar, sentindo a ponte balançar abaixo de nós.

– Então você...

– Eu vim – ela admitiu em voz baixa – porque pensei que, se ela pode intensificar os poderes de um Épico, poderia remover os meus completamente. Tornar-me normal de novo.

O silêncio pairou entre nós como um vombate morto pendurado em uma corda.

– Megan...

– É um sonho tolo – ela disse, soltando o colar e se virando. – Tão tolo quanto o seu. Você é tão idealista quanto Abraham, David. – Ela seguiu pela ponte, me deixando para trás.

Eu me apressei para alcançá-la.

– Talvez – admiti, pegando-a pelo braço quando chegamos do outro lado. – Mas talvez não. Vamos trabalhar juntos, Megan. Eu e você.

Talvez você só precise de uma válvula de escape de algum tipo. Usar seus poderes um pouquinho, aqui e ali, em situações controladas, para matar a vontade. Para praticar o controle das suas emoções. Ou talvez haja outro truque, um que possamos descobrir juntos.

Ela tentou se afastar, mas eu a segurei.

– Megan – insisti, dando a volta para encará-la. – Vamos pelo menos *tentar*.

– Eu... – Ela respirou fundo. – Faíscas, é difícil te ignorar.

Eu sorri.

Finalmente, ela se virou e me puxou em direção a uma barraca abandonada, que era apenas um pedaço de tecido apoiado numa estaca.

– Se vamos fazer isso – ela disse suavemente –, você precisa entender que meus poderes não são o que parecem.

– As ilusões?

– Não exatamente.

Ela se agachou nas sombras da barraca abandonada e eu me juntei a ela, sem saber do que estávamos nos escondendo. Provavelmente ela só queria estar protegida enquanto conversávamos, não ficar em uma área tão aberta. Mas havia algo muito hesitante na sua atitude.

– Eu... – Ela mordeu o lábio. – Eu não sou uma Épica ilusionista.

Franzi a testa, mas não questionei.

– Você não entendeu? – Megan perguntou. – Aquela vez em Nova Chicago, no poço do elevador, quando estávamos prestes a ser vistos pelos guardas... eles apontaram uma lanterna diretamente pra nós.

– Sim. E você criou uma ilusão de escuridão para nos esconder.

– Mas você *viu* a escuridão?

– Bem, não. – Eu franzi o cenho. – Isso tem a ver com o detector?

Esse era o dispositivo – uma tecnologia real, até onde eu sabia – que escaneava uma pessoa e determinava se ela era um Épico ou não. Os Executores testavam todo mundo na equipe com alguma regularidade.

– Eu nunca descobri realmente como você o enganou. Poderia ter criado uma ilusão na tela para cobrir o resultado real, mas...

– O detector registra os resultados – Megan completou.

– É. Se Thia ou Prof tivessem olhado os registros alguma vez, eles teriam notado uma identificação de Épico positiva. E não acredito que eles nunca fizeram isso. – Eu me foquei em Megan, seu rosto iluminado suavemente pela tinta spray brilhante abaixo de nós. – O que você é?

Ela hesitou, então abriu as mãos ao lado do corpo, e de repente suas roupas molhadas estavam secas. Elas mudaram, em um piscar de olhos, de uma jaqueta e camiseta apertada para uma jaqueta e blusa verde, então um vestido, então um traje militar de camuflagem. As mudanças vinham cada vez mais rápido, diferentes roupas surgindo sobre o corpo dela, e então o seu *cabelo* começou a mudar. Diferentes estilos, diferentes cores. Tons de pele logo se uniram à mistura. Ela era asiática; pálida com sardas; tinha pele mais escura que a de Mizzy.

Ela estava usando seus poderes. Os pelos na minha nuca se arrepiaram, mesmo que tivesse sido *eu* a incentivá-la a fazer isso.

– Com os meus poderes – ela disse, enquanto uma centena de versões diferentes do seu rosto passavam em poucos momentos –, eu posso acessar e tocar outras realidades.

– Outras realidades?

– Li em um livro uma vez – ela continuou, suas feições e roupas variantes finalmente voltando ao normal, com a jaqueta molhada e tudo o mais – que existem mundos infinitos, possibilidades infinitas. Que toda decisão tomada por qualquer pessoa neste mundo cria uma nova realidade.

– Parece bizarro.

– Diz o homem que acabou de voar pela cidade usando um dispositivo que funciona à base do cadáver de um Épico.

– Bem, *pesquisa* derivada do cadáver de um Épico – eu corrigi.

– Não – Megan retrucou. – Do cadáver mesmo. A "pesquisa" envolve extrair as habilidades do Épico a partir de pedaços dele. O que você acha que o motivador dessa máquina era?

– Hã...

Mizzy tinha dito que os motivadores eram todos individuais para cada dispositivo. Então... tipo, individuais porque tinham um pedaço de um Épico morto neles? *Provavelmente só o DNA mitocondrial*, pensei. Os Executores colhiam células de Épicos mortos e usavam como moeda. Era isso que fazia o motivador funcionar. Fazia sentido. Mesmo que um sentido meio macabro.

– De qualquer modo – Megan continuou –, não estamos falando sobre motivadores agora. Estamos falando sobre mim.

– Por acaso, um dos meus assuntos preferidos – eu disse, embora estivesse abalado. Se os poderes de Megan fossem o que ela dizia, significava que eu estava errado. Todos aqueles anos, tivera *certeza* de que entendia a natureza de Tormenta de Fogo, que descobrira um segredo que ninguém mais sabia. Pelo visto, não.

– Até onde sei – Megan disse –, eu puxo um daqueles outros domínios, aqueles *não lugares* de possibilidades jamais atingidas, para dentro do nosso, e por um tempo distorço essa realidade em direção a outra. Naquela noite, no poço do elevador, nós não estávamos lá.

– Mas...

– E estávamos – Megan continuou. – Para aqueles homens que nos procuravam, o poço estava vazio. Na realidade que eles inspecionaram, você e eu nunca tínhamos subido ali. Eu mostrei outro mundo para eles.

– E o detector?

– Eu apresentei a ele um mundo onde não havia Épicos a serem encontrados. – Ela respirou fundo. – Em algum lugar, há um mundo, ou a possibilidade de um mundo, onde eu não carrego esse fardo. Onde eu só sou *eu*.

– E Tormenta de Fogo? – perguntei. – A imagem que você apresenta ao mundo, a Épica de fogo?

Megan hesitou, então ergueu a mão.

Um Épico apareceu na nossa frente. Um homem alto e bonito com as roupas em chamas e um rosto que parecia derretido. Seus olhos brilhavam e de seu punho escorria uma trilha de fogo, como óleo ardente. Eu podia até sentir um leve calor.

Olhei para Megan. Ela não parecia estar perdendo o controle, apesar de usar seus poderes. Quando ela falou, foi com sua própria voz – a Megan que eu conhecia.

– Se há um mundo onde eu não tenho poderes – ela disse, olhando a figura imponente –, existe um mundo em que eu tenho poderes diferentes. É mais fácil invocar algumas possibilidades que outras. Não sei por quê. Não é como se esse mundo fosse *parecido* com o nosso. Nele, eu tenho um conjunto de poderes totalmente diferentes, e além disso...

— Você é um cara — eu disse, notando a semelhança entre as feições.

— É. Meio perturbador, sabe?

Eu estremeci, examinando o Épico que poderia ser o gêmeo de Megan. Eu estava *bem* errado sobre as habilidades dela.

Levantei-me e encarei Tormenta de Fogo nos olhos.

— Então você não tem que... tipo, trocar de lugar com ele nem nada assim? Quero dizer, para trazê-lo pra cá.

— Não — ela respondeu. — Eu puxo sombras de outro mundo para este; isso distorce a realidade ao redor da sombra de jeitos estranhos, mas ainda é apenas uma sombra. Eu posso trazê-lo pra cá, mas nunca vi o mundo dele.

— Ele... sabe que eu estou aqui? — perguntei, olhando para Megan.

— Não tenho certeza — ela disse. — Posso obrigá-lo a fazer o que eu quero, na maior parte do tempo, mas acho que é porque meus poderes procuram uma realidade onde ele já ia fazer o que quero.

Eu encarei aqueles olhos ardentes e eles pareciam capazes de me enxergar. Pareciam me conhecer. Tormenta de Fogo assentiu para mim, então desapareceu.

— Eu senti calor — eu disse, olhando para Megan.

— Isso varia — ela respondeu. — Às vezes, quando pulo na outra realidade, entrelaçando-a com a nossa, é tudo sombrio e indistinto. Outras vezes, é *quase* real. — Ela fez uma careta. — Nós deveríamos estar nos escondendo, não é? Eu não deveria estar convocando Altos Épicos que brilham na noite.

— Foi irado — eu falei baixinho.

Imediatamente me arrependi das minhas palavras. Megan tinha *acabado de dizer* que não desejava aqueles poderes. Eles a corrompiam, tentavam destruí-la. Elogiar seus poderes era como elogiar alguém com a perna quebrada falando sobre a brancura de seu osso saindo da pele.

Mas ela não pareceu se incomodar. Na verdade, eu jurava que ela estava um pouco vermelha.

— Não é nada de mais — ela disse. — Na verdade, é trabalho demais para um efeito simples. Você já deve ter lido sobre Épicos que conseguem formar qualquer ilusão que queiram sem ter que tirar alguma realidade alternativa do bolso.

– Acho que sim.

Ela cruzou os braços e me olhou dos pés à cabeça.

– Certo. Vamos ter que fazer algo a respeito dessa roupa.

– Quê? Você acha que um cara andando por aí num traje de mergulho com dispositivos estranhos derivados de Épicos presos nos braços e pernas é suspeito?

Ela não respondeu. Em vez disso, apoiou a mão no meu ombro. Jeans e uma jaqueta – ambos quase exatamente iguais aos meus – apareceram do nada ao meu redor, cobrindo o traje de mergulho. A calça se alargava nas panturrilhas, o suficiente para cobrir o spyril. Eu tinha bastante certeza de que não estava na moda, mas o que eu sabia sobre isso? Em Nova Chicago, a última moda eram roupas baseadas nos anos 1920.

Eu cutuquei as roupas. Elas não eram reais, embora eu *achasse* que podia senti-las levemente. Ou sentir, tipo, uma lembrança delas. Isso faz sentido? Provavelmente não.

Ela me inspecionou, erguendo uma sobrancelha crítica.

– Que foi? – perguntei.

– Estou tentando decidir se devo mudar seu rosto para reduzir as chances de você ser avistado espiando Obliteração.

– Hã… okay.

– Mas há efeitos colaterais – ela disse. – Quando troco o corpo de alguém, sempre fico com medo de acabar substituindo *a pessoa inteira* com a sua versão da outra realidade.

– Você já fez isso antes?

– Não sei – ela disse, cruzando os braços. – Estou quase convencida de que toda vez que eu morro, minha "reencarnação" são apenas os meus poderes convocando de outra realidade uma versão minha que não morreu. – Ela estremeceu visivelmente. – Enfim, vamos te deixar como está. Não quero trocar seu rosto e arriscar te deixar com ele para sempre. Já me acostumei com esse. Vamos?

– Sim – concordei.

Saímos da meia barraca abandonada e seguimos em direção ao ponto onde Obliteração tinha se acomodado.

– Como está se sentindo? – perguntei.

– Com um pouco de fome.

— Não foi o que eu quis dizer. – Olhei de relance para ela.

Ela suspirou.

— Estou irritável. Como se não tivesse dormido direito. Quero ser grossa com o primeiro que falar comigo, mas deve passar logo. – Ela deu de ombros. – Está melhor desta vez do que no passado. Não sei por quê... mas, apesar do que parece, não sou tão poderosa.

— Você disse algo assim antes.

— Porque é verdade. Mas... bem, isso pode ser uma vantagem. É por isso que posso fazer essas coisas e não me perder imediatamente. É mais difícil para os Épicos realmente poderosos. Para mim, as coisas só ficam *muito* ruins quando eu reencarno.

Começamos a atravessar uma ponte.

— É estranho – eu observei – falar com um Épico sobre essas coisas tão francamente.

— É estranho – ela retrucou – ouvir a sua voz estúpida falar tanto sobre os meus segredos. – Então ela fez uma careta. – Desculpe.

— Tudo bem. – Uma caminhada agradável com Megan não pareceria normal sem alguns comentários irônicos.

— Não, não está tudo bem. Essa não sou eu, Joelhos. Eu não sou azeda desse jeito.

Eu ergui uma sobrancelha.

— Okay – ela rosnou –, talvez eu seja. Mas não insulto as pessoas diretamente. Ou, pelo menos, não quero. Odeio isso. Sinto que estou me perdendo.

— Como eu posso ajudar?

— Conversar é bom – ela disse, e inspirou profundamente. – Me conte sobre sua pesquisa.

— É um negócio meio nerd.

— Posso lidar com nerdice.

— Bem... eu encontrei aquelas conexões entre alguns Épicos e suas fraquezas, certo? Acontece que há um passo além disso. Mas, para investigar, eu vou precisar sequestrar alguns Épicos.

— Você nunca pensa pequeno, né, Joelhos?

— Não, ouça. – Eu a parei. – É uma ideia ótima. Se eu conseguir capturar alguns Épicos e, com suas fraquezas, impedi-los de usar seus poderes, posso descobrir quanto tempo eles demoram para ficar normais. Posso entrevistá-los, descobrir conexões no seu passado que indiquem o que cria essas fraquezas.

– Ou, sabe, você poderia entrevistar a Épica perfeitamente disposta andando ao seu lado.

Eu tossi na minha mão.

– É que, hã, esse plano pode ter começado porque eu estava pensando em como te salvar dos seus poderes. Pensei que, se eu soubesse quanto tempo levava, e o que era preciso para conter um Épico... sabe. Poderia te ajudar.

– Oh – ela disse. – Esse deve ser o jeito mais fofo que alguém já usou pra dizer que estava planejando me sequestrar e me aprisionar.

– Eu só...

– Não, tudo bem – ela interrompeu, tomando o meu braço. – Eu entendo a intenção. Obrigada.

Eu assenti e nós andamos por um tempo. Não tínhamos pressa. Val disse que ficaria horas na sua tarefa, e Obliteração não ia a lugar algum. Portanto podíamos aproveitar a noite – tanto quanto era possível, considerando tudo que estava acontecendo.

Babilar era linda. Eu estava começando a gostar da luz estranha da tinta spray. Depois do cinza opaco e reflexivo de Nova Chicago, toda essa cor era hipnotizante. Os babilarianos podiam pintar os murais que quisessem, desde nomes rabiscados ao lado de um prédio até uma representação linda e imaginativa do universo em cima de outro.

Embora eu não ficasse confortável com o modo como as pessoas aqui eram relaxadas, precisava admitir que elas tinham certa extravagância atraente. Seria tão ruim se a vida fosse só isso? Essa noite, enquanto passávamos por elas nadando ou conversando ou batucando ou cantando, percebi que as pessoas me irritavam bem menos que antes.

Talvez fosse a companhia. Eu estava de braços dados com Megan, que andava bem perto de mim. Não falamos muito, mas não precisávamos. Eu a tinha de volta, por enquanto. Não sabia quanto tempo duraria, mas ali, naquele lugar de cores vibrantes, eu podia estar com Megan de novo. E era grato por isso.

Subimos para um prédio alto, nos aproximando de onde Obliteração esperava, no lado leste da cidade. Desviei nossa rota em direção a uma ponte que levava a um prédio ainda mais alto. Seria um bom lugar para colocar a câmera de Thia ou procurar uma posição melhor.

– Tenho medo de que, quando reencarno, não seja *eu* quem volta – Megan disse baixinho. – Que seja alguma outra versão de mim. Tenho medo, quando acontece, de que uma hora ou outra dê errado e essa outra pessoa estrague as coisas. Coisas que eu não quero estragar. – Ela olhou para mim.

– Você é o seu eu real – afirmei.

– Mas...

– Não. Megan, não pode passar a vida se preocupando com isso. Você disse que os poderes pegam uma versão de você que não morreu. Todo o resto é o mesmo, só que você está viva.

– Não sei com certeza.

– Você se lembra de tudo que aconteceu com você exceto os momentos logo antes de morrer, certo?

– Sim.

– Significa que você ainda é você. É verdade; eu posso sentir que é. Você é a minha Megan, não alguma outra pessoa.

Ela ficou em silêncio e eu a olhei de relance – mas então vi que ela estava sorrindo.

– Sabe – ela disse –, quando conversamos, às vezes me pergunto se não é *você* que pode remodelar a realidade.

Um pensamento me ocorreu.

– Você poderia trocar Obliteração? – perguntei. – Extrair uma versão dele sem poderes, ou com uma fraqueza bem óbvia, então jogar este aqui em alguma outra dimensão?

Ela balançou a cabeça.

– Não sou forte o suficiente. As únicas vezes que faço algo *realmente* dramático são logo depois que morro, na manhã em que reencarno. Daí... é como se pudesse puxar pedaços daquela realidade comigo, já que acabei de voltar dela. Mas nessas horas eu não volto a mim o suficiente para controlar o poder, então não tenha ideias.

— Não custava perguntar — eu disse, coçando a cabeça. — Mas, mesmo que você pudesse fazer isso, acho que não deveríamos. Quer dizer, de que adianta proteger *esta* Babilar se deixarmos milhares de outras pessoas morrerem em *outra* Babilar? — Se as coisas que Megan podia fazer fossem mesmo partes de outros mundos existentes, e não só possibilidades de mundos que poderiam ter existido.

Cara. Pensar nisso estava me dando dor de cabeça.

— A meta ainda é me *livrar* dos meus poderes, lembra? — Megan perguntou. — Realeza disse que não tinha certeza se conseguiria, mas que, se eu a servisse, ela tentaria. — Megan andou por um tempo, pensativa. — Não sei se ela estava mentindo, mas acho que você tem razão. Acho que deve haver algo por trás disso tudo, um propósito.

Eu parei na beirada do telhado e encarei Megan, que estava no limite da ponte logo atrás de mim.

— Megan, você sabe qual é a sua fraqueza?

— Sim — ela disse baixinho, virando-se para olhar a cidade.

— Tem alguma conexão com o seu passado?

— Só coincidências aleatórias — ela disse. Então se virou e encontrou meus olhos. — Mas talvez elas não sejam tão aleatórias quanto eu pensava.

Eu sorri. Então me virei e continuei atravessando o telhado.

— Você não vai perguntar qual é? — ela quis saber, correndo para me alcançar.

— Não. Isso pertence a você, Megan. Pedir que me contasse... seria como pedir que me desse a chave para a sua alma. Eu não quero te pôr nessa posição. Só queria saber se eu estou no caminho certo.

Eu continuei, mas ela não seguiu. Olhei para trás e a encontrei me encarando. Ela andou num movimento súbito e apoiou a mão nas minhas costas enquanto passava, deixando os dedos roçarem o lado do meu corpo.

— Obrigada — ela sussurrou.

Então tomou a dianteira, disparando pelo telhado até o nosso ponto de observação.

36

Obliteração ainda estava sentado no mesmo lugar, embora brilhasse mais forte agora. À noite, ele era tão ofuscante que estava ficando difícil distinguir suas feições. Esse telhado em particular era alto o bastante para que eu pudesse vê-lo, mas ele ainda estava bem distante – só o zoom potente na minha mira me permitia dar uma boa olhada nele. Eu precisaria chegar mais perto para plantar a câmera.

Afastei um pouco o zoom e descobri que uma das leituras do lado da minha holomira era um medidor de luz.

– Está recebendo isso, Thia? – perguntei no celular. Megan estava sentada ao meu lado, em silêncio agora que eu tinha uma linha aberta com os Executores. O único vídeo sendo gravado vinha da minha mira, então imaginei que estávamos seguros.

– Estou vendo – Thia disse. – Está de acordo com o que eu esperava. Se ele seguir o padrão anterior, ainda teremos alguns dias antes da detonação.

– Tudo bem, então – eu disse. – Vou plantar a câmera e voltar para o ponto de encontro.

– Tome cuidado – Thia recomendou. – A câmera vai precisar estar bem perto para ser eficaz. Quer apoio?

– Não – eu disse. – Ligo se precisar de alguma coisa.

– Certo – ela concordou, embora soasse hesitante. Eu desliguei, desativei o link sem fio com a mira e guardei o celular. Então ergui uma sobrancelha para Megan.

– Este lugar está sendo vigiado – ela disse baixinho. – As pontes foram todas cortadas e Newton faz patrulhas frequentes. Realeza não quer mais ninguém se aproximando daqui.

– Nada com que a gente não possa lidar – eu disse.

– Não disse que não podíamos – Megan retrucou. – Só estou preocupada que você vá improvisar.

– Eu pensei que suas reclamações sobre os meus improvisos em Nova Chicago eram porque você não queria que realmente matássemos Coração de Aço.

– Em parte – ela admitiu. – Mas continuo não gostando de como você corre por aí descontrolado o tempo todo.

Soltei um grunhido irritado.

– Precisamos falar sobre Coração de Aço, aliás – Megan acrescentou. – Você não deveria ter feito o que fez.

– Ele era um tirano – eu disse, usando a mira para esquadrinhar os prédios perto de Obliteração e localizar um lugar bom para a câmera. Me peguei olhando por muito tempo para o vazio de água que ficou no lugar do prédio que tinha queimado. Vigas chamuscadas e outros escombros emergiam do oceano como os dentes quebrados de um boxeador gigante submerso com a boca aberta e a cabeça inclinada para trás.

Megan não respondeu, então olhei para ela.

– Eu sinto pena deles, David – ela admitiu suavemente. – Sei como é. Poderia ter sido eu a pessoa morta pelos Executores. Coração de Aço era um tirano, mas pelo menos ele comandava uma boa cidade. Considerando as alternativas, ele não era tão ruim, sabe?

– Ele matou meu pai – eu a lembrei. – As pessoas não ganham um passe livre de assassinato só por não serem tão más quanto poderiam.

– Eu sei.

– Você tem o mesmo problema em relação a Realeza?

Megan balançou a cabeça.

– Sinto pena dela, mas ela quer deixar Obliteração vaporizar a cidade. Tem que ser detida.

Eu grunhi em acordo. Só queria poder me livrar da sensação de que, apesar das nossas precauções, Realeza estava um passo à nossa frente. Entreguei o fuzil para Megan.

– Fica de olho? – pedi.

Ela assentiu, pegando a arma.

– Vou para aquele prédio logo atrás do que eles queimaram. É tão alto que, se eu colocar a câmera logo abaixo do telhado, devo conseguir uma linha de visão direta. – Peguei na mochila a caixa que Thia me dera, uma embalagem à prova d'água com uma pequena câmera dentro. Coloquei o fone nos ouvidos, então sintonizei meu celular a uma frequência privada combinando com a de Megan, para que pudéssemos conversar sem usar a frequência comum dos Executores.

– David – Megan chamou, puxando a sua P226 do coldre na perna e a oferecendo a mim. – Pra dar sorte. Só não deixe cair no oceano.

Sorri e aceitei a arma, então pulei do prédio.

Certamente havia algo liberador no spyril. Jatos de água reduziram minha velocidade até que pousei suavemente na superfície da água. Dali, não querendo atrair atenção, usei os jatos debaixo da água para me impulsionar pelas ruas.

Cerca de duas ruas depois, notei que minhas roupas dimensionais – e cara, era muito irado dizer isso – tinham desaparecido. Eu estava usando apenas o traje de mergulho de novo. Pelo visto, os poderes de Megan tinham um alcance pequeno. Isso combinava com o que eu concluíra anos antes, ao descobrir que uma figura sombria sempre estava por perto quando "Tormenta de Fogo" era visto. Megan precisava ficar por perto para manter as sombras.

Cheguei ao prédio e olhei para cima. Precisaria subir cerca de dez andares para me posicionar de modo que a câmera pudesse ver Obliteração. O spyril poderia me levar até lá, mas eu estava perto demais de Obliteração agora e, se pairasse tão alto, alguém com certeza me avistaria.

Respirei fundo e deixei o spyril me erguer um andar, então entrei no prédio através de uma janela quebrada.

– Vou subir por dentro do prédio – eu disse baixinho para Megan. – Você viu alguma das sentinelas de Realeza?

– Não – ela respondeu. – Provavelmente estão nos prédios também. Estou procurando nas janelas.

Tirei as luvas do spyril e as prendi no cinto, então segui para as entranhas úmidas e cheias de plantas do prédio. A maior parte das frutas fora colhida, mas ainda havia o suficiente para fornecer luz. Consegui sair do pomar escalando raízes e encontrar um corredor, que percorri com cautela.

Passei por um antigo poço de elevador cujas portas tinham sido estouradas por três galhos, e segui em frente até localizar as escadas. Forcei a porta até abri-la e encontrei uma escadaria em espiral repleta de raízes e videiras. Pelo visto, as plantas tinham enviado galhos para poços como esse, procurando a água abaixo.

Acendi a luz do celular, tomando o cuidado de mantê-la baça. Não queria que ninguém visse uma luz em movimento através de uma das janelas, mas, com toda aquela folhagem bloqueando a vista, imaginei que estaria a salvo na escada. Comecei a subir e consegui completar o primeiro lance sem dificuldade.

– Essa arma é *boa* – Megan disse no meu ouvido enquanto eu começava o segundo lance. – Leituras de luz, projeção de vento… infravermelho ativo *e* termal? Controle para disparos remotos? Ah, gravatônicos de redução de coice! Posso ficar com ela?

– Achei que gostasse de pistolas – comentei, chegando a uma seção de degraus quebrados. Ergui os olhos, pulei e agarrei uma raiz, que escalei com certa dificuldade.

– Uma garota precisa ser flexível – Megan respondeu. – À queima-roupa é o meu estilo, mas, às vezes, alguém tem que levar um tiro a distância. – Ela hesitou. – Acho que vi uma sentinela no prédio ao lado do seu. Não consigo uma visão direta. Vou me reposicionar.

– Algum pássaro? – perguntei, grunhindo enquanto subia.

– Pássaro?

– Só um palpite. Antes de sair daí, veja se há algum pombo nos telhados próximos.

– Okay…

Consegui escalar as raízes até o próximo andar, então me soltei, pousando nos degraus. O próximo lance foi fácil.

– Hã – Megan disse. – Veja só. *Tem mesmo* um pombo em um dos telhados, sozinho, no meio da noite.

– É um dos comparsas de Newton – eu disse. – Knoxx, um Épico com poderes de transmutação.

– Knoxx? Eu conheço esse cara. Ele não é um Épico.

– A gente também não achava que era – eu disse. – Ele revelou suas habilidades pela primeira vez alguns dias atrás.

– Faíscas! Acha que...?

– Talvez – respondi. – Minhas anotações diziam que o poder de teletransporte de Obliteração exigia um tempo de recuperação, mas parece que ele não tem mais essa limitação. Agora esse tal de Knoxx. Alguma coisa está acontecendo, mesmo que seja só alguma trama estranha em que Realeza finge ter habilidades que não tem.

– É – Megan concordou. – Já chegou?

– Estou trabalhando nisso – eu disse, dando a volta em outro lance de degraus. – É um pouco trabalhoso.

– Reclamão – Megan provocou.

– Diz a mulher que está assistindo confortavelmente do...

– Espere! David, Prof está aí.

Congelei na escadaria ao lado de um número 15 desbotado pintado na parede de concreto.

– *Quê?*

– Eu estava examinando as janelas – Megan disse – e Prof está sentado em uma. Estou dando um zoom nele agora.

– Faíscas! – Bem, ele tinha dito que voltaria à cidade hoje à noite. – O que ele está fazendo?

– Observando Obliteração – Megan respondeu baixinho, com tensão pingando da voz. – Ele não está aqui por nossa causa. Não parece ter me visto.

– Ele veio espiar Obliteração – eu disse. – Sabe aquele prédio que desmoronou aqui?

– Sim. – Megan parecia enjoada. – Eu não pude evitar, David. Eu...

– Não foi preciso. Prof salvou aquelas pessoas.

– Com os poderes dele?

– Sim.

Megan ficou em silêncio por alguns instantes.

– Ele é muito forte, não é?

– Muito – confirmei, animado. – *Duas* habilidades defensivas, qualquer uma delas o classificaria como Alto Épico. Sabe quão incomum isso é? Mesmo Coração de Aço só tinha um poder defensivo, a sua pele impenetrável. Você devia ter visto Prof quando ele nos salvou em Nova Chicago.

– Nos túneis? – ela perguntou. – Quando eu...?

– É.

– Minha gravação de segurança não captou isso – ela disse. – Só você falando.

– Foi incrível, acredite – comentei, ainda animado. – Eu nunca li nada sobre um Épico como Prof e sua habilidade de vaporizar sólidos. Além disso, os campos de força dele são classe A, com certeza. Ele criou um túnel enorme embaixo da água e...

– David – Megan me interrompeu –, quanto mais forte um Épico, mais difícil é resistir às... mudanças.

– Por isso mesmo ele é tão empolgante – eu disse. – Não entende, Megan? Se alguém como Prof consegue se manter bom, significa muito. É um símbolo, talvez até maior do que matar Coração de Aço. Isso prova que Realeza e os outros poderiam resistir também.

– Talvez – Megan cedeu, hesitante. – Mas não gosto que ele esteja aqui. Se ele me vir...

– Você não nos traiu – eu disse enquanto escalava uma seção grande de raízes. – Não de verdade.

– Eu... meio que traí, sim – ela insistiu. – E mesmo que não tivesse traído, há outras questões.

– Quer dizer Sam? – perguntei. – Eu já expliquei que você não o matou. Enfim, estou quase no topo. Onde está aquele pombo?

– No prédio diretamente ao sul de onde você está. Contanto que fique quieto, você deve estar seguro.

– Bom – eu disse, recuperando o fôlego ao atingir o 18º andar. Eu tinha começado no 10º, e havia 20 nesse prédio. Mais dois e eu poderia posicionar a câmera e sair dali.

– David – Megan perguntou –, você realmente acredita nisso, não é? Que podemos resistir à escuridão?

– Sim – confirmei.

– Fogo – Megan disse suavemente.

Parei na escada.

– Onde? – perguntei.

– É a minha fraqueza.

Eu me senti frio.

– Tormenta de Fogo – ela explicou – é o meu oposto. É um homem enquanto eu sou mulher. Naquele universo, tudo é invertido. Aqui, o fogo afeta meus poderes. Lá, o fogo é o meu poder. Usá-lo como meu disfarce foi perfeito; ninguém usaria fogo para tentar me matar se pensasse que ele era a base dos meus próprios poderes, não é? Mas, à luz do fogo natural, as sombras que eu convoco se dissolvem e desaparecem. De alguma forma, eu sei que, se morrer num incêndio, eu não vou reencarnar.

– Nós queimamos seu corpo – eu sussurrei. – Em Nova Chicago.

– Ah, *faíscas*, não me conte coisas assim. – Eu pude sentir o arrepio na voz dela. – Eu já estava morta. O corpo era só uma casca. Eu sempre fazia o pessoal de Coração de Aço enterrar meu corpo depois que eu morria, mas nunca consegui assistir ao enterro. Ver seu próprio cadáver é meio que uma viagem, sabe?

Eu esperei nos degraus. Havia algumas frutas penduradas aqui, iluminando a escadaria com uma luz suave.

– Então por que Tormenta de Fogo não desaparece? – perguntei. – Ele é feito de fogo, o que deveria anular os seus poderes e fazê-lo desaparecer.

– Ele é só uma sombra – Megan explicou. – Não há fogo real. Foi essa a conclusão a que cheguei, pelo menos. Ou é isso ou...

– Ou?

– Ou, quando eu puxo a sombra dele da outra realidade, ele traz consigo algumas das regras do seu universo. Eu tive... experiências que me fizeram questionar. Não sei como isso funciona, David. Nada disso. Eu me assusto às vezes. Mas fogo é a minha fraqueza. – Ela hesitou. – Eu queria que você soubesse. Caso... sabe. Caso algo precise ser feito comigo.

– Não diga coisas assim.

– Tenho que dizer – ela sussurrou. – David, você *precisa* saber disto: minha casa queimou quando eu era criança. Eu quase morri. Rastejei através da fumaça, segurando meu gatinho de pelúcia, enquanto tudo ardia ao meu redor. Eles me encontraram no jardim, coberta de fuligem.

Ainda tenho pesadelos sobre esse dia. Repetidamente. O tempo todo. Se conseguir interrogar os outros Épicos, David... pergunte a eles sobre os seus pesadelos.

Assenti, então me senti um tolo porque ela não podia me ver. Obriguei-me a continuar subindo.

– Obrigado, Megan – sussurrei na linha. O que ela tinha me dado exigira muita coragem.

Ela soltou o ar.

– É, bem, você nunca fica contente em deixar as coisas em paz. Tem que encontrar respostas. Então... bem, talvez encontre essa.

Alcancei o lance seguinte e me virei na escadaria para continuar subindo. Ao fazer isso, pisei em algo que quebrou.

Estremeci e olhei para baixo. Outro biscoito da sorte. Fiquei tentado a deixá-lo ali – os últimos tinham sido profundamente estranhos. Ninguém na base tinha conseguido entendê-los. Mas eu sabia que não podia apenas deixá-lo. Ajoelhei-me, com medo de fazer barulho demais, peguei o papelzinho e o ergui à luz de uma fruta brilhante.

Isso é um sonho?, o papel perguntava.

Respirei fundo. Sim, ainda macabro. O que eu deveria fazer? Responder?

– Não, não é – eu disse.

– Quê? – Megan perguntou no meu ouvido.

– Nada. – Aguardei, sem saber com certeza que tipo de resposta esperar. Nenhuma veio. Continuei subindo a escadaria, verificando os degraus. Dito e feito – achei outro conjunto de biscoitos nascendo de uma vinha no próximo lance.

Abri um deles.

É difícil, dizia. *Eu fico confuso às vezes.*

Isso era uma resposta?

– Quem é você?

– David? – Megan perguntou.

– Estou falando com biscoitos da sorte.

– Você está... quê?

– Explico daqui a um minuto.

Continuei meu caminho lentamente. Dessa vez consegui pegar uma videira se curvando para baixo, biscoitos desabrochando dela como sementes. Esperei um crescer totalmente bem na minha frente, então puxei o papel.

Eles me chamam de Luz da Aurora. Você está tentando detê-la, não é?

– Sim – sussurrei. – Imaginando que esteja falando de Realeza, sim. Sabe onde ela está?

Abri mais alguns biscoitos, mas todos nessa vinha diziam a mesma coisa, então subi mais um pouco até encontrar outro conjunto.

Não sei, cara, ele dizia. *Não consigo vê-la. Mas vi aquele outro. Na mesa de operações.*

– Obliteração? – perguntei. – Em uma mesa de *operações*?

É. Pode apostar. Eles cortaram algo dele. Tem certeza de que isso não é um sonho?

– Não é.

Eu gosto de sonhos, o próximo biscoito dizia.

Senti um arrepio. Então Luz da Aurora era um Épico mesmo. E aquela cidade era dele.

– Onde você está? – perguntei.

Ouça essa música...

Essa foi a única resposta que consegui, não importava quais perguntas fizesse.

– David – Megan disse na linha, a preocupação evidente em sua voz –, você está me assustando de verdade agora.

– O que você sabe sobre Luz da Aurora? – perguntei, continuando num passo lento caso outros biscoitos aparecessem.

– Não muito – ela disse. – Quando perguntei sobre ele a Realeza, ela disse que ele era "um aliado" e deixou implícito que isso era tudo que eu precisava saber. Era com ele que você estava falando?

Olhei para os papéis na minha mão.

– Sim. Usando algum tipo de pacote de mensagens Épico bizarro. Mostro pra você depois. – Eu precisava plantar aquela câmera e sair dali. Felizmente, o 20º andar era o último. Empurrei a porta para sair da escada, mas ela não se moveu. Grunhindo, empurrei um pouco mais forte.

Estremeci quando ela abriu com um rangido alto. Atrás dela, havia uma recepção mobiliada com madeira escura. Um tapete elegante cobria o chão de mármore, que fora quebrado pelas plantas.

— David, o que você fez? — Megan perguntou.

— É possível que eu tenha aberto uma porta meio alto demais.

— Bem, o pássaro acabou de olhar na sua direção. Faíscas! Ele está voando para o seu prédio. Rápido!

Xinguei baixinho, atravessando o cômodo o mais rápido possível. Passei por uma mesa de recepcionista coberta de plantas e entrei no escritório atrás dela. A janela aqui tinha uma vista direta para Obliteração.

Subi no batente.

— O pássaro acabou de pousar numa janela no seu prédio, um andar abaixo de você, mas no lado sul — Megan informou. — Acho que ele ouviu, mas não tem certeza da sua posição.

— Ótimo — sussurrei, erguendo o braço e afixando a câmera do lado de fora do prédio. Esse era o lado leste, então o pássaro não deveria conseguir me ver. A câmera ficou presa no lugar facilmente. — E Obliteração?

— Não está olhando pra você — Megan disse. — Ele não percebeu. Mas se esse pássaro realmente *for* um dos Épicos de Newton...

Se ele for...

Uma ideia começou a se formar na minha mente.

— Hmm — eu grunhi, batendo na câmera para ativá-la.

— David? — Megan chamou. — O que esse tom significa?

— Nada.

— Você vai improvisar, não vai?

— Talvez. — Eu me agachei para entrar de novo na sala. — Diga, Megan, qual é um jeito garantido de saber se esse tal de Knoxx tem escondido seus poderes o tempo todo ou se Realeza, por meio de algum truque ou de outro jeito, lhe deu suas habilidades?

Ela ficou quieta por um momento.

— Faíscas. Você quer sequestrá-lo, não quer?

— Bem, Val ainda vai demorar uma hora, pelo menos. No mínimo, posso fazer algo útil com o meu tempo. — Eu fiz uma pausa. —

Estou realmente me coçando pra saber se esse cara teve algum pesadelo recentemente.

— E se Prof ou Obliteração notarem o que você está fazendo?

— Não vão – garanti.

— Slontze – ela respondeu.

— Sou mesmo. Você consegue entrar em posição pra me cobrir através de alguma das janelas?

Megan suspirou.

— Deixe-me ver.

37

Isso, pensei enquanto corria de volta pelo escritório chique coberto de plantas, *é insano*.

Atacar um Épico que eu mal conhecia? Um Épico sobre o qual eu não tinha nenhuma pesquisa, nenhuma anotação, nenhuma informação de qualquer tipo? Era como pular numa piscina sem olhar primeiro pra ver se seus amigos a tinham enchido de cobras.

Eu tinha que tentar mesmo assim.

Estávamos às cegas. Realeza nos fazia de bobos. Prof ficara fora de ação por um dia inteiro durante o estágio mais difícil do planejamento – mas o pior era que, mesmo que ele tivesse ajudado, Realeza provavelmente estava nos manipulando com base no conhecimento que tinha sobre ele e Thia.

Eu precisava fazer algo inesperado e os segredos que Knoxx sabia poderiam fazer uma enorme diferença. Eu me consolei com a ideia de que pelo menos não estava tentando enfrentar Obliteração ou Newton sozinho. Afinal, esse era só um Épico menor.

Eu não tinha certeza de como Prof reagiria. Eu tinha contado a ele sobre o meu plano de sequestrar um Épico – e ele dissera que ou eu era o que os Executores precisavam, ou era perigosamente imprudente. Talvez fosse ambos.

Mas ele não tinha *especificamente* me proibido de tentar. Só não queria que eu colocasse a equipe em perigo. E eu não faria isso.

Espiei a escada. Precisava fazer mais barulho para que Knoxx descobrisse que tinha errado de lugar. Quando ele subisse para ver o que estava acontecendo, eu poderia atacá-lo. Mais fácil que roubar doce de criança.

Não que eu tivesse experiência nisso.

Bati os pés no chão e derrubei um antigo abajur de uma mesa lateral, então xinguei como se tivesse trombado nele por acidente. Depois, voltei para as escadas, segurei a arma de Megan com ambas as mãos, em posição de tiro, e deixei o celular apagado, de modo que a única luz fosse o brilho enluarado das frutas roliças penduradas nos galhos.

Fiquei escutando e esperei, tenso. De fato, ouvi alguma coisa na escada. O som ecoou, um raspão que soava bem mais distante e lá embaixo. Ou estava vindo do andar logo abaixo de mim? Com o eco estranho, era difícil dizer.

— Ele está se movendo. — A voz de Megan me fez pular. Embora tivesse colocado o som quase no mínimo, pareceu um trovão no meu ouvido. — Entrou pela janela e está no andar logo abaixo de você.

— Ótimo — respondi baixinho.

— Há um movimento no primeiro andar também — ela disse. — Bem, no primeiro andar acima do nível da água, pelo menos. David, acho que tem *mais alguém* nesse prédio.

— Saqueadores?

— Não consigo ver. Faíscas. Está difícil ter uma visão clara da sua posição também. Tem plantas demais. Perdi Knoxx, talvez você devesse fazê-lo se mostrar.

— Eu gostaria de evitar um tiroteio, se possível — respondi. — Quem sabe que tipo de atenção isso pode atrair?

— Esse fuzil tem um supressor de som embutido? — ela perguntou.

— Hã... — Será que tinha?

— Ah, aqui está — Megan disse. — Supressor de cano de elétrons comprimidos. Faíscas, essa arma é *boa*.

Senti uma pontada de ciúmes, o que era totalmente estúpido. Era só uma arma. E nem era uma arma tão boa quanto a minha anterior. Imediatamente me senti envergonhado por pensar mal da arma – o que era ainda *mais* estúpido.

Ouvi o movimento nas escadas, tentando perceber se alguém estava escalando. Escutei alguma coisa, mas veio *de trás* de mim, de dentro da sala onde eu havia plantado a câmera.

Contive um xingamento. De algum modo, Knoxx tinha dado a volta e entrado pela janela do escritório. Meu primeiro instinto foi correr em direção a ele, mas reprimi essa vontade. Em vez disso, abri a porta para a escadaria e me escondi ali.

Foi por um triz. Enquanto observava através da porta rachada da escada, a porta para o escritório abriu alguns centímetros e uma figura emergiu na luz das frutas penduradas na recepção. Knoxx. Esbelto, tinha cabelo raspado e cerca de quarenta brincos. Usava um celular no ombro e portava uma Beretta compacta elegante em ambas as mãos. Ele verificou os cantos, então entrou lentamente na sala.

– Quem quer que seja – ele sussurrou –, eles estão aqui.

Não consegui ouvir a resposta; ele estava usando um fone.

– Você é tão idiota, Newton – ele disse, ajoelhando para inspecionar o abajur que eu tinha derrubado. – Provavelmente são só umas crianças procurando comida que ninguém mais tocou.

Franzi a testa, surpreso que uma Alta Épica deixasse um homem como ele falar desse jeito com ela. Ele devia ser mais poderoso do que eu imaginava.

Knoxx se ergueu e veio em direção à escada. Outra vez, um som ecoou lá embaixo, e o homem hesitou.

– Ouvi alguma coisa – ele disse, movendo-se com menos cautela. – Da escada, bem lá embaixo. Parece que estão correndo... Sim... – Ele chegou à porta que abria para a escada. – Certo, vou verificar. Nós...

Eu chutei a porta na cara dele.

A voz de Knoxx foi cortada no meio da frase. Pulei para dentro da sala e enterrei meu punho no estômago dele, fazendo-o derrubar a arma. Eu segurava a pistola de Megan na outra mão, e a levei para baixo, esperando esmurrá-la atrás da cabeça de Knoxx.

Ele conseguiu se jogar para o lado e eu errei, mas imediatamente saltei e o agarrei pelo pescoço. Abraham tinha me ensinado alguns movimentos de combate. Se eu conseguisse asfixiá-lo, fazê-lo desmaiar...

Ele desapareceu.

Certo. Poderes de transformação.

Idiota, pensei enquanto o pombo voava para longe de mim. Felizmente, eles não eram os pássaros mais ágeis do mundo. Enquanto o animal tentava se situar, corri até a porta que dava para o escritório – aquele com a janela. Tranquei-a, prendendo o pombo na nossa salinha.

Ele voou para baixo da escada.

– David? – Megan perguntou no meu ouvido.

– Ele fugiu – eu disse. – Mas derrubou a arma, e eu o impedi de sair do prédio. Ele está na escada, em algum lugar.

– Tome cuidado – ela recomendou, tensa.

– Vou tomar – respondi, espiando a escada. Eu não tinha certeza de que ele estava desarmado; muitos homens carregavam duas armas e parecia que quaisquer roupas e armas que ele tinha consigo desapareciam quando ele se transformava e reapareciam quando se tornava humano de novo. Isso era um padrão bastante comum para transmorfos de poder médio.

Pensei ouvir um esvoaçar de asas e decidi seguir o som pelas escadas. Infelizmente, isso significava que eu poderia estar correndo diretamente para uma armadilha como a que eu montara para ele.

– Consegue ver alguma coisa? – perguntei.

– Estou tentando… – Megan disse. – Sim! Há sombras se movendo à luz das frutas no penúltimo andar. Ele está tentando fugir. Quer que o distraia?

– Por favor – respondi, pressionando as costas contra a parede de concreto.

Ouvi alguns tiros na linha. Um supressor, ainda que moderno, não eliminava completamente o som de uma arma de fogo – mas fazia maravilhas mesmo assim. Qualquer faísca dos tiros seria escondida, o que era importante em noites assim, e os tiros não pareceriam tiros. Eram mais como cliques metálicos.

Vidros quebraram em uma sala próxima. Megan não estava tentando acertar o Épico; seus disparos só precisavam deixá-lo mais preocupado com ela do que comigo. Achei ter ouvido um homem xingar na sala ao lado.

– Vou entrar – anunciei. Pulei de um tronco de árvore e abri a porta, então segui agachado, procurando meu alvo. Ouvi uma respiração alta, mas não consegui ver nada. Era uma sala grande, um tipo de escritório com baias quebradas e antigos computadores. Seguindo em frente com cuidado, passei por algumas baias que tinham sido cobertas com lonas, criando pequenos abrigos cheios de panelas descartadas e outros resquícios de habitação humana. Todos estavam abandonados.

Megan tinha atirado pela série grande de janelas na parede oposta a mim. Poeira flutuava no ar, iluminada por frutas que caíam do teto como muco do nariz de uma criança que tivesse inalado um bastão de luz.

Como eu encontraria Knoxx nessa sala? Transformando-se num pássaro, ele poderia se esconder praticamente para sempre. Eu nunca...

Algo pulou da baia ao meu lado, uma forma negra com pelos e garras. Gritei, atirando por instinto, mas errei o alvo. A coisa caiu sobre mim com força, me empurrando para trás, e a arma de Megan caiu no chão. Eu me debati, tentando jogar a criatura para longe. Não era tão grande quanto eu, mas aquelas garras! Elas arranharam meu torso, e senti a pele arder.

Eu me debati, uma mão forçando o animal para trás, a outra procurando a arma. Não a encontrei, em vez disso agarrei alguma coisa fria e metálica de dentro da baia coberta ao nosso lado. Eu a bati na cabeça da criatura.

Uma lata de tinta spray?

Quando o animal se virou de novo para mim, borrifei a tinta no seu rosto, cobrindo o focinho em tinta azul brilhante. A luz me deixou ver que a criatura era um cachorro, embora eu não conhecesse as diferentes raças. Era magro, com pelo curto e um rosto pontudo.

Ele recuou, então sua silhueta ficou difusa e o cachorro se tornou um homem, que se ergueu limpando tinta dos olhos.

– Socorro! – gritei. – Consegue atirar nele?

– Talvez – Megan disse. – Mas achei que o queria vivo!

– Quero mais que *eu* fique vivo! – respondi. – Atire!

Knoxx alcançou a arma que eu tinha derrubado.

Alguma coisa estourou em uma das janelas e Knoxx foi lançado para o lado quando a bala de Megan o acertou no ombro. Um borrifo de sangue escuro pintou a parede ao seu lado.

Ele desabou, parecendo chocado, seu rosto ainda brilhando com tinta azul. Com um grunhido, deixou a pistola cair, então se tornou um pombo e saiu voando torto.

— Eu acertei? — Megan perguntou no meu ouvido.

— Bem no ombro — eu disse, soltando o ar, tenso. — Obrigado.

— Estou feliz por não ter atirado em você — Megan disse. — Estava mirando com o infravermelho.

Eu grunhi e me levantei, segurando o lado do corpo onde as garras de Knoxx tinham me pegado. Estava vivo, mas não conseguira capturá-lo. Mesmo assim, eu provavelmente deveria me considerar com sorte.

Um esvoaçar de asas veio do outro lado da sala.

Franzindo a testa, peguei a arma de Megan e me aproximei com cuidado. À luz das frutas penduradas, vi gotas de um líquido escuro em uma mesa próxima. Eu as segui até onde o pombo se agachava no batente de uma janela, o bico brilhando em azul.

Ele está ferido, percebi. *Não consegue voar.*

O pombo me viu e pulou da janela, batendo as asas sem jeito e perdendo penas enquanto lutava para permanecer no ar. Ele mal chegou no prédio ao lado antes de ser obrigado a pousar.

Então ele conseguia voar, mas não bem. Olhei para o meu torso. O arranhão doía, mas não parecia fatal. Olhei pela janela de novo, guardei a arma e enfiei as mãos dentro das luvas presas ao cinto. Verifiquei os jatos das pernas enquanto o spyril se aquecia.

— Vou atrás dele — eu disse.

— Você...

Perdi as outras palavras de Megan quando pulei da janela. Jatos gêmeos de água me ergueram por baixo antes de eu atingir o oceano, e vim à tona com uma mão virada para baixo — o puxa-jato apontado para a água. Girei por um momento, tentando me orientar.

Logo adiante, o pombo — ainda com bico e pescoço brilhando azuis — pulou do seu poleiro e tentou fugir. Eu sorri e borrifei o jato manual para trás, me inclinando para a frente de modo que as pernas atirassem água para baixo e para trás em um ângulo.

Então disparei, o vento açoitando meu rosto enquanto perseguia o pássaro enfraquecido. Ele se movia em um ímpeto súbito e desesperado de velocidade, mantendo-se à minha frente apesar do ferimento. Eu o segui com os jatos. Virei uma esquina girando e lançando as pernas para o lado como um esquiador, então retornei à posição inicial e apontei para a nova direção.

À frente, o pássaro pousou no peitoril de um prédio para descansar. Assim que me aproximei, ele alçou voo de novo, batendo as asas, um ponto azul brilhante.

Lancei-me atrás dele e percebi que estava sorrindo. Desde que começara a praticar com o spyril, quisera tentar algo assim. Aquele era um teste real das minhas habilidades, por mais recentes que elas fossem.

O pássaro, frenético, entrou em um prédio através de uma pequena abertura em uma janela quebrada. Eu o segui e usei um borrifo do jato manual para estourar a janela completamente, depois quebrei a janela com o ombro e entrei na sala. Consegui aterrissar sem cair de cara no chão – com dificuldade – e disparei atrás do bicho azul. Ele fugiu por outra janela e eu o segui, pulando para o ar outra vez.

– David? – Eu mal conseguia ouvir a voz de Megan. – Isso foi uma janela? Faíscas, o que está *acontecendo*?

Eu sorri, concentrado demais para fazer um relatório. A perseguição seguiu pelas vias aquáticas de Babilar, e passei por pessoas em telhados que apontaram e gritaram. O pássaro tentou voar alto em um momento, mas o esforço foi demais e ele voltou para pousar num telhado. *Sim*, pensei. *É agora.* Com os jatos, pulei para o telhado e pousei perto dele.

Quando recuperei o equilíbrio, a forma do pássaro ficou indistinta e se transformou num homem de novo. O rosto de Knoxx estava pálido onde não estava azul, e sangue cobria o seu ombro. Ele recuou, apertando uma mão ao ombro e puxando uma faca com a outra.

Eu o encarei por um momento, esperando. Então, por fim, ele desabou, inconsciente.

– Peguei ele – eu disse, me mantendo afastado caso ele estivesse fingindo. – Pelo menos, acho que peguei.

– Onde você está? – Megan perguntou.

Olhei ao redor, tentando me orientar após a perseguição frenética. Tínhamos dado uma volta nas ruas e retornado para nosso ponto de início.

– Estou a duas ruas do prédio onde coloquei a câmera. Procure um telhado cerca de quatro andares acima do oceano, pouco povoado, com um mural grande de algumas pessoas colhendo frutas pintado no topo.

– A caminho – Megan anunciou.

Eu tirei as luvas e peguei no bolso a arma de Megan. Não queria me aproximar de Knoxx sem apoio, mas, com aquele ferimento, será que ele não sangraria até a morte caso eu não fizesse alguma coisa? Decidi que havia muito a perder. Eu precisava daquele homem vivo. Passo a passo, me aproximei e finalmente decidi que ou ele era um ator muito bom ou estava realmente inconsciente. Amarrei suas mãos o melhor que pude usando os próprios cadarços dele, então tentei atar seu ferimento com a sua jaqueta.

– Megan? – perguntei na linha. – Previsão de chegada?

– Desculpe – ela disse. – Não há pontes. Estou tendo que dar uma volta grande. Vou levar mais uns 15 minutos.

– Tudo bem.

Eu me acomodei para esperar, deixando a tensão se dissipar. Ela foi substituída pela percepção da enorme tolice do que eu tinha acabado de fazer. Obviamente, eu tinha subestimado os poderes de transformação de Knoxx – ele podia se transformar em mais do que um pássaro. E se fosse ainda mais forte? E se fosse um Alto Épico, impermeável a balas?

Prof me chamara de imprudente e tinha razão. Embora eu devesse estar triunfante pelo que tinha feito, sentia-me envergonhado. Como explicaria aquilo aos outros Executores? Faíscas, eu nem tinha ligado para Thia.

Bem, pelo menos tudo tinha acabado bem.

– Ouça com cuidado – uma voz disse atrás de mim. – Você vai abaixar a arma. Então vai pôr as mãos no ar, as palmas viradas para a frente, e se virar.

Uma pontada de medo percorreu meu corpo, mas reconheci a voz.

– Val? – perguntei, me virando.

– Jogue a arma! – ela ordenou. Ela tinha saído da escadaria que conectava o último andar do prédio ao telhado. Tinha um fuzil apoiado no ombro, apontado para mim.

– Val – comecei –, por que você...

– Jogue.

Eu joguei a arma de Megan.

— Erga-se.

Eu obedeci, mantendo as mãos ao lado do corpo.

— Agora o celular.

Faíscas. Eu o arranquei do ombro e joguei no chão, logo depois que Megan disse no meu ouvido:

— David? O que está acontecendo?

— Chute para a frente — Val instruiu. Quando eu hesitei, ela focou a mira na minha testa. Então eu chutei o celular na direção dela.

Ela se ajoelhou, a arma ainda apontada para mim, e o apanhou com uma mão.

— Faíscas, David — Megan disse no meu ouvido. — Estou indo o mais rápido que...

A voz dela sumiu quando Val desligou o sinal, enfiando meu celular no bolso.

— Val? — perguntei tão calmamente quanto podia. — O que está acontecendo?

— Há quanto tempo você está trabalhando para Realeza? — ela respondeu. — Desde o começo? Foi ela que te enviou para Nova Chicago para infiltrar os Executores?

— Trabalhando para... quê? Eu não sou um espião!

Val mirou o fuzil e realmente atirou, plantando uma bala aos meus pés. Eu soltei um grito e pulei para trás.

— Sei que você vem se encontrando com Tormenta de Fogo — Val disse.

Faíscas.

— Você tem agido de forma suspeita desde que chegou aqui — ela continuou. — Não salvou aquelas pessoas no prédio em chamas, salvou? Era uma trama sua e de Realeza para "provar" como você era confiável. Você matou mesmo Coração de Aço? Achou que ninguém perceberia que ajudou Tormenta de Fogo a entrar na nossa base? Calamidade!

— Val, ouça. Não é o que você está pensando. — Eu dei um passo à frente.

E ela atirou em mim.

Bem na coxa. A dor me dilacerou e eu caí de joelhos. Pressionei as mãos no ferimento, xingando.

– Val, você está louca! Não estou trabalhando para eles. Olha, acabei de capturar um Épico!

Val olhou para Knoxx, amarrado no chão. Então mirou o fuzil e atirou diretamente na cabeça dele.

Eu inspirei com força, sentindo-me entorpecido apesar da dor.

– O que... – eu balbuciei. – Depois de tudo que eu fiz para...

– Um Épico bom é um Épico morto – Val disse, mirando em mim novamente. – Como um Executor, você deveria saber disso. Mas você não é um de nós. Nunca foi. – Ela rosnou a última parte, e sua mão apertou a arma, os olhos se estreitando. – Você é o motivo de Sam estar morto, não é? Passou informações para eles, sobre células Executoras.

– Não, Val! – exclamei. – Juro! Menti pra vocês, sim, mas seguindo ordens de Prof. – Sangue escorria entre meus dedos enquanto eu apertava minha perna. – Vamos ligar para Thia, Val. Não faça nada precipitado. – *Mais nada* precipitado.

Val manteve a mira apontada para mim. Eu encontrei os olhos dela.

Então ela apertou o gatilho.

Tentei desviar, é claro, mas não tinha nenhuma chance de sair do caminho rápido o bastante. Além disso, estava exausto e tinha levado um tiro na perna.

Então, depois de rolar num movimento desajeitado, fiquei surpreso ao me encontrar ainda vivo. Val estava surpresa também, julgando pela sua expressão, mas isso não a impediu de atirar em mim outra vez.

A bala parou no meu peito, implantando-se no traje de mergulho, mas não rompeu a pele. Pequenas rachaduras de luz se estenderam a partir dela como teias de aranha, então rapidamente se dissiparam.

Embora estivesse feliz por estar vivo, senti uma pontada de terror. Eu conhecia esse efeito – os campos de força de Prof às vezes tinham esse aspecto quando absorviam um choque. Ergui os olhos e o encontrei, uma silhueta na noite, em pé na única ponte que levava àquele telhado. Ele oscilava lentamente para a frente e para trás na escuridão.

Prof não estava iluminado. Ele era um tijolo de escuridão, o jaleco negro esvoaçando na brisa lenta.

– Abaixe a arma, Valentine – Prof falou suavemente, atraindo a atenção dela.

Val se virou e tomou um susto. Ela obviamente não tinha entendido como eu sobrevivera – mas, é claro, ela não sabia que Prof era um Épico. Para ela, os campos de força eram um produto de tecnologia Épica avançada.

Prof pisou no telhado, o brilho do mural pintado iluminando seu rosto.

– Eu dei uma ordem – ele disse a Val. – Abaixe a arma.

– Senhor – ela respondeu. – Ele tem...

– Eu sei – Prof disse.

Putz, pensei, suando. Comecei a me erguer, mas um olhar frio de Prof me fez cair de volta no chão. A dor na perna reacendeu, e pressionei a mão no ferimento. Estranho como, num momento de pânico, eu tinha esquecido completamente que fora baleado.

Eu *odeio* ser baleado.

– O celular dele – Prof exigiu, estendendo a mão para Val. Ela o pegou e Prof digitou alguma coisa. Eu tinha bloqueado a tela com uma senha, então ele não deveria ter sido capaz de desbloqueá-la. Mas foi.

– Mande uma mensagem para a pessoa com quem ele vem se comunicando – Prof disse para Val. – É Tormenta de Fogo. Diga exatamente isto: "Está tudo bem. Val achou que eu fosse um dos homens de Realeza que estava com Knoxx".

Val assentiu, abaixando a arma e enviando a mensagem para Megan. Prof olhou para mim, cruzando os braços.

– Eu... – comecei. – Hã...

– Estou decepcionado com você – Prof disse.

Essas palavras me arrasaram.

– Ela não é má, Prof – eu disse. – Se você me escutasse...

– Eu *tenho* escutado – Prof respondeu. – Thia?

– Tenho tudo aqui, Jon – Thia respondeu, sua voz soando no meu fone. – Você pode ouvir a conversa inteira, se quiser.

– Você colocou uma escuta no meu celular – eu sussurrei. – Não confiou em mim.

Prof ergueu uma sobrancelha.

– Eu te dei duas chances de se confessar, a última foi hoje mesmo. Eu *queria* estar errado sobre você, garoto.

– Você *sabia*? – Val perguntou, virando-se para Prof. – Todo esse tempo, sabia o que ele estava fazendo?

– Eu não cheguei aonde estou sem conhecer meus subordinados, Val – Prof respondeu. – Tormenta de Fogo respondeu?

Val olhou para a tela do meu celular. Eu me reclinei, enjoado. Eles estavam ouvindo. Eles *sabiam*. Faíscas!

– Ela disse "Okay, tem certeza de que está tudo bem?".

— Responda que sim — Prof ordenou. — E escreva: "É melhor você ficar afastada por enquanto. Val chamou Prof e vamos voltar para a base. Acho que posso explicar as coisas pra eles. Depois te conto o que descobrirmos com esse Épico".

Enquanto Val digitava no celular, Prof veio até mim. Ele colocou a mão na minha perna e pegou uma caixinha, o negócio que chamava de por-um-fio. Era sua "tecnologia" para curar os outros.

A dor na minha perna passou. Olhei para ele e percebi que estava tendo dificuldade em conter as lágrimas. Não sabia se elas eram de vergonha, dor ou pura raiva.

Ele estava me *espionando*.

— Não se sinta tão mal, David — Prof disse suavemente. — É por isso mesmo que você está aqui.

— *Quê?*

— Tormenta de Fogo fez exatamente o que esperávamos — ele falou. — Se ela era boa a ponto de infiltrar minha própria equipe, eu sabia que ela não teria muita dificuldade em comprometer você. Você é um bom soldado, David. Apaixonado, determinado. Mas é inexperiente, e se derrete por um rostinho bonito.

— Megan *não é* só um rostinho bonito.

— E mesmo assim você a deixou te manipular — Prof disse. — Você a deixou entrar na nossa base e contou nossos segredos para ela.

— Mas eu... — Eu *não tinha* deixado Megan entrar na base. Ela fizera isso sozinha. Percebi que Prof não sabia tudo. Ele tinha colocado uma escuta no meu celular, mas obviamente isso só lhe fornecia informações quando eu o usava. Ele não sabia dos assuntos que Megan e eu tínhamos conversado ao vivo, só o que tínhamos dito na linha.

— Sei que não acredita em mim, David — Prof disse. — Mas tudo que ela lhe disse, tudo o que tem feito, foi parte de um jogo. Ela o enganou. A falsa vulnerabilidade, seu suposto afeto... eu já vi tudo isso antes, filho. É tudo mentira. Sinto muito. Aposto que mesmo essa "fraqueza" que ela te contou é uma mentira.

A fraqueza dela! Prof sabia a fraqueza de Megan. Ela tinha me contado por telefone. Ele não acreditava, mas sabia. Eu fiquei um pouco alarmado.

– Você está errado sobre ela, Prof – insisti, encontrando o olhar dele. – Eu *sei* que ela está sendo sincera.

– Ah, é? – Prof perguntou. – E ela contou a você sobre como matou Sam?

– Ela não o matou. Eu...

– Ela o matou – Prof afirmou em uma voz baixa e firme. – David, temos o vídeo. Val mostrou pra mim quando viemos pra Babilar. O celular de Sam estava gravando quando ele morreu. Tormenta de Fogo atirou nele.

– Você não me contou isso!

– Tive minhas razões – ele disse, se erguendo.

– Você me usou como isca – eu percebi. – Você acabou de falar... que era para isso que eu estava aqui! Estava planejando uma armadilha para ela desde o começo!

Ele se virou para Val, que assentiu para ele, mostrando a tela do meu celular.

– Vamos andando – Prof disse. – Onde está o submarino?

– Submerso – Val respondeu. – Não plantei os suprimentos; estava rastreando David em vez disso. Você deveria ter me contado.

– Para o plano dar certo, ele precisava acreditar que não sabíamos o que estava fazendo – Prof disse, pegando meu celular e o colocando no bolso. – Quanto menos pessoas soubessem, melhor. – Ele olhou de volta para mim. – Vamos, filho. Vamos voltar.

– O que você vai fazer? – eu quis saber, ainda sentado onde tinha sido baleado, meu sangue formando uma mancha embaixo de mim. – Sobre Megan?

A expressão de Prof ficou sombria e ele não respondeu.

Com isso, eu soube. Os Executores tinham usado táticas como essa antes, atraindo um Épico para uma armadilha com uma série de mensagens falsas que pareciam ser de um aliado.

Eu tinha que avisar Megan.

Com um movimento rápido, me joguei do telhado, ativando o spyril – que não funcionou. Eu só tive tempo de soltar uma exclamação de surpresa antes de cair quatro andares e atingir a água.

Não foi agradável.

Emergi cuspindo, agarrei o prédio e olhei para cima. Prof estava na beira do telhado, jogando algo para cima e para baixo na mão. O motivador do spyril. Quando o tinha roubado? Enquanto me curava, provavelmente.

– Pesque-o – ele disse a Val, alto o bastante para eu ouvir. – E vamos voltar para a base.

39

Passei o dia seguinte no meu quarto.

Eu não estava confinado lá – não explicitamente –, mas, quando saía, os olhares que recebia de Val, Gegê e Mizzy me faziam voltar para a solidão.

Mizzy era a pior. Em certo momento, saí do quarto para ir ao banheiro e passei por ela trabalhando na despensa. Olhei para ela e seu sorriso desapareceu. Pude ver a raiva e o nojo nos seus olhos. Ela continuou guardando suprimentos e não disse uma palavra.

Então passei meu tempo deitado na cama, alternando entre me sentir envergonhado e furioso. Eu seria expulso dos Executores? A possibilidade me deixava enjoado. E Megan? As coisas que Prof dissera... bem, eu não queria acreditar nelas. Eu *não podia* acreditar nelas. No mínimo, não queria pensar sobre elas.

Infelizmente, pensar em Prof me deixava furioso. Eu tinha traído a equipe, mas não podia deixar de sentir que ele me traíra ainda mais. Ele tinha armado tudo aquilo para que eu fracassasse.

Na manhã seguinte, acordei com barulhos. Preparativos. O plano estava seguindo em frente. Esperei no meu quarto por um tempo, mas uma hora não consegui mais suportar. Eu precisava de respostas. Pulei da cama e saí no corredor. Eu me preparei para passar pela despensa, mas Mizzy não estava lá. Ouvi sons no final do corredor atrás de mim, na sala com o submarino: deviam ser Val e sua equipe preparando as coisas para a missão.

Não segui nessa direção. Queria Prof e Thia, e os encontrei na sala de reuniões com a parede de vidro. Eles ergueram os olhos para mim, e Thia olhou para Prof.

– Eu falo com ele – ele disse a ela. – Vá com os outros. Teremos um homem a menos nessa missão, e quero você comandando as operações de dentro do submarino. Nossa base está comprometida. Não vamos voltar para cá.

Thia assentiu, pegando o seu laptop, e saiu. Ela me lançou um olhar, mas não disse nada enquanto fechava a porta. Assim, fiquei sozinho com Prof, que estava iluminado pelo abajur na mesa de Thia.

– Vocês estão saindo para a missão – eu disse. – Vão atacar Newton para expor Realeza.

– Sim.

– Um homem a menos – eu falei. – Não vai me levar?

Prof não respondeu.

– Você me deixou praticar com o spyril, me deixou pensar que eu era parte da missão. Eu era realmente só uma isca *o tempo todo*?

– Sim – Prof confirmou, em voz baixa.

– O plano é maior, então? – eu quis saber. – Há coisas que você não me contou? O que está realmente acontecendo aqui, Prof?

– Não escondemos muito de você – ele respondeu, com um suspiro suave. – O plano de Thia para encontrar Realeza é legítimo e está funcionando. Se conseguirmos fazer Realeza aparecer na região que Thia quer, vão restar apenas alguns prédios onde ela pode estar se escondendo. Eu vou ser o batedor e executar o plano contra Newton. Vou persegui-la pela cidade e instigar Abigail a aparecer. Se ela o fizer, vamos saber a localização da sua base. Val, Gegê e Mizzy vão se deslocar de acordo com as orientações de Thia e realizar um ataque para matá-la.

– Outro batedor seria útil – eu apontei.

– É tarde demais para isso – Prof disse. – Suspeito que vai levar um tempo para reconstruirmos a confiança… de ambos os lados.

– E Obliteração? – perguntei, dando um passo à frente. – Não discutimos quase nada sobre como lidar com ele! Ele é uma bomba. Vai destruir a cidade inteira.

– Não precisamos nos preocupar com isso – falou Prof – porque já temos um modo de deter Obliteração.

– Temos?

Ele assentiu.

Eu açoitei meu cérebro como um cachorro que tinha feito sujeira no tapete, mas não consegui pensar em nada. Como iríamos deter Obliteração? Havia algo que Prof não tinha me contado? Eu olhei para ele.

Então vi a resposta em sua expressão sombria, em seus lábios contraídos.

– Um campo de força. – Eu entendi. – Você vai prendê-lo numa bolha enquanto ele libera a energia destrutiva.

Prof assentiu.

– Todo aquele calor tem que ir para algum lugar – eu disse. – Você só vai concentrá-lo.

– Eu posso expandir o escudo – ele explicou – e projetar o calor para longe da cidade. Já treinei esse tipo de coisa.

Uau. Não era exatamente o que ele fizera ao me salvar da explosão que matou Coração de Aço? Ele estava certo. Nós tínhamos a resposta para pelo menos atrasar Obliteração, ela estivera bem aqui o tempo todo. O calor provavelmente não o mataria – ele parecia imune aos próprios poderes –, mas iria detê-lo temporariamente. E, quem sabe, talvez uma explosão focada e concentrada sobre ele fosse capaz de destruí-lo. Valia a pena tentar, pelo menos.

Andei até Prof, que estava sentado à mesa de Thia em frente à parede de água escura. Alguma coisa roçou contra ela lá fora, algo úmido e pegajoso, mas depois sumiu na escuridão. Estremeci e olhei de volta para Prof.

– Você consegue conter, certo? – perguntei. – Não só a explosão, mas... outras coisas?

– Vou ter que conseguir. – Ele se ergueu e foi até a parede de vidro olhar para a água escura. – Thia me disse que muitos Épicos como Obliteração têm um momento de fraqueza depois que empregam uma quantidade grande de energia. Ele pode ficar vulnerável. Se sobreviver ao calor da própria explosão, talvez eu possa matá-lo enquanto os seus poderes estão amortecidos. Se não, pelo menos posso impedi-lo por tempo o suficiente para fazer alguma diferença. E para os outros membros da equipe lidarem com Realeza.

– E Megan? – perguntei.

Ele não respondeu.

– Prof – pedi –, antes de matá-la, pelo menos tente fazer o que ela disse. Acenda um fogo. Veja se destrói as imagens que ela cria. Então você vai ter uma prova de que ela estava me contando a verdade.

Prof ergueu uma mão e tocou o vidro da janela. Ele deixara o jaleco de laboratório na cadeira e estava usando só uma calça social e uma camisa, ambas do mesmo estilo estranhamente antiquado de que ele gostava. Eu quase podia imaginá-lo em uma floresta com uma machadinha e um mapa, explorando ruínas antigas.

– Você *consegue* controlar a escuridão – eu disse a ele. – E se você consegue, Megan também pode. É...

– Pare – Prof sussurrou.

– Mas, escute, é...

– Pare! – ele gritou, girando. Sua mão se moveu tão rápido que eu mal a vi antes de ele agarrar meu pescoço e me erguer no ar, me empurrando contra a janela grande.

Eu soltei um grunhido sufocado. A única luz na sala era o abajur na mesa, iluminando Prof por trás e escondendo seu rosto nas sombras. Eu me debati, engasgando, tentando soltar os dedos dele do meu pescoço. Prof me pegou sob o braço com a outra mão e me ergueu, aliviando um pouco da pressão na minha garganta. Ofegante, consegui inspirar um pouco de ar.

Prof se inclinou na minha direção, forçando mais ar para fora dos meus pulmões, e falou devagar.

– Eu tentei ser paciente com você. Tentei dizer a mim mesmo que sua traição não é pessoal, que você foi seduzido por uma ilusionista, uma vigarista habilidosa. Mas, inferno, filho, você está dificultando as coisas. Mesmo sabendo que você faria isso, eu esperava mais. Pensei que você, entre todas as pessoas, entendesse. *Nós não podemos confiar neles!*

Eu lutei para dizer alguma coisa, e ele me deixou respirar um pouco mais.

– Por favor... me solta... – sussurrei.

Ele me estudou por um momento à luz baça, então recuou, me deixando cair no chão. Arfando, me empurrei contra a parede para levantar, lágrimas rolando do canto dos olhos.

– Você devia ter falado comigo – Prof disse. – Se tivesse falado comigo em vez de esconder tudo...

Eu me ergui com dificuldade. Faíscas, o aperto dele era *forte*. O portfólio de poderes dele incluía habilidades físicas intensificadas? Talvez eu precisasse mudar inteiramente o subconjunto Épico em que o classificara.

– Prof – comecei, esfregando meu pescoço –, tem alguma coisa muito, muito *errada* nesta cidade. E estamos andando às cegas! Sim, seu plano para Obliteração é bom, mas o que Realeza está planejando? Quem é Luz da Aurora? Eu não tive a chance de te contar, mas ele falou comigo de novo, ontem. Parece estar do nosso lado, mas há algo estranho nele. Ele mencionou... uma cirurgia feita em Obliteração. O que Realeza está planejando? Ela deve saber que vamos tentar matar alguns dos Épicos de estimação dela. E parece estar nos encorajando. Por quê?

– Por causa do que eu venho dizendo esse tempo todo! – Prof exclamou, jogando as mãos para o alto. – Ela está *torcendo* para que sejamos capazes de detê-la. Até onde sei, ela trouxe Obliteração para cá para que nós o matássemos.

– Se isso é verdade, então há um elemento de resistência dentro dela – eu comentei, dando um passo à frente. – Significa que ela está lutando contra isso. Prof, é tão absurdo acreditar que ela pode estar torcendo para você ser capaz de ajudá-la? Não matá-la, mas restaurá-la ao que ela era?

Prof ficou parado na escuridão, uma silhueta robusta. Faíscas, ele era *intimidador* quando queria ser. O peito largo, o rosto quadrado – era quase desumano em suas proporções. Era fácil esquecer como ele era grande, quando se pensava nele como um gerente, o líder da equipe. Não essa figura de linhas e músculos, talhada de escuridão e sombra.

– Você percebe o quanto seu discurso é perigoso? – ele perguntou baixinho. – Para mim?

– Quê?

– Seu discurso sobre Épicos bons. Ele entra no meu cérebro, como vermes mastigando minha pele e insinuando-se para dentro de mim. Eu decidi há muito tempo, pela minha sanidade e pelo próprio mundo, que não usaria meus poderes.

Senti um frio na barriga.

– Mas aqui vem você. Falando sobre Tormenta de Fogo e como ela viveu entre nós por meses, usando seus poderes só quando necessário. Comecei a me perguntar... Eu poderia fazer o mesmo, não? Não sou forte? Não tenho controle sobre isso? Quando você me deixou ontem, eu comecei a criar campos de força de novo. Pequenos, para guardar substâncias, para brilhar e me dar luz. Comecei a encontrar desculpas para usá-los, e agora estou planejando usar meus poderes para impedir Obliteração. Criando o maior escudo que já criei em anos.

Ele deu um passo à frente e me agarrou pela camisa de novo, puxando-me para perto.

– *Não está funcionando* – ele rosnou. – Está me destruindo, passo a passo. *Você* está me destruindo, David.

– Eu... – Umedeci os lábios.

– Sim – Prof sussurrou, me soltando. – Tentamos isso uma vez. Eu. Abigail. Lincoln. Amala. Uma equipe, como nos filmes, sabe?

– E...?

Ele me encarou na escuridão.

– Lincoln ficou louco. Você o conhece como Floresta das Trevas. Ele sempre amou aquelas faíscas de livros. E eu tive que matar Amala.

Engoli em seco.

– Não funciona, David – Prof disse. – Não *pode* funcionar. Está me destruindo. E... – Ele respirou fundo. – Já destruiu Megan. Ela mandou uma mensagem hoje de manhã. Quer encontrar você de novo. Então pelo menos algo bom vai sair de tudo isso.

– Não! – exclamei. – Você não pode...

– Vamos fazer o que fazemos, David – Prof disse suavemente. – Haverá uma execução.

Eu senti um horror crescente. Tive uma lembrança súbita de Campo de Origem impotente na cascata de Ki-Suco, lutando com a porta do banheiro, olhando para mim com uma súplica nos olhos. Só que, na minha mente, ela tinha o rosto de Megan.

Um gatilho apertado.

Vermelho misturando com vermelho.

– Por favor – implorei, frenético, segurando Prof. – Não faça isso. Podemos pensar em outra coisa. Você ouviu sobre os pesadelos. É assim com você? Diga, Prof, Megan estava certa? Os pesadelos têm algo a ver com as fraquezas?

Ele me pegou pelo braço e me empurrou para trás.

– Eu te perdoo – ele disse. Então se dirigiu para a porta.

– Prof? – chamei, seguindo-o. – Não! Isso...

Ele ergueu uma mão distraidamente e um campo de força surgiu na porta, nos separando.

Pressionei as palmas nele, observando Prof percorrer o corredor.

– Prof! Jon Phaedrus! – Bati no campo de força, mas isso não teve nenhum efeito.

Ele parou e olhou de volta para mim. Naquele momento, com seu rosto nas sombras, eu não vi Prof, o líder – nem Prof, o homem.

Vi um Alto Épico que tinha sido desafiado.

Ele se virou e continuou percorrendo o corredor, desaparecendo de vista. O campo de força permaneceu. Se as jaquetas eram alguma indicação, Prof podia manter aquele escudo no lugar pelo tempo que fosse necessário, mesmo se ele viajasse uma boa distância.

Pouco tempo depois, avistei o submarino pela janela enorme, passando na água escura. Eles tinham me deixado sem meu celular, o spyril ou qualquer jeito de escapar.

Eu estava sozinho.

Só eu e a água.

PARTE 4

40

Passei a hora seguinte jogado sobre a mesa de Thia na sala de reuniões, a enorme janela assomando sobre mim como um colega de quarto que te ouviu abrir um pacote de balas de caramelo. Por fim, levantei e comecei a andar pela sala, mas o movimento só servia para me lembrar do que a equipe estava fazendo lá fora. Correndo, lutando para sobreviver. Tentando salvar a cidade.

E ali estava eu. No banco de reservas.

Olhei para o campo de força de Prof. Não podia deixar de sentir que ele queria especificamente que eu ficasse fora dessa operação – que me flagrar com Megan tinha sido uma desculpa, não um motivo.

Megan. Faíscas! *Megan*. Ele não a mataria mesmo, mataria? Meus pensamentos ficavam voltando para ela, como um pinguim que não podia se convencer de que aqueles peixes de plástico não eram reais. Ela tinha confiado em mim. Tinha me contado sua fraqueza. E agora Prof poderia matá-la por causa disso.

Eu ainda não entendia muito bem meus sentimentos por ela. Mas com certeza não queria que ela se machucasse.

Voltei para a mesa e sentei, tentando manter os olhos afastados da visão dominadora das águas escuras. Comecei a vasculhar as gavetas, procurando algo para me distrair. Encontrei uma arma de emergência – só uma pequena 9 milímetros, mas pelo menos eu estaria armado se conseguisse sair daquela sala estúpida – e munição. Em outra gaveta, encontrei um datapad. Não tinha nenhuma conexão com as redes da

Falcão Paladino, mas continha uma pasta com uma cópia das anotações de Thia sobre a localização de Realeza.

O mapa mostrava o caminho que os Executores usariam para a armadilha de hoje. Eles seguiriam Newton na patrulha dela, então a atacariam em um ponto específico para instigar Realeza a aparecer. Encontrei um pequeno *X* no mapa da batalha com uma referência oblíqua a Prof em posição no caso de emergência – e reconheci aquilo como uma indicação de onde ele estaria esperando para deter Obliteração, se necessário. Mas o que eles planejavam fazer quanto a Megan?

Prof tem meu celular, pensei. *Ele nem teria que se dar ao trabalho de montar uma armadilha. Só precisaria enviar uma mensagem a ela marcando um encontro, então atacá-la.* E se ela morresse por fogo, não iria reencarnar.

Sentindo-me ainda mais ansioso, comecei a examinar o datapad, procurando mais informações. Talvez Thia tivesse gravado algo sobre um plano para atacar Megan.

Ali. Havia um arquivo chamado "Tormenta de Fogo". Cliquei nele.

Era um arquivo de vídeo.

Em alguns segundos, eu soube o que era. Um homem, ofegando de esforço, se movia na selva dentro de um arranha-céu de Babilar. A gravação era do seu ponto de vista, provavelmente capturada por um dos fones que a equipe usava com frequência.

O homem abriu caminho através de videiras, passando por frutas com um brilho interno profundo. Ele olhou sobre o ombro, então correu até um tronco de árvore caído e espiou outra sala.

– Sam. – Era a voz de Val. – Não era pra você provocar uma briga.

– Aham – ele disse. – Mas já provoquei. E agora?

– Saia daí.

– Estou tentando.

Sam atravessou essa segunda sala rapidamente, movendo-se próximo à parede. Ele pulou uma máquina de café com brotos crescendo no topo e se apressou por uma copa pequena, para enfim encontrar uma parede com janelas. Olhou para uma queda de quatro andares, então se virou para a selva de novo.

– Pule – Val ordenou.

— Ouvi alguma coisa.

— Pule logo, então!

Sam manteve uma mão no batente da janela. À luz das frutas brilhantes, eu podia enxergar suas luvas. Ele estava usando o spyril.

— Só estamos *assistindo*, Val – ele sussurrou. – Não foi para isso que eu me juntei aos Executores.

— Sam...

— Está bem – ele resmungou, usando o cotovelo para derrubar parte do vidro do batente e poder sair. Ele apontou o puxa-jato para a água, mas hesitou.

Alguma coisa farfalhou na sala. Sam girou, um movimento desconcertante da câmera acompanhado por um som abafado quando uma videira roçou o seu fone.

Megan estava atrás dele, encoberta por uma cortina de folhagem, usando jeans e uma camiseta apertada. Ela parecia surpresa por vê-lo, e não estava empunhando uma arma.

Tudo ficou imóvel.

Eu me vi levantando do assento, palavras se formando na minha boca. Queria gritar para a tela, mesmo que fosse só uma gravação.

— Só vá – eu disse. *Supliquei.*

— Sam, *não* – Val pediu.

Sam tentou sacar a arma à sua cintura.

Megan sacou mais rápido.

Terminou em um segundo. Ouvi o tiro e a câmera guinou de novo. Quando parou, ela encarava uma parede próxima. Ouvi a respiração de Sam, ofegante, mas ele não se moveu. Uma sombra surgiu sobre ele e pude ouvir um farfalhar. Imaginei que Megan – sempre atenta a armas de fogo – estava desarmando Sam e verificando se ele estava fingindo o ferimento.

Val começou a sussurrar alguma coisa sem parar. O nome de Sam.

Percebi que eu estava suando.

A sombra de Megan recuou e a respiração de Sam ficou cada vez pior. Val tentou falar com ele, disse que Gegê estava a caminho, mas Sam não respondeu.

Eu não vi a vida dele acabar – mas ouvi. Uma respiração por vez até que... nada.

Afundei no assento quando o vídeo parou, a voz de Val cortada no meio de um grito para Gegê se apressar. Eu sentia que tinha assistido a algo íntimo, algo que não deveria ter visto.

Ela realmente o matou, pensei. Tinha sido meio que autodefesa, não tinha? Ela fora verificar o que era aquele barulho. Ele sacara uma arma...

É claro que Megan reencarnava quando morria. Sam não.

Abaixei o datapad, atordoado. Não podia culpar Megan por se defender, mas, ao mesmo tempo, me dilacerava por dentro pensar no que acontecera. Podia ter sido evitado tão facilmente.

O quanto eu poderia confiar nas coisas que Megan tinha me dito? Afinal, Prof estava me espionando. E, no fim, Megan tinha *mesmo* matado Sam. Infelizmente, percebi que no fundo eu não estava surpreso. Megan parecia desconfortável sempre que eu mencionava Sam, e ela não explicara o que tinha acontecido. Eu não lhe dera a chance.

Eu não queria saber.

Em quem eu podia confiar? Minhas emoções eram uma confusão, uma mistura de desordem, frustração e náusea. Nada mais fazia sentido. Não como deveria.

Desesperadamente tentando respirar..., Realeza tinha me dito.

Eu me agarrei a um pensamento, algo diferente, algo para me afastar da bagunça dos meus sentimentos por Megan, Prof e os Executores. No dia em que eu pratiquei com o spyril pela primeira vez, Realeza tinha aparecido. Ela falou sobre como eu um dia morreria sozinho. *Desesperadamente tentando respirar em um daqueles prédios de selva, a um passo da liberdade*, ela dissera. *Sua última visão, uma parede em branco em que alguém derrubou café. Um final deplorável, patético.*

Embora eu odiasse rever qualquer parte daquilo, voltei o vídeo para a última visão de Sam, a câmera apontada para a parede. Ela *estava* manchada, como se algo tivesse sido derrubado nela.

Realeza tinha visto aquele vídeo.

Ah, *faíscas*. Quanto ela sabia? Meu desconforto com toda aquela missão inteira aflorou novamente. Não sabíamos metade do que achávamos que sabíamos. Disso eu tinha certeza.

Hesitei por um momento, então joguei no chão tudo o que havia na mesa de Thia, exceto o datapad.

Eu precisava pensar. Sobre Épicos, sobre Realeza e sobre o que eu sabia de fato. Reprimi minhas emoções por um momento e desconsiderei tudo o que pensávamos saber. Até desconsiderei minhas próprias anotações, que tinha reunido antes de me juntar aos Executores. Os poderes de Obliteração provavam que meu próprio conhecimento podia ser bastante falho.

O que eu *sabia* sobre Realeza?

Um fato se destacou para mim. Ela tivera os Executores sob seu controle e decidira não nos matar. Por quê? Prof tinha certeza de que ela queria ser morta por nós. Eu não estava disposto a chegar a essa conclusão. Que outros motivos ela poderia ter?

Ela nos confrontou naquela primeira noite esperando encontrar Prof lá, pensei. *Claro, podia ter nos eliminado facilmente. Mas não Jonathan Phaedrus.*

Ela sabia que ele era um Épico. Conhecia os poderes dele. Deixou-nos viver, supostamente, para entregar a mensagem de que Prof deveria matá-la. Bem, eu não aceitava que ela queria morrer. Mas por que outro motivo ela instigaria Prof a vir para Babilar?

Realeza sabia como Sam havia morrido, pensei. *Em detalhes. Detalhes que Megan provavelmente não teria explicado.* Então, ou ela tinha assistido ao vídeo, ou estivera lá naquela noite.

Ela podia ter orquestrado tudo dos bastidores, armando a morte de Sam? Ou eu estava simplesmente procurando modos de inocentar Megan?

Concentrei-me na nossa primeira noite em Babilar, quando enfrentamos Obliteração. Aquela batalha tinha nos exaurido e, depois que fugimos, Realeza tinha aparecido em toda a sua glória – mas ficara chocada ao saber que Prof não estava lá. E se Realeza tinha feito tudo aquilo para descobrir um modo de matar Prof? Ele sabia muito sobre os poderes dela. Conhecia os seus limites, seu alcance, as lacunas nas suas habilidades. Ela podia ter o mesmo tipo de informação sobre ele?

De repente, imaginei tudo aquilo como uma complexa armadilha no estilo Executor, arquitetada por Realeza para atrair e matar Prof. Uma trama para eliminar a pessoa que tinha mais potencial para rivalizar com ela. Parecia uma conexão tênue, forçada. Mas, quanto mais eu pensava, mais convencido ficava de que Prof estava correndo sério perigo.

Será que nós não éramos os caçadores nessa história? E se fôssemos, em vez disso, as presas?

Eu me ergui. Tinha que sair dali. Prof provavelmente estava em perigo. E, mesmo que não estivesse, eu não podia correr o risco de deixá-lo atacar Megan. Precisava falar com ela. Precisava perguntar sobre Sam e sobre o que ela tinha feito. Tinha que saber o quanto ela mentira para mim.

E... a verdade era que eu a amava.

Apesar de tudo – apesar dos questionamentos, e de me sentir traído –, eu a amava. E *de jeito nenhum* deixaria Prof matá-la.

Fui até a porta e tentei remover o campo de força. Empurrei, soquei – até peguei a cadeira da mesa e a joguei contra ele. Tudo isso, é claro, não teve efeito algum.

Ofegando de esforço, tentei em seguida quebrar a madeira do batente *ao redor* do campo de força. Isso também não funcionou. Eu não tinha nada para alavancar e o prédio era firme demais. Talvez com as minhas ferramentas e um dia ou dois, eu conseguisse derrubar as paredes até a outra sala, mas isso levaria tempo demais. Não havia outras saídas.

Exceto...

Eu me virei e olhei a janela grande, mais alta que um homem e muitas vezes mais larga, que revelava o oceano. Era meia-noite, portanto estava escuro, mas eu podia ver formas se movendo naquela escuridão terrível.

Cada vez que entrava na água, eu sentia aquele vazio tentando me arrastar para baixo. Tentando me consumir.

Lentamente, fui até a mesa de Thia, abri a última gaveta e peguei a 9 milímetros. Uma Walther. Uma boa arma, até eu admitiria que ela era precisa. Carreguei a munição e olhei para a janela.

Imediatamente senti um terror opressivo. Eu tinha atingido uma trégua instável com a água, mas ainda achava que podia senti-la ansiosa para estourar o vidro e me esmagar.

Ali estava eu de novo, na escuridão, com um peso na perna me puxando para o esquecimento. Quão fundo estávamos? Eu não podia nadar até a superfície daqui de baixo, podia?

Que ideia estúpida. Apoiei a arma na mesa.

Mas... se eu ficar aqui, há uma boa chance de que ambos morram. Prof mata Megan. Realeza mata Prof.

No banco, quase onze anos antes, eu me encolhera de medo enquanto meu pai lutava. Ele tinha morrido.

Era melhor me afogar. Reuni todas as emoções que sentia ao olhar para as profundezas – o terror, os maus agouros, o pânico primitivo – e as segurei. Então as destruí.

Eu *não seria* controlado pelas águas. Diretamente, deliberadamente, peguei a arma de Thia e a apontei para a janela.

Então atirei.

41

A bala mal danificou a janela.

Ela fez um buraco pequeno, que criou pequenas rachaduras como uma teia de aranha – como você veria em um vidro à prova de balas depois de um tiro. Só que essa era só uma 9 milímetros e a janela à minha frente fora construída para suportar um bombardeio. Sentindo-me idiota, atirei de novo. E de novo. Descarreguei o pente inteiro na parede de vidro, e meus ouvidos ficaram zumbindo.

A janela não quebrou. Mal começou a vazar. Ótimo. Agora eu me afogaria naquela sala. Julgando pelo tamanho do vazamento, eu só tinha... ah, cerca de seis meses antes que a água ocupasse a sala inteira.

Suspirando, eu me larguei na cadeira. Idiota. E pensar que eu tinha encarado as profundezas, desafiado meus medos e me preparado para nadar dramaticamente até a liberdade. Em vez disso, agora ficaria escutando a goteira pingando no chão de madeira – o oceano tirando sarro de mim.

Encarei a água que se acumulava no chão e tive outra ideia ruim.

Bem, tá no inferno, abraça o capeta, pensei. Arrastei uma das prateleiras e obscureci a entrada e o campo de força. Então peguei uma das gavetas e a coloquei sob o vazamento para conter parte da água. Alguns minutos depois, eu tinha uma poça respeitável ali.

— Olá, Realeza — eu disse. — Aqui é David Charleston, chamado de Matador de Aço. Estou dentro da base secreta dos Executores.

Repeti isso diversas vezes, mas nada aconteceu, é claro. Estávamos em Long Island, bem fora do alcance de Realeza. Eu só esperava que, talvez, se ela *estivesse* enganando todos nós, as informações de Prof e Thia sobre seu alcance estivessem...

A água na gaveta começou a se revolver.

Dei um grito, recuando enquanto o pequeno buraco que eu fizera na janela se expandia e a água entrava à força e formava uma corrente maior. Ela se ergueu, adquirindo forma, então parou de fluir enquanto cores inundavam a figura.

– Você está me dizendo – Realeza começou – que esse tempo todo eu fiz meus agentes procurarem no litoral norte enquanto vocês tinham uma *base subaquática*?

Eu recuei, o coração martelando. Ela estava tão calma, tão certa, usando seu terno de negócios e um colar de pérolas ao redor do pescoço. Realeza não estava fora do controle. Ela sabia exatamente o que estava fazendo naquela cidade.

Ela me olhou da cabeça aos pés, como se me avaliasse. A informação de Thia sobre o alcance dela estava errada. Talvez os seus poderes, como os de Obliteração, tivessem sido intensificados de alguma forma.

Tudo o que estava acontecendo naquela cidade estava errado.

– Ele te trancou aqui, não é? – Realeza perguntou.

– Hã... – Tentei decidir como enganar Realeza. Se é que isso era possível. De repente, meu plano vago de agir como se quisesse desertar para o lado dela parecia pateticamente óbvio.

– É, você realmente é muito articulado – Realeza disse. – Bem, cérebro nem sempre acompanha paixão. Na verdade, eles frequentemente têm uma proporção inversa. O que Jonathan vai fazer com você, me pergunto, quando descobrir que você revelou a base dele para mim?

– Megan já a encontrou – respondi. – Até onde Prof sabe, este lugar foi exposto e não é mais uma base válida.

– Que pena – Realeza falou, olhando ao redor. – É mesmo um local bom. Jonathan sempre teve um senso apurado de estilo. Ele pode lutar contra a sua natureza, mas aspectos dele deixam sua herança bem clara. As bases extravagantes, os apelidos, a fantasia que ele usa.

Fantasia? *Jaleco preto de laboratório. Óculos de proteção no bolso.* É, de fato era um pouco excêntrico.

— Bem, seja rápido com seu pedido, menino – Realeza disse. – É um dia cheio.

— Eu quero proteger Megan – eu disse. – Ele vai tentar matá-la.

— E se eu te ajudar com isso, você vai me servir?

— Sim.

Essa é uma das Épicas mais astutas do mundo, pensei comigo mesmo. *Você acha mesmo que ela vai acreditar que você trocaria de lado, simples assim?*

Eu estava apostando no fato de que ela mostrara um interesse em mim antes. É claro, ela também dissera que estava brava comigo por ter matado Coração de Aço. Talvez, agora que o seu plano para derrotar Prof estava encaminhado, ela só quisesse me esmagar.

Realeza fez um aceno.

Água estilhaçou a parede, estourando o buraco que eu fizera e destruindo o vidro. Eu nem tive tempo de agarrar a arma da mesa enquanto a água preenchia a sala, me lançando na escuridão. Cuspi e me debati. Eu podia ter enfrentado meu medo daquelas profundezas, mas isso não queria dizer que me sentia *confortável* nelas.

Fiquei completamente incapaz de pensar ou nadar conscientemente. Teria morrido ali se Realeza não tivesse me puxado para cima. Tive uma sensação de movimento e, quando emergi na superfície – arfando e gelado –, meus ouvidos doíam por algum motivo.

A água embaixo de mim se tornou *sólida*, de algum modo. Um pequeno pedestal de água me ergueu e Realeza apareceu ao meu lado. Fiquei deitado lá, tremendo e molhado, até que percebi que estávamos em movimento. O pedestal de água corria pela superfície do oceano, me carregando, aproximando-se das paredes e pontes coloridas de Babilar.

Realeza podia aparecer onde quisesse – ou, pelo menos, podia aparecer em qualquer lugar que podia ver. Então isso não era para transportá-la, mas para *me* mover.

— Aonde estamos indo? – perguntei, me ajoelhando.

— Jonathan já contou a você – ela questionou – o que sabemos sobre a natureza de Calamidade?

Eu podia vê-lo lá em cima, o ponto brilhante onipresente. Mais brilhante que uma estrela, mas muito menor que a lua.

– É possível ver Calamidade com um telescópio – Realeza continuou, falando de um jeito casual. – Nós quatro fazíamos isso com frequência. Jonathan, eu, Lincoln. Mesmo com um telescópio, é difícil distinguir detalhes. Ele brilha muito forte, sabe.

– *Ele*? – perguntei.

– Mas é claro – Realeza confirmou. – Calamidade é um Épico. O que mais você esperava?

Eu... eu não conseguia responder. Mal conseguia piscar.

– Eu perguntei a ele sobre você – ela disse. – Disse a ele que você seria um Épico maravilhoso. Isso resolveria todo tipo de problemas, entende, e acho que você se acostumaria rápido. Ah, aqui estamos.

Eu me levantei com dificuldade enquanto nossa plataforma de água desacelerava até parar. Estávamos na parte inferior de Babilar, perto de onde a operação para matar Newton começaria em breve. Pelo visto, Realeza sabia disso também.

– Você está mentindo.

– Você conhece o Dilaceramento? – Realeza perguntou. – É como chamamos o período logo depois que um Épico ganha seus poderes. A pessoa sente uma sensação dominadora a impulsionando a destruir, a quebrar. Essa força nos consome inteiramente. Alguns aprendem a controlar esses sentimentos, como eu. Outros, como Obliteração, nunca os superam inteiramente.

– Não – sussurrei, sentindo um horror crescente.

– Se serve de consolo, você provavelmente vai esquecer da maior parte do que está prestes a fazer. Vai acordar em um dia ou dois com lembranças vagas das pessoas que matou. – Ela se inclinou, sua voz ficando mais dura. – Eu vou *gostar* de assistir a isso, David Charleston. É poesia que alguém que tenha matado tantos de nós se torne a coisa que tanto odeia. Acredite, no fim, foi isso que convenceu Calamidade a aceitar meu pedido.

Ela bateu no meu peito com uma mão líquida, me empurrando da plataforma. Eu caí na água e o líquido se agitou ao meu redor, me erguendo em um pilar em direção ao céu noturno. Cuspindo, me endireitei e descobri que estava cerca de 30 metros no ar, como que sobre um enorme jato feito com o spyril. Olhei para cima.

E ali estava Calamidade.

A estrela queimava intensamente, e a terra ao meu redor pareceu ficar vermelha, banhada em uma luz profunda. Como naquela primeira noite, há tanto tempo, quando Calamidade tinha chegado e o mundo tinha mudado. Impossibilidades, caos, e então os Épicos.

Aquele vermelho ardente dominava minha visão. Eu não sentia como se eu – ou ele – tivéssemos mudado de lugar, mas de repente aquilo era tudo o que eu podia ver. Eu sentia, contra a razão, que estava tão próximo que podia estender a mão e tocar a estrela. E dentro daquele vermelho flamejante e violento, eu *jurei* ver um par de asas de fogo.

Minha pele ficou fria, então recebi um choque, um formigamento elétrico – como se estivesse me recuperando de um torpor. Eu gritei, dobrando-me sobre mim mesmo. Faíscas! Eu conseguia *sentir* aquilo correndo através de mim. Uma energia podre, uma transformação.

Estava realmente acontecendo.

Não, não... por favor...

O vermelho sobre a terra recuou, e meu pilar de água lentamente se abaixou. Eu mal notei: o formigamento continuava, como milhares de vermes se contorcendo sob minha pele.

– É inquietante no começo – Realeza falou suavemente enquanto eu descia para o nível do mar ao lado dela. – Eu recebi a garantia de que você terá poderes que serão "tematicamente apropriados". Sugeri as mesmas habilidades de manipulação de água que o jovem Georgi possuía. Ele, caso você tenha esquecido, era o Épico que foi morto para fazer aquela abominação que você chama de spyril. Acredito que você vai achar a condição de Épico *muito* mais liberadora do que os dispositivos que vocês usam para nos imitar.

Eu grunhi, rolando, o rosto voltado para o céu. Calamidade agora parecia só um ponto distante, mas aquele brilho vermelho sobre a terra permaneceu – fraco, mas perceptível. Tudo ao meu redor estava banhado em um tom de carmesim.

– Bem, comece – Realeza disse. – Vamos ver o que você pode fazer. Estou *especialmente* interessada em ver como seus ex-colegas de equipe vão reagir quando você aparecer no meio do planejamento cuidadoso deles, manifestando poderes Épicos e assassinando todo mundo que vir. Será... divertido.

Uma parte distante do meu cérebro percebeu que era por isso que ela tinha aceitado tão rápido me ajudar a escapar da base. Ela não acreditara que eu ia desertar; pretendia me usar, e usar meus novos poderes, como um modo de frustrar os planos dos Executores.

Eu rolei de novo, dando um jeito de ficar de joelhos, ainda posicionado sobre uma seção de água que Realeza tornara sólida. Meu rosto se refletia na água, iluminado pela tinta spray em um prédio próximo.

Eu era um Épico agora?

Sim. Eu sentia que era verdade. O que tinha acontecido entre Calamidade e mim não era um truque. Mas, ainda assim, eu tinha que testar. Precisava ter certeza.

E então me mataria, rapidamente, antes que o desejo me consumisse.

Eu estendi uma mão para a água.

42

Eu senti alguma coisa.

Bem, senti a água, é claro. Quero dizer, mais alguma coisa. Algo dentro de mim. Uma comoção.

Com a mão na superfície da água, olhei para dentro daquelas profundezas. Logo abaixo de mim havia uma antiga ponte de aço coberta por uma fileira de carros enferrujados. Uma janela para outro mundo, um mundo antigo, uma época anterior.

Imaginei como teria sido viver naquela cidade quando as águas a inundaram. Meus medos retornaram, as imagens de ser esmagado, afogado, preso.

Exceto que... descobri que eles não me controlavam como antes. Eu era capaz de ignorá-los. Nada jamais seria tão ruim quanto ficar diante da parede de vidro sob o oceano e atirar nela com uma pistola, convidando o mar para vir e me esmagar.

Tome-o, disse uma voz na minha cabeça. Uma voz distante, mas real. *Tome esse poder. É seu.*

Eu...

Tome-o!

– Não.

O formigamento desapareceu.

Eu pisquei para as águas. A luz de Calamidade tinha recuado e tudo parecia normal de novo.

Eu me ergui, instável, e virei para encarar Realeza.

Ela sorriu.

– Ah, o poder toma conta!

– Não – eu falei. – Eu sou uma máquina de lavar numa feira de armas.

Ela me encarou, espantada.

– O que você disse?

– Máquina de lavar? – repeti. – Feira de armas? Sabe? Máquinas de lavar não usam armas, certo? Porque não têm dedos. Então, se estão numa feira de armas, não há nada que queiram comprar. Enfim, estou bem. Não estou interessado.

– Não está... interessado. Não importa se você está interessado ou não! Você não tem *escolha*.

– Fiz uma mesmo assim – eu disse. – Mas obrigado. Foi legal da sua parte pensar em mim.

Realeza abriu a boca como se quisesse falar, mas nenhum som saiu. Seus olhos se arregalaram enquanto ela me observava. Sua postura de domínio e controle tinha desaparecido.

Eu sorri e dei de ombros. Por dentro, estava pensando freneticamente em algum jeito de escapar. Ela me destruiria, agora que não tinha conseguido me tornar parte dos seus planos? O único lugar aonde eu podia ir era a água – o que, considerando as habilidades dela, não parecia sábio.

Mas eu não era um Épico. Não tinha dúvidas de que ela *tentara* me dar poderes, como disse que faria. Não tinha dúvidas de que ouvira a voz de Calamidade na minha mente.

Só não tinha funcionado.

– Os poderes Épicos – eu disse a ela, encarando seus olhos – estão relacionados ao medo, não estão?

Os olhos dela se arregalaram ainda mais. Parte de mim achou incrivelmente satisfatório ver Realeza tão atordoada, e isso me pareceu mais uma prova de que tudo que ela fizera tinha sido calculado. Mesmo quando parecera fora de controle, ela soubera o que estava fazendo.

Tudo exceto por esse momento.

Ela desviou os olhos e xingou. Então desapareceu. Eu, é claro, caí no oceano imediatamente.

Eu me debati um pouco, mas consegui nadar até o prédio mais próximo. Mizzy teria gargalhado ao ver minha versão tola de uma braçada, mas foi o bastante. Eu me puxei para fora da água e entrei no prédio por uma janela. Havia trilhas nesse prédio, provavelmente feitas por pessoas colhendo frutas, e eu levei cerca de cinco minutos para encontrar a escada e subir no telhado dois andares acima.

Era uma típica noite babilariana, e havia pessoas sentadas na beirada dos telhados com as pernas balançando. Algumas pescavam, outras colhiam frutas preguiçosamente. Eu tremi, encharcado, e tentei entender o que tinha acabado de acontecer comigo.

Calamidade era um Épico. Algum tipo de... doador superpoderoso, talvez? Seria possível que só houvesse um único Épico esse tempo inteiro, e todos os outros fossem descendentes dos seus poderes?

Bem, quem quer que ele fosse, Realeza estava em contato com ele. E ela me deixara ir embora. Foi porque seu fracasso em me tornar um Épico a tinha assustado? Ela olhara para o lado no final; às vezes era difícil lembrar que ela estava escondida na sua base, com outras coisas acontecendo ao seu redor. Talvez algo ali a tivesse distraído.

Bem, eu estava livre, por enquanto. E ainda tinha trabalho a fazer. Respirei fundo e tentei me orientar, mas só tinha uma ideia vaga de onde estava. Corri até um grupo de pessoas que cozinhavam sopa ao lado de algumas barracas; eles ouviam música em um rádio num volume baixo – provavelmente uma transmissão de outra pessoa na cidade. Ergueram os olhos para mim e me ofereceram uma garrafa de água.

– Obrigado, mas, hã, eu não posso ficar – eu falei. – Hã... – Como poderia dizer isso sem soar suspeito? – Sou totalmente normal e nem um pouco estranho. Mas preciso chegar ao Cruzamento Finkle. Em que direção ele fica mesmo?

Uma mulher mais velha usando um xale azul de tricô brilhante apontou com um gesto preguiçoso.

– A umas dez pontes naquela direção. Vire à esquerda no prédio bem alto e siga em frente. Mas você vai passar pela Turtle Bay...

– Hã. E aí?

– Há um Épico grande lá – um homem completou. – Brilhando.

Ah, certo. Obliteração. Surpreendentemente, ele era o menor dos meus problemas. Saí correndo na direção indicada, tentando manter minha atenção na tarefa atual, não em Calamidade. Eu precisava salvar Megan, conseguir algumas respostas e avisar Prof que o alcance de Realeza era maior do que ele e Thia pensavam.

O que Prof faria quando me visse fora da base? Provavelmente não seria bom, mas eu precisava acreditar que ele me ouviria quando eu explicasse que Realeza tinha aparecido lá.

Dez pontes? Era uma corrida longa e eu estava sem tempo. Os Executores provavelmente já tinham iniciado o plano. Eu precisava do meu celular. Faíscas, precisava de mais que isso! Precisava de uma arma, informações e — de preferência — um exército ou dois. Em vez disso, estava correndo, sozinho e desarmado, por uma ponte de madeira em que cada tábua tinha sido pintada de uma cor diferente.

Pense, pense! Eu não conseguiria alcançá-los a tempo, nem se corresse o trajeto todo. Então, o que podia fazer?

Bem, eu conhecia o plano. Os Executores seguiriam Newton em sua patrulha noturna. Ela começaria no centro da cidade, então se dirigiria à antiga Chinatown, onde o ataque aconteceria. Portanto, se eu pudesse me posicionar no meio desse caminho, eles teoricamente viriam até *mim* em vez de eu precisar encontrá-los.

Pedindo direções a algumas pessoas, consegui chegar até a Catedral de Bob, um lugar que eu sabia estar na rota de Newton. O local com esse nome grandioso era apenas um prédio pintado no topo e nos lados como uma série de vitrais. O lugar era densamente povoado, e Thia suspeitava que ele estava na rota de Newton porque permitia a ela se exibir e mostrar a todos quem governava a cidade.

Reduzi o passo à medida que me aproximava, juntando-me a uma fila de pessoas que subiam uma ponte em direção ao prédio colorido. Faíscas, o lugar estava cheio. Quando atingi o topo, descobri que era um mercado, cheio de tendas e barracas. As tendas exibiam mercadorias, que iam desde coisas simples como chapéus de folhas de palmeira até produtos exóticos dos tempos antigos. Passei por um homem que vendia caixas com brinquedos de corda. Ele estava sentado atrás deles com uma pequena chave de fenda, consertando um que estava quebrado. Uma mulher vendia jarras de leite vazias, que ela dizia serem perfeitas para guardar suco de fruta. Havia algumas cheias, brilhando forte, para provar a alegação.

A pressão dos corpos e as conversas foram – pela primeira vez – um alívio. Seria mais fácil me esconder ali, embora eu precisasse me certificar de estar em posição para avistar Newton quando ela viesse. Demorei-me perto de uma tenda que vendia roupas. Coisas simples, só pedaços de tecido com buracos para os braços. Uma delas era uma capa azul brilhante, perfeitamente discreta aqui em Babilar.

– Gosta do que está vendo? – perguntou uma garota sentada num banco sob o toldo.

– Uma capa seria útil – admiti, apontando. – Mas não tenho muita coisa pra trocar.

– Seus tênis são legais.

Olhei para baixo. Meus tênis. Eram de borracha boa, do tipo que estava ficando cada vez mais difícil de encontrar. Se eu ia perseguir os Executores, suspeitava que precisaria dos meus tênis. Procurei no bolso e só encontrei uma coisa: a corrente que Abraham tinha me dado, com o símbolo dos Fiéis.

Os olhos da garota se arregalaram.

Hesitei por um momento.

Então troquei os tênis. Não tinha certeza de quanto valiam, mas continuei pechinchando, acrescentando itens até me afastar com a capa, um par de sandálias velhas e uma faca bem razoável.

Coloquei meu novo equipamento e fui até uma taverna à beira do telhado, um lugar onde Newton parava para beber na maioria das noites antes de continuar abordando os vários vendedores da catedral. A barraca vendia álcool que brilhava fracamente na noite. Se havia uma lei universal sobre a humanidade, era que, dado tempo suficiente, as pessoas encontrariam um jeito de fermentar qualquer coisa.

Eu não pedi uma bebida. Em vez disso, me acomodei no chão do lado da parede fora da taverna, o capuz caindo sobre os olhos. Só mais um babilariano ocioso. Então tentei decidir o que fazer se Newton realmente aparecesse.

Tive cerca de dois minutos para pensar antes de ela passar diretamente por mim. Estava vestida no mesmo estilo punk retrô de antes, uma jaqueta de couro com pedaços de metal espetados, como se um papel de presente tivesse sido enrolado sobre uma máquina de tortura. Cabelo curto e tingido de várias cores.

Ela estava sendo seguida por duas de suas capangas, vestidas com a mesma exuberância, e elas não pararam para pegar bebidas. Com o coração martelando, eu as segui enquanto elas percorriam o mercado, vigilantes. Onde estava Val? Era ela quem seguiria Newton – Gegê e Thia estariam em algum ponto próximo, no submarino. Mizzy seria a atiradora, então? A Catedral de Bob ficava num prédio alto, então não havia muitos lugares próximos com um ponto de vista adequado, e seria difícil atirar em meio a todas aquelas pessoas. Talvez Mizzy fosse ficar posicionada mais para o sul, perto de onde a armadilha deveria ocorrer.

Eu estava focado em encontrar Val ou Gegê, então vi quando um homem emergiu da multidão e lançou um pedaço de fruta em Newton. Ela voou pelo ar e fez contato de certo modo – os poderes de Newton se ativaram imediatamente, refletindo a energia. A fruta quicou de volta e explodiu ao cair no chão. A Épica girou, procurando a fonte do ataque.

Congelei, suando. Eu parecia suspeito? Newton apontou e uma das suas capangas – uma mulher alta e musculosa usando uma jaqueta sem mangas – saiu correndo atrás do homem que jogara a fruta. Ele estava fazendo o melhor que podia para desaparecer na multidão.

Faíscas! Aquilo não era parte do plano, era só um passante tomando uma decisão repentina. De repente, *mais uma* fruta voou até Newton, vinda de outra direção, junto com um grito de "Prédio 17!". Essa também foi defletida, é claro, e a multidão imediatamente começou a se afastar. Eu não tive escolha exceto fazer o mesmo, senão ficaria ali sozinho quando o telhado esvaziasse.

Aquele era exatamente o tipo de coisa que os Executores odiavam. Eu podia imaginar as conversas nos fones agora, Val explicando que alguns habitantes tiveram a ideia de se vingar pelo prédio que Newton queimara. Por mais que eu apreciasse o fato de algumas pessoas em Babilar finalmente mostrarem coragem, não tinha como não ficar irritado com o momento que elas escolheram.

Thia iria querer abortar, é claro, mas eu duvidava que Prof abandonaria a missão por algo tão simples. Juntei-me a um grupo de pessoas cercando uma barraca próxima, o dono gritando para elas não tocarem em nada. Afanei um par de walkie-talkies, sentindo-me apenas levemente culpado. Enquanto os enfiava na capa, ouvi um barulho estranho. Sussurros? Mais como alguém falando baixinho.

Algo naquele som me pareceu familiar. Cuidadosamente, olhei ao redor. A três pessoas de distância, pressionada e escondida pela multidão, havia uma mulher usando uma capa verde brilhante comum. Pude ver suas feições debaixo do capuz.

Era Mizzy.

43

Sim, era Mizzy, com uma mochila jogada sobre os ombros, murmurando consigo mesma – sem dúvida, falando com os outros Executores. Ela não parecia ter me notado.

Faíscas! Eu estivera tão focado em encontrar Val que não tinha pensado que eles finalmente deixariam Mizzy ser batedora.

Um grito veio de fora. Pelo visto, as guarda-costas de Newton tinham encontrado um dos rebeldes.

Mizzy dançava de um pé para outro, ansiosa; ela não iria querer que Newton escapasse. Eu, por outro lado, tinha achado meu alvo, e estava perfeitamente feliz em deixar Newton ir incomodar outra pessoa.

Precisava falar com Mizzy sozinho, só por alguns minutos, e me explicar. Como fazer isso sem que ela imediatamente chamasse Prof e os outros? Eu não tinha dúvidas de que Val atiraria em mim sem hesitar – ela já tinha feito isso – e Prof provavelmente estaria na fila atrás dela, se seus poderes realmente estivessem começando a afetá-lo. Mas Mizzy... talvez eu pudesse convencer Mizzy.

Primeiro eu precisava tirar o fone do ouvido dela. Esgueirei-me pela tenda, seguindo a massa de pessoas em movimento enquanto algumas na frente tentavam ver o que estava acontecendo. Consegui me posicionar logo atrás dela.

Então, com o coração martelando, peguei a faca – deixando-a na bainha, já que não queria machucar Mizzy de fato – e a pressionei contra as costas dela. No mesmo momento, coloquei a mão sobre a sua boca.

– Não se mova – eu sussurrei.

Ela se enrijeceu. Enfiei a mão no seu capuz e encontrei o fone, então mexi nele para desligar o áudio. Perfeito. Agora só tinha que...

Mizzy girou, agarrou meu braço, e eu não tenho certeza do que aconteceu em seguida. De repente eu estava sendo lançado pelos fundos da tenda e o mundo girou. Caí no telhado sobre o ombro e a faca derrapou da minha mão.

Mizzy estava em cima de mim um segundo depois, o braço erguido para me esmurrar, seu rosto emoldurado por tecido verde brilhante. Ela me viu e imediatamente tomou um susto.

– Ah! – Ela me deu um tapinha no ombro. – David! Você está bem?

– Eu...

– Espere! – ela exclamou, cobrindo a boca com a mão. – Eu te odeio!

Ela ergueu o punho de novo e me socou na barriga. E, Calamidade, ela sabia bater. Eu grunhi, me contorcendo – principalmente de dor – e a joguei para longe. Consegui me levantar com dificuldade e fui atrás da faca, mas Mizzy me agarrou sob o braço e...

Bem, tudo girou de novo, e de repente eu estava de costas, completamente sem fôlego. Não era para ser assim. Eu era muito maior que ela. Não deveria ganhar numa briga? Tudo bem que não tinha muito treinamento em combate corpo a corpo, e ela parecia ter... bem, muito mais que "não muito".

Ela havia derrubado a mochila no caos e estava enfiando a mão na capa para pegar uma arma. Nada bom. Consegui me erguer novamente, arfando, e pulei sobre ela. Ela podia me espancar ainda mais, mas, enquanto estivesse fazendo isso, não estaria atirando em mim. Teoricamente.

Porém, o que ela sacou não era uma arma; era um celular. Quase tão ruim – ela ia ligar para a equipe. Eu me lancei sobre Mizzy enquanto ela estava distraída. O celular quicou para longe, e a garota se debateu no meu aperto, erguendo o braço e enfiando o polegar no meu olho.

Eu gritei, caindo para trás e piscando de dor. Mizzy rolou para pegar o celular, então eu o chutei.

Meio que forte demais. Ele deslizou sobre a beirada do telhado. Mizzy se lançou naquela direção em uma tentativa fútil de agarrá-lo, e aproveitei o momento para olhar ao redor, com um olho ainda fechado. A tenda em que tínhamos estado oscilava, porque uma das estacas tinha desabado quando Mizzy me jogou pelos fundos. À nossa direita, uma das capangas da gangue de Newton percorria as ruas entre tendas, talvez procurando as pessoas que atacaram a Épica, talvez só vigiando o perímetro. Eu me abaixei e ergui o capuz de novo, apoiando as costas contra uma barraca de madeira.

Ali perto, Mizzy ergueu os olhos da beirada do telhado e me lançou um olhar fulminante.

– Qual é o seu *problema*? – ela sibilou.

– Alguém enfiou o dedo no meu olho! – rosnei de volta. – Esse é o meu problema!

– Eu...

– Silêncio! – eu disse. – Uma das capangas de Newton está vindo pra cá. – Eu espiei pela lateral do prédio e imediatamente xinguei, me abaixando de novo. Newton estava lá também. Ambas vinham na nossa direção.

Faíscas!, pensei, procurando abrigo. Era impossível se esconder nas sombras daquela cidade idiota, porque *não havia* nenhuma. O chão pintado brilhava sob meus pés em uma sequência de cores vibrantes que imitavam vidro.

Uma das barracas à minha frente tinha uma porta entreaberta, e eu corri até ela. Mizzy xingou e correu atrás de mim, a mochila sobre o ombro. Lá dentro encontrei um lance de escadas. O que eu achava ser uma barraca era na verdade parte do arranha-céu. Muitos desses prédios tinham pequenas estruturas no topo, abrigando escadas ou depósitos. Aquele tinha degraus que levavam ao último andar.

Tirei e enrolei minha capa enquanto Mizzy se aproximava por trás. Ela fechou a porta, então pressionou uma arma no meu torso.

Ótimo.

– Não acho que estava relacionado – a voz de uma mulher disse lá fora. – É só uma coincidência.

– Eles estão ficando inquietos. – Essa era a voz de Newton. – A ralé precisa estar devidamente amedrontada para servir. Realeza não deveria me conter.

– Pfff – a primeira voz bufou. – Acha que faria um trabalho melhor, Newton? Você perderia o controle deste lugar em duas semanas.

Franzi a testa com o comentário, mas só então percebi que a conversa estava ficando mais alta. Tomando um susto com a minha própria estupidez, eu me virei para as escadas que levavam para baixo.

Mizzy agarrou meu ombro e pressionou a pistola mais firmemente. À luz do seu capuz, pude ver seus lábios enquanto ela formava as palavras:

– Não se mexa.

Eu apontei para fora.

– Elas estão vindo pra cá! – sibilei.

Mizzy hesitou e eu arrisquei soltar a sua mão, então desci a escada correndo tão silenciosamente quanto podia. Não fora por acaso que Newton viera naquela direção; ela estava procurando por aquele prédio específico.

De fato, ouvi a porta abrir acima de nós. Tentei me mover o mais quieto possível pela escada, mas logo dei de cara com uma parede de plantas. Faíscas! Não dava para passar. A escada estava totalmente bloqueada pela vegetação.

Girei e me encostei nas plantas, o coração martelando. Mizzy, ainda usando uma capa brilhante, se juntou a mim.

– Estou fora de vista – a voz de Newton ecoou suavemente na escadaria, vinda de cima. – Sim, tenho quase certeza de que eles estão nos seguindo. Quer que eu continue com isso?

Silêncio.

– Tá, tudo bem – Newton disse. – Então, o que eu faço?

Mais silêncio. Ela estava falando com Realeza e queria estar fora de vista enquanto o fazia, de modo que seu perseguidor não a ouvisse ou gravasse os movimentos dos seus lábios. Geralmente, isso seria esperto – exceto pelo fato de que ela escolhera uma localização ocupada por dois Executores.

Bem, um Executor e meio.

– É, acho que sim – Newton disse.

Mais silêncio.

– Está bem. Mas eu não gosto de ser isca. Lembre-se disso. – A porta quebrada acima abriu, então fechou. Newton tinha ido embora.

– O que você contou pra ela? – Mizzy perguntou, afastando-se e erguendo a arma na minha direção, a mochila sobre o ombro. – Ela sabe que a estamos seguindo? Quanto você nos traiu?

– Nada e tudo – respondi com um suspiro, deslizando para uma posição sentada, as costas para a parede coberta de videiras. Agora que o momento tinha passado, percebi como estava dolorido da luta com Mizzy. Eu tinha me acostumado que as coisas não me machucassem tanto quanto deveriam, porque há muito tempo isso não acontecia. Os campos de força de Prof tinham feito um bom trabalho.

– Como assim? – Mizzy perguntou.

– Realeza já sabia tudo sobre nossos planos. Ela apareceu para mim na base.

– Quê? – Mizzy parecia horrorizada. – *Você deixou entrar água na base?*

– Sim, mas essa não é a parte importante. Ela apareceu lá. Mizzy, achávamos que a base estava fora do alcance dela. Realeza nos enganou esse tempo todo, e o plano está correndo sério perigo.

O rosto de Mizzy, iluminado apenas pelo brilho da sua capa, estava franzido de preocupação. Ela mordeu o lábio, mas, quando eu me movi, estendeu o braço que segurava a arma – e ele não tremeu. Ela era jovem e inexperiente, mas não incompetente. Meu ombro e olho doloridos eram provas disso.

– Preciso contar para os outros – ela disse.

– É por isso que vim falar com você.

– Você colocou uma faca nas minhas costas!

– Eu queria me explicar – falei – antes que você pusesse os Executores na minha cola. Olha, acho que Realeza está planejando matar Prof. Ela tem nos enganado o tempo todo, montando uma armadilha pra ele. Ela sabe que ele é o único que pode impedi-la de dominar a cidade, então quer matá-lo.

Mizzy hesitou.

– Você está trabalhando com ela.

– Realeza?

– Não. Tormenta de Fogo.

Ah.

– Sim – confirmei suavemente. – Estou.

– Você admite?

Eu assenti.

– Ela matou Sam!

– Eu vi o vídeo. Sam sacou a arma dele, Mizzy, e ela é uma atiradora treinada. Ele tentou atirar nela, então ela atirou primeiro.

– Mas ela é má, David – Mizzy insistiu, dando um passo à frente.

– Megan salvou minha vida – eu falei – quando Obliteração tentou me matar. Foi assim que escapei, quando você estava ocupada com outras coisas.

– Prof disse que ela estava brincando com você – ela respondeu. – Ele disse que você foi comprometido pelos seus... sentimentos por ela. – Ela olhou para mim como se implorasse para que não fosse verdade. – Mesmo se ele estiver errado, David, ela é uma Épica. É nosso trabalho matá-los.

Continuei sentado naquela escadaria escura, meu olho doendo – podia enxergar com ele, felizmente, mas doía. Mizzy tinha me pegado de jeito. Fiquei lá pensando, lembrando. Pensando sobre o garoto que eu fora, estudando todos os Épicos. Odiando todos eles. Fazendo meus planos para matar Coração de Aço.

Eu sabia como Mizzy estava se sentindo. Eu já fora como ela. E por mais insano que isso soe, acho que não era mais essa pessoa. A mudança tinha começado no dia em que eu derrotei Coração de Aço. Eu voei no helicóptero carregando o crânio dele nas mãos, numa confusão de sentimentos. O assassino do meu pai estava morto, mas só graças à ajuda de outro Épico.

No que eu realmente acreditava? Enfiei a mão no bolso e tirei o pingente que Abraham me dera. Ele captou a luz de algum lugar, um brilho refletindo de um corrimão de metal acima, e reluziu. O símbolo dos Fiéis.

– Não – eu disse, finalmente entendendo. – Nós não matamos Épicos.

– Mas...

– Nós matamos criminosos, Mizzy. – Coloquei o colar e me ergui.
– Nós levamos a justiça àqueles que foram assassinados. Não matamos

os Épicos por quem eles são. Nós os matamos por causa das vidas que eles põem em risco. – Eu tinha pensado sobre isso do jeito errado a vida inteira.

Mizzy olhou para aquele pequeno pingente, com seu símbolo estilizado, pendendo para fora da minha camiseta.

– Ela ainda é uma criminosa. Sam...

– Você vai executá-la, Mizzy? – perguntei. – Vai apertar o gatilho, sabendo que anulou os poderes dela e que não há nada que ela possa fazer? Vai olhar nos olhos dela no momento em que ela perceber que não há saída? Porque eu já fiz isso, e deixa eu te contar: não é tão fácil quanto parece.

Eu a encarei na luz baça, então comecei a subir os degraus.

Mizzy manteve a arma apontada para mim por um momento, a mão tremendo. Então desviou os olhos e abaixou a arma.

– Precisamos avisar os outros – eu disse. – E, como fui idiota a ponto de arruinar seu celular, temos que ir até o submarino para isso. Sabe onde ele está?

– Não – ela respondeu. – Aqui perto, eu acho.

Continuei subindo os degraus.

– Ele está planejando matá-la – Mizzy anunciou. – Enquanto estamos aqui, seguindo Newton, Prof vai atrair e matar Tormenta de Fogo.

Continuei subindo a escada, um suor frio escorrendo pela testa.

– Tenho que ir até ele. De algum modo, não posso deixá-lo...

– Você não vai chegar lá a tempo – Mizzy interrompeu. – Pelo menos, não sem isso.

Eu congelei onde estava. Abaixo, na escada, Mizzy tirou a mochila do ombro e a abriu.

O spyril estava lá dentro.

44

Desci as escadas correndo, ajudei Mizzy a tirar o spyril da mochila e comecei a vesti-lo.

– Eu estou te ajudando – ela murmurou, ajoelhando-se ao meu lado e amarrando as tiras nas minhas pernas. – *Por que* estou fazendo isso?

– Porque eu estou certo – eu disse. – Porque Realeza é mais inteligente que nós, e porque tudo nessa missão parece errado, e você sabe que algo terrível vai acontecer se seguirmos em frente com ela.

Ela sentou.

– Hã. É, você deveria ter dito tudo aquilo antes. Talvez eu não tivesse batido tanto em você.

– Eu tentei – eu disse. – Os socos meio que me impediram.

– Sério, alguém precisa te ensinar a lutar. Seus golpes foram *patéticos*.

– Eu não preciso aprender a lutar – argumentei. – Sou um atirador.

– E onde está a sua arma?

– Ah… certo.

Eu joguei o mecanismo principal do spyril nas costas e apertei as amarras enquanto Mizzy me entregava as luvas.

– Sabe – ela disse –, eu estava realmente animada pra usar essa coisa e provar como sou incrível, para que Prof concordasse que eu seria uma excelente batedora.

– Você tem alguma ideia de como usar o spyril?

– Eu montei o negócio e faço a manutenção dele. Tenho um monte de conhecimento teórico.

Eu ergui uma sobrancelha.

– Quão difícil pode ser? – Ela deu de ombros. – Afinal, *você* aprendeu a usar...

Eu sorri, mas sem achar muita graça.

– Você sabe onde Prof pretende atacar Megan?

– No mesmo lugar onde estamos planejando atacar Newton. Ele marcou um encontro entre você e ela, usando seu celular.

– No mesmo lugar... mas isso fica bem longe de Obliteração.

Mizzy deu de ombros.

– Prof queria que o ataque a Tormenta de Fogo fosse na mesma região que o ataque contra Newton. O objetivo é que Realeza se manifeste lá, certo? Para dar a Thia o último ponto que ela precisa para descobrir o esconderijo de Realeza. É claro que, se o alcance dela for maior do que pensamos, tudo isso é inútil...

– Exatamente – eu concordei.

Mas o plano de Prof fazia sentido, pelo menos com as informações limitadas que tínhamos. Se o objetivo era atrair Realeza, então atacar duas de suas Épicas – e não só uma – nos daria chances ainda maiores de atrair sua atenção.

– Se Prof está em Chinatown – perguntei –, quem está vigiando Obliteração?

– Ninguém. Prof disse que é improvável que ele esteja carregado o suficiente para liberar seu poder hoje. E temos a câmera, então Thia pode ficar de olho nele.

Eu me senti frio. Tudo que tínhamos feito podia ser parte do plano de Realeza, incluindo a câmera.

– Quão rápido você acha que consegue ir até Obliteração?

– Dez, quinze minutos, correndo. Por quê?

– Digamos apenas que eu tenho um pressentimento muito, muito ruim sobre tudo isso.

– Okaaaay... – Ela recuou quando terminamos de prender o spyril. – Você ficava muito mais estiloso com o traje de mergulho, sabe? Te dava um ar meio agente-de-operações-especiais-da-marinha. Sem o traje, fica mais tipo mendigo-louco-que-prendeu-uma-torradeira-nas-
-costas.

– Ótimo. Talvez faça as pessoas me subestimarem.

– Prof é um Épico, não é? – ela perguntou baixinho.

Olhei para ela e finalmente assenti, colocando as luvas com cuidado, uma de cada vez.

– Quando você descobriu?

– Não sei. Meio que faz sentido, sabe? O modo como vocês têm agido perto dele, os segredos, o fato de Thia não ter explicado como você salvou aquelas pessoas do prédio. Eu provavelmente devia ter adivinhado antes.

– Você é mais esperta que eu. Ele teve que pôr um campo de força na minha cara para eu perceber o que ele era.

– Então tudo isso não é por vingança ou para matar Épicos, nem para punir criminosos – ela disse, parecendo exausta. – É uma luta de poder. Uma guerra por território.

– Não – rebati firmemente. – É para Prof se tornar o homem que eu sei que ele pode ser... o Épico que eu sei que ele pode ser.

– Eu não entendo – ela disse. – Por que ele já não é tudo isso?

– Porque – eu respondi, apertando a segunda luva –, às vezes, os heróis precisam de uma ajudinha.

– Ceeeeerto – ela disse.

– Aqui. – Eu entreguei um dos walkie-talkies que tinha roubado. – Podemos manter contato com isso.

Ela deu de ombros, aceitando o rádio de mão. Então tirou uma sacolinha plástica do bolso e o colocou dentro.

– Caso caia na água – ela explicou, sacudindo a sacola.

– Boa ideia – eu disse, aceitando uma.

Mizzy hesitou, então entregou sua arma também. Estava escuro, mas achei que ela estava corando.

– Tome. Já que eu obviamente não nasci para usar uma dessas.

– Obrigado – eu respondi. – Munição?

Ela só tinha um pente extra. Bem, era melhor que nada. Enfiei o pente no bolso e a pistola no cinto.

– Certo – eu disse. – Vamos lá.

45

Saí correndo da escadaria, o spyril zumbindo nas costas, e emergi em uma cena nojenta. Aparentemente o pessoal de Newton tinha encontrado os revoltosos que jogaram as frutas, porque dois homens estavam enforcados em estacas de tendas perto de mim. Uma fruta brilhante tinha sido enfiada na boca de cada um; o suco brilhante escorria pelo rosto e pingava do queixo deles.

Eu os saudei enquanto passava correndo. Eles tinham sido tolos, mas haviam lutado. Era mais do que a maioria das pessoas fazia naquela cidade. Enquanto eu corria, vendedores ergueram os olhos das barracas onde guardavam suas mercadorias. Algumas pessoas estavam ajoelhadas, rezando para Luz da Aurora, e gritaram convites para que eu me juntasse a elas. Ignorei todos, me dirigindo à beira do telhado, então pulei. Um momento depois disparei no ar sobre jatos de água.

Eu me inclinei para a frente, os prédios passando num borrão enquanto o spyril me impelia pela rua. Tive que cortar os jatos para um quarto da potência para passar por baixo de uma ponte oscilante, mas subi de novo do outro lado, sorrindo quando avistei cerca de uma dúzia de crianças enfileiradas, apontando para mim.

Meu rádio manual crepitou com estática.

– Essa coisa tá funcionando? – Mizzy perguntou.

– Aham – eu disse.

Nenhuma resposta.

Certo. Coisa estúpida. Eu apertei com força o botão de transmissão.

— Está funcionando, Mizzy – disse, erguendo o walkie-talkie até os lábios.

— Ótimo. – A voz dela vinha acompanhada de estática. Faíscas! Aquelas coisas eram só um pouquinho melhores do que duas latas unidas por uma corda.

— Talvez eu nem sempre consiga responder – avisei. – Quando estou usando o spyril, preciso das duas mãos para virar.

— Só tente não molhar demais o rádio – Mizzy recomendou. – Tecnologia antiga não se dá bem com água.

— Entendido – respondi. – Vou tratá-lo como um dragão devorador de homens gigante e furioso.

— E... o que isso tem a ver com qualquer coisa?

— Bem, você jogaria água num dragão devorador de homens gigante e furioso? – Prédios cheios de luz neon passaram num borrão dos dois lados. A essa velocidade, eu alcançaria Prof em minutos.

— Não há sinal do submarino nem dos outros aqui, David – Mizzy informou. Eu tinha que segurar o negócio do lado do ouvido para escutá-la acima do vento. – Eles deveriam ter mandado alguém investigar por que eu fiquei em silêncio. Acho que algo os impediu.

— Continue até Obliteração – eu disse. – Não temos tempo a perder. Descubra o que ele está fazendo e me diga.

— Entendido – Mizzy confirmou.

Eu só tinha que...

Um esguicho de água subiu do oceano e tomou a forma de Realeza. Ela pairou no ar ao meu lado, movendo-se na mesma velocidade que eu, uma pequena linha de água conectando-a à superfície.

— Você atrapalhou meus planos – ela observou. – Não gosto muito de pessoas que fazem isso. Calamidade não quer me dizer por que você não ganhou poderes.

Eu continuei me movendo. Talvez ela continuasse falando e me desse uma chance de chegar a Prof.

— O que você *fez*? – ela perguntou. – Para rejeitar a dádiva? Achei que era impossível.

Eu não respondi.

— Muito bem, então – ela disse com um suspiro. – Você entende que não posso deixá-lo falar com Jonathan. Boa noite, David Charleston, Matador de Aço.

A água borrifando dos meus jatos subitamente se dividiu, esguichando para os lados em vez de atingir a superfície do oceano. Mas eu não caí, pelo menos não muito, uma vez que a água não estava me mantendo no lugar – era a sua potência ao sair dos jatos que fazia isso. Realeza, pelo visto, não entendia a física do spyril muito bem. Não fiquei surpreso. Épicos raramente prestavam atenção em princípios da física.

Mudei de direção e ignorei a interferência dela, desviando de um prédio usando o jato manual para manobrar. Realeza apareceu ao meu lado um instante depois, e enormes colunas de água se ergueram da rua abaixo para me agarrar.

Respirando fundo, guardei meu rádio na sacola, então me lancei para o lado, tomando outra rua. Dezenas de gavinhas serpentearam das profundezas abaixo, tentando me pegar. Tive que virar os jatos e me projetar para cima para não ser capturado. Infelizmente, as gavinhas de Realeza me seguiram, contorcendo-se logo abaixo de mim. Meus jatos começaram a perder potência quando subi alto demais – o puxa-jato só funcionava até certa altura.

Não tive escolha exceto girar no ar e descer de novo. Atravessei uma das gavinhas, sendo envolvido por uma parede de água gelada, mas saí do outro lado. A gavinha tentou me segurar, mas estava um segundo atrasada. Elas dependiam das orientações de Realeza para se mover, e dependiam da rapidez com que ela conseguia dar ordens.

Sentindo um ímpeto de confiança, desviei de outras gavinhas de água enquanto caía, o vento açoitando meu rosto, antes de finalmente girar e reduzir a velocidade da queda quando cheguei perto da superfície. Disparei por outra rua, serpenteando de um lado para o outro enquanto ondas enormes se formavam no oceano e tentavam desabar sobre mim. Consegui escapar de todas elas.

– Você – Realeza disse, aparecendo ao meu lado – é um rato tão irritante quanto o próprio Jonathan.

Sorri, borrifando para baixo com o jato manual e me impulsionando por cima de outra gavinha que se formava. Mudei de direção e passei entre duas outras. Agora estava totalmente molhado – torcia para que a sacola do rádio aguentasse firme.

Era a coisa mais emocionante que eu já fizera na vida, disparar por aquela cidade de pretos aveludados e cores fortes, passando por habitantes assombrados, boquiabertos, em barcos à deriva. Em Nova Chicago, os Executores tinham uma regra de nunca me deixar dirigir, só por causa de alguns incidentes infelizes envolvendo carros e... hã... paredes. Mas com o spyril eu conseguia me mover com liberdade e poder. Não precisava de um carro. Eu *era* um carro.

Quando encontrei outro conjunto de gavinhas, desviei, me inclinando na guinada como um surfista, então me lancei por uma rua lateral. Quase bati de cara contra uma parede enorme de água, tão alta quanto os telhados dos dois lados, se erguendo para assomar sobre mim. Imediatamente, ela começou a desabar na minha direção.

Em pânico, dei um grito e usei os jatos para entrar pela janela de um dos prédios. Caí no chão rolando e os jatos foram cortados. A água bateu na parede lá fora, entrando pelas janelas e passando sobre mim. Parafernália de escritório se ergueu e bateu em árvores, mas a água rapidamente saiu pelo outro lado.

Encharcado e frenético, cambaleei para dentro de um escritório coberto por uma selva. Gavinhas de água arrebentaram as janelas às minhas costas, serpentando à minha procura. Faíscas! Instintivamente, segui mais para dentro do prédio, longe da água lá fora, que era a fonte do poder de Realeza. Mas isso também me afastava da fonte do poder do spyril. Sem ele, eu era só um cara molhado com uma pistola enfrentando uma das Épicas mais poderosas que já haviam existido.

Tomei uma decisão repentina e continuei seguindo para dentro, abrindo caminho entre mesas antigas e enormes montanhas de raízes. Talvez eu pudesse perdê-la aqui. Infelizmente, conforme me movia pelo prédio, ouvi gavinhas de água arrebentando janelas do outro lado. Saí em disparada por um corredor e encontrei a água se insinuando na minha direção, correndo sobre o antigo carpete.

Ela estava inundando o lugar.

Ela está tentando enxergar, eu percebi. Ela podia mandar a água pelas janelas e cobrir o chão do escritório inteiro, enxergando cada canto do prédio. Corri na direção oposta, tentando encontrar uma escadaria ou outra saída, e encontrei um escritório amplo. Ali, tentáculos de água translúcidos serpenteavam entre troncos de árvores como as hastes de alguma lesma enorme de muitos olhos.

Com o coração batendo mais depressa, me abaixei e voltei para o corredor. Frutas que tinham sido derrubadas pelos tentáculos brilhavam atrás de mim, criando sombras dançantes no corredor. Era como uma boate para condenados.

Com as costas contra a parede, percebi que estava preso. Olhei para as frutas ao meu redor.

Vale a pena tentar.

— Eu adoraria uma ajudinha, Luz da Aurora — eu disse.

Espere, eu estava rezando agora? Não era a mesma coisa, era?

Nada aconteceu.

— Hã... — emendei. — Isso não é um sonho, aliás. Uma ajudinha. Por favor?

As luzes se apagaram.

Em um instante, as frutas simplesmente pararam de brilhar. Tomei um susto, o coração martelando no peito. Sem as frutas, o lugar ficara tão escuro quanto o interior de uma lata de tinta preta que também tinha sido pintada de preto. Apesar da escuridão, no entanto, ouvi as gavinhas se debatendo e se aproximando.

Pelo jeito, apagar as luzes era o melhor que Luz da Aurora podia fazer por mim. Desesperado, tateei o caminho e saí do corredor em uma última corrida para a liberdade.

As gavinhas de água atacaram.

Exatamente no lugar onde eu estivera antes.

Eu não conseguia enxergar, mas podia senti-las passando por mim, convergindo naquele ponto. Tropeçando, me afastei, ouvindo o som da água atingindo paredes, e encostei em uma das gavinhas no escuro — uma extensão de água grande e fria, parecida com um braço. Sem querer, enfiei a mão nela e a atravessei totalmente.

Puxei a mão de volta com um susto e recuei, atingindo outra gavinha. Nenhuma delas parou de se mover, mas elas não estavam me atacando. Eu não fui esmagado na escuridão.

Ela... ela não consegue sentir *com elas*, eu percebi. *Elas não transmitem tato! Então, se não pode enxergar, Realeza não pode guiá-las.*

Incrédulo, cutuquei outra gavinha na escuridão, então dei um tapa nela. Talvez não tenha sido a coisa mais inteligente que eu já fiz na vida, mas não provocou nenhuma reação. As gavinhas continuaram se debatendo aleatoriamente.

Eu me afastei, a maior distância possível entre mim e elas. Não foi fácil, pois eu ficava tropeçando nas árvores. Mas...

Luz?

Uma única fruta brilhava acima de mim. Estendi a mão; ela estava pendendo em frente a uma escada, e o chão ali estava seco. Não havia água da qual Realeza pudesse espiar.

– Obrigado – eu disse, dando um passo à frente. Meu pé amassou alguma coisa; um biscoito da sorte. Eu o peguei e abri.

Ela vai destruir a cidade, ele dizia. *Você não tem muito tempo! Tem que detê-la!*

– Estou tentando – murmurei, me apertando entre videiras para subir a escada. As frutas brilhavam para iluminar meu caminho, então se apagavam atrás de mim.

No andar seguinte, todas as frutas brilhavam, mas nenhuma gavinha de água tentou me capturar. Realeza não sabia para onde eu tinha ido. Excelente. Esgueirei-me até outro escritório. Esse andar era cultivado, até certo ponto, com caminhos cuidadosamente conservados e árvores que tinham sido podadas para formar um jardim. Era uma visão impressionante depois do aspecto selvagem dos outros andares.

Tomei um dos caminhos, imaginando as pessoas que tinham decidido tornar esse andar seu jardim pessoal, enterrado no meio de um prédio. Estava tão fascinado pela imagem que quase não vi a fruta piscando. Ela estava pendurada bem na minha frente e pulsava com uma luz suave.

Um aviso de algum tipo? Com cuidado, segui em frente, então ouvi um passo adiante no caminho.

Prendi a respiração e me abaixei, me escondendo na folhagem. As frutas mais próximas de mim se apagaram, tornando a área mais escura. Alguns momentos depois, Newton surgiu no caminho e passou diretamente sob a fruta que havia piscado.

Ela trazia a katana apoiada num ombro e carregava um copo de água. Um copo de água?

– Isso é uma distração – Newton disse. – Não é importante.

– Você obedecerá às ordens – a voz de Realeza saiu do copo. – Eu o ouvi se movendo aí embaixo, mas ele ficou em silêncio. Está escondido na escuridão, esperando irmos embora.

– Eu preciso chegar a tempo para o confronto com os outros – Newton protestou. – Matador de Aço é insignificante. Se eu não cair na armadilha deles, como você vai...

– Obviamente você tem razão – Realeza disse.

Newton parou de andar.

– Você me traz uma ajuda maravilhosa – Realeza continuou. – É tão genial. E... raios. Preciso lidar com Jonathan. Encontre aquele rato.

Newton murmurou um xingamento e continuou andando, me deixando para trás. Estremeci, esperei ouvir a porta da escada se fechar, então voltei para a trilha.

Realeza estava tão preocupada comigo que tinha afastado Newton de outros planos para me caçar. Parecia um ótimo sinal. Pelo jeito, ela sentia que era muito importante me impedir de avisar Prof.

Então eu precisava sair dali e ir até ele. Infelizmente, no segundo em que saísse do prédio, estaria na mira dela de novo. Eu teria que superar o que ela mandasse atrás de mim, desviando como antes. Fui até uma janela e me preparei para saltar, mas então reparei que meu bolso estava tocando. Puxei a sacola e tirei o rádio.

– Você está aí? David, responda, por favor!

– Estou aqui, Mizzy – falei em voz baixa.

– Graças aos céus. – Ela soltou o ar, tensa. – David, você estava *certo*. Obliteração não está aqui!

– Tem certeza? – perguntei, olhando para fora da janela.

– Sim! Eles colocaram um tipo de manequim branco com um holofote logo embaixo, então ele brilha como Obliteração. Daí encheram o telhado com outras luzes fortes que fazem parecer que ele ainda está aqui, mas não está.

– É por isso que ela queria manter todo mundo afastado – eu disse. Faíscas. Obliteração estava em algum ponto da cidade, planejando destruir o lugar inteiro. – Estou quase encontrando Prof. Realeza fica me atrapalhando. Veja se consegue desligar as luzes. Isso vai avisar os outros Executores, se eu não sobreviver.

– Okaaaay – Mizzy concordou. – Não gosto disso, David. – Ela parecia assustada.

– Isso é bom – eu respondi. – Significa que você não é louca. Veja o que consegue; vou fazer uma última tentativa de chegar a Prof.

– Certo.

Guardei o rádio, então olhei para as frutas brilhantes ao meu redor.

– Obrigado de novo pela ajuda – eu disse. – Se tiver mais alguma coisa do tipo para jogar no meu caminho no futuro, eu não recusaria.

As frutas piscaram.

Assenti sombriamente, então respirei fundo e pulei da janela.

46

Consegui me afastar duas ruas antes de Realeza me encontrar. Ela apareceu na superfície da água no meio do caminho, se erguendo imponente, os olhos arregalados faiscando e as mãos ao lado do corpo como que para segurar o céu. Ondas se ergueram ao seu redor como picos de uma coroa emergindo da água.

Dessa vez ela não se deu ao trabalho de conversar. Jatos de água irromperam sob mim. O primeiro me pegou de lado, cortando tanto minha roupa como a pele. Inspirei bruscamente, então comecei a subir e descer em ziguezague, usando o jato manual para desviar quando Realeza enviou uma enorme onda com cerca de 5 metros. Ela me perseguiu virando uma esquina, mas quebrou contra um prédio quando eu pousei num telhado e corri. Passei por tendas e pessoas gritando e senti um odor estranho no ar. Fumaça?

Saltei do outro lado do prédio e, enquanto o fazia, um borrão passou correndo ao meu lado. Gritei, cortando os jatos e caindo logo abaixo do borrão, que se lançou na minha direção, deixando um rastro neon vermelho.

O borrão passou logo acima da minha cabeça e aterrissou à minha frente no prédio, onde parou. Era Newton, segurando a sua katana. Ela sacou uma pistola e se virou na minha direção.

Faíscas! Eu devia ter esperado por isso. Mergulhei do telhado, passando rápido pelos andares de um prédio próximo, e caí na água enquanto o som de tiros vinha de cima.

Foi um choque gelado, os jatos me fazendo mergulhar de cara. Mergulhar tinha sido meu primeiro instinto para evitar os tiros, e tinha funcionado, já que eu não fora baleado. Mas me deixava no domínio de Realeza.

A água ao meu redor começou a me apertar e a engrossar como xarope. Eu girei, apontando os pés para baixo, e ativei o spyril na potência máxima.

Era como se a água tivesse se tornado piche, e a cada centímetro ficava mais difícil me mover. Bolhas ficaram presas conforme eu exalava, congeladas como gelatina, e senti o spyril tremendo violentamente às minhas costas. A escuridão me cercou.

Eu não temia mais essa escuridão. Já a havia encarado. Meus pulmões queimavam, mas eu reprimi o pânico.

Consegui sair na superfície. Uma vez que meus braços estavam livres, o spyril me empurrou para o ar com um jato triunfante, mas gavinhas de água me esperavam e envolveram minhas pernas.

Apontei o puxa-jato diretamente para elas.

A máquina sugou aquelas gavinhas como fazia com qualquer água, borrifando-as dos jatos das pernas e me libertando em um segundo. Subi ainda mais alto, atordoado pela falta de oxigênio. Cheguei a um telhado e interrompi os jatos, rolando no chão e respirando profundamente.

Okay, pensei, *nada de voltar pra baixo da água com Realeza por perto.*

Eu mal tinha recuperado o fôlego quando gavinhas de água subiram no telhado, como os dedos de uma besta gigante. Newton pousou perto de mim num borrão, deixando um rastro de cores brilhantes a partir do cabelo. Ela veio diretamente na minha direção, rápida como um piscar de olhos, e tudo que pude fazer foi ativar o spyril e apontar o puxa-jato para uma das gavinhas de Realeza.

A potência súbita me impulsionou pelo telhado e me afastou de Newton. Foi por um triz. Pior, só um dos jatos dos pés ativou. Eu não sabia se tinha sido aquela transformação da água lá embaixo, as gavinhas que tinham me agarrado depois ou o pouso forçado. Mas a máquina sempre fora chatinha, e tinha escolhido esse momento para chatear.

Newton passou por mim e sua espada golpeou o chão no lugar onde eu estivera deitado, gerando faíscas. Ela chegou à beira do telhado, que ficava encostada em outro prédio. E parou lá.

E, pelo que eu vi, parar era bem dramático. Pelo que pude imaginar, ela saiu da corrida em supervelocidade pressionando a mão contra a parede do prédio vizinho. Todo o seu ímpeto foi transferido àquela estrutura e, do jeito bizarro dos Épicos, embaralhou completamente as leis da física. A parede explodiu num jorro de poeira e tijolos esfarelados.

Ela se virou, deixando cair a katana – agora dentada e quebrada – e levou a mão ao lado do corpo, tirando outra espada de uma bainha na cintura. Ela girou a arma, me observando, e começou a se aproximar casualmente. Ao nosso redor, as gavinhas de Realeza continuaram cercando o prédio, rastejando para o céu e formando uma cúpula. Esse pequeno telhado era abandonado, e o grafite pintado refletia a água ao nosso redor. Um pouco de líquido começou a verter sobre a beirada do telhado, inundando-o com alguns centímetros de água, e Realeza tomou forma ao lado de Newton.

Saquei minha arma e atirei. Sabia que era inútil, mas precisava tentar alguma coisa, e quando tentei ligar o spyril ele só fez barulho, ambos os jatos se recusando a cuspir qualquer coisa. As balas ricochetearam de Newton, refletindo na direção da cúpula aquosa e espirrando água ali. Newton se abaixou e apoiou uma mão no chão, preparada para correr, mas Realeza ergueu uma mão e a impediu.

– Eu quero saber – ela disse para mim – o que você fez mais cedo.

Com o coração martelando, eu me ergui cambaleante e olhei ao redor, procurando uma saída. A cúpula de água de Realeza cercava o telhado completamente, e novas gavinhas surgiam do teto inundado para tentar me pegar. Desesperado, apontei o puxa-jato para uma e tentei ativar o spyril. Os jatos nos meus pés não funcionaram.

Mas, para o meu alívio, o jato manual funcionou. Consegui sugar a gavinha e mandá-la em outra direção. Peguei a próxima, e a próxima, então comecei a atirá-las em Newton enquanto pulava para trás. Meu ataque só quicava nela, mas ela pareceu achar irritante.

Mais e mais gavinhas vieram atrás de mim, mas eu absorvia todas elas e as atirava com os jatos.

– *Pare* de fazer isso! – Realeza rugiu com uma voz ressoante. Uma centena de gavinhas surgiram, muito mais do que eu podia pegar.

Elas imediatamente começaram a encolher.

Encarei a cena, então olhei para Realeza, que parecia tão confusa quanto eu. Alguma outra coisa estava se erguendo da água ao meu redor. Plantas?

Eram raízes. Raízes de árvores. Elas cresceram absurdamente rápido à nossa volta, sugando a água, drenando-a de cada fonte que podia encontrar e se alimentando dela. Luz da Aurora estava assistindo. Olhei para Realeza e sorri.

– A criança está se comportando mal de novo – Realeza disse com um suspiro, cruzando os braços e olhando para Newton. – Dê um fim nisso.

Em um instante, Newton se tornou um borrão.

Eu não podia correr mais rápido que ela. Não podia feri-la.

Só podia correr um risco.

– Você é linda, Newton! – eu gritei.

O borrão se tornou uma pessoa de novo, plantas se enrolando aos seus pés. Ela franziu os lábios e me encarou com olhos esbugalhados, segurando a espada nos dedos flácidos.

– Você é uma Épica maravilhosa – continuei, erguendo minha arma.

Ela recuou.

– Obviamente – eu disse – é por isso que tanto Obliteração como Realeza sempre a elogiam. Não poderia ser, é claro, porque elogios são sua fraqueza. – Era por isso que Newton deixava sua gangue ser tão rebelde e insubordinada. Ela não queria que eles a elogiassem por acidente.

Newton virou e correu.

Eu atirei nas costas dela.

Senti um nó no estômago quando ela caiu de cara no chão coberto de raízes. Mas, no meu cerne, eu era um assassino. Sim, matava em nome da justiça, eliminando apenas aqueles que mereciam, mas no fim do dia eu *era* um assassino. Eu atiraria em alguém pelas costas. Faria o que fosse preciso.

Dei alguns passos à frente e plantei mais duas balas no crânio dela, só para garantir.

Olhei para Realeza, que ainda estava em pé com os braços cruzados, em meio à flora que crescia cada vez mais ao nosso redor. Mudas se tornavam árvores completas, frutas desabrochavam, cresciam e pendiam de galhos e videiras. Sua figura começou a encolher conforme Luz da Aurora bebia a água que formava sua projeção atual, e sua cúpula desmoronou, desabando sobre mim e o telhado.

– Vejo que falei muito abertamente quando estava punindo Newton – Realeza disse. – Isso é culpa minha, por revelar a fraqueza dela. Você é *mesmo* um incômodo, menino.

Ergui a pistola e a apontei para a cabeça de Realeza.

– Poupe-me – ela cuspiu. – Você sabe que não pode me ferir com isso.

– Eu vou encontrá-la – disse baixinho. – E vou matá-la antes que mate Prof.

– É mesmo? – Realeza rosnou. – E percebe que, enquanto esteve distraído, os Executores já realizaram o plano deles? Que o seu idolatrado Jonathan Phaedrus matou a mulher que você ama?

Um choque me percorreu.

– Ele a usou como isca, para me atrair – Realeza disse. – O nobre Jonathan a assassinou em uma tentativa de me fazer aparecer. E eu apareci, é claro. Para que ele tivesse o seu precioso dado. A equipe dele está no meu suposto santuário agora mesmo.

– Você está mentindo.

– Estou? – Realeza perguntou. – E o que é esse cheiro que você está sentindo?

Eu tinha sentido antes. Com uma pontada de pânico, corri para a beirada do prédio e olhei em direção a algo que mal podia distinguir na escuridão: uma coluna de fumaça se erguendo de um prédio próximo – o lugar onde Mizzy dissera que Prof estava esperando.

Fogo.

Megan!

47

Realeza me deixou ir embora. Isso provavelmente deveria ter me preocupado mais.

Mas eu estava concentrado apenas em chegar àquele prédio. Mexi com os fios do spyril nas pernas e consegui fazer um dos jatos funcionar, o que me permitiu atravessar o vão entre os telhados. Aterrissei em um prédio ao lado do que soltava a coluna de fumaça, e o calor me atingiu com força apesar da distância. O incêndio ardia dos andares inferiores para cima. O telhado em si ainda não estava consumido, mas os andares mais baixos, sim. Parecia que a estrutura inteira estava a um segundo de desmoronar.

Frenético, olhei para a luva do jato manual. Seria suficiente? Com um único jato, fui até o telhado do prédio, onde o calor estava menos intenso do que quando eu estava diante dos andares inferiores em chamas. Suando, corri pelo telhado e encontrei uma porta de acesso a uma escada.

Abri a porta com um empurrão. A fumaça saiu com força, e inspirei uma golfada. O calor me forçou a recuar, cambaleante e tossindo. Apertei os olhos para enxugar lágrimas e olhei para o spyril amarrado no meu braço. A ideia de usar o spyril como uma mangueira de bombeiro parecia tola agora. De jeito nenhum eu conseguiria me aproximar o bastante, e não haveria água dentro do prédio, de qualquer jeito.

– Ela está morta – uma voz baixa disse.

Tomei um susto, pulando para o lado e sacando a pistola de Mizzy.

Prof estava sentado no telhado, encoberto pela pequena barraca da escada, de modo que eu não o vira antes.

– Prof? – perguntei, hesitante.

– Ela veio te salvar – ele disse suavemente. Ele estava jogado no chão, uma montanha humana no escuro. Nenhum neon brilhava ali. – Enviei uma dúzia de mensagens com o seu celular; fiz parecer que você estava em perigo. Mesmo que eu já tivesse começado o incêndio, ela entrou no prédio, pensando que você estava preso lá. Ela correu, tossindo e às cegas, até a sala onde achou que você estava preso sob uma árvore caída. Eu a surpreendi, tirei as armas dela, e a prendi lá com campos de força nas portas e na janela.

– Por favor, não... – sussurrei. Eu não conseguia pensar. Não era possível.

– Só ela sozinha na sala – Prof continuou. Ele segurava alguma coisa. A pistola que eu dera a Megan. – Havia água no chão. Eu precisava que Realeza viesse. Tinha certeza de que ela viria. E ela veio, mas só para rir de mim.

– Megan ainda está lá embaixo! – eu disse. – Em qual sala?

– A dois andares, mas ela está morta, David. Tem que estar. O fogo estava por toda parte. Eu acho que... – Ele parecia atordoado. – Acho que estive errado sobre ela esse tempo todo. E você estava certo. As ilusões dela se dissolveram...

– Prof – implorei, agarrando-o –, precisamos resgatá-la. *Por favor.*

– Eu posso me conter, não posso? – Prof perguntou. Ele olhou para mim e seu rosto parecia escuro demais; apenas seus olhos brilhavam, refletindo a luz das estrelas. Ele agarrou meus braços. – Pegue um pouco. Tire de mim para que eu não possa usar!

Senti um formigamento percorrer meu corpo: Prof estava me doando parte dos seus poderes.

– Jon! – a voz de Thia rosnou do celular no ombro dele, que aparentemente estava sem fone. – Jon, a Mizzy... Jon, ela está com a câmera que observava Obliteração, e está escrevendo mensagens em papéis e erguendo-as para nós. Ela diz que Obliteração não está lá.

Inteligente, Mizzy, pensei.

– Isso é porque ele está *aqui* – a voz de Val disse na linha. – Prof, você precisa ver isso. Revistamos a base de Realeza no prédio C. Ela não está em lugar nenhum, mas há alguma coisa aqui. Achamos que é Obliteração. Porque alguma coisa está brilhando aqui, e bem forte. Não parece nada bom...

Prof olhou para mim e pareceu se fortalecer.

– Eu estou indo – ele disse. – Guarde esse prédio.

– Sim, senhor – Val respondeu.

Ele se afastou rapidamente, e um campo de força formou uma ponte que levava ao próximo prédio.

– Está tudo errado, Prof! – gritei atrás dele. – Realeza não está limitada à área que você pensava. Ela sabe sobre o plano. O que quer que Val tenha encontrado, é uma armadilha. Pra você.

Ele parou na beira do telhado. A fumaça se revolvia ao nosso redor, tão grossa que eu tive dificuldade para respirar. Mas, por algum motivo, o calor parecia ter diminuído.

– Parece algo que ela faria – Prof disse, sua voz chegando distante na noite.

– Então...

– Então, se Obliteração realmente está lá – ele continuou –, eu preciso impedi-lo de destruir a cidade. Simplesmente terei que encontrar um jeito de sobreviver à armadilha. – Prof disparou pelo campo de força, me deixando para trás.

Eu sentei, drenado, atordoado. A pistola de Megan jazia no chão à minha frente. Eu a apanhei. Megan... eu tinha chegado tarde demais. Tinha fracassado. E ainda não sabia no que consistia a armadilha de Realeza.

E daí?, uma parte de mim perguntou. *Você vai só desistir?*

Quando eu tinha feito isso?

Com um grito, levantei e disparei pela escada. Não me importava com o calor, embora imaginasse que ele me faria recuar. Mas isso não aconteceu. Eu me sentia praticamente frio na escada.

O campo de força de Prof, percebi, me apressando. *Ele acabou de me doar um.* Um deles tinha me protegido do calor de Obliteração. Pelo visto, funcionaria igualmente bem nesse caso.

Mantive a cabeça abaixada, segurando a respiração, mas eventualmente tive que inspirar um pouco de ar. Cobri a boca e o nariz com a camiseta, que estava encharcada depois da briga com Realeza, o que pareceu ajudar. Ou isso ou o campo de Prof estava mantendo a fumaça longe de mim. Eu ainda não estava inteiramente certo sobre como aquilo funcionava.

Dois andares para baixo, onde Prof dissera ter deixado Megan, entrei num corredor tomado pelo fogo. Chamas violentas criavam uma iluminação delirante. Era um lugar onde um homem como eu não deveria ir.

Rangendo os dentes, obriguei-me a continuar, confiando no campo de força que Prof me dera. Parte de mim, bem no fundo, estava em pânico com a visão de todo aquele fogo – as paredes ardiam do chão ao teto e chamas escorriam de cima, engolfando as árvores de Luz da Aurora num brilho laranja. Eu jamais conseguiria sobreviver àquilo, conseguiria? Os campos de Prof nunca eram 100% eficazes quando dados a outra pessoa.

Mas eu estava preocupado demais com Megan, desesperado e abalado demais, para deixar de me mover. Empurrei uma porta ardente, fazendo a madeira carbonizada quebrar ao meu redor. Tropecei sobre um buraco no chão, o braço erguido contra o calor que não podia sentir. Estava tudo tão *claro*. Eu mal conseguia enxergar.

Inspirei, mas não senti dor. O campo de força não resfriaria o ar quando eu o inspirasse. Por que minha garganta não estava queimando com cada respiração? Faíscas! Nada fazia sentido.

Megan. Onde estava *Megan*?

Tropecei através de outra porta e vi um corpo no chão, no meio de um tapete queimado.

Dei um grito e corri até ela, ajoelhando e segurando a figura meio queimada, gentilmente virando sua cabeça chamuscada para ver um rosto familiar. Era ela. Gritei, olhando para os olhos mortos e a pele queimada, e apertei com força o corpo flácido.

Eu estava ajoelhado no meio do próprio inferno, o mundo morrendo ao meu redor, e sabia que tinha fracassado.

Minha jaqueta estava queimando e minha pele estava escurecendo devido às chamas. Faíscas. Aquilo estava me matando também. Por que eu não conseguia sentir?

Chorando, imprudente, agarrei o corpo de Megan e pisquei para enxergar através da luz horrível de fogo e fumaça. Levantei cambaleando e olhei para uma janela. O vidro estava derretendo com o calor, mas não havia sinal de um campo de força – Prof devia já ter dispensado os campos cercando a sala. Com um grito, corri para a janela, carregando Megan, e pulei para o ar frio da noite.

Caí uma curta distância antes de ativar o spyril. O único jato que eu tinha arrumado felizmente ainda funcionava, e reduziu minha queda até que eu estivesse pairando no ar fora do prédio em chamas, segurando o cadáver de Megan, a água saindo em jatos sob mim e a fumaça se dissipando ao meu redor. Devagar, com um único jato, eu nos levei até o prédio seguinte e coloquei Megan no chão.

Flocos carbonizados de pele escurecida caíram dos meus braços, revelando pele rosada por baixo – que imediatamente adquiriu uma tonalidade saudável. Encarei aquilo por um momento, percebendo por que não tinha sentido dor e por que fora capaz de respirar no ar aquecido. Prof não tinha me dado apenas um campo de força – ele me doara parte dos seus poderes de cura também. Toquei meu escalpo e descobri que, embora meu cabelo tivesse queimado, ele estava crescendo de novo – o poder de cura de Prof me restaurava ao modo como eu tinha sido antes de entrar naquele inferno.

Então eu estava a salvo. Mas do que adiantava? Megan ainda estava morta. Ajoelhei-me ao lado dela, sentindo-me impotente e sozinho, quebrado por dentro. Tinha me esforçado tanto e mesmo assim fracassara.

Tomado pela dor, curvei a cabeça. Talvez... talvez ela tivesse mentido sobre sua fraqueza. Nesse caso, ela ficaria bem, não ficaria? Toquei seu rosto, virando-o. Metade estava queimada, mas quando eu inclinava a cabeça para o lado, conseguia ignorar essa parte. A outra metade estava apenas chamuscada. Só havia um pouco de cinzas na bochecha. Linda, como se estivesse dormindo.

Com lágrimas escorrendo pelo rosto, eu tomei a mão dela.

– Não – sussurrei. – Já te vi morrer uma vez. Não acredito que está acontecendo de novo. Está me ouvindo? Você não morreu. Ou... vai voltar. É isso. Está gravando, como da última vez? Porque, se estiver, quero que você saiba. Eu acredito em você. Não acho que...

Eu deixei a frase no ar.

Se ela voltasse, significaria que tinha mentido pra mim sobre sua fraqueza. Eu queria desesperadamente que fosse verdade, porque a queria viva. Mas, ao mesmo tempo, se ela tivesse mentido sobre sua fraqueza, o que isso queria dizer? Eu não exigira, nem quisera, que ela me contasse, mas ela tinha me oferecido aquilo – então parecia algo sagrado.

Mas, se tivesse mentido sobre sua fraqueza, eu sabia que não seria capaz de confiar em mais nada que ela dissesse. Portanto, de um jeito ou de outro, eu tinha perdido Megan.

Enxuguei as lágrimas do meu queixo e segurei a mão dela pela última vez. As costas estavam queimadas, mas não tanto, e os dedos estavam fechados num punho. Era quase como se ela estivesse... apertando alguma coisa?

Franzindo a testa, abri os dedos dela. De fato, na sua palma havia um pequeno objeto que tinha derretido junto com a manga: um controle remoto. *O que é isso, pela luz de Calamidade?* Eu o ergui: parecia um daqueles pequenos controles que vinham com as chaves de um carro. A parte de baixo tinha derretido mas o resto parecia estar em bom estado. Apertei o botão.

Um som veio de baixo. Alguns cliques leves, seguido por estalos estranhos.

Encarei o controle por um longo momento, então me ergui depressa e corri para a beirada do prédio. Apertei o botão de novo. Ali. Aquilo eram... tiros? Tiros silenciados?

Desci com o spyril até uma janela dois andares para baixo. Ali, montado nas sombras de uma janela, estava o Gottschalk, elegante e negro, com o supressor no final do cano. Movi-o de posição e apertei o botão. A arma atirou remotamente, cobrindo a parede do prédio em chamas com balas.

Estava atirando na sala onde Megan estivera.

– Sua mulher esperta – eu disse, pegando a arma. Ergui-me num jato de água, corri de volta ao corpo dela e o rolei. O calor tinha secado o sangue e escurecido a pele, mas eu podia distinguir os buracos de bala.

Nunca fiquei tão feliz ao ver que alguém tinha sido baleado.

— Você planejou tudo de modo que pudesse se matar — sussurrei —, no caso de as coisas darem errado. Então reencarnaria em vez de arriscar uma morte por fogo. Faíscas, você é *genial*!

As emoções me inundaram. Alívio, exultação, assombro. Megan era a pessoa mais irada, mais inteligente, mais *incrível* de todos os tempos. Se ela tinha morrido por balas, *iria* retornar! Na manhã seguinte, se o que ela dissera sobre seu tempo de reencarnação fosse verdade.

Toquei o rosto dela, mas aquilo... aquilo era só uma casca agora. Megan, *a minha* Megan, retornaria. Sorrindo, apanhei o Gottschalk e me ergui. Era bom ter um fuzil sólido nas mãos de novo.

— Você — eu disse para a arma — está oficialmente liberado do período de experiência.

Megan tinha sobrevivido. Diante disso, qualquer coisa parecia possível.

Eu ainda podia salvar a cidade.

48

— Mizzy — chamei, segurando o walkie-talkie no ouvido enquanto corria na direção que Prof havia tomado. — Essa coisa idiota ainda funciona?

— Sim — veio a resposta.

— Foi esperto mandar uma mensagem pra Thia usando a câmera.

— Ela viu? — Mizzy perguntou com um entusiasmo que fazia contraste agudo com a agonia pela qual eu tinha passado alguns momentos antes.

— Sim — confirmei, correndo por uma ponte. — Ouvi uma mensagem de Thia para Prof. Talvez isso o faça cancelar a missão.

Improvável, mas não impossível.

— Você encontrou Prof? — ela perguntou. — O que aconteceu?

— Coisas demais para explicar. Os outros disseram que invadiram a suposta base de Realeza, o prédio C no mapa de Thia, e encontraram Obliteração lá dentro. Tenho certeza de que é algum tipo de armadilha.

— Não é Obliteração.

— O quê? Val disse que ela o encontrou.

— Ele apareceu aqui logo depois que apaguei as luzes — Mizzy disse. — Quase infartei. Mas ele não pareceu ter me visto. Enfim, ele não estava brilhando, mas eu consegui dar uma booooooa olhada. Não sei o que Val encontrou, mas não é Obliteração.

— Faíscas — xinguei, tentando correr mais rápido. — Então no que Prof está se metendo?

— Está perguntando pra *mim*? — ela perguntou.

— Só pensando em voz alta. Estou voltando para a cidade. Consegue chegar lá? Talvez eu precise de apoio.

— Estou a caminho — ela disse —, mas bem longe. Há algum sinal de Newton na sua direção?

— Newton está morta — respondi. — Consegui adivinhar a fraqueza dela.

— *Uau* — Mizzy se impressionou. — Mais um? Você *realmente* está fazendo o resto de nós ficar mal. Quer dizer, cara, *eu* não consegui nem atirar num inimigo desarmado e indefeso que caiu no meu colo.

— Avise se vir Obliteração — eu disse antes de enfiar o rádio de volta na sacola e no bolso dos jeans.

Minha jaqueta estava basicamente arruinada — por isso eu a havia tirado e deixado para trás — e até os jeans estavam rasgados e queimados de um lado. Pior, o spyril estava em pedaços. Eu tinha perdido os fios de uma metade inteira. A outra metade falhava quando eu usava, e não sabia por quanto tempo eu podia confiar nela para me manter no ar.

Passei por um telhado e notei o número de pessoas amontoadas na selva de um prédio próximo, espiando por janelas e se escondendo atrás de folhas de palmeiras. Meu confronto com Realeza fora bem flagrante. Mesmo os relaxados babilarianos sabiam que precisavam se esconder depois de algo assim.

Confiando na minha lembrança dos mapas de Thia, segui por uma ponte particularmente instável. Eu tinha um bom caminho a percorrer até a base, infelizmente. Corri por um tempo até que meu trajeto me fez atravessar um telhado estranho. Um dos lados era margeado por uma ampla sacada quadrada, e havia uma estrutura grande no meio. Precisei reduzir o ritmo, porque as pessoas tinham construído toldos acima da sacada e o espaço sob ele estava lotado de tralhas. As pessoas ali não tinham estado perto o suficiente da minha briga para sentir medo, então só relaxavam, aproveitando a noite, relutantemente abrindo caminho para mim.

Enquanto me aproximava do outro lado, um babilariano particularmente desatento ficou no meu caminho.

— Com licença — eu disse, pulando sobre uma cadeira de jardim. — Passando!

Ele não se moveu, mas se virou para mim. Só então eu vi que ele estava usando um casaco longo, e que tinha um cavanhaque e usava óculos.

Hã...

– E vi aparecer – Obliteração disse – um cavalo esverdeado, e o seu cavaleiro tinha por nome Morte; e a região dos mortos o seguia. Foi-lhe dado poder sobre a quarta parte da terra, para matar pela espada, pela fome, pela peste.

Parei de repente, tirando o fuzil do ombro.

– Você nega – Obliteração sussurrou – que esse é o fim do mundo, matador de anjos?

– Não sei o que é – respondi –, mas imagino que, se Deus realmente quisesse acabar com o mundo, seria um pouco mais eficiente.

Obliteração chegou a sorrir, como se apreciasse o humor. Uma geada começou a cobrir a área ao seu redor conforme ele absorvia calor, mas apertei o gatilho antes que ele pudesse liberar a explosão destruidora.

Ele desapareceu quando meu dedo ainda estava no gatilho, explodindo e deixando um rastro brilhante. Girei e vi ele se teletransportar para trás de mim. Dessa vez, ele pareceu surpreso quando eu atirei.

Quando sua forma explodiu pela segunda vez, eu me joguei pelo lado do prédio e empurrei a mão para baixo. Felizmente, o jato do spyril funcionou e reduziu minha velocidade. Usei a torrente de água para me empurrar para dentro do prédio através de uma janela quebrada. Lá dentro, me abaixei e fiquei imóvel.

Eu não tinha tempo de lidar com Obliteração agora. Chegar até Prof e a equipe era mais importante. Eu...

Antes que pudesse formar meu próximo pensamento, Obliteração brotou de repente ao meu lado.

– Eu li o relato de São João Evangelista uma dúzia de vezes antes de destruir Houston – ele disse para mim.

Com um grito de surpresa, atirei nele. Ele sumiu, então apareceu do meu outro lado.

– Então me perguntei qual dos seus cavaleiros eu era, mas a resposta era mais sutil que isso. Eu tinha lido o relato de um jeito muito literal. Não são quatro cavaleiros; é uma metáfora. – Ele me encarou. – Nós fomos libertados, aqueles que destroem, as espadas do paraíso. Nós somos o fim.

Atirei, mas Obliteração liberou uma descarga de calor tão poderosa que sobrepujou o campo de força. Inspirei com força, e a bala que eu tinha atirado derreteu. Ergui o braço enquanto o chão era vaporizado, depois a parede, depois metade do meu corpo.

Por um momento, eu *não existi*.

Então minha pele cresceu de novo, os ossos se reformaram e minha linha de pensamento recomeçou. Era como se eu tivesse perdido um instante de tempo, só uma fração de momento. Voltei respirando profundamente, sentado no chão escurecido da sala.

Obliteração inclinou a cabeça e franziu a testa, depois desapareceu. Rolei e caí pela janela antes que ele pudesse retornar, ativando o spyril quebrado para não cair na água.

Faíscas! A explosão tinha vaporizado o jato manual, junto com... bem, com metade do meu corpo. Eu ainda tinha o puxa-jato, a pistola de Megan, e meu fuzil – e, felizmente, o único jato no meu pé funcionou quando o liguei. Mas os jeans estavam sem uma perna inteira e não havia sinal da metade quebrada do spyril.

Sem o jato manual, eu não podia manobrar. Lancei-me pela rua até outro prédio e consegui atingir uma janela – ela estava praticamente intacta, e estourá-la me deixou com cortes na pele.

Os ferimentos sararam, mas não tão rápido quanto antes. As coisas, eu percebi, estavam prestes a ficar muito perigosas. Quando Prof nos doava poderes pelas nossas jaquetas, a proteção sumia depois de sofrer alguns golpes. Ele me dera uma boa habilidade de cura, mas ela parecia estar atingindo os seus limites. Nada bom.

Corri pelo prédio e parei num corredor. Com as costas na parede, exalei lentamente.

Obliteração brotou bem ao lado janela que eu tinha quebrado. Eu me abaixei e segui pelo corredor antes que ele me visse.

– Abraão tomou a lenha do holocausto – ele disse – e pô-la aos ombros de seu filho Isaac, levando ele mesmo nas mãos o fogo e a faca e caminharam juntos.

Senti o suor escorrer pelo rosto quando Obliteração entrou no corredor e me viu. Contornei uma parede e saí das vistas dele.

– Por que você está trabalhando com Realeza? – eu gritei, com as costas contra a parede. – Você me parabenizou por destruir Coração de Aço, mas ela é tão ruim quanto ele!

– E eu a destruirei eventualmente – Obliteração disse. – Faz parte do nosso acordo.

– Ela vai traí-lo.

– Provavelmente – ele cedeu. – Mas ela me deu conhecimento e poder. Tirou um pedaço da minha alma e ele sobrevive sem mim. Então, eu me torno as sementes do fim do próprio tempo. – Ele parou. – Ela não tinha me avisado de que persuadiu o arcanjo a lhe dar uma porção da sua glória.

– Você não pode me matar – eu gritei, olhando para ele do fim do corredor. – Não há motivo para tentar.

Ele sorriu e a geada se insinuou pelo corredor escuro, estendendo-se como dedos na minha direção e congelando uma fruta que pendia do teto como uma única lâmpada.

– Ah – Obliteração continuou –, acho que você vai descobrir que um homem pode fazer muitas coisas que achava impossível, se tentar com afinco.

Eu precisava lidar com ele. Rápido. Tomei uma decisão súbita e removi o supressor da frente da arma. Então virei um corredor e atirei nele, fazendo-o desaparecer. Joguei minha arma numa sala lateral e corri em outra direção. Um momento depois, apertei o botão do controle remoto, engatilhando o fuzil para atirar na sala.

Corri até uma janela do outro lado e me escondi numa sacada. Virei, as costas pressionadas contra a parede, e apertei o controle de novo, atirando o fuzil enquanto sacava a pistola de Megan com a outra mão.

Xingamentos vieram de dentro do prédio. Obliteração devia ter encontrado a arma, e não eu. Agora, se eu conseguisse apenas sair dali...

De repente ele estava na sacada ao meu lado, soltando uma onda de calor.

Diabos! Mirei e atirei com a pistola de Megan para fazê-lo desaparecer. Funcionou, mas minha pele ficou chamuscada.

Trinquei os dentes contra a dor. Eu tinha tempo para senti-la, agora que a cura estava demorando mais.

Verifiquei a arma de Megan. Restavam duas balas.

O que eu não conseguia entender era como Obliteração estava me encontrando. Tinha acontecido antes; ele parecia ser capaz de nos rastrear, de algum modo. Será que tinha algum tipo de poder de vidência? Como ele se teletransportava e então sabia exatamente onde me encontrar?

Então eu entendi.

Virei-me bem quando Obliteração apareceu ao meu lado de novo. Ele estava gritando frases das Escrituras e brilhando com poder. Eu não atirei nele.

Dessa vez, o agarrei.

49

Eu nunca teria conseguido fazer aquilo sem os poderes de Prof. O calor era incrível e ameaçava me incinerar. A surpresa de Obliteração, no entanto, me deu uma vantagem enquanto eu erguia a pistola e atirava em sua cabeça.

Ele se teletransportou.

Segurei com força, e ele me levou junto.

Aparecemos numa sala escura e sem janelas, e Obliteração imediatamente desligou o seu calor. Ele fez isso tão rápido que acho que ele aprendera a fazer por reflexo. Onde quer que estivéssemos, ele não podia destruir esse lugar. Eu o soltei mas agarrei os seus óculos, arrancando-os enquanto caía para trás.

Obliteração xingou, sua atitude geralmente calma desmoronando com o ultraje de ter sido enganado. Eu me afastei, jogando-me contra a parede da sala escura. Não conseguia distinguir muita coisa, embora a dor das queimaduras que ele me dera tornasse difícil prestar atenção a qualquer outra coisa. Eu tinha derrubado a arma, mas apertei os óculos firmemente com a outra mão.

Ele puxou a espada de sob o casaco e olhou para mim. Faíscas! Pelo jeito ele conseguia enxergar bem o suficiente sem os óculos para me encontrar.

– Tudo o que você fez – ele disse, vindo na minha direção – foi se prender aqui comigo.

– Como são os seus pesadelos, Obliteração? – perguntei, caído contra a parede. Os poderes de cura de Prof estavam funcionando muito, muito devagar agora. Gradualmente, a sensibilidade nas minhas mãos estava retornando, primeiro como um formigamento, então como pontadas afiadas. Inspirei bruscamente e pisquei contra a dor.

Obliteração parou de avançar. Ele abaixou a espada, a ponta tocando o chão.

– E como – ele perguntou – você sabe que eu tenho pesadelos?

– Todos os Épicos têm – eu disse. Eu não tinha nenhuma certeza, mas o que eu tinha a perder? – Os seus medos o guiam, Obliteração. E eles revelam a sua fraqueza.

– Eu sonho com isso porque um dia vai me matar – ele disse suavemente.

– Ou essa é a sua fraqueza *porque* você sonha com ela? – perguntei. – Newton provavelmente temia ser boa o bastante por causa das expectativas da sua família. Campo de Origem temia histórias de cultos e o veneno que sua avó tentou lhe dar. Ambas tinham pesadelos.

– Um anjo de Deus disse-me em sonhos – Obliteração sussurrou. – Eis-me aqui, respondi... então essa é a resposta. – Ele jogou a cabeça para trás e riu.

A dor nas minhas mãos parecia só estar piorando. Eu soltei um gemido que não consegui segurar. Era basicamente um inválido.

Obliteração correu até mim, se ajoelhou e me tomou pelos ombros – que agora estavam nus e queimados. A dor explodiu e eu gritei.

– Obrigado – Obliteração sussurrou. – Pelo segredo. Dê os meus... cumprimentos a Realeza.

Ele me soltou, curvou a cabeça para mim e explodiu em um clarão de luz e cerâmica.

Eu pisquei, me enrolei no chão em posição fetal e fiquei tremendo. Faíscas! A cura antes acontecera tão rápido que tinha sido refrescante, como uma brisa agradável. Agora acontecia na velocidade de uma gota de chuva rolando sobre uma vidraça.

Pareceu que eu passei uma eternidade em dor, mas provavelmente foram só três ou quatro minutos. Então a agonia diminuiu e, grunhindo, eu me coloquei de pé. Flexionei os dedos e formei punhos. Minhas mãos funcionavam, embora a pele ardesse como se eu tivesse uma queimadura de sol. Isso não parecia estar sumindo. A benção que Prof me dera não existia mais.

Dei um passo à frente e chutei alguma coisa. A espada de Obliteração. Eu a apanhei, mas tudo que encontrei da arma de Megan foi um pedaço derretido de metal.

Ela ia me matar por isso.

Bem, Obliteração obviamente tinha controle o bastante sobre seus poderes para não derreter objetos que ele preferia manter intactos. Apertei a espada enquanto tateava o caminho através da pequena sala escura até uma porta. Além dela, havia uma escadaria de madeira estreita, com corrimões nas duas paredes. Pela pouca luz, eu pude ver que estivera em algum tipo de pequena despensa. Minhas roupas tinham basicamente sido vaporizadas. Eu só tinha o pingente de Abraham, que ainda pendia do pescoço, um lado da corrente derretido. Eu o tirei, preocupado que a corrente derretida fosse se romper.

Encontrei um pedaço de tecido – que podia já ter sido uma cortina – e me enrolei nele. Então, segurando a espada em uma mão e o pingente na outra, subi as escadas lentamente, passo a passo. À medida que subia, a luz ia ficando mais forte, e comecei a distinguir decorações estranhas nas paredes.

... pôsteres?

Sim, pôsteres. Pôsteres antigos, das décadas antes de Calamidade. Cores fortes e vibrantes, mulheres em saias pregueadas, suéteres que expunham um ombro. Neon sobre preto. Eles haviam desbotado com o tempo, mas eu podia ver que tinham sido pendurados meticulosamente. Parei ao lado de um na escada silenciosa. Ele mostrava um par de mãos segurando uma fruta brilhante, com um nome de banda inscrito na parte inferior.

Onde eu estava?

Olhei em direção à luz no topo das escadas. Suando, continuei a subida até atingir o último degrau e encontrar uma porta com uma cadeira ao lado. A porta estava entreaberta e eu a empurrei mais, revelando um quarto pequeno e arrumado, decorado como a escada, a parede coberta de pôsteres que proclamavam uma vida urbana glorificada.

Duas camas parecidas com macas ocupavam o salão ambiente, parecendo deslocadas, com estruturas de aço e lençóis brancos estéreis.

Uma continha um homem adormecido de 30 ou 40 anos, ligado a todo tipo de tubos e fios. A outra tinha uma pequena mulher enrugada ao lado de uma banheira de água.

Outra mulher usando um jaleco médico estava em pé, curvada sobre essa paciente. Assim que cheguei, a médica olhou para mim e tomou um susto, então saiu pela porta por onde eu tinha entrado. Os únicos sons eram os que vinham dos monitores cardíacos. Aproximei-me, hesitante, com uma sensação incômoda e surreal. A mulher mais velha, obviamente Realeza, estava acordada e encarava algo na parede. Quando entrei, notei três telas de televisão muito grandes.

Na do centro, vi Prof, Val e Gegê. Eles estavam em uma sala que brilhava tão forte que eu mal podia distingui-los.

– Então – Realeza disse –, você me encontrou.

Olhei para o lado. Uma figura dela como eu a conhecia tinha aparecido da banheira de água. Olhei para a mulher na cama. Ela era muito, muito mais velha do que a sua projeção. E muito mais doente. A Realeza verdadeira respirava com a ajuda de um aparelho e não dizia nada.

– Como você chegou aqui? – a projeção perguntou.

– Obliteração – respondi em voz baixa. – Ele me localizava fácil demais toda vez que eu me escondia. Percebi que ele tinha que se teletransportar para algum lugar quando desaparecia. Fazia sentido que ele estivesse vindo até você e recebendo instruções sobre aonde ir. Ele não podia ver todo canto na cidade, mas *você* pode. – Olhei para as telas de televisão. – Pelo menos, todo canto com água. – Ela tinha colocado aqueles monitores ali para poder observar outros lugares, obviamente.

Mas por quê? O que estava acontecendo naquela sala com Prof, Val e Gegê? Olhei de novo para Realeza.

A projeção relanceou para a figura idosa na cama.

– É frustrante que nós continuemos ficando velhos – ela disse. – Qual é o sentido de ter poderes divinos se o seu corpo definha? – Ela balançou a cabeça como se tivesse nojo de si mesma.

Lentamente me movi pela sala, tentando decidir o que fazer em seguida. Eu a pegara, certo? É claro, ela tinha aquela banheira de água, então não estava totalmente indefesa.

Parei ao lado da outra cama, onde estava o homem que não reconheci. Olhei para ele e notei o cobertor – como o de uma criança – enfiado em torno dos ombros. Ele estava enfeitado com imagens de árvores fantásticas e frutas brilhantes.

– Luz da Aurora? – perguntei a Realeza.

– Por que Calamidade escolheria dar poderes a um homem em coma? Eu não faço ideia – Realeza disse. – As decisões do Anjo Destruidor frequentemente não fazem muito sentido para mim.

– Ele está assim há muito tempo, então?

– Desde a infância – Realeza revelou. – Com seus poderes, ele parece ter consciência do mundo ao redor, às vezes. O resto do tempo, ele sonha. Preso para sempre na infância, há uns 30 anos...

– E essa cidade se tornou o sonho dele – eu percebi. – Uma cidade de cores brilhantes, pinturas fantásticas, calor perpétuo e jardins dentro de prédios. A fantasia de uma criança. – Pensei rapidamente, tentando juntar as peças. Por quê? O que tudo aquilo significava? E como eu poderia deter Realeza?

Será que precisava? Olhei para a figura envelhecida, tão frágil. Ela mal parecia viva.

– Você está morrendo – eu adivinhei.

– Câncer – a projeção confirmou com um aceno. – Tenho mais algumas semanas. Se tiver sorte.

– Por que se preocupar com Prof, então? – perguntei, confuso. – Se sabe que vai morrer, por que gastar todo esse esforço para matá-lo?

Realeza não respondeu. Enquanto o seu corpo real arquejava, a projeção uniu as mãos e observou a tela do meio. Prof deu um passo à frente até a explosão de luz. Ele também carregava uma espada, uma daquelas que fazia para si mesmo usando seu poder de tensores. E ele ousara zombar de Obliteração por carregar uma!

Ele atravessou a luz, uma mão estendida como se estivesse lutando contra o fluxo de alguma corrente poderosa. O que eu devia fazer? Realeza não parecia se importar por eu estar ali – faíscas, ela provavelmente não se importaria se eu a matasse. Estava quase morta, de qualquer forma.

Eu poderia ameaçá-la? De algum modo, forçá-la a não machucar Prof? A ideia não só me deixava com nojo, mas, olhando para o corpo frágil dela, eu duvidava que pudesse tocá-la sem provocar algum tipo de reação terminal.

A tela ficou mais escura de repente; a Realeza de verdade estava batendo em algo no seu descanso de braço, um controle de algum tipo. Ele escureceu a tela, acrescentando algum tipo de filtro para ofuscar o brilho. Isso me permitiu ver o que Prof não via, porque a sala à sua volta estava tão clara.

A fonte do brilho não era uma pessoa, como eu tinha suspeitado. Era uma caixa com fios saindo dela.

O quê...? Eu estava tão confuso que só encarei a tela.

– Você sabia – a projeção de Realeza perguntou – que Jonathan não é tão único quanto presume? Sim, ele pode doar seus poderes. Mas todo Épico pode fazer isso, sob as circunstâncias certas. Só é preciso um pouco do seu DNA e o maquinário certo.

Eles cortaram algo dele, Luz da Aurora dissera. Obliteração, com ataduras...

Um pouco de DNA e o maquinário certo...

O horror cresceu dentro de mim.

– Você criou uma máquina que replica os poderes de Obliteração. Como o spyril, só que capaz de explodir cidades! Você usou um Épico... para criar uma *bomba*.

– Tenho experimentado com isso – a projeção disse, cruzando os braços. – O Anjo do Apocalipse é... irracional, às vezes, e precisei dos meus próprios métodos para transferir poderes.

Na tela, Prof chegou ao dispositivo. Ele o tocou, então recuou, confuso. Eu mal conseguia ver Val e Gegê atrás dele na sala, com as mãos erguidas contra a luz.

– Por favor – implorei, olhando para Realeza. Avancei em direção a ela segurando a espada. – Não o machuque. Ele era seu *amigo*, Abigail.

– Você fica sugerindo que eu quero matar Jonathan – Realeza disse. – Uma acusação tão terrível. – O seu eu de verdade apertou um botão no descanso de braço.

Na tela de TV, a bomba explodiu. Ela irrompeu como uma flor desabrochando – uma onda de energia destrutiva tão poderosa que aniquilaria Babilar inteiramente. Eu a vi eclodir, irradiar para fora.

Então parar.

Prof estava em pé com as mãos erguidas como um homem agarrando alguma besta gigante, uma silhueta contra a luz vermelha. Um sol apareceu bem no centro da sala, e ele o *segurava*. Continha-o com tanta tensão no corpo que eu quase podia senti-lo se esforçando, trabalhando para segurar tudo e não deixar escapar nem um pouco.

Todo aquele *poder*. A bomba ficara carregando por um bom tempo, pelo visto. Realeza podia ter apertado o gatilho e vaporizado Babilar semanas antes.

Prof rugiu, um grito primitivo e terrível, mas conteve aquela energia. Então criou algo gigante, um escudo azul vibrante que estourou o teto da sala como duas mãos e criou uma coluna de fogo até o céu. Ele deixou a energia vazar, despejando-a inofensivamente para o ar.

Eu soube, sentindo um horror cada vez maior, que aquilo não seria o bastante. Ah, ele poderia salvar a cidade, mas ainda não seria o bastante. A corrupção crescia junto com a quantidade de poder empregado. Mesmo que eu estivesse certo e Prof fosse capaz de controlar aquele poder em pequenas quantidades, jamais conseguiria lidar com tanto de uma vez.

Prof usou seus poderes como eu nunca o vira usá-los, num nível como Coração de Aço ao transformar Nova Chicago em metal. Era um ato de preservação desumano, prova do herói que ele se tornara. Também era uma condenação. Ele estivera no seu limite antes. Agora isso...

– É demais – eu sussurrei. – Demais. Prof...

– Eu não atraí Jonathan aqui para matá-lo, criança – Realeza sussurrou atrás de mim. – Eu o chamei porque preciso de um sucessor.

50

– O que você fez? – gritei para Realeza. Virei-me e corri até a cama dela, ignorando a projeção. Com uma mão, agarrei a mulher idosa pela frente da camisola e a puxei para mim. – *O que você fez?*

Ela inspirou, então falou com sua própria voz pela primeira vez, esganiçada, debilitada.

– Eu o tornei forte.

Olhei de volta para a tela. Prof dispersou o resto da energia e caiu de joelhos. A sala ficou escura, e eu percebi que o filtro ainda estava ligado. Soltei a espada e mexi com os botões ao lado da cama de Realeza, tentando acender a luz do monitor para ver o que estava acontecendo.

A tela voltou ao normal. Prof estava ajoelhado, de costas para nós. À sua frente, o chão terminava em um buraco que era um círculo perfeito, vaporizado na liberação de energia. Uma figura trêmula se aproximou dele por trás. Val. Hesitante, ela pôs uma mão no seu ombro.

Ele ergueu uma palma aberta para o lado, sem olhar. Um campo de força cercou Val. Prof fechou a palma, criando um punho. O campo de força se comprimiu para o tamanho de uma bola de basquete, Val ainda dentro dele. Em um segundo, ela foi exterminada.

– Não! – gritei, recuando horrorizado com a visão terrível. – Não, Prof...

– Ele vai matar os Executores rapidamente – a projeção de Realeza disse num tom suave, quase com pesar. – A primeira ação de um Alto Épico geralmente é eliminar aqueles que o conheciam melhor. São os que têm maiores chances de descobrir sua fraqueza.

Eu sacudi a cabeça, horrorizado. Não podia... quer dizer...

Prof estendeu a mão. Ouvi Gegê gritar. Sua voz foi cortada no meio da frase.

Não...

Prof se ergueu e virou, e finalmente pude ver o seu rosto, contorcido, sombrio, marcado por ódio e fúria, os dentes trincados e a mandíbula tensa.

Eu não conhecia mais aquele homem.

Mizzy. Thia. Eu tinha que fazer alguma coisa! Eu...

Realeza estava tossindo. Ela conseguiu fazer isso triunfantemente. Com um rosnado, peguei a espada e a ergui sobre ela.

– Seu monstro!

– Era... inevitável... – ela disse entre uma tosse e outra. – Ele... teria deixado... sair... uma hora.

– Não! – Meus braços tremeram. Eu gritei, então abaixei a lâmina.

E matei meu segundo Alto Épico do dia.

Recuei da cama enquanto o sangue se espalhava pelos lençóis brancos, um pouco dele manchando meus braços. Na tela, Prof caminhou, letárgico, sobre os restos de Val. Então parou. Um pedaço da parede na sala em que ele estava tinha se aberto, mostrando uma série de monitores como os que havia nesta sala.

Um mostrava um mapa de Babilar com um círculo. Um lugar em Nova Jersey – esta casa? Parecia provável, já que a outra tela na frente dele piscou, mostrando uma visão da sala em que eu estava. Realeza morta na cama. Eu, com os braços ensanguentados e um pedaço de tecido enrolado na cintura.

Olhei para o canto da minha sala e pela primeira vez vi uma câmera ali. Realeza tinha organizado tudo de modo que pudesse confrontá-lo depois do que ele fizera. Parecia... parecia que ela quisera que ele viesse até ela.

Prof me olhou na tela.

– Prof... – eu disse, e minha voz soou na sala dele, do outro lado da cidade. – Por favor...

Prof virou-se do monitor e saiu da sala com passos largos. Naquele momento, eu entendi. Eu não precisava me preocupar em proteger Thia ou Mizzy. Nenhuma delas tinha matado um Alto Épico.

Eu tinha.

Ele estava vindo atrás de mim.

51

— Luz da Aurora? — perguntei, sacudindo a figura adormecida na outra cama.

Ele não podia se mover. Coma. Certo.

— Eu adoraria uma ajudinha de novo — eu disse, mas é claro que não recebi nenhuma resposta.

Faíscas! Prof estava vindo. Saí da sala em uma corrida insana, passando pela médica que, sem uma palavra, se ergueu da cadeira ao lado da porta e correu de volta para dentro do quarto, talvez para juntar suas coisas e fazer uma saída apressada.

Esperto.

Prof tinha... *matado* Val e Gegê sem hesitação. Ele faria o mesmo comigo. Corri pelo prédio, procurando uma saída para a rua. O que era aquele ruído baixo que ouvia a distância?

Eu sairia do prédio e encontraria um lugar para me esconder. Mas... poderia mesmo me esconder de Jonathan Phaedrus? Eu não tinha recursos, não tinha contatos. Se me escondesse, ele me encontraria. Se fugisse, passaria o resto da minha vida — provavelmente curta — correndo.

Quando chegasse ali, ele poderia muito bem matar Luz da Aurora, e com isso destruir Babilar. Não haveria mais comida. Nem luz.

Parei na sala de estar, ofegante. Não adiantava correr. Eu precisaria enfrentar Prof eventualmente.

E o faria agora.

Então, apesar de todos os meus instintos estarem gritando para eu me esconder, procurei um jeito de subir no telhado. O lugar era uma casa suburbana surpreendentemente bem conservada. O que tinha acontecido com a família de Luz da Aurora? Eles estavam na cidade, em algum lugar, preocupados com seu filho perdido em sonhos?

Finalmente encontrei as escadas e subi para o terceiro andar. Dali, escalei por fora de uma janela até o telhado. Ao contrário da maioria dos telhados em Babilar, esse era pontiagudo, e fui com cuidado até a ponta. O sol, que ainda não tinha nascido, trouxera um brilho ao horizonte. Graças a essa luz eu vi a fonte do rugido que tinha ouvido antes: a água estava recuando de Babilar.

Ela fluía para longe como uma maré súbita, expondo arranha-céus cobertos de crustáceos. Faíscas, as fundações deviam estar incrivelmente enfraquecidas depois de ficarem submersas por tanto tempo. Aquela maré poderia muito bem destruir a cidade, matando todo mundo que Prof tinha se sacrificado para salvar. Um golpe impensado da minha espada podia ter custado milhares de vidas.

Bem, nenhum prédio estava desmoronando no momento, e não havia nada que eu pudesse fazer se eles caíssem.

Então me sentei.

Sentar ali nos últimos momentos de escuridão da noite me deu um pouco de perspectiva. Pensei sobre a minha parte em tudo aquilo e me perguntei se tinha pressionado Prof demais a se tornar um herói. Quanto daquilo era minha culpa? Isso importava?

Realeza provavelmente teria tido sucesso mesmo se eu não insistisse tanto com Prof. A parte mais perturbadora era que ela conseguira isso se aproveitando da honra inata de Prof.

Eu tinha certeza de uma coisa. O que quer que tivesse acontecido com Prof, não era culpa dele. Não mais do que seria culpado um homem que fosse drogado em uma brincadeira cruel, pensasse que as pessoas ao seu redor eram demônios e começasse a atirar nelas. Realeza tinha matado Gegê e Val, não fora Prof. É claro, talvez ela não pudesse ser culpada também. Ela também estivera sob o controle do poder.

Se não ela, então quem? Afastei os olhos do horizonte e os ergui para o ponto vermelho brilhante, pairando no céu do lado oposto ao sol.

— Você está por trás disso – sussurrei para Calamidade. – Quem é você, de verdade?

Calamidade não respondeu enquanto ele – se é que era um "ele" – afundava atrás do horizonte. Virei-me de novo para Babilar. Poderia não ser culpa minha o que tinha acontecido com Prof, mas isso não queria dizer que eu era inocente. Desde que viera para Babilar, tinha tropeçado de uma crise para outra, raramente seguindo o plano.

Heroísmo imprudente. Prof tinha razão.

Então, o que eu faço agora?, pensei. *Prof, o Prof de verdade, iria querer que eu tivesse um plano.*

Nada me ocorreu. É claro, agora não era a hora de planejar. A hora de planejar era antes que tudo desse errado, antes que meu mentor fosse traído e corrompido, antes que a garota que eu amava fosse baleada. Antes que meus amigos morressem.

Algo apareceu a distância, movendo-se sobre as águas, e me endireitei para ver melhor. Um pequeno disco – um campo de força, eu percebi – com uma figura de preto em cima. Ela se tornou maior e maior conforme disparava pelo ar.

Então Prof podia usar seus campos para voar. Seu portfólio de poderes era *incrível*. Eu me ergui, equilibrando-me no telhado e agarrando o colar que Abraham me dera, que pendia de sua corrente no meu pulso.

Ele reluziu quando o sol finalmente surgiu no horizonte, me banhando em luz. Era impressão minha ou os raios estavam mais fortes do que deveriam?

Prof se aproximou no seu disco, o jaleco de laboratório esvoaçando atrás dele. Pousou no outro lado do pequeno telhado pontiagudo e me observou com um interesse estranho. Novamente me impressionei com a diferença. Esse homem era *frio*. Era ele, mas com todas as emoções erradas.

— Você não tem que fazer isso, Prof – eu disse.

Ele sorriu e ergueu uma mão. A luz do sol banhou nosso telhado.

— Eu acredito nos heróis! – eu gritei, erguendo o pingente. – Acredito que eles virão, como meu pai acreditava. Não é assim que acaba! Prof, eu tenho fé. *Em você.*

Um campo de força no formato de um globo apareceu ao meu redor, quebrando as telhas sob meus pés e me envolvendo perfeitamente. Era exatamente igual àquele que matara Val.

– Eu acredito – sussurrei.

Prof apertou a mão.

A esfera se comprimiu... mas de repente, embora eu estivesse dentro dela um segundo atrás, não estava nela agora. Podia vê-la diante de mim, comprimida ao tamanho de uma bola de basquete.

Quê?

Prof franziu a testa. A luz do sol estava ficando mais clara, mais clara, mais clara, e...

Uma figura feita de pura luz branca *explodiu* entre Prof e mim. Ela ardia como o próprio sol, uma figura feminina, radiante, poderosa, o cabelo dourado esvoaçando e brilhando como uma coroa.

Megan tinha chegado.

Prof criou outro globo ao meu redor. A figura de luz estendeu uma mão na direção dele e de repente aquele globo estava ao redor do próprio Prof. Era Megan mudando a realidade, transformando as possibilidades em fatos.

Prof pareceu ainda mais surpreso dessa vez. Ele dispensou o globo e convocou outro ao redor da figura de luz, mas quando este começou a encolher estava ao redor dele novamente, envolvendo-o e ameaçando esmagá-lo.

Ele o dispensou, e vi algo em seus olhos que nunca vira antes. Medo.

No fundo, todos eles têm medo, pensei. *Newton fugiu de mim. Coração de Aço matava qualquer um que pudesse saber algo sobre ele. Eles são guiados pelo medo.*

Esse não era o Prof que eu conhecia, mas *era* o Alto Épico Phaedrus. Confrontado com alguém que manipulava seus poderes de modos que ele não entendia, ficava aterrorizado. Ele cambaleou para trás, com os olhos arregalados.

Em um segundo, estávamos em outro lugar.

Eu e a figura brilhante, a um prédio de distância, dentro de uma sala com uma janela através da qual eu podia ver Prof no telhado. Sozinho.

A figura brilhante ao meu lado suspirou, então sua claridade sumiu e ela se transformou em Megan, totalmente nua. Ela caiu e eu consegui pegá-la. Fora da janela, no prédio ao lado, Prof xingou, pulou no seu disco e se afastou.

Faíscas. Como eu ia lidar com ele?

A resposta estava nos meus braços. Olhei para Megan, aquele rosto perfeito, aqueles lábios lindos. Eu estivera certo em ter fé nos Épicos. Só escolhera o errado.

Seus olhos se abriram e ela me viu.

— Não estou com vontade de te matar — ela sussurrou.

— Palavras mais maravilhosas jamais foram ditas — eu respondi.

Ela me encarou, então grunhiu, fechando os olhos de novo.

— Ah, inferno. O segredo é o poder do amor. Eu vou vomitar.

— Na verdade, acho que é outra coisa — eu disse.

Ela olhou para mim. Subitamente fiquei consciente de que ela estava muito, *muito* nua, e eu estava praticamente nu também. Ela seguiu meu olhar, então deu de ombros. Corando, eu a coloquei no chão e procurei algo para ela usar. Quando me ergui, no entanto, roupas tinham aparecido nela — o jeans e a camiseta de sempre, sombras de roupas de outra dimensão. Serviriam por enquanto.

— Qual é o segredo, então? — ela perguntou, sentando-se e passando a mão pelo cabelo. — Todas as outras vezes que eu reencarnei, fiquei *mal* quando voltei. Incapaz de lembrar quem eu era, violenta, destrutiva. Desta vez... não sinto nada. O que mudou?

Olhei nos olhos dela.

— Aquele prédio já estava pegando fogo quando você entrou nele?

Ela estreitou os lábios.

— Sim — admitiu. — Foi idiota, você não precisa dizer. Eu sabia que você provavelmente não estava lá mesmo, não de verdade. Mas pensei... que talvez estivesse, e eu não podia arriscar que... — Ela estremeceu visivelmente.

— Você estava com medo do fogo?

— Mais do que você pode imaginar — ela sussurrou.

Eu sorri.

— E esse — eu disse, tomando-a nos braços — é o segredo.

EPÍLOGO

Cerca de cinco horas depois eu estava sentado no que já fora um prédio baixo em Babilar, aquecendo as mãos em uma fogueira. O prédio agora se erguia cerca de vinte andares acima da rua antigamente submersa.

Nenhum prédio tinha desmoronado depois que as águas deixaram a cidade.

– São as raízes – Megan explicou, se acomodando ao meu lado e me dando uma tigela de sopa. Ela usava roupas de verdade agora, o que era uma pena, mas provavelmente mais prático, já que de repente tinha ficado bem frio na cidade. – Aquelas raízes são fortes, mais fortes do que qualquer planta tem o direito de ser. Estão literalmente segurando os prédios. – Ela balançou a cabeça como se estivesse maravilhada.

– Luz da Aurora não queria que sua utopia caísse se ele morresse – eu disse, mexendo minha sopa. – E as frutas?

– Ainda brilhando – Megan disse. – A cidade vai sobreviver. Mas ele estava aquecendo a água de alguma forma para evitar que o lugar ficasse frio demais. Ele vai ter que encontrar outro jeito de lidar com isso.

Outras pessoas se moviam ao nosso redor. Os habitantes de Babilar estavam se unindo no que viam como uma crise, e nós éramos só mais dois refugiados. Se algum passante via algo diferente em mim ou me reconhecia das batalhas, não disse nada. Pelo menos, não mais do que alguns comentários sussurrados para seus companheiros.

– Então – Megan disse –, essa sua teoria...

– *Tem* que ser o medo – eu falei, exausto. Há quanto tempo eu não dormia? – Eu enfrentei as águas e então fiquei imune à tentativa de Realeza de me tornar um Épico. Você correu para dentro de um prédio em chamas para me salvar, apesar do seu terror, e acordou livre da corrupção. Épicos têm medo, no seu cerne. É assim que nós os derrotamos.

– Talvez – Megan cedeu, incerta. Faíscas. Como alguém podia ser tão linda simplesmente mexendo sopa? E enquanto usava roupas um tamanho maior do que o corpo, com o rosto ainda corado do frio? Eu sorri, então vi que ela estava me encarando também.

Parecia ser um bom sinal.

– A teoria faz sentido – continuei, ficando vermelho. – É como aveia sobre panquecas.

Ela ergueu uma sobrancelha, então provou a sopa.

– Sabe – ela disse –, você não é ruim com metáforas, afinal...

– Obrigado!

– ... porque a maioria das coisas que diz são *analogias*. São nelas que você é realmente ruim.

Assenti, pensativo, então apontei minha colher para ela.

– Nerd.

Ela sorriu e tomou sua sopa.

Por melhor que fosse estar com ela, achei o gosto da sopa amargo. Eu não conseguia rir, não depois do que acontecera. Nós comemos em silêncio, e, quando Megan se ergueu, ela apoiou uma mão no meu ombro.

– Se alguém tivesse dito a eles – ela perguntou baixinho – o preço que teriam que pagar para salvar a cidade, você duvida que eles teriam concordado sem hesitar?

Relutante, balancei a cabeça.

– Val e Gegê morreram como parte de uma briga importante – Megan disse. – E nós a impediremos de consumir outras pessoas. De alguma forma.

Eu assenti. Ainda não a tinha confrontado sobre Sam. Haveria tempo para isso.

Ela foi pegar mais sopa e eu encarei a minha tigela. A tristeza me corroía, mas eu não a deixei me dominar.

Estava ocupado demais planejando.

Um momento depois, distingui uma voz entre aquelas ao nosso redor. Apoiei a tigela no chão e abri caminho por entre dois babilarianos conversando.

– É um cara com um rosto meio pateta – Mizzy estava dizendo. – Meio alto. Tem um senso de moda horrível... – Ela me viu e arregalou os olhos. – Hã... ele tem algumas qualidades boas também...

Eu a abracei forte.

– Você ouviu a transmissão.

– Hãããããã – ela disse. – Não tenho ideia do que você está falando.

– Pedi a algumas pessoas que transmitissem uma mensagem para você e Thia, esperando que você ouvisse no seu rádio e... você não ouviu?

Ela balançou a cabeça, o que era irritante. Eu tinha quebrado a cabeça para descobrir um modo de garantir que Prof não encontrasse Mizzy. Pensei que a ideia do rádio seria boa. Afinal, nós tínhamos usado as ondas curtas para falar com Abraham em Nova Chicago.

Missouri ergueu um pedacinho de papel e o mostrou a mim – um papel de biscoito da sorte. *Missouri*, ele dizia, *esconda-se. Esconda-se agora.*

– Quando encontrou isso?

– Ontem à noite – ela respondeu. – Logo antes de o sol nascer. Tinha uns cem deles dizendo isso. Achei bem macabro, pra falar a verdade. Mas imaginei que devia fazer o que dizia. Por quê? Você parece triste.

Eu teria que contar a ela sobre os outros. Faíscas. Abri minha boca para explicar, mas nesse momento Megan retornou.

As duas se encararam.

– Hã, a gente podia não atirar uns nos outros? – pedi, nervoso. – Por enquanto? Por favor?

Mizzy afastou os olhos de Megan.

– Veremos. Olha, acho que esse é pra você, talvez? – Ela ergueu outro papel. – Era o único que era diferente.

Com hesitação, aceitei o papel.

Tenha bons sonhos, Matador de Aço, ele dizia.

– Você sabe o que significa? – Mizzy perguntou.

– Significa – eu disse, dobrando o recado – que temos muito trabalho a fazer.

AGRADECIMENTOS

Outro livro chegou! Mais uma vez, meu nome pode estar na capa, mas muitas mãos invisíveis ajudaram na sua criação. Este livro é incomum porque foi o primeiro criado com a ajuda específica do Dragonsteel Think Tank, um nome que estou dando agora (e provavelmente nunca usarei de novo) para o grupo de brainstorming que almoçou comigo e me ajudou a resolver problemas no planejamento.

Eles incluem o Insuperável Peter Ahlstrom – meu assistente editorial e um rosto que você pode ver no meu blog e na minha página do Facebook, respondendo a perguntas e fazendo posts ocasionais. Sério, pessoal, esse cara é incrível. Como um membro-chave do meu primeiro grupo de escrita (com Dan Wells e Nathan Goodrich, cujo nome você pode ter lido na frente do livro), Peter tem sido uma ajuda enorme o tempo todo. Se vi-lo em uma convenção, dê um tapinha nas costas dele.

Também nesse almoço estavam Karen Ahlstrom, mantenedora da wiki interna da Dragonsteel, e Isaac Stewart – mapista extraordinário e agora funcionário em tempo integral na nossa empresa. Eles ajudaram muito com este livro, assim como outros membros do meu grupo de escrita atual, além dos que já listei: Emily Sanderson, Alan Layton, Darci & Eric James Stone, Benn & Danielle Olsen, Kara Stewart, Kathleen Dorsey Sanderson e Kaylynn ZoBell.

A equipe talentosa na Random House inclui minha editora Krista Marino, que fez um trabalho fantástico com o livro (e ao dar lembretes periódicos e gentis dos prazos), e Jodie Hockensmith, que consistentemente vai além das funções da publicidade ao trabalhar com autores rabugentos. Outras pessoas merecedoras de aplauso na Random House incluem Rachel Weinick, Beverly Horowitz, Judith Haut, Dominique Cimina e Barbara Marcus. O copidesque foi feito pelo talentoso Michael Trudeau.

Meus agentes, Joshua Bilmes e Eddie Schneider, foram – como sempre – um recurso maravilhoso, assim como toda a equipe na JABerwocky. Estou convencido de que eles são Épicos disfarçados a essa altura, considerando tudo que conseguem realizar. Minha equipe do Reino Unido neste livro inclui Simon Spanton – meu editor na Gollancz que sempre garante que minhas viagens a Londres sejam hospitaleiras e cheias de sabor – e John Berlyne da Zeno Agency, meu defensor incansável.

Os leitores beta deste livro foram Brian Hill e Mi'chelle & Josh Walker. Leitores gamma e revisores da comunidade foram Aaron Ford, Alice Arneson, Bao Pham, Blue Cole, Bob Kluttz, Dan Swint, Gary Singer, Jakob Remick, Lyndsey Luther, Maren Menke, Matt Hatch, Taylor Hatch, Megan Kanne, Samuel Lund, Steve Godecke e Trae Cooper. Se um dia eu me tornar um Épico, vou matar vocês por último.

Finalmente, gostaria de agradecer à minha maravilhosa esposa, Emily, e meus três meninos tumultuosos. Eles fazem a vida valer a pena.

Brandon Sanderson

TIPOGRAFIA:
Caslon [texto]
Orkney [entretítulos]

PAPEL:
Ivory Slim 65 g/m² [miolo]
Supremo 250 g/m² [capa]

IMPRESSÃO:
Rettec Artes Gráficas e Editora Ltda. [agosto de 2024]
1ª edição: outubro de 2017 [3 reimpressões]